Querverlag

Andreas Bertram

Fühlt sich an wie Liebe

und ist echt kompliziert

Roman

Für Markus

Alle Charaktere, Schauplätze und Handlungen in diesem Roman sind frei erfunden. Ähnlichkeiten mit lebenden und toten Personen sind unbeabsichtigt.

Erste Auflage März 2020

Lektorat: Dennis Lorenz

Umschlag und grafische Realisierung von Sergio Vitale unter Verwendung einer Fotografie von mauritius images/Louis Louro/Alamy.

Druck und Weiterverarbeitung: Finidr
ISBN 978-3-89656-286-9
Printed in the Czech Republic

Bitte fordern Sie unser Gesamtverzeichnis an:
Querverlag GmbH
Akazienstraße 25, 10823 Berlin
www.querverlag.de

Prolog

Ich sah rote und blaue Lichter im Seitenspiegel flackern und, als ich mich umdrehte und einen Blick aus dem Heckfenster warf, einen breiten SUV des örtlichen Sheriffbüros, der dicht hinter uns fuhr und uns zum Halten aufforderte. Wir waren auf einer zweispurigen Landstraße in Florida unterwegs, die sich schnurgerade bis zum Horizont erstreckte. Links und rechts von uns befanden sich dichtbelaubte Wälder, zwei massive grüne Wände, die immer näher zu rücken schienen. Mein Herz raste. Ich kam mir vor wie in einem schlechten Hollywoodfilm.

„Du bist zu schnell gefahren“, sagte ich, und Panik schwang in meiner Stimme mit.

„Kann sein“, meinte Robert gelassen und kramte im Handschuhfach nach den Papieren unseres Autovermieters. „Auf dieser Straße verlierst du schnell jedes Gefühl für Geschwindigkeit.“

Er war inzwischen rechts rangefahren, und auch der Streifenwagen hatte hinter uns gestoppt. Bei einem weiteren Blick über die Schulter stellte ich fest, dass der Polizist in sein Funkgerät sprach. Wahrscheinlich überprüfte er nur unser Kennzeichen. Oder er rief Verstärkung.

„Oh, mein Gott, wir landen alle im Knast und werden von einem Dutzend tätowierter Kerle vergewaltigt“, prophezeite Nils, der direkt hinter mir saß. Obwohl er nervös klang, hatte ich das ungute Gefühl, dass dieses Szenario eine seiner Pornofantasien war.

„Wir sind vier Touristen, die einen Ausflug nach Disney World gemacht haben“, sagte Robert genervt. „Vier *weiße* Touristen. Warum sollte man uns verhaften?“

In meinem Kopf spulte sich ein Dutzend verschiedene Szenarien ab. Was wäre, wenn Nils irgendwas Dummes oder Beleidigendes sagen würde? Oder wenn ich vor lauter Nervosität wie der Hauptverdächtige in einem Mordfall wirkte und deshalb die Aufmerksamkeit des Polizisten erregte? Meine Hände wurden schweißnass. Ich war auch in Deutschland schon in Polizeikontrollen geraten, einmal mitten in der Nacht, ohne Brieftasche und in einem geliehenen Wagen. Der Beamte hatte sich meine Geschichte angehört und dann nur müde gesagt, ich solle einfach weiterfahren. Aber wir waren in Amerika, und ich hatte genügend Videos auf Facebook gesehen, in denen Autofahrer aus dem Wagen gezerrt und erschossen worden waren.

Mein Mund fühlte sich unglaublich trocken an. Ich schaute zu meinem Cousin Walter, den alle nur Wally nennen, weil er als Kleinkind seinen Namen nicht richtig aussprechen konnte und immer nur „Wall-Wall" sagte, woraus irgendwann Wally wurde. Er sank tiefer in die Rückbank und war kreidebleich im Gesicht. Mein Atem ging schneller, und dann fiel mir etwas ein.

„Ich hab noch den Zauberstab in der Jacke. Was, wenn er den für eine Waffe hält?"

Robert schaute mich mitleidig an: „Andy, Harry Potter ist nicht real …"

Als ich wieder nach hinten blickte, sah ich, wie der Polizist ausstieg und, die Hand auf dem Holster, langsam näherkam. Allerdings ging er nicht auf die Fahrer-, sondern auf die Beifahrerseite zu, wo er sich in etwa anderthalb Metern Entfernung aufbaute. Robert ließ die Fensterscheibe herunter und grüßte den Beamten freundlich, was aber nicht erwidert wurde. Der Polizist – ein Weißer mittleren Alters – musterte uns der Reihe nach und meinte dann, wir seien zu schnell gefahren; seine Augen blieben hinter einer verspiegelten Sonnenbrille verborgen.

Ich war viel zu aufgeregt, um alles zu verstehen, was er sagte, aber Robert blieb cool und entschuldigte sich in seinem etwas holperigen Englisch mit deutschem Akzent. Der Beamte forderte ihn auf, ihm zu seinem Wagen zu folgen, und Robert warf mir einen kurzen, beruhigenden Blick zu, bevor er ausstieg.

„Was dauert denn da so lange?", fragte ich nach einigen endlosen Minuten, in denen wir drei durch das Rückfenster Robert und den Polizisten beobachtet hatten, die neben dem Streifenwagen standen und sich unterhielten.

„Ich glaub, mir wird schlecht", flüsterte Wally.

„Reiß dich bloß zusammen", ermahnte ich ihn. Wenn einer von uns jetzt ausstieg, könnte der Polizist sich womöglich provoziert fühlen.

Endlich kehrte Robert zurück und stieg ein. Auch er wirkte erleichtert und grinste mich an.

„Noch mal Glück gehabt“, sagte er. „Ich hab ihm gesagt, dass ich selber mal Polizist war, und da hat er es bei einer Ermahnung belassen.“

Hinter uns hörten wir, wie der Motor des Streifenwagens gestartet wurde, und ein paar Sekunden später fuhr er an uns vorbei.

„Und das war's?“, fragte Nils; er klang etwas enttäuscht.

„Ich muss an die Luft“, murmelte Wally und fummelte hektisch am Verschluss des Sicherheitsgurts. Er stieß die Tür auf und sprang aus dem Wagen. Eine Weile stand er vorgebeugt auf der Straße und atmete tief ein und aus. Ich stieg ebenfalls aus und ging zu ihm. Die Luft war feucht und schwül und vermutlich voller Moskitos. Es war Ende September, fühlte sich aber an wie im Hochsommer.

„Alles in Ordnung?“, fragte ich und legte mitfühlend eine Hand auf seinen Rücken. Sein Hemd war schweißnass. „Bist du krank oder so?“

Plötzlich hörten wir es. Ein dumpfes, aber wiederkehrendes Klopfen. Ich sah fragend zu Robert, der jedoch nur ratlos mit den Schultern zuckte. Er verließ den Wagen.

„Fahren wir endlich weiter oder wollt ihr hier übernachten?“, nörgelte Nils.

„Hörst du das nicht?“, fragte ich. Er schüttelte den Kopf und gesellte sich zu uns.

Das Klopfen kam aus dem Kofferraum. Wir standen davor und wussten nicht so recht, was wir tun sollten. War da ein Tier eingesperrt? Aber wie war es hineingekommen? Wir hatten erst vor anderthalb Stunden unser Hotel in Orlando verlassen, und als wir vor dem Frühstück unser Gepäck eingeladen hatten, war der Kofferraum leer gewesen.

Auf Wallys Stirn standen dicke Schweißtropfen, und er zitterte, als hätte er Fieber.

Robert tastete nach dem Knopf, der den Deckel aufspringen ließ, und unwillkürlich traten wir einen Schritt zurück. Unser Gepäck war verschwunden, stattdessen lag dort ein Mann Mitte zwanzig mit dem dunklen Teint eines Arabers und starrte uns wütend aus weit aufgerissenen Augen an. Er war lediglich mit einem Slip bekleidet und an Händen und Füßen mit einem zerrissenen Bettlaken gefesselt; ein Stück Stoff steckte in seinem Mund, und jemand hatte fürsorglich ein Kissen unter seinen Kopf gestopft. Sein sehniger, aber muskulöser Körper war schweißbedeckt, und dem Geruch nach zu schließen, hatte er sich irgendwann in die Hose gemacht.

Ich sah zu Wally, als mir klar wurde, welche Konsequenzen diese Tat haben könnte und wie groß das Ausmaß des Schlamassels war, in dem wir steckten. Ganz zu schweigen davon, was passiert wäre, wenn der Polizist einen entführten Araber in unserem Kofferraum entdeckt hätte. Eine mögliche Gruppenvergewaltigung im Gefängnis wäre dann vermutlich unsere geringste Sorge gewesen.

„Bist du irre?", fragte ich meinen dusseligen Cousin. „Wolltest du ihn nur kidnappen oder später noch umbringen?"

Wally schüttelte den Kopf; in seinen Augen standen Tränen. Er drehte sich um und lief davon. Im Weglaufen war er schon immer großartig gewesen. Robert rannte ihm sofort nach, und Nils warf mir einen vorwurfsvollen Blick zu, als wäre das alles meine Schuld. Plötzlich wurden seine Augen riesengroß.

„Was?" Ich war jetzt wirklich sauer.

Nils wollte etwas sagen, brachte aber kein Wort heraus, sondern wich nur Schritt für Schritt vor mir zurück. Sein Benehmen war merkwürdig, andererseits sprechen wir hier über Nils, an dem so gut wie alles merkwürdig ist.

Vielleicht war es das Rascheln, das mich aufhorchen ließ, oder etwas, das ich aus dem Augenwinkel wahrnahm. Unser Gehirn arbeitet bekanntlich immer noch nach denselben Prinzipien wie vor Jahrtausenden: Willkürliche visuelle oder akustische Impulse fügt es blitzschnell zu Mustern zusammen und lässt uns in einem Stock auf dem Boden eine Schlange sehen oder in einem Rascheln im Gebüsch einen Tiger hören. Die körperliche Reaktion besteht in einem starken Adrenalinausstoß sowie in der Aktivierung des Kampf- oder Fluchtmodus, meistens gefolgt von einem erleichterten Lachen, weil wir uns völlig unnötig erschreckt haben. Diesmal jedoch hatte mein Steinzeitgehirn recht: Als ich mich umdrehte, sah ich einen vier Meter langen Alligator langsam auf mich zuwatscheln.

Man hatte uns vor diesen Reptilien gewarnt, die praktisch überall in Florida zu Hause waren und vereinzelt sogar Menschen angriffen. Selbst in Disney World hatte es schon solche

Attacken gegeben: Vor ein paar Jahren war ein Kind angefallen worden, was einem nun wirklich den Aufenthalt dort vermiesen konnte. Theoretisch wusste ich, dass ich ihm auf die Nase schlagen musste, weil dies sein empfindlichstes Körperteil war, und dass ich im Zickzack weglaufen sollte, weil es nicht so schnell auf Richtungsänderungen reagieren konnte. Praktisch war ich jedoch vor Angst wie gelähmt. So viel also zu meinem Kampf- oder Fluchtmodus. Die Steinzeit war eben doch zu lange her.

„Nils?" Meine Stimme klang flehend.

Seine Antwort bestand darin, ins Auto zu springen und die Tür zuzuknallen. Dann hockte er auf der Rückbank und richtete sein Handy auf mich, um den denkwürdigen Augenblick, in dem ich verspeist werden würde, für seine Instagram-Follower festzuhalten.

Ich stand nur da und sah, wie mein Leben an mir vorbeizog. Nun, vielleicht nicht mein ganzes Leben, aber doch ein Gutteil davon. Der Gedanke, dass ich bereits eine Geiselnahme, einen Terroranschlag, die bulgarische Mafia und Siggis Backkünste überlebt hatte, nur um jetzt durch den Angriff eines dämlichen Alligators zu sterben, entbehrte nicht einer gewissen Ironie. Das Universum hatte eben eine ganz besondere Art von Humor, und ich allein war schuld an dem Ganzen. Man musste eben vorsichtig sein mit dem, was man sich wünschte, und wenn auch nur beim Auspusten der Kerzen auf der Geburtstagstorte.

Schwanz-Karma

„Weißt du, was mir fehlt?“, fragte ich Nils, als ich versuchte, den Kartoffelsalat in den Kühlschrank zu stellen, der bereits hoffnungslos überfüllt war. Ich machte mühsam etwas Platz, quetschte die Schüssel in die entstandene Lücke und knallte die Tür zu, bevor etwas herausfallen konnte.

„Sex?“ Nils grinste und stellte den Karton meiner Lieblingskonditorei auf dem Küchentresen ab. „Nein, sag nichts: eine wirksame Diät.“

Ich seufzte und zog unwillkürlich den Bauch ein. Mutter Natur konnte so unfair sein. Nils war immer noch rank und schlank, während ich täglich fetter wurde. Allein der Gedanke an all die Leckereien, die ich für meine Geburtstagsfeier heute Nachmittag vorbereitet hatte, ließ mich ein Kilo zunehmen. Neugierig hob ich den Deckel des Kuchenkartons an. Prompt schlug mir Nils auf die Finger.

„Mit meinem Sexleben ist alles in bester Ordnung, danke der Nachfrage“, sagte ich etwas säuerlich und begann, die Arbeitsfläche aufzuräumen. Hatte ich wirklich ein großes Glas Mayonnaise in den Salat gegeben? Und eine ganze Fleischwurst?

„Ach, mach mir doch nichts vor, nach neun Jahren ist bei jedem Paar die Luft raus. Wie oft macht ihr's noch – einmal im Monat?“

„Kein Kommentar.“

„Noch seltener? Sag nicht, ihr gehört zu den traurigen Paaren, die es nur noch einmal im Jahr treiben.“

„Nils, ich rede mit dir nicht über mein Sexleben.“

„Warum nicht? Wir reden doch auch über meins.“

„Ja, weil du mir ständig ungefragt davon erzählst.“ Ich zog die Schublade mit dem Mülleimer auf und warf die Kartoffelschalen hinein. „Du verhältst dich wie ein frisch gevögelter Teenager.“

„Apropos frisch gevögelt.“ Nils versuchte, seiner Stimme einen verruchten Unterton zu geben. „Ich hatte gestern ein Sexdate mit einem hässlichen Mann.“

Hörte er mir eigentlich nie zu? Warum musste er unentwegt mit seinen *Grindr*-Eroberungen angeben? Schon seit unseren frühen Zwanzigern, als wir uns einige Zeit lang eine Wohnung geteilt hatten, erzählte er mir in mitunter verstörenden Details von seinen Eskapaden. Damals hatte ich ihn um seine sexuelle Freiheit beneidet, Nils war mutiger und experimentierfreudiger als ich, er vögelte bereits mit fremden Männern in Schwulensaunen und öffentlichen Toiletten, als ich mich noch kaum traute, einen Gay-Club zu betreten. Es waren die Neunziger, und das Internet mit seinen Möglichkeiten steckte noch in den Kinderschuhen. Ich wagte mir nicht vorzustellen, was gewesen wäre, hätte Nils damals schon einen *Grindr*-Account besessen. Seit er wieder Single war, schien er eine Menge nachholen zu wollen, und wenn ich ehrlich war, ein Teil von mir genoss seine Geschichten sogar. Der voyeuristische Teil ganz offensichtlich.

„Okay, warum hattest du Sex mit einem hässlichen Mann?", fragte ich ihn.

„Auf seinen Fotos sah er noch ganz gut aus, aber die waren mindestens zehn Jahre alt. Als er dann vor meiner Wohnung stand, mit seinen Tränensäcken und der kahlen Stelle am Hinterkopf, und ich dachte: ‚Scheiße, hoffentlich zahlt *mir* jemand die kosmetischen Operationen, wenn ich in seinem Alter bin' und schon die Tür zuknallen wollte, hielt mich etwas zurück."

„Was denn – Mitleid?"

„Neugier." Nils grinste wieder anzüglich. „Er hatte mir ein paar Schwanzbilder geschickt, und ich wollte wissen, ob er wenigstens in dieser Hinsicht ehrlich war. Also musste er als Erstes die Hose runterlassen."

Schwule konnten so grausam und oberflächlich sein. Wahrscheinlich hatte Nils ihn nicht einmal hereingebeten, der arme Kerl stand in der Wohnungstür, hielt mit einer Hand seine rutschende Hose fest und präsentierte mit der anderen seine Männlichkeit. Je älter ich wurde, desto mehr wusste ich die Vorteile einer festen Beziehung zu schätzen. Der Sex war vielleicht nicht mehr so aufregend und leidenschaftlich wie früher, aber dafür blieb einem eine Menge Demütigungen erspart.

„Ich hoffe, das Resultat war befriedigend."

„Na ja, es waren vielleicht nicht die dreiundzwanzig Zentimeter, mit denen er geprahlt hatte, aber ich bin ja keine Size-Queen. Die eigentliche Herausforderung war jedoch, sich nur auf den Schwanz zu konzentrieren und den hässlichen Rest auszublenden." Sein Grinsen wurde noch breiter. „Was soll ich sagen? Am Ende war's der Ritt meines Lebens – nachdem ich das Licht ausgemacht hatte."

„Da schlug wohl deine katholische Erziehung durch", spottete ich.

„Im Dunkeln sind doch alle Katzen gleich, oder wie heißt das noch mal?"

Mein bester Freund war ein hoffnungsloser Fall. „Nils, das ist auf so viele Arten verwerflich, dass ich gar nicht weiß, wo ich anfangen soll."

„Was denn? Ein Schwanz ist ein Schwanz ist ein Schwanz."

Das hätte Gertrude Stein sicherlich nicht unterschrieben. „Willst du dich denn nicht mal wieder verlieben und eine Beziehung eingehen? Dieses ewige Rumvögeln ist ja ganz okay, solange du jung bist, aber du wirst nächstes Jahr vierzig."

„Fake News!", krähte Nils sofort.

„Dein jugendliches Aussehen in allen Ehren, aber auch du wirst älter."

Nils funkelte mich wütend an, dabei konnte er das Offensichtliche nicht ignorieren. Oder sah mein bester Freund nie in den Spiegel? Mochte er noch so schlank sein wie mit Anfang zwanzig, zeigten sich doch erste Fältchen um die Augen, seine Gesichtszüge wurden markanter, und ich erinnerte mich noch gut an den Tag, an dem er das erste graue Haar entdeckt hatte. Und ich meine damit nicht auf dem Kopf, sondern im Schambereich, was ihn weit mehr zu verstören schien. Seither färbte er sein Haupthaar und rasierte seinen Körper. Er hatte sich sogar von seinem modischen Vollbart getrennt, nachdem ich gesagt hatte, dass er damit erwachsen und distinguiert aussehe. Er sprach nie darüber, aber ich war mir sicher, dass er ebenfalls die Altersdiskriminierung in der Szene zu spüren bekam. Doch *Grindr* sei Dank ergaben sich immer noch genügend Gelegenheiten für einen One-Night-Stand, und zu seinem Glück hatte er schon immer ein Faible für ältere Männer gehabt.

„Mein Alter bemisst sich nach meinen Gefühlen", erwiderte Nils. „An manchen Tagen bin ich fünfunddreißig, an anderen erst neunundzwanzig."

Hatte Trump nicht genau dasselbe über sein Vermögen gesagt?

„Vor ein paar Jahren warst du noch ganz versessen darauf zu heiraten", sagte ich. „Und wenn du erst dem Richtigen begegnest …"

„Werde ich bestimmt nicht so blöd sein, ihn zu heiraten", fiel er mir ins Wort. „Früher oder später gehen doch alle Beziehungen in die Brüche."

Nils war ein gebranntes Kind. Nahezu seine gesamten Zwanziger hindurch war er in einer monogamen On-Off-Beziehung mit einem fünfundzwanzig Jahre älteren Mann gewesen, der einer der bekanntesten Friseure Deutschlands war. Kennengelernt hatten sie sich in dem Tempel der Schönheit, den der Maestro auf der Münchner Maximilianstraße betrieb und in dem Nils nach seiner Ausbildung angefangen hatte. Der Maestro mochte vielleicht der klassische Sugardaddy sein, der seinen Lover mit teuren Geschenken überschüttete, aber Nils liebte ihn aufrichtig. Nach acht Jahren ging der Maestro jedoch spektakulär fremd und ließ sich auf der Geburtstagsfeier von Uschi Glas von einem Kellner einen blasen. Die Boulevardzeitungen spielten verrückt, Nils auch. Auf eine tränenreiche Versöhnung folgten Monate des Streits und Misstrauens und sogar ein unerwarteter Heiratsantrag des Maestros, bis Nils am Ende die Notbremse zog und Schluss machte.

Mit dieser Entscheidung verlor er nicht nur seinen Job, sondern auch sein Zuhause und seine Privilegien. Dass er nicht mehr zu Filmpremieren und Galas eingeladen wurde und mit den Stars und Sternchen der Republik auf Tuchfühlung gehen konnte, schmerzte ihn, glaube ich, am meisten. Nils musste sich auch von seinem luxuriösen Lebensstil verabschieden, denn die Designerkleidung und Kurztrips in die Karibik konnte er sich mit seinem Gehalt als Friseur natürlich nicht mehr leisten. Eine Weile arbeitete er in einem Salon in Schwabing, nur ein paar Straßen von meiner Wohnung entfernt, in dem er auch heute noch von Zeit zu Zeit aushilft. Vor sechs Jahren machte er dann eine Fortbildung zum Maskenbildner und verdient sein Geld seither mit Film- und Serienproduktionen. Da er viele bekannte Schauspieler persönlich kennt, öffnete ihm das einige Türen, und auch wenn er selbst nicht mehr Teil der Münchener Schickeria ist, kann er doch wenigstens als Zaungast an ihrem Treiben teilhaben.

„Ich habe meine besten Jahre an einen treulosen Kerl verschwendet und werde jetzt garantiert nicht auf all die geilen Typen verzichten, die ich noch vögeln kann, nur um mir wieder das Herz brechen zu lassen. So bescheuert bin ich nun auch wieder nicht."

Im Grunde seines Herzens war Nils ein unverbesserlicher Romantiker. Ich kannte ihn gut genug, um zu wissen, dass er sich nach einer festen Beziehung sehnte, auch wenn er das vehement verneinte. Ich nahm ihn in den Arm.

„Wirst du auf deine alten Tage jetzt sentimental, Andy?", fragte er, allerdings ohne die Umarmung zu lösen. „Mit geht's gut. Ehrlich."

Ich ließ ihn los. Um seine Verlegenheit zu überspielen, zupfte Nils einen imaginären Fussel von seinem taubenblauen Jackett, das nun von H&M und nicht mehr von Hugo Boss stammte. „Außerdem habe ich gerade richtig gutes Schwanz-Karma."

Auf meinen fragenden Blick fügte er hinzu: „Je besser du als Liebhaber bist, desto größere Schwänze erhältst du als Belohnung." Die Offenbarung nach Nils.

„Ja", erwiderte ich trocken, „vor allem, wenn du dir vorher Bilder von ihnen schicken lässt."

Nils verabschiedete sich. In der Tür hielt er kurz inne und fragte: „Was fehlt dir denn? Abgesehen von deiner Jugend und einem größeren Schwanz."

„Eine Idee", antwortete ich. „Ich würde gerne ein neues Buch schreiben, aber mir fällt einfach nichts ein."

„Mach's doch wie die letzten beiden Male und schreib über das, was dir so passiert ist."

„Es passiert doch nichts. Oder nicht viel jedenfalls." Ich seufzte ein wenig theatralisch. „Mein Leben ist todlangweilig."

Nachdem Nils verschwunden war, räumte ich die Küche auf und bereitete alles für die Party vor. Als ich mit allem fertig war, ging ich ins Schlafzimmer und zog mich aus, um zu duschen. Auf dem Nachttisch stand ein gerahmtes Foto von Robert und mir, ein Selfie, das wir vor drei Jahren vor dem Trevi-Brunnen in Rom aufgenommen hatten.

Wir waren jetzt seit fast neun Jahren zusammen (je nachdem, wie man rechnete), und unser Leben war tatsächlich langweilig.

Wie jedes Paar hatten wir unsere Höhen und Tiefen, wir stritten uns gelegentlich, meistens über belanglose Dinge, darüber, wer den Müll runterbringen oder das Bad putzen sollte, aber ansonsten kamen wir gut miteinander aus. Wir waren beide emotional ausgeglichen (Robert mehr als ich), wir hatten die gleichen Ansichten über das Leben, einen ähnlichen Musik- und Filmgeschmack und harmonierten in einer Weise miteinander, die mir manchmal schon unheimlich war und die ich noch in keiner anderen Beziehung erlebt hatte. Robert war der Mann meines Lebens, ich liebte ihn und fühlte mich von ihm geliebt. Wenn das langweilig war, fand ich es großartig.

Unser Sexleben war vielleicht nicht mehr so stürmisch wie zu Beginn. Der Liebesmarathon, der früher die halbe Nacht gedauert hatte, verwandelte sich zuerst in einen Halbmarathon, dann in einen Achthundert-Meter-Lauf, und inzwischen war es manchmal auch nur ein Sprint. Wenn wir miteinander schliefen, was meistens noch ein- oder zweimal die Woche vorkam, war es nicht so aufregend oder leidenschaftlich wie mit einem Fremden, dafür gab es auch keine unliebsamen Überraschungen.

Vorgestern, an meinem Geburtstag, war ich aufgewacht, weil sich jemand an meiner Pyjamahose zu schaffen machte. Schlaftrunken lüpfte ich die Decke, und Robert grinste mich an.

„Happy Birthday!", sagte er, rutschte ein Stück nach oben und küsste mich. „Du hast acht Minuten, bevor der Wecker klingelt." Und damit verschwand er wieder.

Ich verdrängte die Erinnerung daran und marschierte ins Bad, wo ich die Dusche anstellte und überlegte, ob ich mich noch rasieren sollte, bevor meine Gäste kamen. Der Mann, der mich aus dem Spiegel anschaute, sah nicht aus wie vierzig. Es war immer noch mein vertrautes Gesicht, vielleicht nicht mehr so jugendlich wie zuvor, das Haar wurde dünner und grauer, die Haut unter den Augen schlaffer, aber ansonsten hatte ich mich kaum verändert. Oder bildete ich mir das nur ein?

Als ich fünf Minuten später aus der Dusche kam, betrat Robert das Bad. Er trug eine Trainingshose und ein T-Shirt, das schweißnass an seinem Körper klebte. Der Mann ist ein Sportfanatiker, für den ein Tag ohne Training undenkbar ist. Das ist tatsächlich etwas, in dem wir uns fundamental unterscheiden, denn ich bin von Natur aus eine faule Socke.

„Hier bist du", sagte er und zog sich das Shirt über den Kopf. „Ich hab beim Bäcker das Brot abgeholt. Liegt in der Küche."

Robert hatte schon immer athletisch ausgesehen, aber inzwischen ging er dreimal die Woche zum Fitnesstraining und war ein Hunk, wie er im Buche stand. Für meinen Geschmack war er tatsächlich schon zu muskulös, und nur die Tatsache, dass auch er inzwischen in der Taille etwas Fett ansetzte und sein Sixpack nicht mehr so ausgeprägt war wie früher, ließ mich beim Anblick meines eigenen Körpers nicht völlig verzweifeln. Die tiefen Lachfalten in seinen Augenwinkeln verrieten, dass er schon Mitte vierzig war und über eine gewisse Lebenserfahrung verfügte. Falls sein blondes Haar inzwischen grau war, konnte man es nicht feststellen, weil er es immer superkurz trug. Dafür hatte er vor einigen Jahren aufgehört, seinen Körper zu rasieren, was ihn männlicher wirken ließ. Er war geradezu unverschämt sexy.

Robert beugte sich vor, um mich zu küssen, während seine rechte Hand über meinen Bauch streichelte. „Das bringt Glück", murmelte er manchmal, als wäre ich ein fetter Buddha, der in seinem Tempel hockte, und er ein Pilgermönch auf der Suche nach Erleuchtung.

Je älter ich wurde, desto weniger Freunde hatte ich, aber die meisten davon waren wirklich enge Vertraute. Die anderen gingen unterwegs verloren wie ein Regenschirm oder Schal; in einem Moment waren sie noch da, und wenn man sie brauchte, blieben sie unauffindbar. Nils ist mein bester Freund. Wir haben zusammen Krisen durchgestanden und Beziehungen überlebt, und auch wenn er mir oft auf die Nerven geht, liebe ich ihn wie einen Bruder.

Meine beste Freundin ist Siggi, die früher einmal in meinem Buchladen gearbeitet hatte und für eine Weile heftig in mich verknallt gewesen war. Natürlich hatte sie gewusst, dass ich schwul bin, was sie aber nicht davon abgehalten hatte, sich Hoffnungen zu machen. Ich hatte ihr wohl das Herz gebrochen, aber unsere Freundschaft hatte auch das überlebt. Inzwischen wohnt sie in Unterschleißheim, hat geheiratet und ist vor knapp anderthalb Jahren Mutter einer Tochter geworden. Zusammen mit ihrem Mann Marvin betreibt sie ein veganes Café, das vermutlich nur deshalb noch nicht pleite ist, weil Marvin ihr verboten hat, sich um das Essen zu kümmern. Außerdem hat sie sich zur Heilpraktikerin und Reiki-Meisterin ausbilden lassen und praktiziert in einem Zimmer des Hauses, das sie zusammen mit Marvin bewohnt. Der Gedanke, dass sie tatsächlich Patienten behandelt, ist mir, offen gestanden, ein wenig unheimlich.

Obwohl der Aufwand, mit einem Kleinkind unterwegs zu sein, beträchtlich war und es immer so aussah, als würden sie bei mir einziehen, kamen die drei als Erste an. Seit ich Aurora das letzte Mal gesehen hatte, war sie nicht nur wieder gewachsen, sondern hatte auch selbstständig Laufen gelernt. Sie rannte auf mich zu, noch ein wenig wackelig auf ihren pummeligen Beinchen, aber zielstrebig, und grinste mich dabei an. Ich bin ihr Patenonkel, eingeschworen in einer obskuren Zeremonie, zu der ein schamanisches Trommelritual, das Verbrennen von Weihrauch und Salbei sowie das Vergraben des Mutterkuchens gehört hatten. Zumindest hatte Siggi behauptet, dass es der Mutterkuchen war; ich hatte nicht so genau wissen wollen, was sich in der Pappschachtel mit den gelben Sternen befand.

Spirituell war Siggi noch immer eine Suchende, die an Engel und die Macht von Kristallen glaubte, sich neuerdings für eine Hexe oder Wicce hielt und jedem die Karten legte, der auch nur einen Hauch von Interesse zeigte. Sie hob Aurora hoch, setzte sie auf ihre enorm breiten Hüften, die sie früher als Bürde betrachtet hatte und die für sie nun ein Symbol ihrer Weiblichkeit und Fruchtbarkeit waren, und gab mir einen Kuss auf die Wange.

„Wir haben veganen Bienenstich mitgebracht“, sagte sie, nachdem sie mich begrüßt hatte, „und glutenfreies Brot und selbstgemachte Limonade.“

Es stellte sich heraus, dass sie sogar ihr eigenes Wasser mitgebracht hatten, das vermutlich bei Vollmond einer Quelle im Wald entnommen worden war. Auf dem Grund der Karaffe lagen einige Kristalle zur „Energetisierung“.

„Was stimmt nicht mit dem Münchener Leitungswasser?“, fragte ich und erntete einen strengen Blick von Marvin.

„Hallo, schon mal was von den Hormonen gehört, die sie nicht rausfiltern können, oder den Medikamentenrückständen und dem ganzen Mikroplastik?“ Er war knapp einen Meter neunzig, dürr wie eine Bohnenstange und trug zu jeder Jahreszeit einen wollenen Poncho, den Siggi für ihn gemacht hatte.

Sein Gesicht war so hager wie das des gekreuzigten Jesus. „Unsere Lebensweise bringt uns noch alle um, aber vorher machen wir unserer Umwelt den Garaus.“

Marvin war ein Fanatiker, der keine Gelegenheit ausließ, mit missionarischem Eifer über die Vorteile einer veganen Ernährung oder die Verbrechen der Nahrungsmittelindustrie zu dozieren, was ihn zu einem ungeheuer beliebten Partygast machte. Auf meiner letzten Geburtstagsfeier hatten wir uns heimlich ins Klo schleichen müssen, um unsere Würstchen zu essen.

„Seit ich Veganer bin, habe ich ein anderes Verhältnis zu Lebensmitteln“, fing Marvin an, und ich wusste, dass nun ein weiterer Vortrag über seine Lebensweise folgen würde. Er zog eine Salatgurke aus dem Korb in seiner Hand. „Sie sprechen zu mir, verstehst du? Sie erzählen mir etwas über die Welt, die ein einziger, gewaltiger Organismus ist, in dem alles miteinander verbunden ist. Ich bin eins mit den Pflanzen und Tieren, die für unsere degenerierte Gesellschaft hingeschlachtet werden. Ich bin transformiert worden. Unser Planet leidet, sagen sie, er leidet unter den Menschen und will sie in eine andere Richtung drängen. Wir müssen nur zuhören.“

Er hielt mir die Gurke unter die Nase, und eine befremdliche Sekunde lang befürchtete ich, er würde ihr mit einem Bauchrednertrick eine Stimme verleihen. Nichts gegen den Veganismus an sich, aber warum mussten manche Leute immer so übertreiben?

„Jesus wäre Veganer“, sagte Marvin bedeutungsvoll.

„Ja? Hat er die Fünftausend nicht mit Brot und Fisch gespeist?“ Ich grinste. „Was wäre es heute – Tofu und glutenfreies Schawarma?“

Marvin ignorierte mich. „Die Pflanzen streben eine Ökodiktatur durch Mutter Erde an, um uns vor uns selbst zu retten. Der Kapitalismus muss beseitigt werden! Wir müssen ihnen zuhören!“

Gurken mit einer Agenda. Wer hätte das gedacht? Zum Glück klingelte es in diesem Moment an der Tür, und Roberts Geschwister und ihre Familien fielen ein wie die Vandalen ins antike Rom. Zusammen hatten sein Bruder und seine Schwester, die beide etwas älter waren, sechs Kinder zwischen acht und neunzehn Jahren. Für mich als Einzelkind war es immer faszinierend zu beobachten, wie eine große, laute Familie funktionierte. Meine eigene Kindheit war von einer ängstlichen Stille erfüllt gewesen, vom leisen Siechtum meines Vaters, der starb, als ich zehn war, und den gemurmelten Gebeten meiner Mutter, die unerhört blieben. Wenn Robert dagegen von seinem Zuhause erzählte, ging es dabei immer um Raufereien, handfeste Streiche und lautstarke Familienfeste. Sowohl seine Eltern als auch seine Geschwister hatten mich problemlos akzeptiert und mit den Jahren ins Herz geschlossen. Im Grunde waren sie sogar mehr Familie für mich als meine eigene.

„Was hat dir deine Mutter diesmal zum Geburtstag geschenkt?", fragte Siggi, die wohl meine Gedanken lesen konnte. „Einen Schal und die Schriften des Heiligen Augustinus?"

„Socken und die DVD von *Den Himmel gibt's echt*. Sogar sie geht mit der Zeit und weiß, dass ich nicht mehr so viel lese wie früher."

Ich versuchte mich an einem Lächeln, aber der Gedanke an meine Mutter machte mich immer ein wenig traurig. Dass ich schwul war, war für sie ein direkter Angriff auf ihre Mutterrolle, der gelebte Affront, dass sie mit ihrer Erziehung versagt hatte, eine bewusst gewählte Provokation, um ihr das Leben schwerzumachen. Als ich mich mit siebzehn geoutet hatte, musste ich ihr versprechen, niemandem von meinen Neigungen zu erzählen, die sie ohnehin für einen Irrtum meinerseits hielt. Unser Verhältnis, das nie besonders eng gewesen war, verschlechterte sich danach dramatisch, so dass ich mir mit achtzehn eine neue Bleibe in einer WG suchte. Wenige Monate später trat sie die Stelle der Haushälterin eines jungen Pfarrers an, den sie aus unserer Gemeinde kannte und der für sie schnell zu einer Art Ersatzsohn wurde. Ich besuchte sie pflichtbewusst ein- oder zweimal im Jahr im Allgäu, wo sie seither lebte, und bewahrte das Geheimnis des Pfarrers, der ebenfalls schwul ist, was man nur als Ironie des Schicksals bezeichnen konnte. Von Robert wusste sie, hatte mich aber nie gebeten, ihn einmal mitzubringen, und erkundigte sich auch nie nach ihm.

Nach und nach trudelten die restlichen Gäste ein, und die Wohnung füllte sich mit ihren Stimmen und ihrem fröhlichen Gelächter. Mein Nachbar Momo kam zusammen mit meinem Cousin Wally. Unser verwandtschaftliches Verhältnis war ein klein wenig kompliziert, aber da wir beide Probleme mit unserer Familie hatten, waren wir froh, dass wir uns gefunden hatten. Ich hatte die beiden miteinander verkuppelt, was wegen Momos Herkunft aus einem streng muslimischen Land eine heikle Angelegenheit war. Die beiden waren Mitte zwanzig und saßen die meiste Zeit knutschend auf dem Sofa. In der Nacht hörten wir gelegentlich, wie sie es miteinander trieben, auf eine laute und animalische Weise, die uns schmerzhaft daran erinnerte, dass wir die Unbekümmertheit der Jugend abgelegt hatten wie Kleidung, die uns nicht mehr passte.

Ich hatte auch unsere Mitarbeiter mit ihren Partnern eingeladen, darunter Uli, die wegen ihrer geringen Größe nur Floh genannt wurde, aber vermutlich gefährlicher war als alle anderen zusammengenommen. Sie beherrschte Kampftechniken, von denen ich noch nie gehört hatte, und strahlte eine nervöse Energie aus, die sie ruhelos wirken ließ. Ihre Lebensgefährtin Saskia war das genaue Gegenteil, eine hochgewachsene, ätherische Elfe, die der leiseste Luftzug davontragen konnte. Da waren Mammut, der eigentlich Manfred hieß, und Omar, denen man auf den ersten Blick ihren Beruf als Personenschützer ansah, breite, bullige Kerle mit kleinen Schädeln und einem zahnlückigen Grinsen. Und natürlich der unvermeidliche Philip, Roberts bester Freund und ein Grund leiser Beunruhigung für mich.

Die Nacht senkte sich über München, und Robert entzündete den Feuerkorb auf der Dachterrasse, obwohl es Ende Mai bereits so heiß war wie sonst im August. Philip und er standen mit einer Flasche Bier in der Hand daneben und unterhielten sich so angeregt, als hätten sie sich monatelang nicht gesehen und würden nicht jeden Tag miteinander arbeiten. Als spürte er meinen Blick, schaute Robert auf und nickte mir zu.

Im Wohnzimmer tigerte Marvin von einer Gruppe zur nächsten, und es dauerte jeweils nur wenige Augenblicke, dann hatte er das Gespräch an sich gerissen und begann, einen nach dem anderen zu vergraulen. Der Mann war zwar eine furchtbare Nervensäge, aber sein Bienenstich war unglaublich lecker.

Ich suchte Siggi und fand sie in unserem Schlafzimmer, wo sie gerade Auroras Windel wechselte. Der Geruch war überwältigend, und die Farbe ihrer breiigen Hinterlassenschaften hatte einen schillernden Grünton.

„Mein Gott, womit füttert ihr die Kleine?", fragte ich entsetzt.

„Wir experimentieren gerade mit einigen veganen Gemüsebreien nach Rezepten aus einem speziellen Ernährungsberater." Siggis Stimme klang nasal und angestrengt. Immerhin hatte Marvin ihr erlaubt, Einwegwindeln zu verwenden – nachdem sie ihm gedroht hatte, ihm sonst die gesamte Wäsche zu überlassen.

Ich öffnete ein Fenster und wedelte mit der Hand, um den Gestank zu vertreiben.

„Sie sieht müde aus", sagte ich und strich über Auroras Kopf. Sie schaute mich durchdringend an und nuckelte an ihrem Schnuller aus Naturkautschuk. „Du übrigens auch."

„Ich glaube, ich hab seit zwei Jahren nicht mehr geschlafen", erwiderte Siggi lächelnd. Sie sah glücklich aus, und das freute mich für sie. „Wir hauen bald ab – dann kannst du endlich die Schnitzel rausholen."

„Das Spanferkel. Oder was glaubst du, wofür Robert das Feuer auf der Terrasse gemacht hat?"

Als ich das Schlafzimmer verließ, stürzte sich Nils auf mich und rief: „Es wird höchste Zeit für den Stripper!"

Es war ein Running Gag zwischen uns, denn Nils hatte mir zu meinem fünfundzwanzigsten Geburtstag den Auftritt eines Strippers geschenkt, der als Feuerwehrmann verkleidet war und dann, um für einen möglichst dramatischen Auftritt zu sorgen, beinahe meine Wohnung abgefackelt hatte. Nils' Augen hatten den feuchten Glanz des Betrunkenen, und feine Speicheltröpfchen trafen meine Wange, als er für den nächsten Morgen eine Überraschung ankündigte.

„Dein Geburtstagsgeschenk. Der Hammer, sag ich dir, das beste Geschenk aller Zeiten!"

Das konnte definitiv nichts Gutes bedeuten.

Es war ein jährliches Ritual: Nils trieb alle Gäste ins Wohnzimmer, löschte das Licht und stürzte dann in die Küche, um den Geburtstagskuchen zu holen, ein Sahneungetüm mit einer unübersehbaren Vierzig aus kirschrotem Fondant in der Mitte. Der deutliche Hinweis auf mein Alter gab mir einen kleinen Stich, aber es war immer noch besser als der Kuchen mit dem Fotomotiv, den Nils vor zwei Jahren besorgt hatte. Das Bild stammte aus einem unserer gemeinsamen Mallorca-Urlaube, als wir beide noch Single gewesen waren, und zeigte mich, wie ich betrunken und mit einer viel zu knappen Badehose bekleidet vor einem riesigen Eimer mit Sangria saß und auf eine Art, die ich für lasziv hielt, an einem Strohhalm nuckelte.

Während Nils vorsichtig die Torte hereintrug, sangen alle *Happy Birthday*, was mir immer peinlich war. Ich schaute in die Gesichter meiner Freunde und Familie und dachte daran, wie normal und unaufgeregt mein Leben war und wie sehr ich mir wünschte, dass etwas Aufregendes und Unvorhersehbares passieren würde. Von den Kerzen stieg eine unheimliche Hitze aus, als ich mich vorbeugte, um sie auszupusten. Ich bin sicher, es waren vierzig Stück, aber mir kam es vor, als wären es Hunderte, und beinahe wäre mir der Atem weggeblieben. Als ich fertig war, richtete ich mich schnaufend auf, und Robert legte einen Arm um meine Schultern.

„Was hast du dir gewünscht?“, fragte er und küsste mich.

„Wenn ich dir das verrate, geht es nicht in Erfüllung.“

Ach, ich hatte ja keine Ahnung.

Der Nacktputzer

Der nächste Morgen, ein Samstag, war grausam. Ich hatte einen leichten Kater und gönnte mir ein Stück Geburtstagstorte und ein paar Kopfschmerztabletten. Robert war schon auf und hatte Kaffee gekocht; auch er sah etwas verknittert aus. Als ich in die Küche schlurfte, war er gerade dabei, das schmutzige Geschirr in die Spülmaschine zu räumen.

„Ich muss noch mal los", sagte er, während er im Schrank unter der Spüle nach den Tabs kramte. „Dr. Haller hat noch ein paar Fragen zur Security."

„Ich dachte, das ist ein Kongress von Kiefer-Orthopäden und nicht die Hauptversammlung der Mafia? Womit rechnet er denn – amoklaufende Opfer fehlgeschlagener Weisheitszahnoperationen?"

„Der Mann organisiert so was zum ersten Mal, da muss man ein wenig geduldig sein." Robert küsste mich zum Abschied. „Lass alles stehen, ich helfe dir, sobald ich zurück bin. Dauert bestimmt nicht lange."

Und damit ließ er mich allein mit meinem mittleren Alter und meiner miesen Stimmung. Aber er hatte recht: Wenn man selbstständig war, ging der Job immer vor. Als ich Robert kennengelernt hatte, war er noch einfacher Streifenpolizist, wechselte aber einige Zeit später zur Bundespolizei. Doch die langen Arbeitszeiten, der Schichtdienst und seine mitunter tagelange Abwesenheit bei auswärtigen Ermittlungen taten unserer Beziehung nicht gut. Außerdem hatte er ein Problem mit seinem neuen Vorgesetzten, der latent homophob war.

Irgendwann kam Robert auf die Idee mit dem privaten Sicherheitsdienst. Er kannte einige Polizisten, die nach einer Nebenbeschäftigung am Wochenende suchten, und ehemalige Kollegen, die eine Menge Erfahrung auf diesem Gebiet hatten. Es dauerte gut ein Jahr, bis das Konzept stand und er den Mut aufbrachte, ins kalte Wasser zu springen. Als Beamter konnte er sich natürlich freistellen lassen, mit der Option, jederzeit in den Staatsdienst zurückzukehren, und in der ersten Zeit dachte Robert häufiger daran.

Nach weiteren drei Jahren lief das Geschäft endlich so gut, dass man von einem Erfolg sprechen konnte. In unserem sechsten Firmenjahr beschäftigten wir inzwischen ein Dutzend Leute und konnten bei Bedarf auf einen Pool qualifizierter Kräfte zurückgreifen. In erster Linie kümmerten wir uns um die Sicherheit bei Sportveranstaltungen, Konzerten, Stadtfesten, Messen, Fachkonferenzen wie die Zusammenkunft der Kiefer-Orthopäden oder exklusiven Partys. Seltener wurden wir von Privatpersonen gebucht, ausländischen Geschäftsleuten, die in München zu tun hatten und ein, zwei Bodyguards brauchten, nicht, weil es notwendig war und man ihnen nach dem Leben trachtete, sondern als eine Art Accessoires als Statussymbol, das ihrer tatsächlichen oder vermeintlichen Bedeutung Legitimation verlieh.

Ich war Roberts stiller Teilhaber, der das Startkapital bereitgestellt hatte, und kümmerte mich darüber hinaus um die Buchhaltung, die Steuern und den ganzen Papierkram. Drei Tage die Woche arbeitete ich in unserem kleinen Büro in Schwabing, das als Geschäftszentrale diente und in dem wir manchmal Kunden empfingen. Die Tätigkeit füllte mich nicht unbedingt aus, aber sie gab mir etwas zu tun und meinem Alltag eine gewisse Struktur.

Meinen Job als Buchhändler hatte ich schon vor Jahren an den Nagel gehängt. Nachdem ich meinen Laden geschlossen und das Mietshaus, das mein Großvater mir hinterlassen hatte, verkauft hatte, wusste ich eine Weile nicht viel mit mir anzufangen. Ich war nicht darauf angewiesen, arbeiten zu gehen, weil ich mehr Geld hatte, als ich jemals ausgeben würde – vorausgesetzt, ich kaufte mir nicht jedes Jahr einen neuen Lamborghini oder eine Jacht. Nicht, dass ich das eine oder andere je besessen hätte …

Als Erstes erwarb ich eine Eigentumswohnung in Schwabing, ein geräumiges Penthouse im Loftstil, das vor zwölf Jahren gebaut worden war und von dessen Dachterrasse man einen traumhaften Blick auf München hatte. Den Rest meiner Erbschaft teilte ich auf, investierte die eine Hälfte konservativ bei meiner Bank und vertraute die andere einem Vermögensverwalter an, den Robert zuvor auf Herz und Nieren überprüft hatte. Von den Zinsen konnte ich bequem leben.

Mein ganzes Leben hatte sich geändert, und ich hatte anfangs Schwierigkeiten, etwas mit meiner neugewonnenen Freiheit anzufangen. Das Schreiben half mir, mich neu zu erfinden, aber irgendwann gingen mir die Ideen aus. Mein zweites Steckenpferd war das Kochen. Ich hatte schon immer gerne gekocht und gebacken (und auch gegessen), weshalb ich meine Küche mit dem neuesten Schnickschnack ausstatten ließ und mich auf diesem Gebiet austobte. Ich kochte mich durch die italienische Küche, dann durch halb Asien, mit ein paar Abstechern nach Mittel- und Südamerika. Eine Weile spielte ich sogar mit dem Gedanken, einen Food-Blog zu kreieren, aber angesichts der gewaltigen Konkurrenz schien mir das Unterfangen aussichtslos zu sein.

Viel Zeit verbrachte ich mit dem Lesen und Ausprobieren neuer Rezepte. Ich ging regelmäßig auf den Markt, um frisches Obst und Gemüse zu kaufen, und ließ eine Menge Geld in den Läden für Küchenbedarf. Auf unserem Balkon versuchte ich, Kräuter zu kultivieren, hatte dabei aber wenig Glück. Pflanzen neigen leider zu spontanen Selbstmordversuchen, sobald sie in meine Hände fallen, aber ich habe noch nicht aufgegeben. Mit all dem war ich ganz gut beschäftigt, außerdem machte unsere große Wohnung ebenfalls eine Menge Arbeit. Der Einzige, der glaubte, ich würde mich furchtbar langweilen, war Robert. Er schlug mir sogar ernsthaft vor, einen Hund anzuschaffen oder mich gemeinnützig zu engagieren.

Robert, den ich immer scherzhaft als „Berufsschwulen" bezeichne und der sich in mehreren Vereinen engagiert, ist ein Heiliger, der sich gegen die Diskriminierung Schwuler und Lesben in aller Welt einsetzt, in einer Einrichtung für homosexuelle Flüchtlinge arbeitet und sich um obdachlose Jugendliche kümmert. Verglichen mit ihm bin ich ein gieriger Kapitalist, der nichts weiter tut, als sein ererbtes Vermögen zu verprassen. Im Gegensatz zu Robert, der auf jeden offen zugehen kann und schnell Freundschaften schließt, bin ich aber auch ein introvertierter, schüchterner Mensch, der lieber für sich ist. Gegen mein schlechtes Gewissen helfen allerdings regelmäßige Spenden und eine aktive Beteiligung am alljährlichen Kuchenbasar der AIDS-Hilfe, meistens in Form exzessiven Tortenkonsums.

Ich bin zwar politisch interessiert und genauso empört wie jeder andere vernünftig denkende Mensch, wenn es um die Diskriminierung von Minderheiten geht, aber mein Schwulsein ist nichts, was ich wie eine Regenbogenfahne vor mir hertrage, sondern etwas, das so selbstverständlich zu meinem Leben gehört, dass ich nicht mehr darüber nachdenke. Dass es so ist, verdanke ich natürlich einem weitgehend toleranten Land und vermutlich auch der Tatsache, dass ich nicht unbedingt den bekannten schwulen Klischees entspreche. Anders als Nils kleide ich mich nicht auffällig, und ich gehöre auch nicht zu jenen Menschen, die ihren Partner in der Öffentlichkeit abknutschen. Der Austausch von Zärtlichkeiten ist für mich etwas Intimes, und ich fühle mich unwohl dabei, Robert vor anderen zu küssen.

„Es ist dir nur peinlich, weil du Angst davor hast, was die Leute dazu sagen", behauptet Robert immer und schiebt diese Furcht auf die erzkatholische Erziehung meiner Mutter.

Im Grunde, sagt er, hätte ich immer noch Angst vor ihrer Zurückweisung und ihrem Liebesentzug. Meine Mutter sei mein ständiger Beobachter, und ich wolle sie durch mein Benehmen nicht verärgern. Was völliger Blödsinn ist, weil ich schon vor langer Zeit ihren unwiderruflichen Zorn auf mich gezogen habe.

Aber vielleicht hat er recht, vielleicht liegt es wirklich daran, wie ich aufgewachsen bin. Und möglicherweise geht das Problem sogar noch viel tiefer und betrifft nicht nur mein Schwulsein, sondern den gesamten Aspekt der Körperlichkeit. Ich bin nicht gerne vor anderen nackt, und selbst in der größten Sommerhitze würde ich niemals mit freiem Oberkörper herumlaufen – abgesehen davon, dass das ohnehin niemand sehen wollen würde. Vielleicht bin ich auch einfach nur wahnsinnig prüde.

Meine Kopfschmerzen ließen endlich nach, und auch der Kaffee zeigte seine Wirkung. Ich trödelte noch eine Weile herum, las die Nachrichten, schaute bei Facebook vorbei und überlegte gerade, wo ich mit dem Aufräumen beginnen sollte, als es an der Tür klingelte. Die Überwachungskamera zeigte einen jungen Mann Anfang zwanzig, der Rucksack und Trainingsanzug trug (auch etwas, mit dem ich mich nie aus dem Haus trauen würde) und einen Wischmopp schwenkte. Auf meine Frage, was er wolle, antwortete er, dass Nils ihn geschickt hätte – „zum Aufräumen und Saubermachen".

Ich ließ ihn herein, auch wenn man Geschenken, die von Nils kamen, nicht trauen sollte. Ein paar Minuten später betrat ein blonder Mann mit slawischen Wangenknochen und vereinzelten Akne-Narben die Wohnung, stellte seinen Putzeimer mit Mopp in die Ecke und schaute sich um.

„Eine große Wohnung“, sagte er und lächelte breit. „Wo soll ich anfangen?“

„Nils hat Sie engagiert, um bei mir zu putzen?“ Ich traute dem Geschenk immer noch nicht. Am Ende war der Fremde keine professionelle Putzhilfe, sondern ein raffinierter Trickbetrüger, der sich gerade Zugang zu meiner Wohnung verschafft hatte, um mich zu fesseln und auszurauben.

„Klar. Kannst übrigens Marius zu mir sagen.“ Er zwinkerte mir kokett zu und musterte mich von oben bis unten. Ich hatte noch meinen Pyjama an, weil ich so früh nicht mit Besuch gerechnet hatte, und war nicht einmal gekämmt.

Marius nahm seinen Rucksack ab, stellte ihn auf einen Stuhl neben der Eingangstür und zog dann den Reißverschluss seiner Trainingsjacke herunter. Darunter war er bis auf eine Art Ledergeschirr, das sich über seine durchtrainierten Brustmuskeln spannte, nackt. Während ich mich noch darüber wunderte und dachte, dass er vielleicht schnell ins Schwitzen kam, hatte er sich nicht nur der Jacke, sondern auch seiner Hose entledigt. Irritiert starrte ich auf den stachelbesetzten Cockring, der sich um seinen Schwanz und seinen rasierten Hodensack schloss.

„Wo finde ich Putzmittel?“, fragte er unbekümmert.

Vor Verblüffung wusste ich nicht, was ich sagen sollte, und deutete stumm auf die Tür der Abstellkammer. Marius nickte und holte sich das Gewünschte.

„Wasser?“

Ich blickte zur Badezimmertür und sah zu, wie er pfeifend den Wasserhahn über der Badewanne aufdrehte und das Putzmittel dosierte. Mein Handy lag auf der Ablage im Flur, und ich wählte Nils’ Nummer.

„Da ist ein nackter Mann in meiner Wohnung“, sagte ich statt einer Begrüßung.

„Na, Gott sei Dank“, meinte Nils etwas undeutlich. Der Geräuschkulisse nach zu urteilen saß er in einem Café und frühstückte. „Ich wäre echt sauer, wenn sie dir eine Frau geschickt hätten.“

„Du schenkst mir einen *Nacktputzer*?“ Ich dämpfte meine Stimme, damit Marius mich nicht hörte, der gerade mit Eimer und Wischmopp im Wohnzimmer verschwand.

„Wieso nicht? Du beschwerst dich doch immer über das Aufräumen nach einer Party. Da dachte ich, ich schlage zwei Fliegen auf einen Streich.“

„Klappe.“

„Was hab ich denn gesagt?“ Er klang beleidigt.

„Es heißt, zwei Fliegen mit einer … Ach, ist auch egal. Ich ruf noch mal an.“

„Bitte schön, Andy, gern geschehen“, säuselte er, „und viel Spaß!“

Seit wir die Wohnung bezogen hatten, diskutierten Robert und ich, ob wir eine Putzhilfe engagieren sollten. Mir behagte allerdings der Gedanke nicht, eine wildfremde Person in unser Zuhause zu lassen, schon gar nicht, wenn sie auch unsere Wäsche machen sollte. Letzteres war etwas, das Robert sich wünschte, da wir beide nicht gerne bügelten, mit dem ich mich aber partout nicht anfreunden konnte. Meine Unterwäsche legte ich lieber selber zusammen. Robert hingegen befürchtete eher, dass die Qualität der Arbeit nicht seinen Ansprüchen gerecht werden würde. Der Mann ist ein kleiner Ordnungsfanatiker, der schon nervös wird, wenn ich am Abend meine Socken auf dem Boden liegen lasse, anstatt sie in den Wäschekorb zu werfen. Wir haben eben beide so unsere Marotten. Beispielsweise sortiere ich meine Gewürze in alphabetischer Reihenfolge.

Ich atmete tief durch und ging zu Marius, der gerade die verstreuten Teller zusammensuchte und aufstapelte.

„Na, gestern Party gemacht?“, fragte er und zwinkerte mir wieder zu.

„Nur ein paar Freunde“, sagte ich.

„Nice.“ Aus seinem Mund klang das so anzüglich, als hätte ich ihm von einer Orgie berichtet. Seine plumpe Vertraulichkeit gefiel mir nicht, ebenso wenig die Art, wie er mich von der Seite ansah. Was erwartete er von mir?

Um nicht tatenlos herumzustehen, schnappte ich mir ein paar Gläser und folgte ihm in die Küche. Wir stellten das Geschirr auf die Spülmaschine und kehrten ins Wohnzimmer zurück. Als ich nach einer Schüssel mit Chipskrümeln griff, legte er eine Hand auf meinen Arm.

„Das ist dein erstes Mal, oder?“

Eine Sekunde lang wusste ich nicht, was er meinte. „Ich wollte nur helfen …“, stammelte ich entschuldigend.

„Musst du nicht. Du bist mein Master, also setz dich und sieh mir zu, okay?“ Wieder dieses Zwinkern. Hatte der Junge was mit den Augen? Und was sollte das mit dem „Master“?

Ich saß also etwas verkrampft in einem Sessel und beobachtete, wie Marius das Geschirr in die Küche trug. Es klapperte und schepperte ein paar Mal so laut, dass ich Angst um mein Porzellan hatte, aber ich sagte nichts. Ich wusste nicht so recht, wie ich mich verhalten sollte. Ich hatte natürlich schon von dieser Art der Dienstleistung gehört und wusste, dass es Leute gab, die den Anblick nackter Männer oder Frauen genossen, die ihre Böden schrubbten und die Petunien gossen. Mir war das Ganze eher unangenehm. Hoffentlich war er bald fertig.

„Wie lange machst du das schon?“, fragte ich schließlich, weil ich das unbehagliche Schweigen nicht länger ertragen konnte.

„Ein Jahr?“ Es klang nach einer Frage.

„Und … macht es dir … äh ... Spaß?“

„Sieht man das nicht?“

Nachdem er aufgeräumt hatte, wischte er den Tisch ab, allerdings auf so nachlässige Art, dass auf der Glasplatte jede Menge Streifen und Schlieren zurückblieben. Ich ärgerte mich über seine Schlampigkeit, hielt aber den Mund. Seine Bewegungen waren langsam, lasziv, und er streckte mir immer wieder keck seinen Hintern entgegen. Die Muskeln an seinen Beinen waren wie die eines Tänzers, straff und wohlgeformt, und mit seinen Pobacken hätte er Walnüsse knacken können. Mir wurde plötzlich ziemlich heiß. Dabei warf er mir über die Schulter einen weiteren herausfordernden Blick zu, als erwartete er ein Lob für seine Bemühungen oder ein paar Anweisungen.

Als Nächstes holte Marius seinen Putzeimer, tauchte den Mopp ein und klatschte ihn, ohne ihn vorher auszuwringen, auf das Parkett.

„Stopp!“, schrie ich entsetzt und sprang auf. „Könntest du bitte weniger Wasser nehmen? Holzböden soll man nur leicht feucht aufwischen.“

Marius machte ein schuldbewusstes Gesicht und senkte den Kopf. War ich zu streng gewesen? Der Putzeimer hatte eine Vorrichtung, in der man den Mopp bequem auswringen konnte, ohne ihn anfassen zu müssen, und von einem Mann seiner Profession sollte man doch annehmen, dass er wusste, wie er mit seinem Arbeitsgerät umzugehen hatte. Marius drückte die tropfnassen Stoffschlingen so kurz hinein, dass er es genauso gut hätte sein lassen können. Als er damit einen weiteren Angriff auf mein Parkett startete, griff ich nach dem Mopp und hielt ihn fest.

„Du musst ihn richtig ausdrücken", sagte ich in einem schärferen Ton als beabsichtigt. „Nebelfeucht, verstehst du? Nebelfeucht!"

Marius nickte, machte aber keinerlei Anstalten, meiner Aufforderung Folge zu leisten. War der Mann taub oder einfach nur dumm? Oder machte er das womöglich absichtlich? Irritiert bemerkte ich, dass sein Penis zu beachtlicher Größe angeschwollen war. Die Situation war mir peinlich und ging über alles hinaus, was ich über Nacktputzer gelesen hatte. Im Stillen verfluchte ich Nils für seine dämlichen Geschenke. Was sprach denn gegen ein gutes Buch, eine Flasche Wein oder eine Schachtel Pralinen? Ich liebte Pralinen, verdammt noch mal!

„Es tut mir leid", sagte er und senkte demütig den Kopf. „Willst du mich bestrafen?"

Das brachte mich aus der Fassung. Das und sein Schwanz, der stramm wie eine Fahnenstange stand. Hatte der Kerl Viagra geschluckt, oder brachte ihn das Putzen wirklich dermaßen in Wallung?

„Wie bitte?"

„Ich habe schlecht gearbeitet", sagte Marius, wandte sich halb um und streckte mir seinen Hintern entgegen. „Schlag mich!"

„Was …?" Erwartete er von mir, dass ich ihn mit seinem eigenen Mopp verprügelte? „Ich kann dich doch nicht … Mach es einfach richtig, okay?"

„Du musst mich bestrafen!" Er klang fast schon verzweifelt und griff nach dem Mopp. Einen Moment lang hatte ich Angst, er würde am Ende mich verprügeln, und verstärkte meinen Griff.

Wir zerrten an dem Stiel. Der Eimer wurde dabei hin und her gestoßen und Wasser schwappte über den Rand. Es war albern, und ich verlor allmählich die Geduld. Mit einem Ruck entriss ich Marius den Mopp, dabei kippte der Eimer um und ergoss seinen Inhalt über meinen Parkettboden.

„Verdammter Mist!“ Jetzt war ich richtig sauer.

„Das ist meine Schuld“, sagte Marius, kniete sich vor mir hin und klammerte sich an meine Beine. „Schlag mich, ich hab es verdient!“

Ich versuchte mich loszumachen, aber er hielt mich weiterhin fest und flehte mich an, ihn für seine Fehler zu züchtigen, und ich war inzwischen so wütend, dass ich ihn liebend gern bestraft hätte. Die Situation geriet völlig außer Kontrolle. Während ich ihn abzuschütteln versuchte, wich ich ein Stück zurück – und stolperte dabei über den Mopp. Ehe ich mich versah, verlor ich das Gleichgewicht und plumpste zu Boden.

Ich stöhnte auf, weil ich mir den Rücken gezerrt hatte. Marius, der halb auf meinen Beinen lag, starrte mich mit großen Augen an.

„Das tut mir wirklich leid“, stammelte er.

„Schon gut, vergessen wir es.“ Das Ganze war einfach lächerlich. Das Putzwasser durchweichte meinen Pyjama. Als ich aufstehen wollte, drückte er mich wieder nieder. Ich spürte seine Erektion an meinem Bein und schob ihn von mir, was nicht so einfach war, weil ich auf dem nassen Boden immer wieder wegrutschte.

„Schlag mich!“ Sein Blick bekam etwas Manisches. „Willst du mich fesseln? Ich hab Handschellen dabei und einen Knebel …“

Wie konnte ein einfacher Putzauftrag nur so außer Kontrolle geraten?

„Jetzt ist aber gut!“, sagte ich entschieden, schüttelte seine Hände ab und krabbelte auf allen vieren von ihm weg. Marius versuchte, mich zu packen, erwischte jedoch nur meine Schlafanzugshose und zog sie mir herunter.

Genau das war natürlich der Moment, in dem Robert nach Hause kam. Wir hatten weder die Wohnungstür noch sein Rufen gehört und schauten verblüfft zu ihm auf, als er plötzlich vor uns stand. Auch Robert fehlten die Worte, und ich mag mir nicht vorstellen, was in dieser Sekunde durch seinen Kopf schoss, als er seinen Freund mit heruntergelassener Hose vor einem nackten Fremden knien sah, der ihn lauthals um Schläge anbettelte.

Nils wies natürlich jede Verantwortung zurück. Das Ganze sei ein Missverständnis gewesen, versicherte er mir zerknirscht am Telefon, offenbar habe er bei der Auswahl des Nacktputzers zwei Anbieter miteinander verwechselt: Der eine, den er buchen wollte, putzte im Adamskostüm Wohnungen, während der andere, den er tatsächlich gebucht hatte, als putzender SM-Sklave firmierte. Könne ja mal vorkommen, so Nils.

„Und du bist bei der Formulierung ‚williger Sklave für niedrige Dienste' nicht misstrauisch geworden?", fragte ich.

Marius hatte mir seine Online-Annonce gezeigt, nachdem Robert ihn von mir weggezogen hatte, so dass er sich wieder beruhigen konnte. Seltsamerweise war ihm das alles deutlich weniger peinlich gewesen als mir.

„Na ja, ich dachte, das heißt, er ist besonders gründlich."

Statt einer Antwort legte ich einfach auf.

„Es ist eine witzige Geschichte", sagte Robert am Abend, als wir uns auszogen, um ins Bett zu gehen. Er knüllte T-Shirt und Boxershorts zusammen und warf sie in den Wäschekorb. „Du könntest darüber schreiben."

„Schön, dass wenigstens du die Sache so locker siehst."

„Mir tut nur leid, dass ich nicht geistesgegenwärtig genug war, mein Handy rauszuholen. Die Szene wäre bestimmt viral gegangen."

Ich wusste, es war ein Scherz, aber allein der Gedanke daran war beängstigend. Heutzutage war nichts mehr so privat, dass es nicht binnen Sekunden zu einem öffentlichen Akt werden konnte. Als ich mich vorbeugte, um einen frischen Pyjama aus der untersten Kommodenschublade zu ziehen, versetzte er mir einen spielerischen Klaps auf den Hintern.

„Au! Was soll das?"

„Ach, ich dachte, du stehst drauf ..."

Ich schenkte ihm meinen tödlichsten Blick, der ihn jedoch nur noch lauter kichern ließ.

„Ich hab diesen SM-Praktiken noch nie was abgewinnen können, wahrscheinlich würde ich die ganze Zeit über lachen und alles ruinieren", sagte er und schob sich ein Kissen in den Rücken. „Weißt du noch, wie ich dich mal ans Bett gefesselt habe?"

Ich seufzte und schlüpfte unter die Decke. Als wir uns gerade kennengelernt hatten, hatte er mich einmal mit seinen Handschellen ans Bett gefesselt – und musste dann die Wohnung verlassen, weil er zu einem dringenden Einsatz gerufen worden war. Nils hatte mich so gefunden, und anstatt Mitleid mit mir zu haben, hatte er mich gnadenlos ausgelacht. Und ein Foto von mir gemacht. Es war keine angenehme Erinnerung, und das Schlimmste daran war, dass Robert mich auf meinen eigenen Wunsch hin gefesselt hatte.

„Ist dir nicht für eine Sekunde der Gedanke gekommen, ich könnte tatsächlich … na ja, dich betrügen?"

„Du und dieser SM-Jüngling?" Aus Roberts Mund klang das so abwegig, als würde ich mich für die GSG9 bewerben.

„Wir waren immerhin nackt, und er war … na ja, willig."

„Ja, aber du hättest dein Gesicht sehen sollen, du warst in Panik!" Robert riss die Augen auf in einem erbärmlichen Versuch, mich zu imitieren. „Du weißt, dass ich nicht eifersüchtig bin."

Wir hatten schon früher über das Thema gesprochen, und ich war immer ein bisschen beleidigt, wenn er so etwas sagte. Natürlich wollte ich keinen Partner, der mich kontrollierte und argwöhnisch wurde, sobald ich mich ohne sein Beisein mit einem anderen Mann traf, aber mir kam seine demonstrative Gelassenheit immer wie Gleichgültigkeit vor, als wäre es ihm egal, ob ich ihn betrog oder nicht. Oder, noch schlimmer, als traute er mir keinen Seitensprung zu, weil ich dafür zu dumm, zu ungeschickt oder einfach nicht sexy genug war.

„Ich glaube, Marius wollte mit mir schlafen", sagte ich trotzig.

„Marius wollte dominiert werden, das ist was anderes." Robert blickte von seiner *Men's Health* auf. „Oder wolltest du mit *ihm* schlafen?"

„Natürlich nicht", beeilte ich mich zu sagen. „Aber es wäre immerhin möglich gewesen."

„Bist du jetzt sauer, weil ich mich nicht darüber aufrege? Komm schon, das Ganze war einfach zu lächerlich. Außerdem", fügte er süffisant hinzu, „reicht es ja, wenn einer von uns beiden eifersüchtig ist."

„Ich bin nicht …"

Robert sah mich durchdringend mit seinen grau-blauen Augen an. Das war dünnes Eis, auf dem ich mich hier bewegte. Wenn wir in der Vergangenheit über Eifersucht gesprochen hatten, war es immer um meine Gefühle gegangen. Robert war viel zu pragmatisch und rational veranlagt, um sich mit solch niederen Regungen abzugeben. Ich hingegen hatte stets Mühe, meine Fantasie im Zaum zu halten. Vor allem seine Freundschaft zu Philip hatte mich schwer beschäftigt, und es hatte lange gedauert, bis mein Kopfkino nicht jedes Mal einen Porno abspielte, sobald Robert und Philip ins Fitnessstudio oder zum Kampfsporttraining gingen. Im Grunde war ich eifersüchtig auf ihn, weil er nicht eifersüchtig war.

„Ich wundere mich nur, dass es dir nicht einmal in den Sinn kommt, ich könnte mit einem anderen Mann schlafen“, sagte ich schließlich. „Ich meine, wir sind jetzt seit neun Jahren zusammen, und unser Sexleben ist auch nicht mehr das, was es mal war.“

Robert legte die Zeitschrift beiseite. „Findest du, wir haben zu wenig Sex?“

„Nein … Ich weiß nicht. Es ist jedenfalls nicht wie früher.“

„Ich hab dir erst vor ein paar Tagen einen geblasen.“

„Ja, und dann bist du ins Bad verschwunden.“

„Beschwerst du dich gerade über einen Blowjob?“ Robert grinste.

Warum musste er immer alles ins Lächerliche ziehen? Jedes Mal, wenn wir uns stritten, konterte er meine Einwände mit Ironie und sanftem Spott, und ich war dann derjenige, der alles so furchtbar ernst nahm.

„Vergiss es einfach.“ Ich drehte ihm den Rücken zu und löschte meine Nachttischlampe.

Doch Robert wollte die Sache nicht auf sich beruhen lassen. Er rückte näher und legte einen Arm um mich. Seine Lippen liebkosten meinen Nacken.

„Ich finde, wir führen eine tolle Beziehung“, flüsterte er, „und mir fällt nur eine Sache ein, die sie noch besser machen könnte.“

Ich unterdrückte einen Seufzer, denn das war ein weiteres Thema, bei dem wir uns nicht einig waren. Robert sprach schon seit Jahren davon, unserer Beziehung einen offiziellen Anstrich zu geben, und er hatte mit einigen Argumenten durchaus recht: Wir könnten auf diese Weise eine Menge Steuern sparen, unsere geschäftliche Beziehung würde auf eine solidere Basis gestellt, und im Falle von Krankheit oder Erbschaft wären wir auch besser abgesichert. Das Problem war nur, dass ich nicht heiraten wollte.

Beziehungen waren nicht für die Ewigkeit geschaffen. Meine Großeltern hatten noch eine glückliche Ehe geführt, und meine Eltern waren immerhin bis zum Tod meines Vaters miteinander verheiratet gewesen, wobei ich nicht sagen konnte, ob es auch eine harmonische Verbindung gewesen war. Aber schon in ihrer Generation waren Scheidungen nicht mehr so selten gewesen, und keine meiner früheren Beziehungen hatte länger als ein paar Jahre gehalten. „Und wenn sie nicht gestorben sind, lebten sie glücklich bis an ihr Ende" war ein Satz aus dem Märchenbuch, an den heutzutage niemand mehr glaubte. Welchen Sinn machte es also zu heiraten, wenn man am Ende ohnehin wieder enttäuscht würde? Man konnte auch ohne offizielle Bestätigung vom Staat ein Paar sein und sparte sich im Falle einer Trennung wenigstens eine Menge Papierkram.

Aber Robert und die Mehrzahl der Homosexuellen in aller Welt waren seit einiger Zeit von dieser Idee besessen, war die „Ehe für alle" doch ein sichtbares Zeichen für gesellschaftliche Akzeptanz. Auch ich konnte mich für die Idee an sich begeistern, schließlich war es noch gar nicht so lange her, dass homosexuelle Handlungen strafrechtlich verfolgt werden konnten. Die Schwulenbewegung hatte einen langen Weg zurückgelegt und viel erreicht, nicht nur vor dem Gesetz, sondern auch in den Köpfen der Menschen. Und doch brauchten wir uns nichts vorzumachen: Wir mussten auch heute noch Diskriminierung und Gewalt erdulden. Unsere Gegner mochten zwar weniger geworden sein, aber sie waren immer noch vorhanden. Schwule und Lesben durften jetzt vielleicht heiraten, aber „normal" war das für viele deshalb immer noch nicht.

Bis zum letzten Sommer hatte ich immer gesagt, dass ich so lange nicht heiraten würde, bis es keine Ehe zweiter Klasse mehr gäbe. Deutschland ist ein konservatives Land, und ich rechnete nicht damit, dass sich am Status quo so schnell etwas ändern würde. Und dann ließ Angela Merkel mich einfach im Stich.

Seit es auch bei uns die „Ehe für alle" gab, diskutierten Robert und ich immer häufiger über dieses Thema, und es fiel mir von Mal zu Mal schwerer, die passenden Argumente dagegen zu finden. Was vor allem daran lag, dass ich so verdammt glücklich mit ihm war, glücklicher jedenfalls als mit jedem anderen, und das schon seit neun Jahren. Und genau darum wollte ein irrationaler, abergläubischer Teil von mir das auch nicht riskieren.

Robert schob seine Hand in den Bund meiner Schlafanzughose. „Außerdem könntest du dann deine ehelichen Rechte einfordern."

„Ist das so?" Ich drehte mich zu ihm um und erwiderte seine Zärtlichkeiten. „Na, dann solltest du mir vielleicht mal einen richtigen Antrag machen."

Er hielt abrupt inne und starrte mich an. „Ich hab schon hundert Mal vorgeschlagen …"

„Ja, jedes Mal, wenn wir unsere Steuererklärung gemacht haben. Wahnsinnig romantisch."

„Ach, du willst es romantisch?"

„Nein", erwiderte ich schnell, bevor er auf falsche Gedanken kam. Warum hatte ich das nur gesagt? Es war mir einfach rausgerutscht. „Ich sag ja nur, dass du mir nie einen richtigen Antrag gemacht hast. Heiraten will ich trotzdem nicht."

„Dann soll ich also ganz romantisch und formell um deine Hand anhalten, damit du mir das Herz brechen kannst?"

Aus seinem Mund klang das so grausam. Ich seufzte erneut und sagte: „Können wir jetzt einfach nur Sex haben?"

„Klar", sagte Robert, hob meine Hüften an, um mir mit einem kräftigen Ruck die Hose auszuziehen, und drehte mich dann schwungvoll auf den Bauch. Er legte sich mit seinem vollen Gewicht auf mich und brachte seinen Mund dicht an mein Ohr: „Darf ich dich schlagen?"

Qualverwandtschaften

Als wir am nächsten Morgen beim Frühstück saßen, kam mein Cousin Wally vorbei. Seit er einige Zeit bei uns gewohnt hatte (offiziell war er immer noch hier gemeldet), fühlte er sich hier wie zu Hause, weshalb ihn sein erster Gang stets zum Kühlschrank führte, um zu sehen, ob es etwas zu essen gab. Der Junge wurde im Juni vierundzwanzig, wirkte mit seinen langen, dünnen Gliedmaßen und den strubbeligen blonden Haaren aber wie ein Teenager. Seit ein paar Monaten ließ er sich einen fusseligen Bart wachsen, weil er glaubte, damit erwachsener zu wirken. Bislang hatte ich es nicht übers Herz gebracht, ihm diese Illusion zu rauben.

„Freddy hat gerade angerufen“, sagte Wally aus den Tiefen des Kühlschranks. „Papa hatte einen Schlaganfall.“

„Siegmund? Das ist ja furchtbar! Wie geht es ihm?“

Wally tauchte mit der Schüssel Kartoffelsalat auf, holte sich eine Gabel und begann, mechanisch die Reste in sich hineinzuschaufeln. Obwohl er immer einen gewaltigen Appetit hatte, war an seinem Körper kein einziges Gramm Fett; das Muskelshirt und die grellbunten Shorts saßen so locker an ihm, als hätte man versucht, einen Besenstiel zu verkleiden. Er hielt die Gabel wie eine Stichwaffe, den Ellbogen abgewinkelt, als gelte es, hungrige Konkurrenten fernzuhalten.

„Er kommt wahrscheinlich morgen wieder nach Hause“, antwortete Wally mit vollem Mund. „Sein Schlaganfall war nämlich vor drei Wochen. Und keine Sau sagt mir was.“

Robert und ich wechselten einen Blick. Dass niemand mich über Siegmunds Gesundheitszustand informiert hatte, wunderte mich nicht, aber seinen Sohn? Das war in der Tat ein starkes Stück. Wally zog geräuschvoll die Nase hoch und schob die leere Schüssel von sich. Er schnappte sich mein Buttermesser, um ein Stück Käse abzuschneiden.

„Willst du ihn besuchen?“

Wally zuckte mit den Achseln. Es war nicht schwer, in ihm den unschuldigen kleinen Jungen zu sehen, der er einmal gewesen war, blond, blauäugig und mit leicht abstehenden Ohren. Aber alle kleinen Jungen werden einmal erwachsen und entdecken ihre Körper und die anderer. Es war für alle Eltern sicherlich nicht einfach, ihre lieben Kleinen irgendwann als sexuelle Wesen zu betrachten, vor allem nicht, wenn sie Sex mit dem eigenen Geschlecht bevorzugten.

„Soll ich mit dir fahren?"

Erneutes Achselzucken. Wally schenkte mir seinen traurigen Hundeblick, der niemanden ungerührt ließ. Was der kleine Mistkerl nur zu genau wusste. Die Zahl der gebrochenen Herzen in seinem Kielwasser musste enorm sein. Robert und ich nannten ihn den Welpen, seit wir ihn vor vier Jahren in einer kalten Winternacht vor unserer Tür gefunden hatten. Genau genommen war es weder Winter noch Nacht gewesen, und Wally war auch keine Dickens'sche Waise, sondern ein verängstigter junger Mann, der gerade sein Zuhause verloren hatte, weil er seine Liebe zu Männern eingestanden hatte. Ich nahm ihn tröstend in den Arm. Nichts an ihm war weich oder einladend, er bestand nur aus Knochen und harten Kanten.

Zwei Stunden später saßen wir im Zug nach Berlin. Wir teilten uns das Abteil mit einer älteren Frau und ihrem Golden Retriever, der unter ihrem Sitz lag und mich die ganze Zeit über anstarrte. Wally rutschte unruhig auf seinem Platz hin und her und beschäftigte sich mit seinem Handy. Wahrscheinlich textete er mit Momo.

Seit die neue Bahnstrecke fertig war, fuhr man in rund vier Stunden von München nach Berlin. Ich machte es mir in meinem Sitz bequem und vertiefte mich in Hillary Mantels *Falken*, doch meine Gedanken kehrten immer wieder zu meinem letzten Besuch in der Hauptstadt zurück. War das wirklich schon acht Jahre her?

Als ich im Mai 2010 nach Berlin reiste, um meine Familie väterlicherseits kennenzulernen, war mein Großvater bereits seit vier Jahren tot. Ich hatte gerade das Haus verkauft, das er mir hinterlassen hatte, und fühlte mich wie ein Verräter an seinem Leben und Vermächtnis. Er fehlte mir. Mein Großvater hatte ein langes, abenteuerliches Leben geführt. Als junger Mann war er allein über den Atlantik gesegelt, ein rastloser Reisender, ein Odysseus auf der Suche nach einer Heimat. Meine Mutter meinte einmal, dass er auf diese Weise den Schrecken des Krieges entkommen wollte, der seine Jugend verschlungen hatte wie ein barbarischer Gott. Er selbst sprach kaum über diese Zeit, weder über den Krieg noch über seine Reisen. Ich hatte Bilder gesehen, blasse Schwarz-Weiß-Fotografien von Südseeparadiesen und exotischen Häfen. Vielleicht gab es auch Geschichten dazu voller Kneipenschlägereien, williger Frauen und stürmischer Nächte auf hoher See. Aber sie blieben unerzählt.

In seinem Nachlass fand ich auch Hinweise auf seine Familie. Bis zu seinem Tod hatte ich angenommen, dass er sein ganzes Leben in München verbracht hatte, dass das Mietshaus, in dem er gewohnt und das er mir vererbt hatte, von seinem Vater oder Großvater erbaut worden war, ein Vermächtnis, an das unausgesprochene Verpflichtungen geknüpft waren. Nichts davon stimmte. Tatsächlich hatte er das Gebäude Anfang der Sechziger gekauft, kurz nach der Hochzeit mit meiner Großmutter.

Als ich einige Jahre nach seinem Tod seine Unterlagen durchforstete, entdeckte ich, dass er der Spross einer wohlhabenden Berliner Familie war. Ihr gehörte eine Privatbank, eines der knapp zwei Dutzend Institute in Deutschland, die sich auf die diskrete Verwaltung riesiger Privatvermögen spezialisiert hatten. Das Bankhaus Hallwarth, so viel hatte ich von dessen Webseite erfahren, war 1798 gegründet worden und seit rund hundert Jahren im Besitz meiner Familie. Das Gebäude, in dem die Bank residierte, war ein neoklassizistischer Protzbau aus sächsischem Sandstein, der irgendwie die Feuerstürme der Alliierten überlebt hatte und Solidität und Distinguiertheit vermittelte. Ich stellte mir eichengetäfelte Rechenstuben und Tresore mit meterdicken Türen vor, hinter denen sich Goldbarren und Säcke voller Münzen stapelten.

Von meiner Mutter hatte ich erfahren, dass mein Großvater seinem Bruder die Verlobte ausgespannt hatte und mit ihr durchgebrannt war. Er hatte vollständig mit seiner Familie gebrochen, sich einen Teil seines Erbes auszahlen lassen, um davon das Haus in München zu kaufen, und den Rest als lebenslange Rente erhalten, und es waren diese monatlichen Zuwendungen gewesen, die mich auf seine romantische und verwegene Geschichte aufmerksam gemacht hatten.

Ich wollte mehr darüber erfahren. Mein Großvater, der mir nähergestanden hatte als jeder andere Mensch, hatte sich auf einmal in einen Fremden verwandelt. Ich hatte geglaubt, ihn zu kennen, und wenn ich die Augen schloss, sah ich ihn immer noch vor mir, einen gebrechlichen, vornehmen alten Herrn, der nach Zigarren und Veilchenpastillen roch und dessen hellwache Augen mich hinter der goldgeränderten Brille anfunkelten. Aber ich kannte nur, was er mir freiwillig offenbart hatte, und seine Biografie schien wie eine Landkarte früherer Jahrhunderte zu sein, mit zahllosen weißen Flecken. Terra incognita. Also beschloss ich, auf Entdeckungsreise zu gehen. Ich rief im Bankhaus Hallwarth an und schaffte es irgendwie, an zwei Sekretärinnen vorbei zum Geschäftsführer durchgestellt zu werden, indem ich unsere verwandtschaftliche Beziehung betonte. Dann hatte ich endlich Siegmund am Apparat, Wallys Vater.

Ich erzählte ihm von den Überweisungen, die mein Großvater Hans von seiner Bank erhalten hatte. Zuerst wirkte er zerstreut, als wüsste er nicht, wovon ich redete, dann wies er mich darauf hin, dass die monatlichen Zuwendungen an meinen Großvater mit seinem Tod erloschen waren und ich kein Geld mehr zu erwarten hatte.

„Ich will kein Geld“, antwortete ich sofort. „Ich will nur … Antworten.“

Daraufhin blieb es lange still.

„Was wollen Sie wissen?“, fragte er dann. Die Stimme klang wie knarrendes Leder, ein wenig brüchig, aber kultiviert. Der Mann, dem sie gehörte, musste schon etwas älter sein, er wirkte bedächtig und wie nicht so leicht aus der Fassung zu bringen.

Es war ein eigenartiges Telefonat voller misstrauischer Pausen, in denen ich glaubte, mein Gesprächspartner hätte bereits aufgelegt. Ich konnte es ihm nicht verübeln, hätte mich ein Fremder angerufen und behauptet, mit mir verwandt zu sein, hätte ich vermutlich ebenfalls skeptisch reagiert.

Nachdem ich ihm einige Fragen gestellt und Siegmund widerwillig darauf geantwortet hatte, sah ich etwas klarer: Siegmunds Vater und mein Großvater waren Brüder gewesen, was uns wohl zu Vettern zweiten Grades machte. Außerdem hatte er drei Kinder, Friedrich (Freddy), Agathe und Wally, die ebenfalls meine Cousinen und Cousins waren. Aber auch wenn unser verwandtschaftliches Verhältnis kein enges war, als Einzelkind, das lediglich mit Vater, Mutter und Großvater aufgewachsen war, war ich einfach nur froh, dass ich irgendwo noch Familie hatte.

„Mein Großvater ist 1960 nach München gezogen. Ich weiß, dass er davor viel auf Reisen war, aber ich weiß nichts über seine Kindheit und Jugend in Berlin. Oder seine Familie. Ich bin einfach nur neugierig auf meine Wurzeln, schätze ich …“

„Ich war damals drei Jahre alt“, sagte Siegmund vorsichtig. „Wirklich an ihn erinnern kann ich mich nicht, und mein Vater ist vor zehn Jahren verstorben, also … tut mir leid, Ihnen nicht weiterhelfen zu können.“

Enttäuschung machte sich in mir breit. Ich hatte gehofft, mehr über Opa Hans zu erfahren, vielleicht die eine oder andere Anekdote zu hören, wie er seinen Lehrern Streiche gespielt hatte oder beim Schwimmen im Wannsee beinahe ertrunken wäre. Auf diese Weise wäre ich ihm vielleicht wieder nähergekommen, hätte ihn neu kennenlernen können. Ich kannte nur den alten, bedächtigen Mann, der mir Geschichten vorlas und mit mir in den Zoo ging, als mein Vater im Sterben lag. Zu gern hätte ich gewusst, wie er als Sohn oder Bruder gewesen war, als neugieriges Kind oder als Jugendlicher mit hoffnungsvollen Träumen.

„Ich bin demnächst in Berlin“, sagte ich, einer plötzlichen Eingebung folgend, „und ich würde mich freuen, wenn Sie etwas Zeit für mich hätten. Vielleicht könnte ich das Haus sehen, in dem mein Großvater aufgewachsen ist …?“

Nach einer langen Pause, in der ich ihn beinahe nachdenken hören konnte, erklärte Siegmund sich schließlich einverstanden. Wir tauschten unsere E-Mail-Adressen aus, und dann legte er so schnell auf, dass ich kaum Zeit hatte, ihm zu danken und mich zu verabschieden. Knapp drei Wochen später traf ich in Berlin ein.

Vom Hauptbahnhof aus nahm ich ein Taxi nach Grunewald. Ich war nervös und achtete nicht weiter auf die Stadt, die an mir vorüberzog, oder das Geplauder des Taxifahrers. Irgendwann fuhren wir eine Kastanienallee entlang, alle Bäume standen in voller Blüte, und hinter den Zäunen lagen gepflegte Gärten mit Tulpen und Maiglöckchen. Es war ein schöner, poetischer Tag, an dem Mörikes Frühling sein blaues Band flattern ließ und ich meine Familie kennenlernen sollte. Vielleicht war es der Anfang von etwas Neuem.

Siegmunds Haus war eine Villa aus dem späten neunzehnten Jahrhundert mit spitzen Giebeln und einem Türmchen, ein bisschen zu düster für meinen Geschmack. Die Villa des Dr. Mabuse. Der Garten war parkähnlich angelegt mit kugelförmigen Buchsbäumen und Lorbeerbüschen, dazwischen die obligatorischen Tulpen und Flecken hellblauer Vergissmeinnicht. Vielleicht schlummerten irgendwo sogar Veilchen.

Die Frau, die mir öffnete, war schätzungsweise Anfang fünfzig und trug eine Schürze über einem schwarzen Kleid, was sie wie ein Hausmädchen aussehen ließ. Zuerst hielt ich sie sogar dafür, aber sie entpuppte sich als Siegmunds Frau Gudrun. Ihr Gesicht war schmal, die Nase wie ein Raubvogelschnabel, das Haar zu einem altjüngferlichen Dutt gebunden. Der Ausdruck rechtschaffender Strenge erinnerte mich an meine Mutter. Sie gab mir eine knochige, kühle Hand und bat mich herein.

Die Halle war dunkel. Viel wilhelminische Eiche an den Wänden, die Türrahmen waren geschnitzte Ungetüme, zweieinhalb Meter hoch und mit Putten und Tierköpfen geschmückt. Der Prunk vergangener Zeiten. Eine Treppe führte in die beiden oberen Stockwerke, und eine junge Frau kam gerade herunter, als probte sie ihren großen Auftritt in einem Historienfilm. Anstelle von Korsett und Reifrock trug sie jedoch ein Sommerkleid mit floralen Motiven und dazu eine Strickjacke. Es war kalt im Haus. Ihre Schuhe fielen mir auf, sie waren schwarz und von der pragmatischen Sorte, die Art Schuhe, die Krankenschwestern und Nonnen trugen. Sie passten definitiv nicht zu ihrer Trägerin, einem Mädchen von knapp achtzehn Jahren.

Ihr Name war Agathe, und was immer ihre Eltern mit der Wahl bezweckt hatten, es schien zu wirken. Ihre beiden Brüder hatten Spitznamen, sie war „nur Agathe", wie sie bei der Vorstellung säuerlich betonte. Dabei war sie recht hübsch mit ihren honigblonden Haaren, die sie zu einem Zopf gebunden hatte, und wachen, hellblauen Augen. Nur ihr Kinn war etwas zu spitz und von den Resten pubertärer Akne gesprenkelt, was ihr etwas Unnachgiebiges verlieh.

Der Rest der Familie erwartete mich in einem weitläufigen, von einem Kamin dominierten Raum, den sie tatsächlich „den großen Salon" nannten. Ich fragte mich, ob es auch einen kleinen gab und vielleicht rote, gelbe und grüne Schlafzimmer. Da standen sie, die Männer der Familie, aufgestellt nach Alter und Rang, wenn auch nicht nach Größe. Sie sahen aus, als warteten sie auf ein Erschießungskommando und wirkten genauso fröhlich.

Siegmund war ein untersetzter Mann Anfang fünfzig, der mit seiner Anzughose und karierter Hausjacke aussah, als wäre er einem Katalog der frühen Nachkriegszeit entstiegen. Mit seinem korrekten Seitenscheitel und der rahmenlosen Brille wirkte er so unscheinbar, dass ich ihn mir sehr gut in einer Bank vorstellen konnte. Ein farbloser Typ ohne Fantasie und Leidenschaft.

Sein ältester Sohn Friedrich – Freddy war damals dreiundzwanzig – kam eindeutig nach seinem Vater mit seinem kompakten, leicht babyspeckigen Körper und breiten Wangenknochen. Während meines Aufenthalts in der Villa habe ich kaum fünf Worte mit ihm gewechselt, er schien die ganze Zeit auf dem Sprung zu sein, wippte nervös mit dem rechten Bein und machte einen zerstreuten, geistesabwesenden Eindruck.

Der fünfzehnjährige Wally stand neben seinem Bruder und überragte ihn bereits um einen Kopf. Seine Bewegungen wirkten ungelenk, als wüsste er nichts mit seinen Armen und Beinen anzufangen, aber seine blauen Augen funkelten mich hellwach und aufgeweckt an. Weil sein Haar ganz kurzgeschoren war, fielen seine abstehenden Ohren besonders stark auf, sie verliehen ihm etwas Lausbübisches. Ich mochte ihn auf Anhieb.

„Krass, Papa und du habt die gleichen Augen", sagte er, nachdem ich ihn und seinen Bruder begrüßt hatte.

„Also so groß ist die Ähnlichkeit auch wieder nicht", erwiderte seine Schwester.

„Ich find's toll, dass wir einen Cousin haben", sagte Wally und strahlte mich an.

„Du hast bereits drei Cousins", warf Gudrun ein, „von meiner Seite."

„Ach, die zählen irgendwie nicht", meinte Wally und machte eine wegwerfende Handbewegung. „Außerdem sind sie langweilig."

„Vielleicht ist er ja auch langweilig", sagte „Nur-Agathe" spitz. Sie war das typische Sandwichkind, drei Jahre älter als Wally, nicht so dünn wie er, aber auch nicht pummelig wie ihr älterer Bruder. Unzufriedenheit umgab sie wie eine schlechte Aura.

Während Freddy nichts falsch machen konnte und Wally alles falsch zu machen schien, war sie diejenige, die stets übersehen wurde.

„Sind Sie das erste Mal in Berlin?“, fragte Gudrun und bat mir einen Platz am Kamin an, vor dem sich drei kleine Sofas gruppierten. Auf einem Tisch stand ein Tablett mit einer Wasserkaraffe und einigen Gläsern.

„Ich war als Schüler einmal hier“, sagte ich. Gudrun und Siegmund nahmen auf einem Sofa Platz, die älteren Kinder auf einem anderen, doch Wally setzte sich neben mich; es schien, als hätte ich einen natürlichen Verbündeten gefunden.

„Was soll denn das alberne Gesieze?“, fragte er seine Eltern. „Wir sind doch eine Familie.“

Gudruns Lächeln wirkte etwas angestrengt, aber wir blieben schließlich beim Du. Die nächste Stunde tauschten wir biografische Details aus. Ich erzählte ihnen von meinem Großvater, dem frühen Tod seines einzigen Sohnes und meiner Tätigkeit als Buchhändler. Dass ich meinen Laden gerade geschlossen hatte, mussten sie ja nicht unbedingt wissen. Ein bisschen heikel wurde es, als sie wissen wollten, ob ich verheiratet sei.

„Ich habe einen Freund“, sagte ich und spürte, wie sich Gudrun unwillkürlich versteifte. Auch Siegmund schien peinlich berührt zu sein, und Agathe kniff mit offener Missbilligung ihre Augen zusammen. Ihre Mutter wechselte schnell das Thema.

Ihre Reaktion überraschte mich nicht. Das großbürgerliche Ambiente, die Kleidung, die Namen ihrer Kinder und ihre reservierte Haltung – vom ersten Augenblick an hatte ich vermutet, dass ihr Mann und sie sehr konservativ waren. Natürlich hätte ich lügen oder einfach sagen können, dass ich unverheiratet war, aber ich wollte mich nicht verstellen. Entweder sie akzeptierten mich, wie ich war, oder nicht. Nur weil wir blutsverwandt waren, bedeutete das nicht, dass wir auch gute Freunde werden mussten. Die Chancen dafür standen bereits dreißig Minuten nach meiner Ankunft denkbar schlecht.

Nachdem wir eine Weile geplaudert hatten, blätterten wir einige Fotoalben durch, die Gudrun auf den Tisch gelegt hatte, ledergebundene Bücher mit Seiten aus schwarzem Karton und knisterndem Seidenpapier dazwischen. Manche Aufnahmen darin waren über hundert Jahre alt. Die Männer trugen dicke

Anzüge und Strohhüte, Kaiser-Wilhelm-Bärte und Brillen mit Goldrand. Ihre Frauen balancierten gewaltige Hüte auf ihren Köpfen oder komplizierte Hochsteckfrisuren, ihre Kleider waren bodenlang und mit aufwändigen Stickereien verziert. Es war eine fremde, versunkene Welt. Ich lernte meinen Urgroßvater Friedrich kennen, nach dem der junge Freddy benannt war, und seine fünf Söhne, von denen mein Großvater der jüngste war.

Ein Bild zeigte die fünf im Garten der Villa, darunter stand das Datum: Sommer 1930. Mein Großvater war damals sieben, Siegmunds Vater Rudolf zehn, ihr ältester Bruder war sechzehn. Sie standen nebeneinander, die Arme um die Schultern ihrer Brüder gelegt, aufgeweckte Jungen in hellen Anzügen, die Zukunft im Blick. Nur fünfzehn Jahre später waren drei von ihnen tot, gefallen in Stalingrad, verschollen in den eisigen Weiten Russlands, gestorben in einem U-Boot im Atlantik. Die Einzigen, die nach Hause zurückkehrten, waren Rudolf und Hans.

Beide begannen, für ihren Vater in der Bank zu arbeiten. Es waren turbulente Zeiten für das Haus, das damals kurz vor der Schließung stand. Siegmund ging nicht näher darauf ein, aber ich konnte mir denken, dass die Bank dem NS-Regime vielleicht näher gestanden hatte, als später gut für sie war. Anfang der Fünfzigerjahre wurde Friedrich, der den Verlust seiner anderen Söhne nie überwunden hatte, krank und zog sich mehr und mehr aus dem Tagesgeschäft zurück. Rudolf und Hans traten seine Nachfolge an, gerieten aber bald über die zukünftige Ausrichtung der Bank in Streit.

„Der Krieg hatte sie verändert und entfremdet", sagte Siegmund nachdenklich. „Während Rudolf Trost und einen neuen Lebenssinn im Glauben fand, wurde Hans immer rastloser. 1954 verließ er die Bank und ging auf Reisen. Er ließ sich in Amerika nieder und wäre wohl dort geblieben, aber dann starb im September 1959 sein Vater, und er kehrte zurück."

Das war neu für mich. Von seinem Leben in den USA hatte Opa Hans nie erzählt. Hatte er dort einen Job, ein Zuhause, vielleicht sogar eine Freundin oder gar Ehefrau gehabt? Was war schiefgelaufen, warum war er wieder nach Deutschland gegangen? Ich ahnte, die Antwort hatte etwas mit meiner Großmutter zu tun.

„Stimmt es", begann ich vorsichtig, „dass Hans seinem Bruder … die Verlobte ausgespannt hat? Margarete?"

Bei der Erwähnung ihres Namens veränderte sich etwas in Siegmunds Gesicht, das plötzlich angespannt und verschlossen wirkte.

„Das hat er erzählt?", fragte Gudrun.

„Daran hat sich meine Mutter erinnert", antwortete ich ausweichend. „Stimmt es?"

Siegmund schwieg so lange, dass ich nicht sicher war, ob er mir überhaupt antworten würde. Dann sagte er: „Rudolf und Margarete waren nicht verlobt."

„Es ist schon spät", unterbrach ihn Gudrun abrupt. „Andreas, leisten Sie … leistest du uns Gesellschaft beim Abendessen? Wahrscheinlich bist du müde von der langen Reise und willst bald ins Hotel."

„Andy kann doch bei uns übernachten", meldete sich Wally zu Wort. „Er kann mein Zimmer haben, und ich schlafe bei Freddy."

Gudrun verzog fast unmerklich das Gesicht, und ich versicherte ihr, dass sie sich keine Umstände zu machen brauchte.

„Unsinn", sagte sie freundlich. „Du gehörst doch zur Familie."

Damit war es entschieden. Während Gudrun und Agathe das Essen vorbereiteten, fragte ich Siegmund nach weiteren Fotos oder Briefen, die Hans von seinen Reisen an seine Familie geschickt haben mochte, aber er versicherte mir, es gäbe keine. Mein Großvater war nicht der Typ, der Tagebuch geführt hätte, und so blieben seine Erlebnisse in jenen Jahren für immer im Dunkel der Geschichte. Ich hatte dennoch etwas mehr über ihn erfahren, nur das Rätsel um Margarete war weiterhin ungelöst. Wer war meine Großmutter? Ich hoffte, am nächsten Tag mehr herausfinden zu können.

Das Abendessen begann mit einem sehr langen Gebet, in dem Siegmund sich für die Speisen bedankte und dafür, dass ich den Weg zu ihnen gefunden hatte. Er klang freundlich, wohlwollend, und ich fühlte mich tatsächlich für einen Moment willkommen. Siegmund bemühte sich, nett zu sein, wirkte aber zerstreut, und unser Smalltalk war fürchterlich anstrengend. Es gab so gut wie keine Gemeinsamkeiten zwischen uns. Auch der

Rest der Familie blieb weiterhin kühl und reserviert, nur Wally begegnete mir mit aufrichtiger Herzlichkeit.

Nach dem Essen verschwanden zuerst Freddy und Agathe auf ihren Zimmern, dann verabschiedeten sich auch ihre Eltern mit Verweis auf die vorgerückte Stunde und wünschten mir eine gute Nacht. Es war kurz nach neun Uhr.

„Geht ihr immer so früh ins Bett?“, fragte ich Wally, als ich ihm die Treppe hinauf in den zweiten Stock zu seinem Zimmer folgte.

Er druckste ein wenig herum und sagte dann, dass die Zeit vor dem Zubettgehen „der Kontemplation“ diente. Ich fand es seltsam, dass ein Fünfzehnjähriger dieses Wort benutzte. Der zweite Stock gehörte allein den Kindern. Es gab drei Schlafzimmer und ein gemeinsames Bad, und von Wallys Zimmer aus konnte man den Garten überblicken. Draußen war es immer noch hell, aber er zog die Vorhänge vor und knipste die Nachttischlampe an.

Jemand hatte das Bett frisch bezogen, man sah noch die Bügelfalten auf dem weißen Leinen. Ich stellte meine Tasche ab und sah mich um. Das Zimmer sah nicht aus wie das eines Teenagers. An den Wänden hingen keine Poster von Popsternchen oder Schauspielern, sondern gerahmte Werbeplakate aus den Zwanzigern sowie kleine Zeichnungen: der Garten vor dem Fenster, ein Hund sowie ein paar Gebäude. Sie stammten von Wally, der mir erzählte, dass er gerne Animationsfilme machen würde, seine Eltern aber nichts davon hielten.

„Wahrscheinlich wird es am Ende Grafikdesign“, meinte Wally und zuckte in gespieltem Gleichmut mit den Achseln. „Oder ich besuche wie Freddy die European Business School und lande irgendwann in der Bank.“

Der Schreibtisch vor dem Fenster war uralt und erinnerte mich an das Ungetüm, das meinem Großvater gehört hatte. Die Platte war mit Schulbüchern, Stiften und Heften übersät, ein heilloses Chaos. Auch der Schrank war antik, das Bett jedoch modern. Mir fiel auf, dass es keinen Computer gab und auch keinen Fernseher.

„Auf welche Musik stehst du denn so?“, fragte ich Wally, während er einen zusammengerollten Schlafsack aus den Untiefen des Schranks kramte.

„Meine Eltern haben eine ziemlich gute Klassiksammlung", sagte er und drehte sich zu mir um. Mein Gesichtsausdruck ließ ihn schmunzeln. „Falls du es noch nicht bemerkt hast, hier ist alles ein bisschen anders. Wir sind Baptisten."

„Ach", sagte ich verdattert, „gibt es die auch in Deutschland?"

Es gab sie – offensichtlich –, und die Gemeinde, zu der meine Familie gehörte, war relativ streng. Gudrun und Agathe trugen beispielsweise niemals Hosen, sondern ausschließlich Röcke und Kleider, nicht, weil es von ihnen verlangt wurde, sondern aus persönlicher Überzeugung, wie mir Wally versicherte. Vorgeschrieben war ihnen nur „angemessene Kleidung", alles Weitere regelte vermutlich der Gruppenzwang. Verpönt waren außerdem Radio und Fernsehen und allzu aufreizende Musik.

„Moment mal", sagte ich, „ihr habt keinen *Fernseher*?"

Er druckste etwas herum. „Eigentlich schon, mein Vater ist da nicht ganz so streng. Aber außer Naturdokus und politischen Talkshows erlaubt er uns leider nicht allzu viel. Und Zeichentrickfilme. Wenn ich bei Freunden bin, die nicht zur Gemeinde gehören, gucke ich aber hin und wieder, was sie so sehen. *Deutschland sucht den Superstar* und so Zeug. Reality TV. Ich glaub aber nicht, dass ich da was verpasse."

„Und welche Musik gilt als zu aufreizend?"

„Eigentlich alles außer Klassik." Wallys Grinsen wurde noch breiter. Er setzte sich in einen Ohrensessel, der neben dem Schreibtisch stand, und zog die Beine an. „Wir haben unsere eigene Musik, Jesus-Pop und so, eigentlich ganz cool."

Fernsehen und Musik galten also als Propagandainstrumente der sündhaften Welt. Überhaupt schien vieles als sündhaft in der Gemeinde zu gelten: Fluchen war verpönt, und manche Mitglieder hielten auch allzu enge Jeans für ein Werk des Teufels.

„Alkohol und Zigaretten?"

„Wein in Maßen ist erlaubt, aber Rauchen nicht. Freddy qualmt heimlich, ich hab ihn mal erwischt, und ich bin mir sicher, dass er auch schon gekifft hat."

„Ich bin schockiert."

Wally vertraute mir an, dass Freddy auch eine Freundin hatte, die nicht zur Gemeinde gehörte, aber von der durften seine Eltern nichts wissen. Natürlich war es nicht verboten, jemanden zu heiraten, der nicht zu den Baptisten gehörte, „wir sind ja schließlich keine Sekte“, aber anscheinend käme niemand, der seinen Glauben wirklich ernst nahm, auf die Idee. Der Jugend wurde gepredigt, dass es genau eine Person gab, die einem vorbestimmt wäre und die man heiratete und auf die man deshalb warten müsste. Im Grunde ein romantischer Gedanke, der aber eine Menge Schwierigkeiten nach sich ziehen konnte. Und Sex vor der Ehe war selbstverständlich undenkbar.

„Agathe hat seit ein paar Monaten einen Freund“, sagte Wally. „Bruder Stefan ist so ziemlich der größte Langweiler, den du dir vorstellen kannst, und meiner Schwester absolut hörig. Sie will ihn so bald wie möglich heiraten.“

„Dann ist er ihr Seelenverwandter?“

Wally grinste frech. „Ich glaube, sie ist froh, dass sie überhaupt jemanden gefunden hat, der sie erträgt. Und sie will jung heiraten, weil sie sich insgeheim selbst nicht traut und Angst hat, sie könnte ihre Perle verlieren.“

Ich starrte ihn verständnislos an.

„Na ja … ihre Unschuld. So nennt das meine Mutter. Wenn man nicht jungfräulich ist, darf man bei der Hochzeit auch keinen Schleier tragen, und dann sehen alle, was für ein Flittchen du bist.“

„Aber wer sollte denn überprüfen, ob man jungfräulich ist?“

Wally erzählte mir, dass manche Eltern ihre Töchter zum Arzt schickten, damit der ihren unberührten Zustand bescheinigte. Das Attest wurde dann der Familie des Bräutigams übermittelt. Andere Mütter ließen sich nach der Hochzeitsnacht das Laken zeigen. Am gebräuchlichsten war jedoch eine Aussprache zwischen den Brautleuten und ihren Eltern vor der Hochzeit, bei der bis ins kleinste Detail jede Verfehlung gebeichtet werden musste, so dass Braut oder Bräutigam noch die Möglichkeit hatten, alles abzublasen.

„In Freddys Fall dürfte das sehr interessant werden“, spekulierte Wally.

Das alles kam mir rückständig und weltfremd vor. Man könnte meinen, die Familie lebte noch im 19. Jahrhundert. Agathe traf ihren Freund fast ausschließlich in der Öffentlichkeit oder wenn ihre oder seine Eltern im Haus waren. Sie durften auch nicht Händchen halten oder sich küssen. „Das nehme ich ihr aber nicht ab", kommentierte Wally, „Agathe überlässt nichts dem Zufall."

Er schob sich aus dem Sessel und schnappte sich seinen Schlafsack. „Wir sind aber nicht so ein freudloser Haufen, wie du jetzt vielleicht denkst."

Er erzählte mir von den Gottesdiensten und Gemeindefesten; es gab eine starke Gemeinschaft, die durch ihren Glauben verbunden war und ihn im Alltag lebte. Man half sich untereinander, sprach sich mit Vornamen an, war sehr offen und vertraut.

„Und es gibt noch liberalere Gemeinden, die total unkonventionell sind. Wir waren mal bei einer in Österreich im Urlaub. Da hat eine Frau gepredigt und uns erzählt, was für ein Revoluzzer Jesus gewesen ist. Hat meiner Mutter aber nicht so gefallen."

„Bei euch dürfen auch Frauen predigen?"

„Im Prinzip darf jeder predigen, wenn er sich dazu berufen fühlt."

„Du auch?"

„Ich bin noch nicht getauft und daher kein vollwertiges Gemeindemitglied."

Er erklärte mir, dass man erst als Erwachsener getauft wurde, wenn man eine gewisse Reife erworben hatte und sich aus freien Stücken dazu bereiterklärte, sein gesamtes Leben auf Jesus auszurichten. Die übereifrige Agathe hatte sich mit dreizehn taufen lassen. Freddy, der von Natur aus ziemlich träge war, dagegen erst mit siebzehn und auf Drängen seiner Eltern.

„Ich werde nächsten Monat sechzehn, und meine Mutter hat mir zu verstehen gegeben, dass ich langsam zu einer Entscheidung kommen sollte. Aber …" Er seufzte. „In meiner Jugendgruppe gibt es ein paar Leute, die immer so krasse Sachen erzählen, wie Gott in ihrem Leben wirkt. Ich glaube nicht, dass ich je so ein Vorzeige-Christ werde. Vielleicht reicht es ja auch, an Gott zu glauben und einfach ein guter Mensch zu sein?"

„Zu versuchen, ein guter Mensch zu sein, hat sicherlich noch niemandem geschadet", sagte ich diplomatisch.

„Ich bin froh, dass du uns gefunden hast", meinte Wally zum Abschied. „Und ich find es cool, dass du … na ja, dass du … schwul bist."

Seine Ohren färbten sich rot, als er das sagte, und dann war er verschwunden. Warum hatte er das gesagt? Wollte er sich nur vom Rest seiner Familie absetzen, die offensichtliche Probleme mit meiner Sexualität hatte, und mir versichern, dass er mich voll und ganz akzeptierte? Oder gab es in seinen Worten eine versteckte Botschaft? War Wally vielleicht ebenfalls schwul? Er wirkte so jung und unschuldig, dass ich es beim besten Willen nicht sagen konnte. Falls er es war, tat er mir leid, denn ich konnte mir nicht vorstellen, dass er in seiner Kirchengemeinde damit auf große Gegenliebe stoßen würde. Einer meiner religiösen Bekannten behauptete immer, dass Jesus Schwulen gegenüber bestimmt sehr tolerant eingestellt gewesen wäre. Schließlich hätte er stets zu den Außenseitern gehalten und überdies mit Johannes einen Jünger gehabt, den er mehr liebte als alle anderen. Zweitausend Jahre, und es gab immer noch Gerüchte. Andere wiederum dichteten ihm ein Verhältnis mit Maria Magdalena an. Wahrscheinlich projizierten wir auf Jesus einfach nur unsere eigenen Vorstellungen und Bedürfnisse und erschufen unsere eigenen Versionen von ihm. Den veganen und den schwulen Jesus. *Your own personal Jesus.*

Ich schlief ziemlich schlecht in jener Nacht. Das Haus machte unheimliche Geräusche, und meine Gedanken fuhren Karussell. Meine „neue“ Familie war ganz anders, als ich sie mir vorgestellt hatte, und was ich über meinen Großvater erfahren hatte, beantwortete nicht meine Fragen, sondern warf eher neue auf. Wenn er Rudolf nicht die Verlobte ausgespannt hatte, was hatte dann zum Zerwürfnis zwischen den Brüdern geführt? Ging es um den Führungsanspruch in der Bank? Siegmund und Gudrun hatten entweder gelogen oder sie verheimlichten mir etwas.

Der schwerhörige Satan

Jemand rüttelte an meiner Schulter und riss mich aus einem bizarren Traum, in dem mir ein Golden Retriever erzählt hatte, dass er die Inkarnation Satans war. Außerdem hatte er mir eine Eigentumswohnung in Perlach verkaufen wollen. Ich sah mich nach der älteren Dame und ihrem Hund um, doch sie waren nicht mehr da.

„Wir sind gleich am Hauptbahnhof", sagte Wally und wischte die Hände an seiner Jeans ab. „Ich würde gerne als Erstes ins Krankenhaus fahren, wenn das okay ist?"

Er hatte von seinem Bruder erfahren, dass sein Vater nach wie vor im Benjamin-Franklin-Klinikum der Charité in Steglitz lag. Als wir den gewaltigen Gebäudekomplex aus den Sechzigern erreichten, war es bereits später Nachmittag, und wir brauchten noch weitere zwanzig Minuten, bis wir endlich das richtige Zimmer gefunden hatten. Im Flur roch es nach Desinfektionsmitteln und Kaffee. Wally atmete mehrmals tief ein und aus, um sich zu beruhigen, dann klopfte er und trat ein. Ich war direkt hinter ihm.

„Was willst du denn hier?", fragte Gudrun, die in einem Sessel am Fenster saß und ein aufgeschlagenes Buch im Schoß liegen hatte. Ich hätte wetten können, dass es die Bibel war. Sie nahm ihre Brille ab und stand auf.

Die vergangenen Jahre hatten ihren Zügen noch mehr pietistische Strenge verliehen. Ihr Haar war inzwischen fast vollständig grau, und tiefe Falten hatten sich links und rechts ihrer Raubvogelnase in die Wangen eingegraben. Der Blick, den sie mir zuwarf, war wie der der Eiskönigin.

„Freddy hat …" Wally nickte zu dem leeren Krankenbett. „Wo ist Papa?"

„Abschlussuntersuchung. Du hättest nicht herkommen müssen, er ist schließlich nicht tot. Gott hat seine schützende Hand über ihn gehalten."

Wally nickte und senkte betreten den Kopf. Der harsche Ton seiner Mutter verletzte ihn und ließ alte Wunden aufreißen. Ich hätte gern etwas gesagt, hielt mich aber zurück. Das mochte auch meine Familie sein, aber diesen Kampf musste Wally selbst ausfechten.

„Andreas, lässt du uns einen Moment allein, bitte?“ Gudruns schmallippiges Lächeln verbarg kaum, wie sehr sie mich verabscheute.

Nach einem kurzen Blick zu Wally, der mir mit einem Kopfnicken versicherte, dass dies okay sei, trat ich auf den Flur hinaus und blickte mich um. Ein Stück den Gang runter stand ein Kaffeeautomat, und ich kramte in meiner Jackentasche nach Kleingeld.

Was immer zwischen Mutter und Sohn gesagt wurde, es dauerte keine zehn Minuten. Wally hatte geweint, das sah ich an seinen geröteten Augen, auch wenn er sich wieder unter Kontrolle hatte. Er ging an mir vorbei, ohne meine Fragen zu beantworten, und ich musste mich beeilen, mit ihm Schritt zu halten. Erst als wir im Freien waren, hielt er wieder an.

„Verdammte Scheiße!“

„Was ist denn passiert?“, fragte ich. „Was ist mit deinem Vater? Ich dachte, du bist gekommen, weil du ihn sehen wolltest?“

„Sie lässt mich nicht. Ein Treffen wäre zum jetzigen Zeitpunkt emotional zu belastend und potenziell gefährlich für seinen Gesundheitszustand. Sie meint, Vater würde sich so aufregen, dass er einen weiteren Schlaganfall bekommt.“

„Das ist doch Blödsinn.“ Ich dachte kurz nach. „Und wenn du wartest, bis sie nach Hause fährt? Dann könntest du wiederkommen und ihn besuchen.“

„Er wird noch heute entlassen. Eigentlich sollte er schon heute Mittag rauskommen, aber die Untersuchung hat sich verzögert.“ Wally setzte sich wieder in Bewegung. „Ein Wagen bringt ihn zur Reha in einen Kurort, aber sie wollte mir nicht verraten, wo.“

„Du kannst Freddy fragen.“

„Klar, aber sie begleitet ihn, um ihn von allen negativen Einflüssen abzuschirmen. Und damit meint sie uns.“

„Wow“, sagte ich, „das ist hart. Ist dir aufgefallen, wie sie mich angesehen hat?“

„Hast du's immer noch nicht gecheckt, Andy? Sie hasst dich, weil sie glaubt, dass du mich mit deiner Sünde infiziert hast. Du hast mich dazu verleitet, ein unreines Leben zu führen. Du bist der Böse in dieser Geschichte."

„Das ist aber nicht besonders christlich von ihr", sagte ich leichthin, obwohl ich bei seinen Worten einen Stich in der Magengegend verspürte.

Als ich mich vor acht Jahren von der Familie verabschiedet hatte, war mir klar gewesen, dass wir in Zukunft keinen Kontakt mehr haben würden. Unsere Leben waren einfach zu verschieden, und wahrscheinlich sollte ich nicht einmal eine Weihnachtskarte von ihnen erwarten. Wir schüttelten uns förmlich die Hand, und das war's dann. Lediglich Wally begleitete mich nach draußen, weil er zu einem Freund fahren wollte, um für die Schule zu lernen.

Das Tor zur Straße öffnete sich mit einem leisen Quietschen. Ich rechnete nicht damit, das Haus und den Garten jemals wiederzusehen. Fast erwartete ich, dass Gudrun oder Agathe uns von einem Fenster beobachten würden, aber ich konnte niemanden entdecken. Das Taxi, das ich telefonisch vor einer Viertelstunde bestellt hatte, war noch nicht da.

„Ich hab noch was für dich", sagte Wally, nahm seinen Rucksack ab und kramte eine Weile darin herum, dann drückte er mir einige Blätter in die Hand. „Letztes Jahr musste ich ein Referat für Geschichte schreiben und bin in den Archiven der Bank darüber gestolpert. Papa wollte nicht, dass ich es benutze, also ... Meine E-Mail-Adresse steht auch drauf. Lass uns in Kontakt bleiben, ja?"

„Unbedingt! War toll, dich kennenzulernen, Wally."

Seine strahlend blauen Augen zeugten von einer wachen Intelligenz und Warmherzigkeit, die mich berührten. Wir umarmten uns kurz, dann schwang er sich auf sein Fahrrad, hob die Hand zum Abschied und fuhr davon.

Auf der Bahnfahrt nach München sah ich Wallys Unterlagen durch. Ein Teil war ein Auszug aus seinem Referat, das sich mit den Novemberpogromen von 1938 und den Folgen für den deutschen Bankensektor beschäftigte. Der Rest bestand vor allem aus Fotokopien amtlicher Dokumente. Offensichtlich hatte Wally sich während seiner Recherchen näher mit der Geschichte des Bankhauses Hallwarth beschäftigt und dabei herausgefunden, dass es bis 1939 einen jüdischen Gesellschafter namens Salomon Grün gegeben hatte, der rund dreißig Prozent der Anteile hielt. Gut ein halbes Jahr nach den Pogromen war es zu einer sogenannten „freundschaftlichen Arisierung" der Bank gekommen, als Grün seine Anteile meinem Urgroßvater Friedrich verkaufte. Interessant war in diesem Zusammenhang ein Brief meines Großvaters vom August 1954. Offenbar fand zu dieser Zeit ein Wiedergutmachungsverfahren vor dem Berliner Landgericht statt, in dem die Erben Grüns eine Rückübertragung ihrer Anteile forderten. In seinem Schreiben appellierte Opa Hans an seinen Vater, die „moralische Verantwortung" für die Arisierung zu übernehmen, und drohte mit seiner Kündigung. Dass er nur wenige Wochen später der Bank und Deutschland den Rücken kehrte, sagte wohl alles über den Ausgang dieser Auseinandersetzung. Das Restitutionsverfahren vor dem Landgericht endete einige Monate nach seiner Abreise mit einem Vergleich. Von einer Mitverantwortung Friedrichs für die Verdrängung seines jüdischen Geschäftspartners aus der Bank war darin nichts zu lesen.

Die Unterlagen warfen ein faszinierendes Licht auf die Biografie meines Großvaters. War dieser Streit mit seinem Vater auch der Grund für sein Zerwürfnis mit seinem Bruder gewesen? Rudolf schien in dieser Angelegenheit auf der Seite Friedrichs gestanden zu haben und die moralischen Bedenken meines Großvaters nicht zu teilen. Dass Opa Hans seinem Gewissen gefolgt war und seine Stelle im Familienunternehmen in die Waagschale geworfen hatte, erfüllte mich mit Stolz.

Nach dem Tod seines Vaters und der Klärung der juristischen Probleme schien mein Großvater zunächst bereit gewesen zu sein, nach Berlin zurückzukehren. Ob er 1959 wieder in der Bank arbeitete, ging nicht aus den Unterlagen hervor. Dafür stieß ich auf die Fotokopie des Familienstammbaums, die Wally vermutlich erst kurz vor meiner Abreise angefertigt und auf die er eine kurze Notiz an mich gekritzelt hatte: „Ich denke, du solltest das wissen."

Was ich las, stellte alles auf den Kopf. Es gab also doch ein Familiengeheimnis, und meine Mutter war mit der Geschichte, die sie mir erzählt hatte, der Wahrheit ziemlich nahegekommen. Anfang 1954 hatte Rudolf geheiratet, und der Name seiner Braut lautete Margarete Seidler. Meine Großmutter. Mir wurde schwindelig. Hans hatte seinem Bruder nicht einfach die Verlobte ausgespannt, sondern ihm seine Ehefrau abspenstig gemacht.

Wann hatten sie sich ineinander verliebt? Schon vor oder erst nach Margaretes Heirat mit Rudolf? Jetzt ergab alles Sinn. Seine moralische Empörung über die dunklen Geschäfte der Bank, die verbotene Liebe zu seiner Schwägerin, irgendwann im Sommer 1954 schien mein Großvater zu dem Schluss gekommen zu sein, dass es besser war, alles hinter sich zu lassen und woanders neu anzufangen. Doch er konnte Margarete anscheinend nicht vergessen, und als er fünf Jahre später zum Begräbnis seines Vaters zurückkehrte, schienen ihre Gefühle füreinander neu entflammt zu sein. Zumindest stellte ich mir das so vor.

Wally schrieb mir später, dass er nur wenige Erinnerungen an seinen Großvater hatte, dass Rudolf aber als cholerischer Hitzkopf bekannt gewesen war. Niemand kam gut mit ihm zurecht, und möglicherweise war das der Grund für die Entfremdung von seiner Ehefrau gewesen. Margarete hatte ihn verlassen, um mit meinem Großvater zusammen zu sein, und eine Scheidung war Ende der Fünfzigerjahre immer auch ein soziales Stigma. Ganz besonders, wenn man Mitglied einer strenggläubigen Baptistengemeinde war.

Meiner Großmutter musste die Entscheidung besonders schwergefallen sein, denn sie verließ ja nicht nur ihren Mann, sondern auch ihren Sohn. Siegmund war gerade drei Jahre alt, als seine Mutter fortging, und es musste ein traumatisches Erlebnis für ihn gewesen sein, wenn er selbst viele Jahrzehnte später nicht darüber reden wollte.

Ich überlegte. Wenn Margarete Siegmunds Mutter war, war dieser der Halbbruder meines Vaters und gleichzeitig sein Cousin. Warum musste in meiner Familie immer alles so kompliziert sein? Ich schob die Unterlagen zusammen und steckte sie in meinen Koffer. Letzten Endes hatte sich meine Reise nach Berlin und in die Vergangenheit doch noch gelohnt. Ich hatte mehr über meinen Großvater wissen wollen und sowohl Gutes als auch Schlechtes entdeckt. Ich verstand nun besser, warum er mit seiner Familie und seiner Geschichte gebrochen hatte, auch wenn ich seine Motive nicht vollends durchschaute. So viel wusste ich allerdings: Er hatte es aus Liebe zu meiner Großmutter getan, der er bis zu ihrem Tod innig verbunden gewesen war, und das war ein schöner Gedanke.

Wally und ich blieben in den folgenden Jahren in Kontakt, zuerst über E-Mail, später auch über Facebook und WhatsApp. Als Schüler durfte er hin und wieder den Computer seines Vaters benutzen, wenn er beispielsweise für seine Hausaufgaben recherchierte, und als er volljährig wurde, besorgte er sich ein Smartphone. Von ihm erfuhr ich, dass Agathe ein gutes Jahr später ihren Stefan heiratete – mit Schleier und Perle. Keine zehn Monate später bekamen sie ihr Kind.

Freddy verlobte sich irgendwann mit Lisa, einer blassen Lutheranerin, die bereit war, seinen Glauben anzunehmen. Gudrun war von ihr begeistert, ungefähr so wie eine Katze, die einen Wurf Mäuse entdeckte (Wallys Worte). Kurz vor Freddys Hochzeit vor zwei Jahren besuchte uns Wally übers Wochenende in München, während ihn seine Eltern auf einem Wanderurlaub mit Kommilitonen im Allgäu wähnten. Er hatte nach seinem Abitur auf Wunsch seiner Eltern ein Wirtschaftsstudium an der Berliner Humboldt-Universität angefangen.

„Hatte ich eine Wahl?" Wally seufzte schicksalsergeben. Seine Beziehung zu seinem Vater und vor allem seiner Mutter war ein immerwährender Kampf um Anerkennung und Selbstbestimmung. Es war seiner Mutter ein Dorn im Auge, dass er immer noch nicht getauft war, aber Wally meinte, er sei einfach noch nicht bereit, diesen Schritt zu tun.

„Der Hauptgrund ist …" Er druckste schon eine Weile herum, unsicher und nervös; seine Ohren waren rot angelaufen. „Ich bin schwul. So, jetzt hab ich's gesagt."

„Ich hab's gewusst!", rief ich und stieß Robert in die Seite. „Hab ich's dir nicht gesagt? Wally, ich bin so stolz auf dich!"

„Weil ich schwul bin?"

„Weil du dich uns anvertraust, du Dummkopf."

Ich nahm ihn spontan in den Arm und spürte die Erleichterung, die ihn durchströmte. Hoffentlich fing er nicht an zu weinen, sonst gäbe es auch bei mir kein Halten mehr.

„Willkommen in der Familie", sagte Robert mit breitem Grinsen. „Deiner neuen Familie …"

„Soll ich's auch meinen Eltern sagen?" Wally schaute uns unsicher an.

Darauf wusste ich keine eindeutige Antwort. Grundsätzlich hätte ich Ja gesagt, aber wenn so komplizierte Gefühle, noch dazu religiöse Gefühle, im Spiel waren, wurde die Sache heikel. Es war wichtig für Wally, seine sexuelle Identität zu klären, damit er die Chance auf ein erfülltes Leben hatte, aber seine Eltern mit dieser Tatsache zu konfrontieren, konnte nur in einer Katastrophe enden. Am Ende schleppten sie ihn noch zu einem dieser selbsternannten Homo-Heiler, um ihn einer Konversionstherapie zu unterziehen. Meine Mutter war damals drauf und dran gewesen, einen Exorzisten zu verständigen.

Am Ende entschied sich Wally doch für die Wahrheit, nur dummerweise wählte er ausgerechnet die Hochzeit seines Bruders für den Zeitpunkt seines Coming-outs, genauer gesagt, seine Rede als Trauzeuge. „Nicht meine beste Idee“, gab er später kleinlaut zu.

Die Gäste reagierten mit Schockstarre. Agathe – wieder schwanger und ohnehin übellaunig – bekam einen Tobsuchtsanfall, weil sie glaubte, ihr Bruder wollte sie mit der Wahl seiner Sexualität öffentlich bloßstellen. Wallys Mutter hingegen sah in ihrer zu nachgiebigen Erziehung die Schuld für die Verirrung ihres Sohns. „Als hätte ich mir das ausgesucht“, sagte Wally kopfschüttelnd.

„Was hast du dir nur dabei gedacht?“, fragte ich ihn. „Du hättest zuerst mit deinen Eltern, meinetwegen noch mit deinen Geschwistern sprechen sollen, findest du nicht?“

„Hinterher ist man immer schlauer. Außerdem … Ich dachte, so sind wenigstens alle beisammen.“

Mit seinem Outing löste Wally eine lebhafte Diskussion über den Umgang mit Homosexuellen in der Gemeinde aus. Bislang war es kein Thema gewesen, weil sich niemand zu seinen Neigungen bekannt hatte. Jetzt stand es im Raum wie der sprichwörtliche Elefant. Einige äußerten sich wohlwollend und nachsichtig, betonten, dass Jesus die Sünder liebte und nur die Sünde verachtete, andere konterten mit den bekannten homophoben Bibelsprüchen. Wally wurde auch zu Gebetskreisen eingeladen, um ihn auf den rechten Weg zurückzubringen, was sich einmal in einem spontanen Exorzismus entlud.

„Wie muss ich mir denn das vorstellen?“, wollte ich wissen.

„Ach, sie haben eigentlich nur laut gebetet und dem Dämon befohlen auszufahren. Warum sie dabei so brüllen mussten, habe ich nicht verstanden, offensichtlich ist Satan schwerhörig."

Wally versuchte es mit Humor zu nehmen, obwohl er damals kreuzunglücklich war. Freddy war auf Hochzeitsreise, Agathe mied ihn, und seine Mutter strafte ihn mit beleidigtem Schweigen, während sein Vater quasi im Büro kampierte.

„Die ganze Situation war irgendwie schizophren", seufzte Wally. „Ein Gemeindemitglied, das sich schon aufregt, wenn eine Frau sich nur die Haare färbt, hat mir ein Heteropornomagazin zugesteckt, um damit meine ‚natürlichen Neigungen' zu fördern. Und dann war da einmal ein Zettel in meiner Tasche, darauf stand in krakeliger Schrift: ‚Ich bin auch gay.' Das hat mich echt fertiggemacht."

Am Ende hielt Wally den Druck nicht mehr aus, brach das ungeliebte Studium ab und packte seine Sachen. Und plötzlich stand er vor unserer Tür wie ein ausgesetzter Welpe.

Siegmunds Villa hatte sich seit meinem letzten Besuch nicht verändert. Die Sonne ging gerade unter, als wir den parkähnlichen Garten durchschritten und an der Haustür klingelten. Statt der Tulpen blühten diesmal üppige Hortensien in Rosa und Weiß.

Freddy war älter geworden – und dicker. Von Natur aus schon immer etwas pummelig, war er nun mit einem voluminösen Bauch ausgestattet, über dem sich ein weißes Hemd spannte. Gudrun musste ihn angerufen haben, denn er schien nicht überrascht, uns zu sehen, und er zögerte, uns hereinzulassen. Wally machte einen vorsichtigen Schritt über die Schwelle, und dann gab sein Bruder endlich den Weg frei. In der Halle war es kühl und roch nach den Resten des Abendessens.

„Warum hast du mich nicht früher angerufen?", sagte Wally anstelle einer Begrüßung. „Oder warum hast du überhaupt angerufen?"

„Friedrich?"

Wir drehten uns zu der zarten Stimme um, die aus dem Halbdunkel drang. Die Sprecherin trat einen Schritt vor, so dass wir sie besser sehen konnten. Das musste Lisa sein, die „graue

Maus“, die Freddy geheiratet hatte. Er stellte uns vor, und sie gab uns schüchtern die Hand, die kalt und feucht war.

„Ich räume gerade die Küche auf“, sagte sie unsicher. „Wollt ihr etwas essen? Wir haben …“

„Sie werden nicht lange bleiben“, unterbrach Freddy sie, und sie verstummte sofort. „Die Kinder schlafen bereits. Sie haben dein altes Zimmer, weißt du?“

Wally nickte. Der verlorene Sohn wollte nach Hause zurückkehren, musste aber feststellen, dass für ihn kein Platz mehr war. Freddy forderte uns auf, ihm zu folgen, und verschwand in den Tiefen des Hauses. Wir durchquerten einen Flur, der so dunkel war, dass man Angst haben musste, über ein Hindernis zu stolpern, und betraten das Arbeitszimmer des Hausherrn, das sich seit den Tagen meines Urgroßvaters nicht verändert zu haben schien. Das Zimmer erinnerte an die Einrichtung britischer Landhäuser: Es gab eichengetäfelte Wände, Bücherregale vom Boden bis zur Kassettendecke und Landschaftsbilder aus dem 19. Jahrhundert. Hercule Poirot hätte hier einen Mord aufklären können.

Freddy setzte sich hinter einen gewaltigen, geschnitzten Schreibtisch, auf dem ein Computer, ein Telefon und eine Art-Déco-Lampe mit grünem Schirm standen. Überall lagen aufgeschlagene Aktenordner herum. Freddy hatte die kommissarische Leitung der Bank übernommen, wie er uns erzählte, und plagte sich mit dem leidigen Papierkram herum. Er sah müde und deprimiert aus.

„Vater sollte sich eigentlich schonen, aber er zieht im Hintergrund bereits wieder die Fäden. Der Mann kann einfach nicht loslassen und mich meine Arbeit machen lassen.“

„Wie geht es ihm?“

„Gut. Es war nur ein leichter Schlaganfall, der ein wenig seine Motorik beeinträchtigt. Nichts, was man nicht mit etwas Geduld und Physiotherapie wieder hinkriegen könnte.“ Freddy blickte seinen Bruder an; etwas schien ihn zu bedrücken. „Ich hätte dich nicht beunruhigen sollen, ich dachte nur … du solltest Bescheid wissen.“

„Ich will Bescheid wissen“, sagte Wally nachdrücklich. „Wenn irgendwann mal etwas sein sollte, wenn … du weißt schon, es tatsächlich ernst sein sollte … Du musst mich sofort informieren. Versprichst du mir das? Ich will wenigstens die Chance haben, ihn …“

„Vater ist sechzig, der überlebt uns noch alle. Zumindest mich … Dieser verdammte Papierkram …“ Freddy rieb sich mit Daumen und Zeigefinger die Augen. „Stefan hilft mir, aber …“

„Stefan arbeitet in der Bank?“

„Du kennst doch Agathe. Sie würde den Laden selbst schmeißen, wenn das mit ihrer heiligen Pflicht als Ehefrau und Mutter vereinbar wäre. Weißt du, dass sie wieder schwanger ist?“

„Ehrlich? Meine Güte, haben die beiden nichts Besseres mit ihren Abenden anzufangen? Bibelstudium oder Armenspeisung?“ Wally grinste breit. „Das wievielte ist es denn – das vierte oder fünfte?“

„Wer zählt denn noch mit?“ Freddy erwiderte das Lachen, und für einen Moment sahen die beiden sich sogar ein wenig ähnlich. Dann blickte er zu mir und bat mich, unter vier Augen mit seinem Bruder sprechen zu dürfen.

„Andy gehört zur Familie“, sagte Wally sofort.

„Ist schon gut“, erwiderte ich. „Ich googele inzwischen nach einem Hotel.“

Ich machte Anstalten zu gehen, aber Wally packte meinen Arm und hielt mich fest. Freddy seufzte. Was er zu sagen hatte, war nicht einfach, und er fuhr sich nervös übers Gesicht. Dann eröffnete er seinem Bruder, dass seine Eltern planten, eine Stiftung zu gründen, der sie den Großteil ihres Vermögens, in erster Linie die Anteile an der Bank, Immobilien und Aktien, übertragen würden. Mit dem Geld aus der Stiftung sollten einige wohltätige Organisationen unterstützt werden, aber in erster Linie diente es zwei Zwecken: Steuern zu sparen und Wally weitgehend vom Erbe auszuschließen. Ihm würde nach wie vor der gesetzliche Pflichtteil zustehen, aber der bezog sich nur auf das Privatvermögen und nicht auf das der Stiftung.

„Verstehe“, sagte Wally mit ausdruckslosem Gesicht.

„Ich hab ihnen gesagt, dass das nicht richtig ist, aber …“ Freddy stand auf und ging um den Schreibtisch auf seinen Bruder zu. Wally wich zurück. „Sie haben schon vor einiger Zeit darüber gesprochen, und nach dem Schlaganfall … Mutter will, dass die Papiere unterschriftsreif sind, sobald Vater aus der Reha zurückkommt.“

Mir wurde klar, dass dies der eigentliche Grund dafür war, warum Freddy seinen Bruder angerufen hatte. Er wollte ihm persönlich sagen, dass ihre Eltern beschlossen hatten, ihn endgültig aus dem Paradies zu verstoßen. Statt einem Engel mit Flammenschwert sollte nun Justitia dafür Sorge tragen, dass eine Rückkehr unmöglich war.

„Danke für deine Offenheit“, sagte Wally leise. Er hatte sichtlich Mühe, sich zu beherrschen. „Ich denke, wir sollten jetzt gehen.“

„Ach, Wally …“ Freddy streckte die Hand aus, als wollte er ihn zurückhalten. „Warum hast du's nicht einfach für dich behalten? Warum musstest du … Was hast du denn erwartet?“

„Ich weiß nicht – Liebe? Mitgefühl?“

„Du hättest es ihnen einfacher machen müssen. Warum bist du nicht in eine andere Stadt gegangen, wo du … keine Ahnung, deinen Neigungen hättest nachgehen können, ohne gleich alle Welt mit der Nase darauf zu stoßen?“

„Ich hätte es *ihnen* einfacher machen müssen?“ Wally funkelte seinen Bruder wütend an. „Mich verstecken? Verheimlichen, wer ich bin? Du bist auch kein Heiliger, Freddy. Oder hast du vor deiner Hochzeit ihnen und Lisa von deinen kleinen Freundinnen erzählt? Hast du deine ganzen Sünden zugegeben?“

„Das kann man wohl kaum miteinander vergleichen.“

„Ich war wenigstens ehrlich!“

Freddy seufzte. „Ja, und was hast du jetzt davon?“

Wir verabschiedeten uns und verließen die Villa, vermutlich für immer. Während wir auf der Straße auf unser Taxi warteten und ich nach einem Hotel in der Nähe des Bahnhofs suchte, starrte Wally das Haus an, in dem er aufgewachsen war. Etwas in ihm war endgültig zerbrochen.

Nach einem Abendessen in einem vietnamesischen Restaurant zogen wir uns auf unsere Zimmer zurück, und am nächsten Morgen nahmen wir den ersten Zug Richtung Süden. Wally blieb still und in sich gekehrt. Erst einige Zeit hinter Erfurt brach er sein Schweigen.

„Danke, dass du mitgekommen bist“, sagte er und schenkte mir ein schiefes Lächeln. „Irgendwie bist du mehr wie ein Bruder zu mir als Freddy.“

Seine Worte rührten mich, weshalb ich mich in sanften Sarkasmus flüchtete: „Da hast du die Messlatte aber ganz schön niedrig gehängt."

Er streckte mir die Zunge raus. Ich wusste genau, wie er sich fühlte. Als ich mich geoutet und von meiner Mutter entfremdet hatte, hatte ich mich auch lange Zeit verloren gefühlt. Das Urvertrauen, das wir in unsere Eltern setzen, das geheime Wissen, dass sie für uns sorgen und für uns da sind, wird zerstört, und bevor neue Bindungen und eine neue, selbstgewählte Familie an ihre Stelle treten, ist man wie abgeschnitten von der Welt und seinen Mitmenschen. Mein Glück war damals mein Großvater, der sich um mich gekümmert hatte, und Nils, den ich bald darauf kennenlernte. Den beiden konnte ich vertrauen, mich auf sie verlassen. Und jetzt wollte ich dasselbe für Wally sein, sein Rettungsanker in stürmischer See, seine Familie.

„Freddy hat unrecht, ich musste es ihnen sagen", fuhr Wally nach einer Weile nachdenklich fort. „Ich konnte es einfach nicht länger verheimlichen. Es hat mich innerlich aufgefressen, dieses Wissen um mein Verlangen und dass es allem widersprach, was man mir beigebracht hatte. Ich wollte doch gut sein, ich wollte so sein, wie sie es von mir erwarteten, aber ich konnte es nicht. Das war nicht ich … Deshalb gab es nur zwei Möglichkeiten: Entweder ich musste ihnen allen sagen, wer ich eigentlich bin, oder meinem Leben ein Ende machen."

„Um Himmels willen", entfuhr es mir. „Du hast doch nicht ernsthaft an Selbstmord gedacht!"

„Ich hatte mir Schlaftabletten und Schmerzmittel besorgt, weil ich es einfach nicht mehr ausgehalten habe. Verstehst du, all der Schmerz und die Scham ... Wenn ich meiner Familie sage, dass ich schwul bin, würde ich sie enttäuschen. Ich würde das Bild zerstören, das sie von mir hatten, das Bild des gehorsamen, braven Sohns. Viel schlimmer noch, ich würde mich zu etwas bekennen, das in meiner Welt als Sünde gilt. Ich würde mich freiwillig für ein Leben in Sünde und Verdammnis entscheiden und damit alles verraten, woran wir glauben. Lieber wollte ich sterben, als all das zu verlieren, als mich selbst zu verlieren, ich meine, den Menschen, der ich immer gewesen war."

„Ach, Wally, ich hatte ja keine Ahnung …"

„Aber dann wurde mir klar, dass ich falsch lag. Diesen Sohn, der auf seine Eltern hörte, in die Kirche ging und die Bibel studierte, der keusch war und eines Tages die Frau heiraten würde, die Gott für ihn bestimmt hatte, diesen Menschen gab es nicht und hatte es nie gegeben. Dieses Bild, das meine Eltern von mir hatten, war die eigentliche Lüge. Und wenn es wirklich Sünde war, warum hatte Gott mich dann so gemacht? Warum sollte er mich völlig grundlos bestrafen? Ich begriff, dass ich ehrlich sein musste, zu mir und zu allen anderen. ‚Die Wahrheit wird euch frei machen', hat Jesus gesagt, aber die Wahrheit fordert auch einen hohen Preis."

„Ich weiß, es tut weh", sagte ich, „aber es wird besser. Und du hast uns, Robert und mich und natürlich Momo. Wir sind immer für dich da."

Wally nickte. Er brauchte Zeit, um über den Schmerz und den Verlust hinwegzukommen, aber er war noch jung, er hatte sein ganzes Leben vor sich. Ich fragte ihn, ob er irgendwelche Pläne für den Abend hatte, und erfuhr, dass Momo nicht in der Stadt war, sondern einen Bekannten besuchte. Es kam mir merkwürdig vor, dass er ausgerechnet jetzt verreiste, wenn sein Freund ihn am dringendsten brauchte, und Wally wollte zuerst nicht so recht mit der Sprache herausrücken. Schließlich verriet er mir, dass Momo hin und wieder Sexdates hatte.

„Ernsthaft?"

Wally zuckte mit den Schultern. „Keine große Sache, nur … Sex eben. Wir führen eine offene Beziehung."

„Oh, das … wusste ich nicht." Ich musterte Wally, der aus dem Fenster sah und sich alle Mühe gab, unbekümmert zu wirken. Auch ohne ihn danach zu fragen, ahnte ich, dass es nur Momo war, der sich gelegentlich mit anderen vergnügte. „Warum kommst du dann nicht zu uns? Ich koche uns was, und wir können uns einen Film auf Netflix ansehen."

Erneutes Schulterzucken war die Antwort. Danach verfielen wir wieder in Schweigen.

Es ging mich nichts an, sagte ich mir, letzten Endes musste jeder für sich entscheiden, wie er seine Beziehung führte und ob er mit dem getroffenen Arrangement glücklich wurde. Es gab viele Spielarten der Liebe, manche rätselhafter als andere. Ich wusste nur, dass eine offene Beziehung für mich nicht infrage kam. Ich brauchte die Gewissheit, dass mein Partner zu mir stand, auch wenn dies vielleicht nur Illusion war, und dass es nur mich in seinem Leben und seinen Gedanken gab, selbst wenn die Gefahr bestand, dass mein Vertrauen missbraucht und ich enttäuscht werden würde.

„Wusstest du, dass die beiden eine offene Beziehung führen?", fragte ich Robert, als wir am Abend im Bett lagen.

„Nein, aber das müssen die beiden schon unter sich ausmachen."

„Das weiß ich, und wenn es für sie in Ordnung wäre, würde ich nicht ..." Ich dachte eine Weile darüber nach. „Ich glaube, Wally ist nicht glücklich. Er liebt Momo auf eine Art, die mir fast Angst macht, und deshalb lässt er sich von ihm auch alles gefallen."

Ich war von Momo enttäuscht. Ich hatte wirklich gedacht, er hätte sich geändert, seit er mit Wally zusammen war. Aber vielleicht änderten sich Menschen nicht, zumindest nicht auf Dauer. Vielleicht war ich ja hoffnungslos altmodisch, aber in der Liebe ging es für mich in erster Linie darum, meine eigenen Bedürfnisse nicht wichtiger zu nehmen als die meines Partners. Vielleicht erforderte es auch einfach mehr Mut und Vertrauen in seinen Partner, als ich sie besaß, um den anderen seinen Weg gehen zu lassen, in dem Wissen, dass er wieder zu einem zurückkommen würde. Möglicherweise war Wally weiser als ich, und ich wollte mir auch nicht anmaßen, über ihn und Momo zu urteilen. Alles, was ich wusste, war, dass Robert immer für mich da sein würde, wenn ich ihn brauchte, und das war ein schöner Gedanke.

Arabische Nächte

Einige Tage nach unserer Rückkehr aus Berlin fing ich Momo ab, als er am Morgen auf dem Weg zur Arbeit war. Für einen Araber war er erstaunlich groß, einen halben Kopf größer als ich jedenfalls, und seine Haut besaß einen schimmernden Honigton, der perfekt zu seinen dunkelbraunen Augen passte. Sein Haar und sein Vollbart waren sorgfältig gestutzt und geölt (seine Augenbrauen irritierenderweise auch), und wie immer hatte er etwas zu viel Parfüm aufgetragen. Sein Anzug saß so perfekt, dass er nur maßgeschneidert sein konnte, und betonte seine breiten Schultern und schmalen Hüften. Er strahlte ein Selbstbewusstsein aus, das sich aus Reichtum und einer Erziehung in teuren Privatschulen speiste sowie aus dem Bewusstsein, zur Elite seines Volkes zu gehören und dazu auserkoren zu sein, dessen Geschicke zu lenken.

„Wie geht es Wally?“, fragte ich, nachdem ich ihn hereingebeten hatte.

„Gut. Das sagt er jedenfalls, wenn ich ihn frage.“ Momos Deutsch war so makellos wie seine Erscheinung. „Aber die ganze Sache beschäftigt ihn sehr.“

„Verständlicherweise.“ Wenn ich mich mit Momo unterhielt, verfiel ich häufig in den Sprachduktus des Butlers von *Downton Abbey*. „Sei einfach nur besonders lieb zu ihm.“

Er hob eine Augenbraue, ein Kunststück, um das ich ihn beneidete, weil diese unscheinbare, aber wirkungsvolle Geste so viel aussagte. In diesem Fall schien sie zu sagen: Ich bin doch immer lieb zu ihm, also worauf spielst du damit an?

„Er war wirklich enttäuscht, als wir aus Berlin zurückgekehrt sind und du … anderweitig verpflichtet warst. Vielleicht könntest du in nächster Zeit etwas … aufmerksamer sein?“

Womit ich sagen wollte: Vögele nicht so viel in der Gegend rum, sondern kümmere dich lieber um deinen Freund.

Momo lächelte das unverbindliche Lächeln eines angehenden Diplomaten. „Die Besorgnis um deinen Cousin ehrt dich, Andy“, erwiderte er, „aber meine Zeit als Gast dieses Landes ist, wie du weißt, begrenzt, und ich fühle mich geradezu verpflichtet, so viele Bekanntschaften wie möglich zu schließen und neue

Erfahrungen zu sammeln, die ich in meiner Heimat nicht machen könnte. Wally weiß das und hat sich damit arrangiert. Im Gegenteil, ich glaube, er genießt die neugewonnenen Freiheiten mindestens ebenso wie ich."

Das war Diplomatensprech für: Lass uns gefälligst in Ruhe, du alter Sack!

Momo warf einen Blick auf seine klotzige Armbanduhr, die vermutlich so viel kostete wie ein Kleinwagen. „Ich würde so gerne weiterplaudern, aber ich muss noch einige Dinge besorgen, die ich am Nachmittag mit der Diplomatenpost nach Hause schicken will. Meine Schwester hat mir eine Liste mit Kosmetika gemailt, die länger ist als die Nase eines Kamels."

Momo war schon halb zur Tür raus, als ich fragte: „Liebst du ihn?"

Er drehte sich um, und einen Moment lang dachte ich, ich wäre zu weit gegangen, aber dann lächelte er wieder: „Ihn lieben? Andy, ich bin verrückt nach dem Kerl!"

Wie immer wurde ich nicht so recht schlau aus Momo, der Mann ließ sich einfach nie in die Karten schauen. Angesichts seiner Herkunft und seiner Karriere war eine dauerhafte Beziehung zwischen ihm und Wally natürlich unmöglich, das wussten wir alle. Ihre Liebe war bestenfalls ein schöner Traum, der nach dem Aufwachen zerplatzen würde wie eine Seifenblase. Vielleicht hielt Momo deshalb etwas von sich zurück und flüchtete sich in sexuelle Abenteuer als eine Art Schutzreflex. Aber Wally liebte ihn mit all der Kraft und Leidenschaft der Jugend. Es war seine erste Liebe, und sie konnte nur in einer Katastrophe enden.

Als wir Momo kennenlernten, war er noch nicht der beeindruckende Mann, der er heute war, sondern ein schmalbrüstiger Junge von einundzwanzig Jahren, der etwas verloren in der Lobby des Bayrischen Hofs saß und uns unsicher aus dicken Brillengläsern anstarrte. Der Assistent seines Vaters hatte uns kontaktiert, wobei wir nie herausfanden, wie er ausgerechnet auf uns gekommen war. Vielleicht hatte er einfach nach Sicherheitsfirmen in München gegoogelt.

Viele wissen es nicht, aber jedes Jahr erlebt München im Sommer seine arabischen Wochen. Nach London und Paris ist die Isar-Metropole inzwischen das drittbeliebteste Reiseziel des Nahen Ostens, was vor allem daran liegt, dass sich viele Araber seit den Anschlägen vom 11. September in New York nicht mehr willkommen fühlen. München hingegen empfängt sie mit offenen Armen, und so bevölkern von Jahr zu Jahr mehr Besucher aus Saudi-Arabien, Oman oder den Vereinigten Arabischen Emiraten unsere Straßen.

Sobald die Sommerferien in diesen Staaten beginnen und die Hitze am Golf unerträglich wird, packen sie ihre Louis-Vuitton-Koffer und tanken ihre Privatjets auf. Ganze Clans, begleitet von ihren Lakaien und Kindermädchen, mieten sich in den Luxushotels ein, in denen es im Juli und August deshalb unmöglich ist, auch nur eine Dachkammer zu bekommen. Die Hotels haben sich schnell auf ihre neue Klientel eingestellt: Sie organisieren für sie Probefahrten im Porsche, haben ihre Getränkekarten um alkoholfreie Drinks erweitert und die Menüs in ihren Restaurants auf halal umgestellt. Das Wetter ist deutlich angenehmer als in ihrer Heimat, und die Stadt hat einiges zu bieten. Man lässt sich von prominenten Ärzten durchchecken, die Zähne oder die Nase richten und shoppt ausgiebig in den Luxusboutiquen, die selbstverständlich Angestellte beschäftigen, die fließend Arabisch sprechen. Männer in Kandoras oder Thwabs und Frauen in schwarzen Abayas flanieren über die Kaufinger- oder Maximilianstraße, als wären es die Basare von Riad oder Abu Dhabi, und investieren ihre Petrodollars in Chanel-Handtaschen und sündhaft teure Parfüms.

Momos Vater war ein hohes Tier in der Regierung der Vereinigten Arabischen Emirate und weitläufig mit der Herrscherfamilie in Dubai verwandt. Er hatte sich in München eine neue Hüfte einsetzen lassen, und seine ganze Familie hatte ihn zur moralischen Unterstützung begleitet. Sicherlich hatten sie nur gelegentlich die Wache am Krankenbett verlassen, um bei Prada und Gucci vorbeizuschauen und das Notwendigste einzukaufen. Jetzt war der Patriarch so weit genesen, dass er seine Regierungsgeschäfte fortsetzen konnte, und die gesamte Großfamilie reiste ab. Bis auf Momo, dessen vollständiger Name Muhammad bin Hamdan Al Maktum lautete, was ich nicht aussprechen konnte, ohne meine Zunge zu verknoten.

Robert und ich hatten keine Ahnung, worauf wir uns einließen, als wir das Hotelfoyer betraten und von einem distinguierten Mann im Nadelstreifenanzug begrüßt wurden. Said Al-Adnan, der für Momos Vater arbeitete und diskret dessen Probleme löste, machte uns miteinander bekannt und umriss dann in geschliffenem Englisch unsere Aufgabe für die nächsten vierundzwanzig Stunden. Die Familie befand sich bereits auf dem Weg zum Flughafen, was der Angelegenheit etwas Dringliches verlieh, und Al-Adnan sah ungefähr alle dreißig Sekunden auf die Uhr, weil er seinen Arbeitgeber nicht über Gebühr warten lassen wollte. Im Grunde war es denkbar einfach: Wir sollten Momo möglichst nicht von der Seite weichen, bis er am nächsten Abend zu seinen Studien nach Genf zurückkehren würde.

Robert fragte, ob es etwaige Bedrohungen gab, über die wir informiert sein sollten, was Al-Adnan verneinte. Natürlich war eine solch prominente Familie immer einer gewissen Gefahr ausgesetzt, aber es gab zumindest keinen konkreten Grund zur Beunruhigung. Momos Vater wollte einfach nur sicherstellen, dass sein jüngster Sohn sich in einer fremden Stadt nicht verlaufen oder Opfer eines zufälligen Verbrechens werden würde. Al-Adnan überreichte uns einen Umschlag aus Büttenpapier, auf dem der Name des Hotels prangte. Darin befanden sich ein Scheck, der so üppig bemessen war, dass es uns die Sprache verschlug, und eine Liste mit Anweisungen. Eine sehr lange Liste – wie die Nase eines Kamels.

Al-Adnan interpretierte unser Schweigen als Zustimmung, sah ein letztes Mal auf die Uhr und sagte dann etwas auf Arabisch zu Momo, was dieser mit gesenktem Kopf und einem kaum merklichen Nicken quittierte. Ich verstand natürlich kein Wort, aber der Tonfall klang streng und keinesfalls so unterwürfig, wie man es vielleicht von einem Angestellten aus dem Orient erwartet hätte. Dann klopfte er dem jungen Mann aufmunternd auf die Schulter, schüttelte zum Abschied unsere Hände und eilte zum Ausgang, wo ein Page mit seinem Gepäck auf ihn wartete. Für meinen Geschmack wirkte Al-Adnan geradezu unangemessen erleichtert.

Robert und ich wechselten einen Blick. Al-Adnan hatte uns erst am Vormittag kontaktiert, und hier standen wir nun, in unseren schicksten Anzügen, und hatten unseren mit Abstand bestbezahlten Job ergattert – als Babysitter.

„Ich wette, der Junge hat irgendwas angestellt“, sagte ich auf Deutsch und warf Momo ein flüchtiges Lächeln zu, „wahrscheinlich die Minibar geplündert oder ein Zimmermädchen belästigt. Was steht alles auf der Liste? Allergien? Irgendwelche Marotten, auf die wir achten müssen?“

„Es sind in erster Linie Verbote. Kein Alkohol … das wurde sogar unterstrichen, kein Kontakt zu Frauen, ausländischen Geschäftsleuten und Hunden.“ Robert runzelte die Stirn. „Warum Hunde? Schweine könnte ich ja noch verstehen, aber … ah ja, da steht es auch: kein Schweinefleisch. Oder überhaupt Essen, das nicht halal ist. Sportwagen. Pferdewetten. Schuhe. Insbesondere Schuhe, die nach ihm geworfen werden könnten.“

„Oh, davon hab ich schon mal gehört“, sagte ich, „ist so ein Moslem-Ding. Gilt als schlimme Beleidigung. Aber wer kommt schon auf die Idee, mit Schuhen zu werfen?“

„Gesprächsthemen, die wir unbedingt vermeiden sollten, sind Religion im Allgemeinen sowie der Prophet im Besonderen – gepriesen sei sein Name …“

„Was?“

„Das steht hier so. Außerdem Politik, die Juden, Marbella, Prostitution und der Ölpreis sowie alles, was irgendwie als anstößig oder unangemessen empfunden werden könnte.“ Robert seufzte und faltete das Blatt Papier zusammen. „Wenigstens müssen wir uns keine Gedanken machen, dass ihn jemand entführen oder ermorden könnte.“

„Inwiefern ist der Ölpreis anstößig?“, fragte ich. „Ich finde das alles reichlich verwirrend.“

„Ach was. Wir müssen ihn nur ein bisschen bespaßen und aufpassen, dass er kein Schweinefleisch isst und dass keine jüdische Prostituierte aus Marbella mit einem Schuh nach ihm wirft. Vielleicht gehen wir mit ihm ins Museum oder fahren zum Schloss Neuschwanstein. Das ist der einfachste Job der Welt.“

„Ich habe gar nichts angestellt“, vernahmen wir eine Stimme hinter unserem Rücken, und als wir uns umdrehten, stand Momo direkt vor uns und grinste uns an. Plötzlich wirkte er gar nicht mehr wie ein schüchterner Teenager, sondern überraschend forsch und selbstbewusst. „Und Neuschwanstein kenne ich schon. Meine Mutter hat mir damals sogar eine Lederhose gekauft.“

Momo, der ein Internat in der Schweiz besucht hatte, sprach neben Deutsch auch fließend Englisch und Französisch und hatte nur einen schwachen, exotischen Akzent. Seit drei Jahren studierte er am Hochschulinstitut für internationale Studien und Entwicklung in Genf, um in den diplomatischen Dienst seines Landes einzutreten.

Ich starrte ihn an, als wäre er eine Kuh mit zwei Köpfen, doch Momo lachte nur, rückte seine Brille zurecht und hob beide Arme, als wollte er uns segnen. „Ihr könnt mich übrigens Momo nennen, das tun alle. Und, Jungs, was machen wir jetzt?"

Falls wir einen gemütlichen Abend erwartet hatten, wurden wir schnell eines Besseren belehrt. Momo lud uns zu einem ausgedehnten Dinner in ein Sternerestaurant ein, in dem es normalerweise unmöglich war, kurzfristig einen Tisch zu bekommen, aber er brauchte nur beiläufig zu erwähnen, dass sein Onkel der Konsul der Vereinigten Arabischen Emirate in München war, und eine Stunde später schlemmten wir wie die Könige. Oder wie die Sultane in diesem Fall.

„Ist der Konsul wirklich dein Onkel?", fragte ich ihn leise, als wir uns über die Speisekarten beugten.

Momo lachte. „Nein, eher eine Art Cousin, aber ich nenne ihn Onkel."

Diensteifrige Kellner umschwirrten uns und servierten köstliche Gerichte in winzigen Portionen zu überteuerten Preisen. Aber die Rechnung bezahlte in diesem Fall Momos Vater, der seinem Sohn ein großzügiges Reisebudget bewilligt hatte. Es war leicht, mit Momo ins Gespräch zu kommen, weil er umgänglich und wissbegierig war und ausgezeichnete Manieren besaß. Er erzählte uns etwas über seine Heimat, über Poloturniere und Kamelrennen und über sein Leben in der Schweiz, die er vor allem wegen der Sauberkeit ihrer Straßen, der Präzision ihrer Uhren und ihrer Schokolade schätzte, wenn auch nicht unbedingt in dieser Reihenfolge. Sein Traum war es, eines Tages als Botschafter in ein europäisches Land entsandt zu werden, vorzugsweise nach Deutschland oder Frankreich. Umgekehrt lieferten wir ihm Einblicke in das spannende und aufregende Leben eines Bodyguards, das Robert stets so klingen ließ, als wären wir alle James Bond, sogar ich, der sich um nichts weiter kümmerte als die Buchhaltung oder hin und wieder die Kundenakquise.

„Wie lange seid ihr eigentlich schon ein Paar?", fragte Momo unvermittelt beim Dessert und grinste uns dabei frech an.

Ich verschluckte mich fast an meiner Mousse au Chocolat.

„Seit ein paar Jahren", antwortete Robert gelassen. Falls er sich insgeheim fragte, ob unser neuer Freund die Homophobie mancher Araber teilte, ließ er sich nichts davon anmerken.

„Und wie habt ihr euch kennengelernt?"

Das war eine Frage, vor der ich mich immer fürchtete.

„In einem Club", sagte ich schnell, in der Hoffnung, dass Momo nicht nachhaken würde. „Auf die gute, altmodische Art und Weise: Ich saß an der Bar, Robert setzte sich neben mich, und wir kamen ins Gespräch …"

So war es auch gewesen, Silvester 2009, der Tag, an dem aus uns endgültig ein Paar geworden war. Unsere Geschichte war jedoch wesentlich länger und komplizierter, und Momo schien instinktiv zu spüren, dass ich ihm einige saftige Anekdoten vorenthielt, denn er ließ nicht locker, bis er mehr erfuhr.

„Okay, wenn du unbedingt die Wahrheit wissen willst", gab ich schließlich nach, „Robert hat mich verhaftet. Versuchte Körperverletzung."

„Schwere Körperverletzung", ergänzte Robert. „Mit einer Stichwaffe."

„Es war eine abgebrochene Weinflasche", sagte ich. „Sie war kaputtgegangen, ohne dass ich es gemerkt hatte, als ich einen jungen Mann verfolgt habe, der mich bestohlen hatte."

Der Dieb hatte einige Tage zuvor ein Buch aus meinem Laden entwendet, und als ich ihn zufällig wiedertraf und zur Rede stellen wollte, lief er davon. Ich rannte hinterher, zerbrach dabei die Weinflasche, die ich in der Hand hielt, nicht weil ich ein Alkoholproblem hatte, sondern weil ich unterwegs zu einer Geburtstagsfeier war. Und um ein Haar hätte ich ihn auch gestellt, wenn der kleine Mistkerl nicht die Polizei gegen mich aufgehetzt hätte. Während Robert mir Handschellen anlegte, machte sich der Dieb aus dem Staub.

„Ich hab ihn später erwischt und zur Rechenschaft gezogen", sagte Robert, der Wert auf eine makellose Aufklärungsquote legte. „Und weil ich Andy ganz süß fand, habe ich ihn ein paar Tage später besucht und um ein Date gebeten."

„Bei dem ich ihn um ein Haar vergiftet hätte“, griff ich den Faden auf. „Robert ist allergisch gegen Erdnüsse, musst du wissen …“

„Manche Paare versuchen erst nach zwanzig Jahren, sich gegenseitig umzubringen, wir haben dafür keine zwanzig Minuten gebraucht.“ Robert lachte und tätschelte sanft meine Hand.

„Das ist eine tolle Story“, sagte Momo.

War es auch. Wenn man sie nicht erlebt hatte. Streng genommen war das nur der amüsante Teil der Geschichte, die wesentlich komplizierter war, aber wir beließen es dabei. Schließlich ging die Wahrheit nur uns etwas an.

Nach dem Essen vertraten wir uns ein wenig die Beine in der lauen Augustnacht. Wir fragten Momo nach seinen Plänen für den nächsten Tag, versuchten sogar, ihm noch einmal Neuschwanstein schmackhaft zu machen, aber er schien sich nicht festlegen zu wollen. Als wir auf dem Rückweg zum Hotel waren, ging es bereits auf Mitternacht zu, und Momo schlug noch einen Abstecher ins *P1* vor. Robert und ich wechselten einen Blick, denn Al-Adnan hatte mehr als deutlich gemacht, dass Alkohol absolut tabu war. Aber weil nichts dagegen sprach, sich ein wenig zu amüsieren, wenn man jung, gutaussehend und reich war, und man auch eine Menge Spaß haben konnte, ohne sich dabei zu betrinken, machten wir uns schließlich auf den Weg in die Prinzregentenstraße. Das *P1* hatte strenge Türsteher, aber wir gelangten nicht nur ohne Probleme in den Club, sondern wurden zudem auch sofort in den VIP-Bereich geführt, wo wir es uns auf breiten Ledercouchen bequem machten und von einer ganzen Reihe Leute neugierig gemustert wurden.

„Man scheint dich hier zu kennen“, sagte ich zu Momo, der wohlwollend in die Runde lächelte wie ein Kalif, der seine Untertanen zur Audienz empfing.

Im nächsten Moment materialisierte sich eine Magnumflasche Champagner auf unserem Tisch, zusammen mit einem Tablett voller Gläser.

„Das haben wir nicht bestellt“, sagte Robert zu der Kellnerin.

Ich sah wissend zu Momo. „Sie scheinen dich hier echt gut zu kennen.“

„Ja, ich bin schon mal hier gewesen.“ Er zwinkerte mir zu. „Ein oder zwei Mal.“

Jeglicher Protest und Hinweis auf die Verbotsliste wurden von Momo ignoriert. Der Korken knallte, und noch bevor das erste Glas gefüllt war, saßen bereits fünf junge Damen in glitzernden Minikleidchen an unserem Tisch, kicherten mädchenhaft um die Wette und strichen sich aufreizend durchs Haar. Momo legte seine Arme um die beiden Frauen, die links und rechts von ihm saßen, verteilte Luftküsse und tätschelte Wangen wie ein professioneller Playboy. In diesem Moment wurde mir klar, dass der Abend bereits unserer Kontrolle entglitten war.

Obwohl Robert mit Argusaugen darauf achtete, dass Momo nur ein Glas Champagner trank, schien unser arabischer Freund nicht viel zu vertragen, denn nach einer Stunde war er bereits blau. Darüber hinaus hatte er eine nervöse Blase, denn er verschwand alle zehn Minuten auf der Toilette. Irgendwann folgte ich ihm heimlich und entdeckte, dass er unterwegs an der Bar haltmachte und sich einen Whisky bestellte.

„Was würde wohl der Prophet dazu sagen?“, fragte ich, als der Barkeeper das Glas vor ihm abstellte.

„Prost?“ Momo sah mich aus glasigen Augen an. „Sei kein Spielverderber, Andy.“

Bevor er reagieren konnte, schnappte ich mir das Glas und kippte den Alkohol in einem Zug herunter. „Bin ich nicht“, sagte ich und unterdrückte einen Hustenanfall.

Wir kehrten zu unserem Tisch zurück, und nachdem ich Robert von Momos kleinen Ausflügen an die Bar erzählt hatte, kehrte er die missmutige Gouvernante hervor und beendete unsere Sause. Momo schaute ihn amüsiert an – anscheinend nahm er das alles nicht ernst. Doch Robert scherzte nicht, sondern winkte der Kellnerin, und zehn Minuten später standen wir auf der Straße.

„Wohin gehen wir als Nächstes?“ Momo gab einem wartenden Taxi ein Zeichen.

„Zurück ins Hotel“, befand Robert streng.

Davon wollte Momo jedoch nichts wissen. „Ich will jetzt tanzen! Kommt schon, der Abend ist noch jung. Wohin geht ihr, wenn ihr mal richtig Spaß haben wollt?“

Robert ließ sich nicht darauf ein, sondern nannte dem Taxifahrer die Adresse. Plötzlich zückte Momo ein Bündel Euroscheine und hielt dem Mann einen Hunderter unter die Nase, damit er uns zum Gärtnerplatz fuhr. Der Fahrer blickte kurz zu Robert, vermutlich in der Hoffnung auf ein höheres Angebot, ignorierte, als dieses ausblieb, dessen bohrende Blicke und schnappte sich Momos Geldschein.

Wummernde Technomusik empfing uns, als wir den Club betraten, von dem Nils, der notorische Nachtschwärmer, schwor, dass er der angesagte in der Schwulenszene war. Schon bevor wir alt und bequem geworden waren und unsere Abende lieber auf der Couch mit einem guten Buch, einem Glas Wein oder einem Netflix-Film verbrachten, waren Robert und ich nicht die eifrigsten Clubgänger gewesen. Es war einfach nicht unsere Szene.

Momo schien es jedoch zu gefallen. Es war zwei Uhr morgens, die Tanzfläche war rappelvoll, und schneller, als man die ersten Zeilen von *Dancing Queen* singen konnte, war Momo von einem Haufen knackiger Kerle umringt. Robert erinnerte sich umgehend an seine Pflichten als Bodyguard und ging dazwischen, doch Momo schien der Körperkontakt nichts auszumachen. Am Ende tanzten Robert und ich um ihn herum und versuchten so gut es ging, die geilen Mittvierziger von unserem arabischen Prinzlein fernzuhalten. Ich fragte mich, ob lüsterne Homosexuelle wohl ebenfalls auf Al-Adnans Liste standen.

Nach einer halben Stunde war ich nassgeschwitzt und brauchte dringend etwas zu trinken. Wir kämpften uns zur Bar durch, wo Robert für uns alle Wasser bestellte und dabei Momos missmutige Grimasse ignorierte. Kaum hatte er an seinem Glas genippt, zog es Momo zurück auf die Tanzfläche. Die Energie eines Zwanzigjährigen müsste man haben.

„Ich verschwinde mal kurz“, sagte er eine halbe Stunde später und deutete mit dem Kopf in Richtung der Toiletten.

Robert und ich waren dankbar für die Verschnaufpause. Ein alter Bekannter von Robert, den er von seiner Arbeit für die Münchner AIDS-Hilfe kannte, tauchte auf und verwickelte uns in ein Gespräch, und erst nach zehn Minuten fiel mir auf, dass Momo nicht zurückgekommen war. Um nicht sofort den Terminator in Robert zu wecken, entschied ich mich, selbst nach dem Rechten zu sehen, und steuerte die Herrentoilette an.

Ein paar Schwuppen überprüften an den Waschbecken den Sitz ihrer Haare, an den Urinalen stand ein halbes Dutzend Männer, die vermutlich mehr oder weniger diskret nach den Genitalien ihrer Nachbarn schielten, aber keiner davon war Momo. Ich rief seinen Namen und erntete ein Kichern von einem bärtigen Typ Anfang fünfzig, der meinen Anzug musterte und mich fragte, ob ich zu den grauen Herren gehörte. Ich ignorierte ihn.

Die Toilette war so aufgeteilt, dass es links von den Waschbecken einen Raum mit den Urinalen gab und rechts einen für die Kabinen. Es waren acht Stück, jeweils vier gegenüber, drei davon waren besetzt. Ich rief noch einmal, und weil ich keine Antwort erhielt, beugte ich mich vor, um einen Blick auf die Schuhe der Männer zu werfen. Der erste trug Sneaker, der zweite – ein Mann um die dreißig in einem weißen Muskelshirt – stieß beinahe mit mir zusammen, als er die Kabine verließ, und sah mich angewidert an. Aus der letzten Kabine in der Reihe drang leises Stöhnen. Konnte es etwa sein, dass Momo …?

Ein Teil von mir hatte den ganzen Abend schon überlegt, ob er wohl schwul war. Seine gepflegte Kleidung, seine geschliffenen Manieren, sein Interesse für unsere Beziehung – es gab einige Indizien, aber nichts, was man nicht mit seiner Herkunft oder schlichter Neugier erklären konnte. Orientalische Männer konnten auf den westlichen Beobachter durchaus etwas feminin wirken – oder war das ein rassistisches Vorurteil? Momo sah gut aus, also wünschte ein Teil von mir automatisch, dass er schwul war, auch wenn ich wusste, dass die Wahrscheinlichkeit dagegensprach. Und hatte er nicht mit den Mädchen im *P1* geflirtet?

Als ich nach den Schuhen der Männer in der Kabine sah, entdeckte ich zwei abgetretene schwarze Chucks, ein Paar kobaltblaue Laufschuhe von Adidas sowie handgefertigte, auf Hochglanz polierte Budapester – wie Momo sie trug. Konnte das wirklich sein? War Momo hier drin und hatte Sex mit nicht nur einem, sondern gleich zwei Männern? Vielleicht nur ein Zufall, sicher gab es ja hier im Club noch jemanden mit einer Vorliebe für maßgeschneiderte Kleidungsstücke. Oder er war aus einem anderen Grund dort drin, beispielsweise, um Drogen zu nehmen. Unwillkürlich fragte ich mich, gegen wie viele Verbote Momo gerade verstieß. Drogen wurden zwar nicht explizit erwähnt, aber wenn schon Alkohol verboten war, war es Kokain mit Sicherheit auch. Wenigstens hatte er keine Frauen oder Hunde in der Kabine.

Es gab nur eine Möglichkeit, mir Gewissheit zu verschaffen: Ich musste nachsehen. Also öffnete ich die Tür der Nachbarkabine, kletterte auf die Toilettenschüssel und stellte mich auf die Zehenspitzen, um über die Trennwand zu spähen. Unter mir standen die Träger der Laufschuhe und der Chucks, zwei Männer in ihren Zwanzigern, der eine mit Hipsterbart und Beanie, der andere mit einem dichten, schwarzen Lockenkopf und Sonnenbrille. Beide lehnten sich mit heruntergelassenen Hosen gegen die Toilettentür und hatten genussvoll die Augen geschlossen. Der dritte saß auf der Toilettenschüssel, in jeder Hand einen erigierten Penis, die er abwechselnd mit dem Mund bearbeitete – Momo.

Ich stieß einen überraschten Laut aus, der Hipster und Lockenkopf erschrocken aufblicken ließ. Dann hob auch Momo den Kopf und starrte mich an. Er grinste. „Hi, Andy!"

„Ihr hört sofort damit auf!", rief ich aufgebracht und rutschte prompt von der Toilettenschüssel ab, was meinen Worten womöglich nicht den Nachdruck verlieh, den ich beabsichtigt hatte. Vor allem nicht, weil ich mit einem Schuh in der Toilettenschüssel landete.

Nebenan hörte ich das Rascheln von Kleidung und das Klirren einer Gürtelschnalle. Die Kabinentür öffnete sich, und der Chucks-Träger baute sich bedrohlich vor mir auf.

„Was willst du denn, du Spanner?"

Ich hüpfte auf einem Bein herum, bis ich meinen Fuß befreit hatte und aus der Kabine stolperte. Sein Freund stand plötzlich neben ihm und versetzte mir einen so kräftigen Stoß gegen die Brust, dass ich zurücktaumelte – und nun mit dem Hintern in der Toilettenschüssel landete. Ich warf einen hilflosen Blick zu Momo, der mich nur kopfschüttelnd ansah.

„Leute, ich will keinen Ärger …"

„Dann verpiss dich gefälligst", sagte der Adidas-Träger. Ich sah, dass sein Beanie von Nike war, was mir irgendwie falsch vorkam.

Ich weiß nicht, was als Nächstes passiert wäre, wenn nicht auf einmal Robert aufgetaucht wäre wie eine wütende Löwenmutter, die ihr Junges verteidigte. Er packte die beiden Männer, stieß den Kopf des einen gegen den seines Kumpels und schob sie dann schwungvoll aus dem Raum. Die beiden waren viel zu verblüfft, um sich zu wehren. Sie warfen einen Blick auf Roberts ehrfurchtgebietende Muskeln, fluchten laut, trollten sich aber. Robert, mein tapferer Bilderbuchheld, drehte sich zu uns um und reichte mir eine Hand, um mir aus der Toilettenschüssel zu helfen. Momo strahlte ihn an.

„Was hast du dir nur dabei gedacht?" Robert war fuchsteufelswild, als wir eine halbe Stunde später Momos Suite im Bayrischen Hof betraten. Wir waren für ihn verantwortlich, und wenn Al-Adnan von diesem Zwischenfall erfahren sollte, würde das auf uns zurückfallen und unserer Reputation schaden.

Momo war immer noch ein wenig betrunken und schien sich köstlich über Roberts Aufregung zu amüsieren.

„Du hättest uns auch einfach sagen können, dass du schwul bist", meinte ich vorwurfsvoll.

„Was? Ich bin nicht schwul", erwiderte Momo empört.

„Ach nein?", ätzte ich. „Du hast gerade versucht, dir zwei Schwänze gleichzeitig in den Mund zu schieben."

„Und? Ich war auf einem Jungeninternat. Das Erste, was man dort lernt, ist Schwänze zu lutschen." Momos Grinsen wurde noch breiter. „Und wenn ich mich nicht irre, steht das auch nicht auf der Liste."

Robert sah aus, als würde er jeden Moment die Beherrschung verlieren. Seine Stimme klang leise und bedrohlich: „Ich bin gespannt, was wohl dein Vater dazu sagen wird."

Momos Grinsen war wie weggewischt. Er wurde sogar ein bisschen blass, fing sich aber schnell wieder.

„Dann sage ich ihm, ihr habt mich ohne mein Wissen in diesen Club gebracht, unter Drogen gesetzt und versucht, mich zu vergewaltigen."

Eine Ader an Roberts Hals pochte, was immer ein schlechtes Zeichen war. Normalerweise brachte den Mann nichts aus der Ruhe, aber Momo schaffte es, ihn bis aufs Blut zu reizen. Ich legte beruhigend eine Hand auf Roberts Arm und stellte mich zwischen die beiden.

„Warum lassen wir es nicht für heute gut sein und gehen schlafen?“, fragte ich und bedeutete Momo mit einem Kopfnicken zu verschwinden. Er zögerte kurz, dann verzog er sich nach nebenan ins Schlafzimmer.

Robert war immer noch wütend: „Dieser arrogante, kleine Hosenscheißer!“

„Komm schon, das bringt doch nichts. Er will uns nur provozieren.“

„In seinem Land steht die Todesstrafe auf homosexuelle Handlungen, aber er versteckt sich hinter seiner mächtigen Familie und seinen Privilegien, anstatt wirklich etwas zu verändern.“

„Robert, er ist einundzwanzig Jahre alt und hat sich vielleicht nicht einmal selbst eingestanden, dass er schwul ist. Was erwartest du von ihm?“

„Du hast ihn doch gehört – seine Luxusreisen nach St. Moritz, seine Karriere im diplomatischen Dienst –, ihm geht es nur darum, ein bequemes Leben zu führen und den Status quo in seinem Land zu verfestigen, insbesondere die Unterdrückung von Minderheiten. Das ganze Jahr über vertritt er die schwulenfeindliche Politik seines Emirats, und im Urlaub lässt er sich Callboys aufs Zimmer kommen. Mich kotzt das alles dermaßen an …“

„Du hast recht“, sagte ich. „Die Welt ist ungerecht. Aber Momo ist auch unser Kunde, um den wir uns kümmern müssen. Also, warum fährst du nicht nach Hause und schläfst ein paar Stunden, während ich hierbleibe und den Babysitter spiele?“

Robert sah mich ein paar Sekunden lang an, dann nickte er und küsste mich zum Abschied. Nachdem er gegangen war, sah ich nach Momo, der angezogen auf dem Bett lag und schlief. Ich zog ihm die Schuhe aus, deckte ihn so gut es ging mit der Tagesdecke zu und schlich mich hinaus. Im Wohnzimmer stand eine Couch, die recht bequem aussah, ich holte mir eine Decke und ein Kissen aus einem Schrank und richtete mich für die Nacht ein.

Als ich wieder wach wurde, war es bereits Mittag, und Momo versuchte, aus dem Zimmer zu schleichen.

„Wo willst du hin?“

„Oh, du bist wach.“ Er drehte sich zu mir um und lächelte, als wäre nichts gewesen. Das unschuldige Lämmchen auf der Weide. Er wirkte so jugendfrisch wie der Frühling, und ich hasste ihn dafür. „Ich wollte uns Frühstück holen."

„Ruf den Zimmerservice an", knurrte ich. „Wie spät ist es? Hat Robert sich gemeldet?"

„Ich wollte nur kurz an die frische Luft …"

„Nein! Du weißt ganz genau, dass du nicht allein losziehen darfst."

„Wer wollte mich aufhalten? Du etwa?"

Am liebsten hätte ich ihm eine gescheuert. Mein Kopf dröhnte, ich hatte einen ekelhaften Geschmack im Mund und keine vier Stunden geschlafen, weil sich die Couch als weniger bequem entpuppt hatte, als sie aussah.

„Ja, ich", krächzte ich und stemmte mich vom Sofa hoch, wofür ich zwei Anläufe brauchte. Etwas wackelig auf den Beinen, sagte ich mit all der Autorität, die ich in T-Shirt und Simpsons-Boxershorts aufbringen konnte: „Ich bin ein zertifizierter Bodyguard mit einer Ausbildung in Krav Maga …"

Das war komplett gelogen. Momo lachte mich aus und hätte sich mit Sicherheit einfach aus dem Staub gemacht und mich mit einem Sprint abgehängt, wenn es in diesem Augenblick nicht an der Tür geklopft hätte. Robert war meine Rettung, wieder einmal, und er hatte sogar Kaffee und Croissants dabei.

Nach dem Frühstück verfrachteten wir Momo ins Auto und fuhren zuerst zu unserer Wohnung, damit ich duschen und mir frische Sachen anziehen konnte. Momo, dem unser Penthouse mit der schönen Aussicht außerordentlich gut gefiel, war die Liebenswürdigkeit in Person. Er war höflich, zuvorkommend und charmant, ganz der wohlerzogene Diplomat, der er einmal werden wollte. Wir begleiteten ihn auf seiner Shoppingtour durch die Kaufinger- und Maximilianstraße, wo er sich neue Schuhe und Manschettenknöpfe kaufte. Anschließend ließ er sich ein Tablett mit sündhaft teuren Uhren bringen und forderte uns auf, uns jeder eine auszusuchen.

„Ich will euch was schenken", sagte er mit der Großzügigkeit orientalischer Potentaten, „zur Erinnerung."

„Ich glaube kaum, dass wir dich je vergessen werden", erwiderte Robert schmallippig.

Momo wirkte zerknirscht. „Ich war gestern nicht besonders nett zu euch", sagte er reumütig, „und möchte euch um Verzeihung bitten."

„Das ist nicht nötig", sagte ich. „Wir werden ja von deinem Vater dafür bezahlt, auf dich aufzupassen."

Sein Versuch, unser Wohlwollen zu erkaufen, war ebenso plump wie durchsichtig. Glaubte er, eine aufrichtige Entschuldigung wäre nicht ausreichend? Nach außen hin gab sich Momo zwar weiterhin unbekümmert, aber unter dieser Oberfläche der Sorglosigkeit spürte ich seine Nervosität. Er wusste, wenn wir ihn bei seinem Vater outen würden, steckte er in Schwierigkeiten.

Zum Abschied gingen wir Sushi essen, und am Nachmittag fuhren wir ihn zum Flughafen. Sein Flieger nach Genf ging am frühen Abend, und er hatte eine Menge Gepäck. An der Sicherheitsschleuse trennten sich unsere Wege, wir schüttelten uns förmlich die Hand, wünschten ihm eine gute Reise und sahen zu, wie er durch die Absperrung ging.

„Ich hoffe, wir sehen ihn nie wieder", brummte Robert.

Ein Abend mit Prinz Albert

Es sollte ungefähr anderthalb Jahre dauern, bis wir wieder etwas von Momo und seiner Familie hörten. In der Zwischenzeit hatte ich so gut wie nie an ihn gedacht, unser Abend mit ihm war zu einer amüsanten Anekdote geworden, die man auf Partys erzählte. Der lüsterne Prinz aus Tausendundeiner Nacht kam immer gut an.

Zuerst zogen unsere Nachbarn aus, ein ruhiges Paar Mitte fünfzig, zu dem wir ein freundliches, aber distanziertes Verhältnis pflegten. Die Wohnung wurde verkauft und anschließend renoviert. Der neue Eigentümer ließ alle Böden und Bäder herausreißen und durch eine Menge Marmor und Edelhölzer ersetzen, und der Lärm der Baumaschinen, der drei Monate lang anhielt, brachte uns schier um den Verstand.

Anfang Januar 2016 rief uns dann überraschend Al-Adnan an und eröffnete uns, dass sein Arbeitgeber das Penthouse neben unserem gekauft hatte. Die Familie mochte München und war das Hotelleben angeblich leid. Außerdem sollte Momo im Konsulat arbeiten, sobald er sein Studium abgeschlossen hatte, und brauchte eine dauerhafte Bleibe. Es war ein durchsichtiges Manöver: Momos Vater wollte, dass wir die Babysitter spielten und aufpassten, dass sein Sohn nicht über die Stränge schlug. Ich fragte mich, wie viel die Familie über seine sexuelle Orientierung wusste. Es musste doch zumindest Gerüchte geben.

Robert lehnte rundheraus ab: „Ich spiel doch nicht die Sittenpolizei für einen arabischen Despoten“, sagte er nach dem Telefonat zu mir. „Wenn sein Vater Angst davor hat, dass sein Sprössling sich danebenbenehmen könnte, muss er einen anderen Dummen für den Job finden.“

Es war die richtige Entscheidung. Rund um die Uhr den Babysitter für einen verwöhnten Playboy zu spielen und ständig zu versuchen, seine Ausschweifungen vor der Presse und seiner Familie geheim zu halten, hätte uns bald überfordert. Außerdem lief unser Geschäft inzwischen so gut, dass wir es uns leisten konnten abzulehnen.

Al-Adnan war zu höflich, um sich seine Verärgerung anmerken zu lassen. Vermutlich dachte er, es sei nur eine Frage des Preises, denn als Momo im Frühjahr nach München zog, unternahm er einen weiteren Vorstoß und erhöhte das Angebot. Unsere Antwort war immer noch nein.

Am Tag seines Einzugs klingelte Momo abends an unserer Tür und überreichte uns fröhlich eine Flasche Wein, mit der wir auf unsere „gute Nachbarschaft" anstießen. Er hatte sich seit unserer letzten Begegnung äußerlich stark verändert. Er hatte viel trainiert, seine Schultern waren breiter geworden, und er hatte sich einen Bart wachsen lassen, der ihn älter und männlicher erscheinen ließ. Seine Brille hatte er durch Kontaktlinsen ersetzt. Selbstbewusst, abgeklärt und weltgewandt, konnte ich ihn mir jetzt gut auf internationalem Parkett vorstellen. Sein Vater musste stolz auf ihn sein. Hinter dieser glatten, auf Hochglanz polierten Fassade gab es jedoch einen zweiten Momo, einen von seinen Begierden und Ängsten beherrschten Mann, der etwas Verzweifeltes und Selbstzerstörerisches an sich hatte, den aber kaum jemand zu Gesicht bekam.

Als wir auf seinen neuen Job im Konsulat anstießen, verriet er uns, dass es seine Idee gewesen war, die Wohnung zu kaufen.

„Mir gefiel die Aussicht von eurer Terrasse", sagte er und deutete mit seinem Weinglas auf das nächtliche München.

Erst später ging mir auf, dass er uns von Anfang an benutzt hatte. Als er herausfand, dass Robert und ich ein Paar waren, sah er in uns zwei Verbündete. Die Show im *P1* diente nur dazu, seine Maskerade aufrecht zu erhalten: Eine saftige Rechnung aus einem angesagten Nachtclub, ein paar Fotos von ihm mit hübschen Mädchen und fertig war das Bild eines heterosexuellen arabischen Playboys. Dass ich ihn danach mit den beiden Männern auf der Toilette erwischt hatte, war kein Zufall gewesen, sondern eine kalkulierte Provokation. Momo wollte wissen, wem unsere Loyalität galt – unserem Auftraggeber oder dessen heimlich schwulem Sohn. Indem wir sein Geheimnis für uns behielten, hatten wir uns auf seine Seite geschlagen. Wir mochten zwar seine Heuchelei verachten, doch würden wir nie einen jungen Mann verraten, nur weil er seine Homosexualität auslebte. Und falls wir es doch getan hätten, hätte er leicht die beiden schwulen Bodyguards als die Schuldigen hinstellen können, die ihn zu diesem Ausflug überredet hatten.

Was lag also näher, als uns auch weiterhin zu seinen Komplizen zu machen? Wir würden seine Privatsphäre wahren, und Momo war frei, zumindest frei genug, um im Schutz seiner Wohnung tun und lassen zu können, was er wollte. Wenn er nicht die Clubs unsicher machte, lud er junge Männer zu sich nach Hause ein. Eine Menge junger Männer. An den Wochenenden hörten wir ihr Lachen und ihre heiteren, unbekümmerten Stimmen, die von der Terrasse herüberhallten. Dort hatte Momo einen Whirlpool installieren lassen, und in das Gurgeln und Plätschern des Wassers mischte sich nicht selten lustvolles Stöhnen.

Es machte mir nichts aus, er war jung und sollte sein Leben genießen. Ein Teil von mir beneidete ihn darum, ein anderer Teil hätte nur zu gern Mäuschen gespielt. Was mir aber wirklich Probleme bereitete, war etwas anderes: Momo war scharf auf Robert. Schon am Tag seines Einzugs, als wir zu dritt auf der Couch saßen und Wein tranken, tätschelte er mehrmals Roberts Knie und machte anzügliche Bemerkungen. Die lüsternen Blicke, die er meinem Freund zuwarf, wenn er sich unbeobachtet fühlte, blieben mir ebenso wenig verborgen wie seine durchsichtigen Manöver. Bei jeder sich bietenden Gelegenheit bat er Robert in seine Wohnung. Mal tropfte der Wasserhahn, dann klemmte ein Fenster, und einmal rief er sogar an, weil seine Lampe kaputt war. Als er nach zwanzig Minuten nicht wiederkam, ging ich nachsehen. Momos Tür war nur angelehnt, und ich hörte ihre Stimmen aus dem Schlafzimmer.

Robert stand barfuß auf dem Bett; er trug wie gewöhnlich nur Shorts und ein ärmelloses Shirt, das seine kräftigen Armmuskeln betonte. Er wechselte gerade eine Glühbirne aus und hatte Mühe, sein Gleichgewicht zu behalten, weil er auf einem Wasserbett stand. Momo, der lediglich mit einer Badehose bekleidet war, stützte ihn von hinten, und seine Hände waren überall, auf Roberts Hintern, seinem Bauch …

„Braucht ihr noch Hilfe?", fragte ich.

Die beiden drehten sich um und kicherten wie Schuljungen.

„Nein, ich hab's schon", sagte Robert und setzte das Abdeckglas auf die Lampe. Eine Hand auf Momos Schulter gestützt, kletterte er vom Bett.

„Vielen Dank", sagte Momo und streichelte dabei Roberts Rücken. „Du bist ein Schatz."

„Können wir dann gehen?"

Momo warf mir einen giftigen Blick zu. „Möchtet ihr vielleicht was trinken? Oder … Ich hab vorhin den Whirlpool angeworfen …"

„Nein, danke", sagte ich bestimmt. „Wir gehen."

Robert sah so aus, als wäre er einem Drink oder einem relaxten Bad nicht abgeneigt, folgte mir dann aber brav in unsere Wohnung.

„Eine Glühbirne?", sagte ich, nachdem ich die Tür geschlossen hatte. „Ernsthaft? Er weiß nicht, wie man eine Glühbirne wechselt?"

„Er hat das noch nie gemacht, sie haben wahrscheinlich Leute für so was in ihrem … Haus, Palast oder in was auch immer sie leben."

„Vielleicht in einem Zelt ohne elektrischen Strom?"

„Was bist du denn so grantig?"

„Momo flirtet mit dir."

Robert winkte ab. „Ach, das bedeutet nichts."

„Stell dich nicht dümmer, als du bist", erwiderte ich scharf. „Ich weiß nicht, ob er eine Art Vaterkomplex hat oder einfach nur scharf auf dich ist, seit du uns damals vor den beiden Typen auf dem Klo gerettet hast. Aber er hat es jedenfalls darauf abgesehen, dich ins Bett zu kriegen. Seine Hände haben dich gerade von oben bis unten betatscht."

„Er hat mich festgehalten – weißt du, wie wackelig …"

„Ich bitte dich! Außerdem war er praktisch nackt."

„Er wollte in den Whirlpool …"

„Sicher. Ich kann mir das gut vorstellen: Du verlierst das Gleichgewicht und landest auf dem Bett, Momo fällt auf dich, ihr seid euch ganz nahe, seht euch tief in die Augen, seine Hand streicht langsam deinen Schenkel hinauf, und dann …"

„Dann wird er sich auf eine Enttäuschung gefasst machen müssen", sagte Robert und lächelte mich entwaffnend an. „Also ehrlich, deine Fantasie geht mit dir durch. Vielleicht solltest du erotische Romane schreiben?"

Er nahm mich in den Arm. Natürlich wusste ich, dass er sich niemals auf Momos Avancen einlassen würde. Und wenn ich ehrlich war, war ich auch eher eifersüchtig auf die Tatsache, dass Momo scharf auf Robert war und nicht auf mich.

Ein paar Monate gingen ins Land. Ich weiß nicht, ob Robert mit ihm darüber gesprochen hatte, aber Momos Annäherungsversuche hörten auf. Wir bekamen nicht mehr allzu viel von ihm zu sehen, und wenn wir ihn zufällig im Treppenhaus trafen, wirkte er fahrig und unkonzentriert. Dunkle Schatten lagen unter seinen Augen.

„Vielleicht sollte er aufhören, sich die Nächte um die Ohren zu schlagen", sagte ich zu Robert. Wie schlecht es Momo wirklich ging, ahnten wir jedoch nicht.

Mitte Mai klingelte es eines Samstagabends an unserer Tür. Robert und ich hatten es uns mit Wein und Chips auf der Couch gemütlich gemacht und sahen uns einen Film an. Es war fast Mitternacht. Ich stand auf, wischte meine fettigen Finger an meiner ausgeleierten Trainingshose ab und schlurfte in den Flur. Da sich über die Sprechanlage niemand meldete, sah ich durch den Türspion, entdeckte Momo und öffnete die Tür. Er trug einen Bademantel und war so betrunken, dass er schwankte. Bevor ich etwas sagen konnte, riss er plötzlich in einer dramatischen Geste den Mantel auf. Darunter war er nackt. Sein Körper war sehnig und glatt rasiert, und sein erigierter Schwanz sprang mir entgegen wie eine wütende Kobra.

„Fick mich!", nuschelte er und hätte um ein Haar das Gleichgewicht verloren.

Ich drehte mich um und rief in die Wohnung: „Robert – ist für dich …"

Es gelang mir, Momo ins Wohnzimmer zu führen, wo ich ihn auf die Couch setzte. Er war kaum noch bei Bewusstsein und reagierte nicht auf unsere Fragen. Robert bezweifelte, dass er nur betrunken war.

„Ich tippe mal auf eine Mischung aus Alkohol und Schmerzmitteln, so weggetreten, wie er ist." Er schüttelte Momo kräftig, um ihn wachzubekommen, und versetzte ihm ein paar leichte Schläge auf die rechte Wange, hatte jedoch keinen Erfolg. Dafür öffnete sich Momos Morgenmantel und entließ seinen neugierigen Penis in die Freiheit.

„Und Viagra", sagte ich mit einem Blick auf die beachtliche Erektion. „Oder er hat eine bemerkenswerte Standfestigkeit. Mein Gott, wer lässt sich denn an dieser Stelle piercen?"

Ein dicker, silberner Ring durchbohrte Momos Eichel durch die Harnröhre, kam auf der Unterseite wieder heraus und wurde vorne von einer kleinen Kugel geschmückt.

„Du meinst den Prinz Albert?"

„Heißt das so?", fragte ich. „Das tat bestimmt weh."

„Er stimuliert deine Harnröhre und die Prostata bei deinem Partner. Ein irres Gefühl beim Sex", sagte Robert. Ich warf ihm einen überraschten Blick zu. „Hab ich gehört …"

„Ja, und ein immerwährendes Vergnügen, die Beamten bei der Flughafen-Security darüber aufzuklären." Ich wurde wieder ernst: „Sollen wir ihn ins Krankenhaus bringen?"

„Wegen der Drogen?" Robert schüttelte den Kopf. „Wir behalten ihn eine Weile im Auge, falls er sich übergeben muss, aber ich denke, er kommt wieder in Ordnung."

„Nein, ich meine wegen seiner Erektion. Ich hatte ja noch nie was mit einem Türken oder Araber und kann mir vorstellen, dass sie da unten etwas dunkler sind als wir Mitteleuropäer. Aber … ist die Farbe normal?"

Momos Penis war immer noch gefährlich stark angeschwollen, die Haut straff und glänzend und von einem Farbton, der fast ins Violette changierte. Ein bisschen sah er aus wie eine Aubergine. Robert beugte sich vor, um einen genaueren Blick darauf zu werfen.

„Das liegt wohl an dem Cockring, den er trägt", sagte er, als er sich wieder aufrichtete. „Ich schätze mal, das Blut kann nicht mehr abfließen."

„Priapismus", sagte ich mit der Autorität eines regelmäßigen Konsumenten von Krankenhausserien. „Wenn das Blut nicht mehr zirkulieren kann, nimmt die Sauerstoffversorgung im Gewebe ab, und es kann absterben."

„Ach, du hast noch nie von einem Prinz-Albert-Piercing gehört, aber so was weißt du?"

Ich wurde rot. „Hab ich mal im Fernsehen gesehen. Im schlimmsten Fall müssen sie amputieren."

„Ich schätze mal, ein Leben ohne Schwanz würde Momo nicht gefallen", sagte Robert und seufzte. „Und wenn wir ihn ins Krankenhaus bringen, müssen wir seinen Vater oder das Konsulat informieren und riskieren einen diplomatischen Zwischenfall."

„Wenn wir den Cockring entfernen, müsste das Blut doch wieder abfließen, oder?“

„Na, dann mach mal.“

„Ich? Warum ich?“

„Weil es deine Idee war.“

Ich starrte ihn unsicher an. Schließlich verdrehte Robert die Augen, beugte sich vor und tastete den Edelstahlring vorsichtig mit den Fingerspitzen ab. Es dauerte keine zehn Sekunden, dann hatte er den Magnetverschluss gefunden und den Ring entfernt. Momo schien von dieser Prozedur nichts mitzubekommen, jedenfalls rührte er sich nicht und gab auch keinen Laut von sich. Seinen Abend hatte er sich sicherlich anders vorgestellt.

Wir bedeckten seine Blöße und warteten eine Viertelstunde ab, bevor wir einen erneuten Blick darauf warfen. Nichts tat sich.

„Was sollen wir jetzt machen?“

„Wir könnten ihm einen runterholen“, schlug Robert vor. „In der Regel hilft das bei hartnäckigen Erektionen.“

„Das ist nicht witzig!“

„Komm schon, Andy, das Ganze ist so absurd ...“ Er prustete los. „Außerdem hast du dir doch immer einen Dreier gewünscht ...“

Ich warf ihm einen wütenden Blick zu und verließ dann das Wohnzimmer. Als ich zurückkehrte, hatte ich einen Beutel mit Eiswürfeln dabei sowie Kleenex, Einweghandschuhe und Gleitmittel.

„Wir versuchen es zuerst mit Kühlung“, sagte ich und drückte Momo den Eiswürfelbeutel in den Schoß. „Wenn das auch nichts bringt, bleibt uns wohl nichts anderes übrig. Aber damit eins klar ist: Darüber reden wir nie wieder!“

Am Ende hatten wir mit dem Eis den gewünschten Erfolg, und eine Stunde später schien es Momo so weit gut zu gehen, dass wir ihn für den Rest der Nacht unbeaufsichtigt lassen konnten. Ich holte ihm ein Kopfkissen und eine Decke und löschte das Licht. Als wir am nächsten Morgen aufstanden, war er verschwunden.

Ich klingelte an seiner Tür, ich rief ihn an, aber Momo reagierte nicht. Zwei Tage lang bekamen wir ihn nicht zu Gesicht, dann tauchte er wieder auf, schuldig wie die Sünde. Da er sich nicht mehr an alles erinnern konnte, halfen wir seinem Gedächtnis auf die Sprünge. Ich muss gestehen, es bereitete mir eine gewisse Genugtuung zu sehen, wie peinlich ihm die ganze Sache war.

„Es tut mir so leid", sagte er immer und immer wieder. „Das wird nie wieder vorkommen – versprochen! Ich werde nie wieder etwas trinken!"

„Versprich nur, was du auch halten kannst", sagte ich giftig.

„Vielleicht solltest du dir professionelle Hilfe suchen", meinte Robert versöhnlich.

Momo schüttelte den Kopf. „Ich hab mich ab sofort im Griff, verspro… ganz sicher."

Robert, der ein weiches Herz und vor Jahren eine Weile bei einer Krisenhotline gearbeitet hatte, gelang es irgendwie, dass Momo sich öffnete. Er erzählte uns, dass er sich ziemlich einsam in München fühlte. Seine Kollegen im Konsulat waren alle wesentlich älter als er, und als Neffe ihres Vorgesetzten erfreute er sich auch nicht gerade übergroßer Beliebtheit. Zwar kannte er eine Menge Leute aus dem Nachtleben, aber das waren alles keine echten Freunde, sondern Nutznießer seiner Großzügigkeit und gefällige Gefährten für eine Nacht. Auch Alkohol und flüchtiger Sex konnten die Leere in ihm nicht betäuben.

„Ich habe mir ab morgen Urlaub genommen", sagte Momo. „Vielleicht helfen ein paar Wochen in der Wüste, um den Kopf wieder freizukriegen."

Unwillkürlich dachte ich an Jesus und den Teufel, nur dass der Leibhaftige in diesem Fall in der Gestalt lüsterner Jünglinge und hochprozentiger Getränke daherkam und unser arabischer Freund so gar nichts Heiliges an sich hatte. Momo verabschiedete sich von uns, und ich brachte ihn zur Tür.

„Ich muss dir etwas gestehen, Andy", sagte er, als er schon im Flur stand. „Ich beneide dich. Euch. Was ihr habt, ist einfach … großartig."

Und damit verschwand er in seiner Wohnung und nahm all meinen Ärger und Groll mit sich. Überraschenderweise empfand ich sogar Mitleid mit ihm. Momo war ein Fremder, nicht nur weit entfernt von seiner Heimat, sondern auch von den Maßstäben und Grundsätzen seiner Erziehung, seiner Kultur und Religion. Er begann gerade erst herauszufinden, wer er wirklich war, und das machte ihm Angst und erfüllte ihn mit Zweifeln und Selbstekel. Ich wusste das, weil ich selbst einmal an diesem kalten und einsamen Ort gewesen war.

Während Momo Urlaub am Golf machte und versuchte, sich selbst zu finden, tauchte Wally bei uns auf und zog in unser Gästezimmer. Wallys Leben war gerade auf den Kopf gestellt worden, er hatte sein Studium abgebrochen, sich geoutet und mit seinen Eltern überworfen. Er war ebenfalls ein Fremder in einer unbekannten Stadt, und was lag da näher, als ihn mit unserem Nachbarn bekannt zu machen? Die beiden hatten schließlich vieles gemeinsam, und ein Freund im selben Alter würde vielleicht helfen, über die Brüche und Turbulenzen hinwegzukommen.

Nachdem Momo zurückgekehrt war, luden wir ihn zum Essen zu uns ein, und der Rest ist, wie man so schön sagt, Geschichte. Die beiden verstanden sich auf Anhieb und verabredeten sich gleich für den nächsten Tag zu einem Kinobesuch. Momo war großzügig, lud seinen neuen Freund in teure Restaurants ein, zeigte ihm seine Lieblingsclubs und schenkte ihm eine Mitgliedschaft im selben Fitnessstudio. Die beiden wurden bald unzertrennlich.

Ich bin sicher, dass sie zu dieser Zeit bereits miteinander ins Bett gingen, aber sie waren diskret. Wally tauchte jeden Morgen verschlafen aus dem Gästezimmer auf, und Momo feierte keine Partys mehr. Beide fanden ihr Gleichgewicht wieder, Momo wurde ruhiger, gelassener, und Wally entschied sich, im Herbst mit einem Grafikdesign-Studium zu beginnen.

„Ich glaube, ich bin verliebt", gestand uns Wally eines Morgens beim Frühstück.

„Oje", sagte ich – vermutlich nicht die angemessenste Reaktion. „Ich meine … Das ist toll. Ehrlich. Ich hoffe nur, du wirst nicht enttäuscht."

„Warum? Weil Momo aus einem anderen Kulturkreis stammt?"

Wenn es nur das wäre. Der Islam und insbesondere Momos Heimatland mit seiner homophoben Politik waren eine Sache. Momo konnte sich nie öffentlich zu seiner Sexualität bekennen, jedenfalls nicht, wenn er weiterhin Kontakt zu seiner Familie haben und Karriere im diplomatischen Dienst machen wollte. Er war jung und ehrgeizig, er wollte Botschafter werden, vielleicht würde er sogar eines Tages in die Regierung seines Landes berufen werden. Das bedeutete auch, nach außen hin den Schein zu wahren: Er musste heiraten, Kinder bekommen, ein treusorgender Familienvater und guter Moslem sein.

Wally dagegen hatte sich gerade erst geoutet und vor seiner Familie und der Welt zu seiner Homosexualität bekannt. Er verdiente mehr als das, was Momo ihm bieten konnte. Er verdiente einen Partner, der ihn nicht versteckte und vor seiner Familie und seinen Freunden verleugnete, sondern unverbrüchlich zu ihm stand und ihn von ganzem Herzen liebte.

„Ich weiß das alles“, sagte Wally trotzig. „Und es ist mir egal. Ich liebe ihn, und wir wollen ja nicht gleich heiraten oder so.“

Am Ende gab ich mich geschlagen. Wally war alt genug, seine eigenen Entscheidungen zu treffen, und wenn sich beide liebten, bestand immer noch die Hoffnung, dass ihre Gefühle stark genug waren, alle Widrigkeiten zu überwinden. Seit wann war ich denn so zynisch geworden, dass ich nicht mehr an die Kraft eines Happy Ends glaubte?

Offiziell wohnte Wally zwar bei uns, verbrachte seine Zeit aber nahezu ausschließlich bei Momo. Nur wenn dessen Familie zu Besuch kam, kehrte Wally wieder in unser Gästezimmer zurück. Dieses Arrangement war symptomatisch für ihre Beziehung, die weitgehend im Verborgenen stattfand und, was Momo anging, sogar illegal war. Zumindest nach den Gesetzen seines Landes. Robert und ich hörten sie gelegentlich streiten, aber im Großen und Ganzen schienen sie glücklich miteinander zu sein, und das war alles, was letztlich zählte.

Mitte Juni wurde Wally vierundzwanzig. Es war ein Freitag, und Robert und ich waren den ganzen Tag unterwegs, um einen potenziellen Kunden in Rosenheim, der einen Sicherheitsdienst für ein Volksfest suchte, von unseren Vorzügen zu überzeugen. Am Abend waren wir nebenan zu einer kleinen Party eingeladen, die Momo organisiert hatte, was bei ihm alles bedeuten konnte – von vier Freunden, die bei einem Sechs-Gänge-Menü zu Tisch saßen, das ein gemieteter Spitzenkoch zubereitet hatte, bis hin zu fünfzig Leuten, die zu wummernden Technoklängen durch die Wohnung tobten.

Robert und ich kamen, als die Party bereits im vollen Gang war. Momo hatte ein gutes Dutzend Leute eingeladen, hauptsächlich Kommilitonen von Wally, aber auch einige seiner High-Society-Kumpel, mit denen er früher gerne gefeiert hatte und die man gut an ihren Designerklamotten und ihrem blasierten Gesichtsausdruck erkennen konnte. Wir waren natürlich mit Abstand die Ältesten.

Es gab eine große Auswahl an Sushi, aber auch Ramen und sogar schmale Streifen gegrilltes Kobe-Steak. Wir gratulierten Wally und stießen mit einem Glas Champagner auf sein neues Lebensjahr an. Momo brachte eine große Torte mit 24 brennenden Kerzen, woraufhin alle Gäste begeistert, wenn auch ein wenig falsch *Happy Birthday* schmetterten. Zuerst schwungvoll, dann in einem größer werdenden Genuschel, vermutlich weil einige Gäste Wallys Namen nicht kannten. Das Geburtstagskind blies die Kerzen aus, küsste Momo und begann dann, seine vielen Geschenke auszupacken.

Ich hatte ihm einen Kasten mit Pastellkreide in allen möglichen Farben besorgt, über den er sich sehr freute. Von Momo bekam er eine protzige Uhr, ein typisches Momo-Geschenk, viel zu auffällig, übertrieben und goldglänzend. Zu Wally passte es so gut wie ein Diamantring zu einer Schildkröte. Wally zeigte natürlich Begeisterung und bedankte sich bei seinem Freund mit einem weiteren Kuss.

Gegen Mitternacht waren die meisten Gäste gegangen. Ich hatte Robert schon ein paar Mal ein Zeichen gegeben, dass ich gehen wollte, aber er unterhielt sich angeregt mit einem dünnen Mann Anfang zwanzig, der einen Schnurr- und Spitzbart trug, als wollte er sich damit als einer der drei Musketiere bewerben. D'Artagnan schmachtete ihn so offensichtlich an, dass es schon lächerlich war, und Robert behandelte ihn mit herablassendem Wohlwollen. Ich kannte meinen Freund gut genug, um zu wissen, dass er den jungen Mann nicht ernst nahm, sich aber von dessen Aufmerksamkeit geschmeichelt fühlte. Während die beiden auf der Couch saßen und plauderten, kam ich mit einem von Momos Freunden ins Gespräch, einem dunkelhäutigen Mann Ende zwanzig, der viel zu viel Parfüm aufgelegt hatte.

„Ist es nicht peinlich, wie Julian sich ranschmeißt?", fragte er in einem gehässigen Ton, ohne dabei den Blick von Robert zu nehmen. Da schwang eindeutig Eifersucht mit. „Ein Muscle Daddy wie der steht eher auf Jocks oder Twunks, allenfalls noch auf Otter, aber ein Tweaker – ich bitte dich … Julian ist so ein Daddy Chaser."

Ich hatte nur die Hälfte von dem verstanden, was er gesagt hatte. Ein Jock war, wenn mich nicht alles täuschte, so etwas wie ein Hunk und bezeichnete einen sehr durchtrainierten Mann. Ein Twunk war junger Hunk, ein Otter im Grunde ein dünner Bär, aber was ein Tweaker war, wusste ich nicht. Weil ich gerne neue Dinge lerne, auch wenn es um diskriminierende Typeneinteilungen in der Schwulenszene ging, fragte ich nach.

„Na, er macht halt gern Party, weißt du, so mit Tina, Madonna oder G-Juice. Alles klar?"

Nein. Aber ich ahnte, dass es um Drogen ging, die in Teilen der Schwulenszene sehr beliebt waren. Ich konnte in dieser Hinsicht nicht mitreden, ich hatte ja noch nicht einmal Poppers versucht. Vielleicht sollte ich dem Tweaker sagen, dass Robert Polizeibeamter war.

Mein Gesprächspartner wandte sich ab, und ich hörte, wie er Momo fragte, wann denn die After-Party beginnen würde. Was unser Gastgeber darauf antwortete, konnte ich nicht verstehen, aber ich wusste auch so, dass wir nicht dazu eingeladen waren. Mit vierzig waren wir bei den jungen Leuten nicht mehr willkommen, allenfalls noch ein geiler Muscle Daddy wie Robert, aber jemand wie ich eher nicht. Das führte mich zu der Frage: Was war ich in der Welt der körperformbasierten Typeneinteilung? Otter? Bär? Grottenolm? Ich ertappte mich bei dem Gedanken an eine kohlenhydratreduzierte Diät und intensiveres Fitnesstraining und wusste, dass ich wie alle anderen auch in der Falle saß …

Es dauerte eine ganze Weile, bis ich Robert endlich von seinem Bewunderer losgeeist hatte. Am Ende ging ich einfach zu ihm, küsste ihn und sagte: „Schatz, lass uns gehen."

Der Tweaker starrte mich an, als hätte ich ihm gerade ins Gesicht gespuckt. Robert tätschelte zum Abschied sein Knie und stemmte sich von der Couch hoch. Wir suchten unsere Gastgeber, um uns zu verabschieden, und fanden sie in der Küche. Die beiden stritten sich.

„Ich will nun mal nicht", sagte Wally, als wir zur Tür hereinkamen. „Warum machst du so was, ohne mit mir vorher zu reden?"

„Es sollte eine Überraschung sein." Momo klang kleinlaut und verstummte, als er uns sah.

„Sorry für die Unterbrechung", sagte ich und hob entschuldigend eine Hand. „Wir packen's jetzt. War eine schöne Party."

„Wartet, ich komme mit", sagte Wally.

„Jetzt sei doch kein Spielverderber." Momo lief uns bis ins Treppenhaus nach. „Du wolltest doch neue Erfahrungen sammeln ..."

Wally ignorierte ihn. Ich schloss unsere Wohnungstür auf, und wir gingen hinein. Momo blieb allein zurück.

„Alles in Ordnung?", fragte Robert, als Wally unschlüssig im Gang verharrte. Ein Teil von ihm wollte bei seinem Freund sein, ein anderer Teil ärgerte sich über ihn.

„Momo hat ein paar Leute eingeladen ... Zu einer Orgie." Bei dem Wort wurden seine Wangen tatsächlich rot.

Anscheinend störte sich Momo daran, dass nur er sich gewisse Freiheiten in ihrer Beziehung nahm, während Wally zunehmend unglücklicher darüber war. Er ermunterte ihn, sich mit anderen Männern zu treffen, und weil Wally keine Anstalten machte, hatte er selbst die Initiative ergriffen. Was er nicht verstand, war, dass Wally noch immer dabei war, seine Sexualität zu entdecken. Für ihn war eine emotionale und sexuelle Beziehung zu einem anderen Mann aufregend und neu, das musste er erst einmal verarbeiten, bevor er sich anderen Spielarten zuwenden konnte.

„Natürlich macht mich die Vorstellung an", sagte er, „aber sie macht mir auch eine Scheißangst. Vielleicht bin ich einfach nicht so der abenteuerliche Typ."

Es klingelte an der Tür. Momo machte ein zerknirschtes Gesicht, als er hereinkam und sich bei Wally entschuldigte.

„Ich hab sie alle weggeschickt", sagte er und setzte sich neben Wally auf die Couch. „Es tut mir leid, okay? Ich wollte dich damit überraschen, aber wenn du noch nicht so weit bist ..."

„Ich will ja gerne so sein wie du, aber ..." Wally schaffte es nicht einmal, seinem Freund ins Gesicht zu sehen. Er fühlte sich unzulänglich, weil er sich ständig mit Momo verglich, anstatt seiner Intuition zu vertrauen.

Momo legte einen Arm um ihn, redete seinem Freund gut zu, und fünf Minuten später waren sie verschwunden. Wahrscheinlich, um leidenschaftlichen Versöhnungssex zu haben. Ohne Zuschauer und weitere Beteiligte.

Die anonymen Karnivoren

Die Samstagmorgen waren uns heilig. Wir schliefen meistens lang, gönnten uns ein ausgiebiges Frühstück und überlegten uns dabei, wie wir das restliche Wochenende verbringen wollten. Häufig musste Robert arbeiten, aber mindestens einmal im Monat unternahmen wir zusammen einen Ausflug, entweder in die Berge oder wenigstens an die Isar. Als wir uns an diesem Samstag gerade an den Tisch gesetzt hatten und über die Ereignisse des gestrigen Abends redeten, klingelte es plötzlich Sturm.

Es war Siggi. Schon als sie den Aufzug verließ und in unsere Wohnung polterte, Aurora in einem Arm, in der freien Hand einen riesigen Koffer hinter sich herzerrend, wusste ich, dass etwas Schlimmes passiert sein musste. Selbst sie brauchte nicht so viele Sachen, wenn sie mit der Kleinen auf einen Sprung bei uns vorbeischaute.

„Schau mal, da ist der Onkel Andy", säuselte sie und drängte mir ihr Kind auf.

Aurora duftete nach Butterkeksen und Milch. Sie schaute mich streng an, als müsste sie erst überlegen, wer ich war, dann sah sie zu ihrer Mutter, die ihren Koffer auf den Boden plumpsen ließ und dabei stöhnte, als hätte sie den Mount Everest bestiegen. Das Kind sah müde aus. Siggi auch. Andererseits sah Siggi seit Auroras Geburt ständig müde aus.

Während sie ihrer Tochter den Sonnenhut abnahm, ging ich zu Robert an den Frühstückstisch zurück. Er sah mich fragend an, ich zuckte mit den Achseln und holte eine weitere Tasse aus dem Schrank. Normalerweise rief Siggi vorher an, wenn sie spontan vorbeikommen wollte, und dieser Überfall sah ihr nicht ähnlich. Außerdem konnte man sehen, dass sie aufgebracht war.

„Es ist alles aus", sagte sie zwei Minuten später, während sie trübsinnig in ihren Kaffee starrte. Ihre Stimme klang nach Weltuntergang. Aurora saß auf ihrem Schoß und spielte mit einer kleinen Handpuppe, die ihr ständiger Begleiter war.

„Was ist aus?"

„Na, meine Ehe natürlich." Sie funkelte mich entrüstet an. „Marvin hat mich betrogen."

Robert und ich wechselten einen überraschten Blick. Siggis Mann war ihr hörig und viel zu fantasielos, um überhaupt auf die Idee zu kommen, sich nach anderen Frauen umzusehen. Außerdem war er weder besonders charmant noch gutaussehend.

„Bist du dir sicher?“, fragte ich daher.

„Ich hab ihn doch in flagranti erwischt! Ausgerechnet auf dem Parkplatz hinterm Bio-Supermarkt. Gott, mir wird schlecht, wenn ich auch nur daran denke.“

Mein rühriges Kopfkino spulte den passenden Film dazu ab: Ich sah Marvin, der vor dem Regal mit Soja-Produkten mit einer jungen Frau in einem selbstgestrickten Pulloverkleid flirtete. Konnte er überhaupt flirten? Oder hielt er ihr einen Vortrag über die weltverändernden Auswirkungen des Veganismus? Seine Worte weckten daraufhin den Funken der Leidenschaft in ihr, woraufhin sie ihn an die Hand nahm und …

„Tut mir leid“, sagte ich, als das Bild wie eine Seifenblase zerplatzte. „Das kann ich mir irgendwie nicht vorstellen. Marvin?“

„Er hat mich nicht nur einfach betrogen, sondern …“ Siggi bekam vor lauter Empörung kaum Luft. „Es ist geradezu … pervers.“

In meinem Kopfkino steckte Marvin nun in einem Latexanzug aus Naturkautschuk, während die junge Frau im Selbstgestrickten eine Peitsche aus geflochtenen Hanfsträngen schwang. Nein, auch das passte nicht.

„Vielleicht hast du dich ja geirrt?“

Siggi sah mich streng an. „Ich werde ja wohl noch einen Burger erkennen, wenn er mir praktisch unter die Nase gehalten wird.“

„Ein *Burger*? Du meinst, Marvin hat … einen Hamburger gegessen?“

Robert prustete vor Lachen, täuschte aber schnell einen Hustenanfall vor und stand dann auf, um den Tisch abzuräumen.

„Wenn ich an all die toten Rinder denke, muss ich gleich weinen“, sagte Siggi und strich ihrer Tochter eine widerspenstige Strähne aus der Stirn. „Wie konnte er mir das antun? Nach allem, was wir zusammen durchgemacht haben.“

„Vielleicht war es ja ein Veggie-Burger“, erwiderte ich schwach.

„Er hat nach Leiche gestunken!“ Siggi würgte nun fast. „Wenn ich mir vorstelle, dass ich diesen … Tiermörder heute Morgen noch geküsst habe …“

„Bist du nicht etwas zu streng mit ihm? Ich meine, jeder macht einmal einen Fehler, und so ein Burger ist ja nicht gleich der Weltuntergang. Marvin ist schließlich nicht fremdgegangen."

„Das wäre mir lieber gewesen als der Verrat an unseren Prinzipien", sagte Siggi. „Ein veganes Leben war immerhin Bestandteil unseres Ehegelübdes."

Das stimmte sogar, wenn es auch nicht Teil der standesamtlichen Trauung war, sondern einer privaten Zeremonie, die der Guru von Siggis Mutter im Garten hinter Marvins Café abgehalten hatte. Ich dachte an Marvins selbstgerechte Art und die vielen Vorträge, die er mir über die Überlegenheit des Veganismus gehalten hatte, und konnte ansatzweise verstehen, wie Siggi sich fühlte. Der Mann war ein Heuchler. Was würde wohl der vegane Jesus dazu sagen?

„Können wir eine Weile bei euch wohnen?", fragte Siggi und sah dabei so müde und unglücklich aus, dass ich sie am liebsten tröstend in den Arm genommen hätte. „Ich weiß, es ist viel verlangt, und es ist auch nur für eine Woche, bis meine Mutter für einen Workshop nach Indien fliegt."

Siggis Mutter hatte viele Jahre in einem Ashram gelebt, war aber nach der Geburt ihrer Enkelin wieder nach Deutschland zurückgekehrt. Von Zeit zu Zeit nahm sie sich jedoch eine spirituelle Auszeit, um „aus der Quelle der Weisheit" ihres Gurus zu trinken, wie Siggi mir erklärte. Ich an ihrer Stelle wäre ja vorsichtig, was ich in Indien trank, egal, ob spirituell oder nicht.

„Natürlich kannst du bleiben", sagte ich sofort und ignorierte Robert, der hinter Siggis Rücken eine entsetzte Grimasse schnitt. „Ich kann mein Patenkind ja schlecht vor die Tür setzen."

„Du bist ein Schatz." Jetzt hatte sie tatsächlich Tränen in den Augen.

„Willkommen im Hotel Herzschmerz."

Robert täuschte Arbeit vor und flüchtete ins Büro, während ich bei Siggi blieb und mir anhörte, was sie alles über Marvin zu sagen hatte. Anscheinend hing der Haussegen schon etwas länger schief, was bei frischgebackenen Eltern vorkommen konnte. Aurora und die Leitung des Cafés beanspruchten sehr viel Zeit, da war die Liebe in letzter Zeit wohl zu kurz gekommen. Dennoch war ich der festen Überzeugung, dass sich alles bald wieder einrenken würde. So ein kulinarischer Fehltritt konnte doch nicht das Ende einer Ehe bedeuten.

Andererseits nahm Siggi ihre Ernährung sehr ernst. Ich hatte angeboten, ein paar Sachen für sie zu besorgen, weil ich ohnehin noch einkaufen wollte, und sie überlegte, was sie alles brauchte. Zum Glück gab es in Schwabing eine ganze Reihe Bio-Supermärkte. Während sie mir eine immer länger werdende Einkaufsliste mit den Dingen diktierte, die für ihr weiteres Leben und Wohlergehen absolut unabdingbar waren, knabberte sie an einer trockenen Semmel.

„Kannst du mir noch einen riesigen Gefallen tun?", fragte sie mit vollem Mund. „Ich bin so überstürzt aufgebrochen, dass ich die eine oder andere Kleinigkeit vergessen habe ..."

„Ich soll zu dir nach Hause fahren?" Für die Hin- und Rückfahrt brauchte ich schon allein eine Stunde, was bedeutete, dass ich den halben Tag lang damit beschäftigt sein würde, für Siggi Botengänge zu erledigen. Meinen Samstag hatte ich mir anders vorgestellt, zumal wir am Abend bei Philip zum Essen eingeladen waren.

„Wenn es dir zu viel Mühe macht, ist das okay. Aurora kann auch bei mir im Bett schlafen, in ihrem Reisebettchen wäre es nur viel bequemer ..."

Konnte ich nein sagen, wenn es um das Wohl des Kindes ging?

„Warum hast du nicht Marvin vor die Tür gesetzt? Immerhin ist er der Übeltäter."

„Dann würde ich ihn ja jeden Tag sehen, im Café oder wenn ich mit Aurora spazieren gehe ... Dazu bin ich im Augenblick nicht in der Lage."

Sie klang wie eine Matrone aus dem 19. Jahrhundert. Ich fragte sie, wie lange sie ihn mit ihrer Abwesenheit bestrafen wolle. Immerhin hatten die beiden nicht nur ein gemeinsames Kind, sondern auch ein Geschäft, das sie nicht so einfach im Stich lassen konnte.

„Tja, daran hätte er vorher denken sollen", lautete ihre schnippische Antwort.

Ich schrieb eine zweite Liste mit Dingen, die ich aus ihrer Wohnung mitbringen sollte, ließ mir den Schlüssel geben und machte mich auf den Weg. Als Erstes fuhr ich nach Unterschleißheim, um ihre Sachen zu holen. Ich parkte vor dem

Mehrfamilienhaus, in dem die drei lebten, und klingelte sicherheitshalber, bevor ich die Tür aufschloss. Die Wohnung war verwaist und zeugte von Siggis überstürztem Aufbruch. Auf dem Boden im Kinderzimmer lagen Babysocken, in der Küche stand noch eine Müslischale mit dem Rest eines undefinierbaren Breis.

Bis ich alles eingepackt hatte, was auf der Liste stand, verging eine gute halbe Stunde. Während ich die Sachen ins Auto lud, dachte ich darüber nach, dass dies wirklich wie ein Umzug wirkte. Ich hoffte, Siggi würde bald wieder zur Vernunft kommen. Andererseits war die Frau stur wie ein Maulesel und äußerst nachtragend.

„Dann ist sie also bei dir“, sagte plötzlich eine Stimme in meinem Rücken, die mich vor Schreck zusammenzucken ließ.

In seinem schlabberigen T-Shirt mit der Aufschrift *Vegan forever* sah Marvin dünner denn je aus. Er starrte den Wäschekorb mit Kleidung und Spielzeug an, den ich gerade in den Kofferraum gestellt hatte.

„Erschreck mich doch nicht so!“ Ich drehte mich um und entschuldigte mich dann dafür, dass ich einfach in seine Wohnung gegangen war. Insgeheim hatte ich gehofft, unbemerkt verschwinden zu können.

„Kannst du ihr bitte sagen, dass es mir leidtut?“ Wie viele große Menschen stand er leicht nach vorn gebeugt. Mit seinem traurigen Gesicht wirkte er auf mich wie ein einsamer Geier.

„Siggi beruhigt sich schon wieder“, sagte ich, um ihn aufzumuntern. Ich schlug den Kofferraumdeckel zu. „Es geht mich ja nichts an, aber wie kam es denn dazu … Ich meine, ein Burger? Du?“

Marvin wurde vor Verlegenheit tatsächlich rot. So kleinlaut hatte ich ihn noch nie erlebt. Er erzählte mir, dass alles während Siggis Schwangerschaft begonnen hatte, als sie unter Eisenmangel litt. Der Arzt hatte ihr Tabletten verordnet, aber von denen bekam sie Magenschmerzen, und eine Spritze lehnte sie ab. Schließlich entschieden sie, gemeinsam ihr Gelübde zu brechen und Fleisch zu essen. Zum Wohle ihres ungeborenen Kindes.

„Ich hatte seit über zehn Jahren kein Fleisch mehr gegessen, und nach dem ersten Mal wurde mir sogar richtig schlecht“, sagte Marvin. „Aber ich wollte Siggi nicht im Stich lassen, und beim zweiten Mal habe ich es schon besser vertragen. Als ich jung war, habe ich praktisch von Hamburgern gelebt, musst du wissen, und irgendwie weckte das Erinnerungen …“

Was Proust die Madeleines, waren Marvin die Hamburger. Ich konnte ihn gut verstehen, ich war allerdings auch kein hartgesottener Veganer auf einem Ernährungskreuzzug. Marvin erzählte, dass er regelrecht süchtig wurde nach dem Duft und dem Geschmack eines frisch gebratenen Hamburgers. Er konnte einfach nicht aufhören, weder als Siggis Blutwerte wieder in Ordnung waren noch als Aurora zur Welt kam. Von Zeit zu Zeit schlich er sich davon, um heimlich einen saftigen Burger zu verspeisen, auch wenn er sich für sein Verhalten in Grund und Boden schämte.

„Ich hatte immer Kaugummis und sogar eine Zahnbürste und Zahnpasta dabei, damit mein Atem mich nicht verriet, und den Gestank von Frittierfett in meinen Sachen habe ich auf die Falafel geschoben, die wir im Café verkaufen.“ Marvin stieß einen tiefen Seufzer aus. „Es ist eine Sucht, Andy.“

Gäbe es eine Selbsthilfegruppe dafür, würde er sie sicherlich aufsuchen. Die Anonymen Karnivoren.

Als ich nach Hause kam, erzählte ich Siggi von meinem Gespräch, sie blieb jedoch unversöhnlich. Ein Stück weit konnte ich sie sogar verstehen, Marvins Erklärung wirkte fadenscheinig und unaufrichtig. Was sie abstieß, war nicht so sehr die Tatsache, dass er hin und wieder Fleisch konsumierte – auch wenn sie das deutlich anwiderte –, sondern dass er sie belogen hatte. Er hatte uns alle belogen. Als veganer Gutmensch war Marvin kaum zu ertragen gewesen, aber man konnte immerhin anerkennen, wenn nicht sogar bewundern, dass er für seine Überzeugungen kämpfte und seine Philosophie lebte. Als überführter Heuchler, der Wasser predigte und Wein trank, verdiente er seine Strafe. Hätte er zugegeben, dass ihn gelegentlich heimliche Gelüste quälten, Siggi wäre vermutlich nachsichtiger und verständnisvoller gewesen.

„Hast du frischen Rosmarin?“, rief sie aus der Küche, während ich mich im Schlafzimmer für unsere Verabredung umzog.

„Nur getrockneten. Schau mal in die Schublade rechts neben dem Herd“, schrie ich zurück. Nebenan im Bad stellte Robert gerade die Dusche aus.

„Und Salbei?"

Wollte sie etwa kochen? Siggis Kochkünste waren gelinde gesagt beängstigend und endeten regelmäßig mit Bauchgrimmen und abgebrochenen Kronen. Ich machte mich auf den Weg in die Küche und knöpfte unterwegs mein Hemd zu. Auf dem Tisch befand sich eine Messingschale, in der bereits diverse Kräuter sowie ein Foto von Marvin lagen, daneben eine Kerze, ein Feuerzeug, Auroras Handpuppe und eine Batterie kleiner Fläschchen, die Gott weiß was enthielten.

„Bastelst du eine Voodoo-Puppe?", scherzte ich mit Blick auf Auroras Lieblingsspielzeug. Die Kleine saß friedlich auf einer Decke auf dem Küchenboden und beschäftigte sich mit ihren Bauklötzen.

„Das schwere Geschütz heb ich mir für später auf", antwortete sie, während sie meine Gewürzschublade durchwühlte. „Als Erstes verfluche ich ihn nur."

„Ernsthaft?"

Siggi sah mich nur streng an. Sie hatte schon immer ein Faible für magisches Denken gehabt, aber seit sie sich für eine moderne Hexe hielt, schoss sie eindeutig übers Ziel hinaus.

„Zwergsalbei findest du in einem Kasten auf dem Balkon, falls der für deine Zwecke genügt, aber das hier ist keine Hexenküche, verstanden? Ich habe keine Lust, die Wohnung zu renovieren, weil eines deiner Rituale schiefgelaufen ist."

Siggi versicherte mir, dass alles denkbar ungefährlich sei, zumindest für unsere vier Wände, weniger für Marvin, dem sie auf diese Art ein für alle Mal die Lust auf Fleisch austreiben wollte. Ein veganer Exorzismus, wenn man so wollte.

Ich hatte weder Zeit noch Lust, ihr dabei über die Schulter zu blicken, und trieb Robert zur Eile an. Wir nahmen den Wagen, was bedeutete, dass Robert auf Alkohol verzichten musste, denn ich konnte einen Abend mit dem perfekten Philip keinesfalls nüchtern überstehen.

Dass Philip für mich meine Nemesis war, war im Grunde lächerlich, denn er war der netteste, umgänglichste Mensch, den man sich vorstellen konnte. Jedwedes Ressentiment ging allein von mir aus. Er brachte eine hässliche Seite an mir zum Vorschein, die ich verabscheute, eine Charakterschwäche, von der ich wünschte, dass ich sie nicht besäße, weil sie mein Selbstbild trübte. Aber unser Leben besteht ja darin zu wachsen und zu lernen, und so übte ich mich in Großmütigkeit, Mitgefühl und Verständnis. Auch wenn es nicht immer einfach war.

Ich erinnerte mich noch gut an den Tag, an dem Philip sich um eine Stelle als Mitarbeiter unseres Sicherheitsdienstes beworben hatte. Es war im Sommer 2015, die Firma hatte gerade ihr dreijähriges Jubiläum gefeiert, und die zufriedenstellende Auftragslage verlangte nach einer Aufstockung des Personals. Ein Freund, der dieselbe Kampfsportschule wie Philip aufsuchte, arbeitete stundenweise für uns und hatte ihm davon erzählt, und nachdem Robert sich seine Bewerbungsunterlagen angesehen hatte, hatte er ihn zu einem Vorstellungsgespräch eingeladen. Kaum hatte Philip unser Büro verlassen, fragte Robert mich nach meiner Meinung.

„Er sieht viel zu gut aus", meinte ich und versuchte, nicht zu empört zu klingen.

Robert runzelte die Stirn. „Ist das alles, was du zu ihm zu sagen hast?"

„Na ja …" Ich geriet ins Schwimmen, schließlich wollte ich keiner dieser oberflächlichen Menschen sein, die andere nur aufgrund ihres Äußeren beurteilen. „Ich glaube nicht, dass er weiß, was in diesem Job auf ihn zukommt. Außerdem studiert er Medizin, wie viel Zeit wird er schon nebenher haben, um bei uns zu arbeiten?"

Das war immerhin ein ernstzunehmender Punkt. Es war aber auch der einzige, und ein schwacher dazu. Tatsächlich war Philip der perfekte Kandidat für den Job: Er war jung, hatte eine jahrelange Ausbildung in Kampfsport und wirkte auf den ersten Blick ruhig und besonnen. Was ihm an Erfahrung fehlte, machte er durch Ehrgeiz, Wissbegierde und Einsatzbereitschaft wieder wett. Und seine medizinischen Grundkenntnisse konnten ebenfalls nützlich sein.

Aber es stimmte: Er sah *zu* gut aus. Er war groß und schlank, hatte einen dichten, braunen Lockenschopf, makellose blasse Haut, ein markantes Kinn und einen Waschbrettbauch. Er hätte problemlos als Model arbeiten können, wenn er gewollt hätte. Mit ihm als Türsteher wollte vermutlich keiner mehr eingelassen werden, sondern den ganzen Abend lieber schmachtend in Philips stahlblaue Augen schauen.

Fühlte ich mich zu ihm hingezogen? Sicher, wie bei jedem schwulen Mann, Robert eingeschlossen, weckte ein schöner Körper auch bei mir sexuelles Verlangen. Aber es ging nicht darum, dass ich ihn begehrenswert fand oder Gefahr lief, für ihn meine Beziehung aufs Spiel zu setzen. Philip ging mir unter die Haut, er weckte etwas, das über reine Begierde hinausging und mich beunruhigte, und es dauerte lange, bis ich begriff, was es war: Philip war perfekt. Er war der Mann, der ich immer sein wollte.

Da meine Einwände lächerlich waren, Robert ihm eine Chance geben wollte und er in Personalfragen sowieso das letzte Wort hatte, war die Sache entschieden. Tatsächlich wurde Philip bald einer unserer zuverlässigsten Mitarbeiter, der klaglos die Wochenendschichten übernahm und sich bereitwillig auf Messen von genervten Besuchern beschimpfen ließ, weil die Einlasskontrolle zu lange dauerte, der sich bei langweiligen Kongressen die Beine in den Bauch stand oder auf Partys kotzenden Teenagern ins Taxi half.

Sein Aikido-Training war eindeutig ein Vorteil. Es gab zwar nur selten brenzlige Momente, die meistens in Verbindung mit zu viel Alkohol und männlichem Übermut standen, in denen Philip aber stets einen kühlen Kopf behielt. Vor ein paar Jahren sorgten wir für die Sicherheit auf einer Silvestergala, die völlig aus dem Ruder lief, als zwei Männer wegen einer Münchener Werbe-Ikone, dem Busenwunder Ellen Bamberg, eine Prügelei begannen, die in eine Massenschlägerei ausartete. Ohne Philips beherztes Eingreifen hätten wir die Situation damals nicht unter Kontrolle bekommen. Auch sein Medizinstudium zahlte sich für uns aus, als er auf einer Automesse einen Mann wiederbelebte, der mit einem Herzinfarkt zusammengebrochen war. Die Lokalpresse feierte ihn als Helden, was eine Menge guter PR für unsere Firma mit sich brachte. Alles in allem war er ein Gewinn für uns.

Trotz des Altersunterschieds von fünfzehn Jahren wurden Robert und Philip mit der Zeit Freunde. Sie teilten denselben Sinn für Humor und eine Begeisterung für Sport, die mir rätselhaft blieb. Aus Neugier begleitete Robert Philip irgendwann einmal in sein Dojo und lernte nun ebenfalls seit zwei Jahren Aikido. Umgekehrt meldete sich Philip in unserem Fitnessstudio an.

Robert und ich trainierten bereits seit Jahren dort, er mit wesentlich mehr Eifer als ich. Während mein Freund nahezu jeden Morgen vor der Arbeit ein paar Gewichte stemmte, begnügte ich mich mit drei Trainingseinheiten pro Woche, von denen ich gelegentlich eine schwänzte. Oder zwei. Mit Philip zusammen machte es mir aber bald überhaupt keinen Spaß mehr. Die beiden wetteiferten darin, wer mehr Gewicht drückte – nur spielerisch, da Robert dank seines unermüdlichen Einsatzes ohnehin die Nase vorn hatte –, und hatten so viel Vergnügen dabei, dass ich mir wie der Grinch vorkam, der anderen Leuten Weihnachten vermieste.

Philips Makellosigkeit schüchterte mich dermaßen ein, dass ich verzweifelt nach kleinen Fehlern suchte. Eine Zeitlang tröstete ich mich mit dem Gedanken, dass er bestimmt einen kleinen Penis hatte, aber ein diskreter Blick in der Umkleidekabine machte auch diese Hoffnung zunichte. Mutter Natur hatte ihn in jeder Hinsicht reich beschenkt.

Wenn jemand körperlicher Vollkommenheit so nahekam, sollte er, finde ich, wenigstens einige charakterliche Mängel aufweisen. Insbesondere, wenn man bedachte, dass Philip der typische verwöhnte Junge aus gutem Hause war, behütet aufgewachsen in einem Vorort von Würzburg, dem er sein rollendes R verdankte und in dem seine Eltern eine gynäkologische Gemeinschaftspraxis betrieben. Angesichts dieses familiären Hintergrunds würde man vielleicht eine gewisse Arroganz erwarten, ein aus finanzieller Sorglosigkeit erwachsendes Anspruchsdenken, aber das Gegenteil war der Fall. Philip hatte nicht nur exzellente Manieren sowie eine Selbstsicherheit und Reife mitbekommen, die für jemanden seines Alters erstaunlich waren, sondern auch ein gesundes Verhältnis zu Geld. Seine Eltern bestanden darauf, dass er sich einen Teil seines Studiums selbst verdiente, was ihn nach einigen Jobs als Kellner und Servicemitarbeiter im Kino schließlich zu uns geführt hatte, wo er sich „etwas mehr Action" versprach. Und er war ausgesprochen nett, er hatte für jeden ein freundliches Wort, ein aufmunterndes Lächeln und überhaupt ein sanftes, gewinnendes Wesen. Der Mann war der verdammte Dalai-Lama mit dem Aussehen und Charme von Chris Hemsworth.

Mein einziger Trost war, dass er wenigstens hetero war. Wir wussten, dass Philip eine Freundin hatte, eine Kommilitonin namens Maja. Ich musste bei diesem Namen immer an eine pummelige Blondine denken, aber als wir sie irgendwann kennenlernten, entpuppte sie sich als hochgewachsene, ätherisch anmutende Brünette, blitzgescheit und nahezu ebenso makellos wie ihr Freund. Sie waren seit Beginn ihres Studiums zusammen, und seine Eltern hofften, dass sie eines Tages heiraten und die Praxis übernehmen würden.

Als Philip sich dann mit Robert anfreundete und sie immer häufiger gemeinsam unterwegs waren, vertraute er ihm eines Tages ein Geheimnis an: Philip hatte zwar immer wieder Freundinnen gehabt, aber wenn er Single war, traf er sich auch mit Männern. Er war bisexuell. Die beiden saßen allein in der beichtstuhlartigen Stille einer Sauna, und Philip erzählte Robert, dass er Maja zwar treu war, aber den schwulen Sex vermisste. Mein Kopfkino spielte verrückt.

„Du bist doch nicht ernsthaft eifersüchtig?“ Robert lachte mich aus. „Philip ist wie ein kleiner Bruder für mich …“

Die Pornowebseiten waren voller Filme, in denen Brüder und Stiefbrüder miteinander Sex hatten, aber diesen Gedanken behielt ich lieber für mich. Robert spürte meine Unsicherheit und Frustration und nahm mich in den Arm.

„Ich will nur dich, wann geht das endlich in deinen Dickschädel rein?“, flüsterte er in mein Ohr und küsste mich.

Ich wusste das und kam mir auch vor wie ein Idiot, aber meine Bedenken wegen Philip wollten einfach nicht verstummen. Jetzt war er auch noch bisexuell. Es war ein bisschen wie in dem Märchen vom Wettrennen zwischen dem Hasen und dem Igel, in dem ich den bedauerlichen Part des Langohrs innehatte: Egal wie sehr ich mich auch anstrengte, Philip war schneller, klüger und beliebter als ich, er war die bessere Version von mir, und wenn Robert erst dahinterkam, würde er sich unweigerlich in ihn verlieben. Der perfekte Philip weckte eine dunkle Seite in mir und ließ das grünäugige Monster des Neids sein hässliches Haupt erheben.

„Bist du dir sicher, dass du nicht heimlich in ihn verliebt bist?“, fragte mich Nils, als ich ihm irgendwann einmal mein Herz ausschüttete.

„Nein, ich kann Philip nicht ausstehen.“

„Das ist nicht wahr, du magst ihn. Jeder mag Philip.“

„Okay", gab ich zu. Es war wirklich schwierig, ihn nicht zu mögen. „Ich mag ihn, aber nicht so. Da sind keine romantischen Gefühle vorhanden. Ich finde es nur so ungerecht, dass er alles hat: Er ist jung, sieht toll aus, ist klug und nett, während ich …"

Ich verstummte, als ich merkte, wie erbärmlich das klang. Worüber beklagte ich mich denn? Schönheit brachte zwar viele Vorteile mit sich, war aber auch nicht alles und von Natur aus vergänglich. Sicher, Philip studierte Medizin, während ich gerade die Mittlere Reife abgeschlossen hatte. Aber ich hatte es trotzdem zu was gebracht und führte zusammen mit Robert eine gutgehende Firma. Und ich war auch kein missmutiger Troll, der unter einer Brücke lebte, sondern ein umgänglicher Zeitgenosse, der viele Freunde hatte.

War mein Neid vielleicht nur der Ausdruck einer unbewussten Unzufriedenheit? War ich nicht glücklich mit meinem Leben, so dass ich mir wünschte, mehr wie Philip zu sein? Und war Philip überhaupt glücklich? Darüber hatte ich nie nachgedacht.

„Das Leben ist ungerecht, find dich damit ab." Nils sah mich mitfühlend an; er wusste genau, wie ich mich fühlte. „Lass nur nicht zu, dass du vor lauter Eifersucht alles kaputt machst."

Er sprach aus Erfahrung. Vor einigen Jahren, als Nils noch mit dem Maestro liiert gewesen war, hatte es im Friseursalon einen neuen Mitarbeiter namens Carlos gegeben. Dieser sah nicht nur wesentlich besser aus als Nils, sondern war auch noch jünger und der geschicktere Friseur. Sehr bald war Nils so eifersüchtig auf ihn, dass seine Beziehung darunter litt. Der Fairness halber sollte ich hinzufügen, dass Carlos ein ausgesprochenes Miststück war und es darauf angelegt hatte, den Maestro ins Bett zu kriegen. Dagegen war Philip über jeden Zweifel erhaben, und Robert war ohnehin ein Heiliger, der jeder Versuchung widerstand. Hoffte ich zumindest.

Heikel wurde es, als Philip sich von Maja trennte und sich in unserem Herzschmerz-Hotel einquartierte. Einige Wochen lang schlief er abwechselnd auf unserer Couch oder bei anderen Freunden, bis er ein WG-Zimmer gefunden hatte. Falls es zwischen Robert und Philip funken sollte, war jetzt der ideale Zeitpunkt dafür. Hatte ich womöglich den Feind in meine Wohnung gelassen? Würde demnächst ich derjenige sein, der im Herzschmerz-Hotel eincheckte?

Zu der Zeit logierte Wally bereits in unserem Gästezimmer, und eine Zeitlang war es wieder wie zu meinen WG-Zeiten. Die Abende verbrachten wir zu viert, sahen fern, bestellten Pizza und quatschten bis spät in die Nacht. Und es gab die Schattenseiten mit schmutzigen Geschirrstapeln im Spülbecken und schimmeligen Essensverpackungen im Kühlschrank, die sich anscheinend von allein dort materialisiert hatten.

Zwischen Robert und Philip passierte – nichts. Die beiden waren nach wie vor gute Freunde, gingen zum Sport, tranken zusammen Bier und unterhielten sich über Martial-Arts-Filme, Schwulenrechte und Proteinshakes, lauter Dinge, für die ich mich nur schwer begeistern konnte. Und es war in Ordnung.

Irgendwann begriff ich, dass ich Robert vertrauen musste. Schwule Liebe war mal ein revolutionäres Konzept gewesen, das ein völliges Umdenken der Gesellschaft gefordert hatte, ein Aufbrechen familiärer Strukturen und eine vollständige Befreiung von überkommenen Wertvorstellungen und tradierten Bindungen. Es ging einmal darum, frei zu sein und akzeptiert zu werden. Was aber meistens darauf hinauslief, dass jeder frei war zu vögeln, wen er wollte, und sein Partner das zu akzeptieren hatte. Seit einiger Zeit änderte sich das. Schwules Leben definierte den Familienbegriff neu und adaptierte heteronormative Bindungen. Wir führten monogame Beziehungen, gründeten unsere eigenen Familien, unsere „logischen Familien“, wie der US-amerikanische Schriftsteller Armistead Maupin es nannte. Manche von uns hatten sogar Kinder. Und plötzlich hatten wir auch dieselben Probleme wie die Heteros.

Robert gehörte zu mir, er war mein Mann, und auch wenn ich wusste, dass Beziehungen scheitern und zerbrechen konnten, war ich mir der Liebe und Verbundenheit zwischen uns sicher. Was uns verband, ging tief und stand auf einem soliden Fundament, und niemand konnte es so leicht erschüttern. Sowohl mein Neid als auch meine Eifersucht legten sich. Ich übte mich in Gelassenheit und Demut. Ich wurde fast wie ein Zenmönch, der all seine Wünsche und Begierden losließ und ganz im Hier und Jetzt, im Einklang seines Atems mit der Welt lebte. Auf der Suche nach der besten Version meiner selbst.

Na ja, ich versuchte es zumindest …

Alles FOMO, oder was?

Wir hatten Glück und fanden recht schnell einen Parkplatz in der Nähe des Hauses. Nachdem Philip einige Monate lang sein Single-Dasein ausgekostet hatte, hatte er uns überrascht, als er uns seinen neuen Freund vorstellte. Ich sollte vielmehr sagen: Seinen ersten *festen* Freund, denn alle längerfristigen Beziehungen in der Vergangenheit hatte er mit Frauen geführt. Seit anderthalb Jahren war Philip nun bereits mit Michi zusammen, und vor gut einem halben Jahr war er in dessen Wohnung in Au gezogen.

„Ihr beide seid mein großes Vorbild", sagte er zu Robert und mir, als wir ihm halfen, seine Umzugskisten zu schleppen.

Der alte Schmeichler.

Die beiden wohnten in einem Neubau mit einem traumhaften Blick auf die Isar. Michis Penthouse hatte vermutlich noch mehr gekostet als unseres und war überaus geschmackvoll eingerichtet. Die Möbel und die Marmorfliesen stammten aus italienischen Manufakturen, und die Kunst an den Wänden war auf die Farbpalette der Wohnung abgestimmt. Alles schrie geradezu nach *Savoir-vivre* und wirkte wie eine Bühne, auf der Michi und Philip ihr Leben inszenierten.

Kennengelernt hatten sie sich wie fast alle Paare in unserem Bekanntenkreis im Internet. Als Philip Robert erzählte, dass es etwas Ernstes sei, lud Robert die beiden zu uns zum Essen ein. Ich kochte eine Kleinigkeit, wir verbrachten einen äußerst angenehmen Abend, und von da an trafen wir uns ungefähr alle vier bis sechs Wochen zu einem gepflegten Dinner. Da Michi nicht gerne kochte und so gut wie nichts aß, übernahm Philip diesen Part. Auch er hatte in der Vergangenheit kaum Zeit am Herd verbracht, war aber ambitioniert und lernte schnell. Natürlich fühlte ich mich von ihm herausgefordert, und so war in den letzten Monaten eine Art Wettstreit zwischen uns entbrannt, von dem keiner zugeben wollte, dass es ihn überhaupt gab.

Michi, der mit vollständigem Namen Michael Sandberg hieß, war das, was man gemeinhin als „TV-Persönlichkeit" bezeichnete, und moderierte im Wechsel mit zwei Kolleginnen ein Boulevardmagazin im Fernsehprogramm des Bayrischen Rundfunks. Mehrmals die Woche berichtete er über Neuigkeiten aus der Welt der Stars und Prominenten, kochte mit Sterneköchen, interviewte die aktuelle Dschungelkönigin oder berichtete über Kuriositäten und aufsehenerregende Verbrechen. Den Job hatte er nicht allein seiner Begabung, sondern vermutlich auch seinem Aussehen zu verdanken, und ich kannte ihn inzwischen gut genug, um zu ahnen, wie sehr ihn das wurmte. Michi war ehrgeizig: Als er sein Studium beendet hatte, wollte er ein brillanter Journalist werden, investigativ ermitteln, Preise gewinnen und in Talkshows über den Zustand der Republik referieren. Stattdessen moderierte er live von einer Hundeshow oder führte Gespräche mit weinenden Popsternchen, die gerade entdeckt hatten, dass ihr neues Tattoo aus chinesischen Schriftzeichen nicht „Kraft und Zuversicht", sondern „fetter Popo" bedeutete. Sprach man mit ihm über seine Arbeit, wahrte er stets eine gewisse ironische Distanz, war gleichzeitig aber auch stolz darauf. Ihm war wohl klar, dass er mit Ende dreißig bereits den Zenit seiner Karriere erreicht hatte und in einer bequemen Position feststeckte. Zu lukrativ, um sie für eine ungewisse Zukunft als freier Journalist oder für eine Stelle im kriselnden Printjournalismus aufzugeben, aber zu oberflächlich und intellektuell unbefriedigend, um wirklich stolz darauf zu sein.

Philip und er passten gut zusammen, sie waren ein „Goldenes Paar", so etwas wie die Fitzgeralds der Münchner Schwulenszene, nur ohne den Wahnsinn und den Alkoholmissbrauch. Als jüngerer Partner fand sich Philip in der Position des Adepten wieder, und er saugte begierig auf, was Michi an Weisheit zu vermitteln hatte. Mit der Zeit wurde deutlich, wie stark er in der Wahl seiner Kleidung, seinem Lebensstil und sogar seinen Ansichten von seinem Freund beeinflusst wurde.

Michi war ein Salonschwuler, ein Dandy, dem das Design wichtiger war als das Sein, auch wenn er sich gerne als Intellektuellen bezeichnete, der diesen „Schaum des Lebens" verachtete. Er wäre glaubwürdiger gewesen, würde er nicht ständig Empfehlungen aussprechen, die wie Dogmen klangen. Er kannte in jeder europäischen Großstadt das Hotel, in dem man unbedingt absteigen, das Restaurant, in dem man speisen musste. Seine Hemden wurden maßgefertigt, aber nur in einem kleinen Mailänder Geschäft, während er für seine Schuhe nach Budapest fuhr. Er bezog sein Salz aus einer familienbetriebenen Saline in Spanien, sein Lakritz kam aus einer Manufaktur in Dänemark und die beste Butter eindeutig aus Frankreich. Es war ermüdend. Michi war der geborene Hipster, der nach dem Motto von Oscar Wilde lebte: „Ich habe einen ganz einfachen Geschmack: Ich bin immer mit dem Besten zufrieden."

Man musste ihm immerhin zugutehalten, dass er witzig und einnehmend war, der geborene Entertainer, der mühelos eine Abendgesellschaft mit seinen Bonmots unterhalten konnte. Außerdem sah er gut aus. Er trug das dunkle Haar halblang, hatte natürlich eine Brille, die er eigentlich gar nicht brauchte, die ihm aber Seriosität verleihen sollte, und den unvermeidlichen Vollbart, in dem sich die ersten grauen Haare zeigten. Als Michi uns begrüßte, fiel mir jedoch auf, dass das Grau verschwunden war.

„Färbst du deinen Bart?", fragte ich verwundert.

„Der ist nicht gefärbt", knurrte er. Offenbar hatte ich einen wunden Punkt getroffen. Hatte ich schon erwähnt, dass er verdammt eitel war?

Ein typisches Essen bei Philip und Michi war immer so, als würden die *Weight Watchers* ein Festmahl ausrichten. Jede Kalorie wurde gezählt, und hätten wir jedes Mal, wenn jemand das Wort „kalorienreduziert" oder „Low Carb" in den Mund nahm, einen Schnaps getrunken, wäre ich noch vor dem Hauptgericht betrunken gewesen.

Üblicherweise begannen wir mit Gin Tonics, diesmal wahlweise mit Ingwersirup oder Gurkensaft, bevor wir uns über den obligatorischen Vorspeisensalat hermachten, der diesmal mit einem fruchtigen Dressing daherkam.

„Das Geheimnis ist der Senf", sagte Philip, als ich ihn nach dem Rezept fragte, „ich habe begonnen, ihn selbst zu machen, und experimentiere gerade mit unterschiedlichen Geschmacksrichtungen herum."

Natürlich machte er jetzt auch noch seinen Senf selbst. Wann hatte er neben seinem Medizinstudium, dem Sport und der Arbeit für uns überhaupt noch Zeit für so etwas? Ich war schon froh, wenn ich es schaffte, meine Pasta selbst zu machen, was regelmäßig in Chaos und lautstarkem Fluchen endete. Ich koche wirklich gerne, aber ich habe ein miserables Zeitmanagement:

Ich verzettele mich, weil ich zu viele Dinge gleichzeitig erledigen will, und werde meistens erst dann fertig, wenn die Gäste bereits seit einer halben Stunde im Wohnzimmer sitzen. Nicht Philip, der so entspannt wirkte, als hätte er den ganzen Tag nicht in der Küche, sondern in einem Spa verbracht. Während wir unseren exzellenten Rotwein genossen, holte er die marinierte Hähnchenbrust aus der Küche und legte sie auf den Grill.

Michi aß nur winzige Portionen und entschuldigte sich dafür, aber „die Kamera packt bei jedem zehn Kilo drauf, und ich will ja nicht aussehen wie das Michelin-Männchen“. Auf das Dessert verzichtete er ganz. Dabei hatte Philip sich selbst übertroffen und kredenzte Limettenmousse-Törtchen auf Pistazienteig mit Mirror Glaze, die kein Konditor besser hinbekommen hätte. Natürlich hatte er auch einen Patisserie-Kurs besucht, warum auch nicht?

„Ach, so schwer ist das alles nicht“, sagte er leichthin, aber sichtlich stolz auf das Ergebnis.

Ich hasste ihn, denn die Törtchen waren absolut göttlich. Philip bot an, mir die restlichen Exemplare einzupacken, und ich hoffte, ich zierte mich lange genug, um nicht zu gierig zu erscheinen. Es wurde langsam wieder Zeit für eine effektive Diät. Falls es so etwas überhaupt gab.

„Low Carb ist das Schlüsselwort“, sagte Michi, „nur so schaffe ich es, mein Gewicht zu halten.“

„Hab ich auch schon probiert“, erwiderte ich frustriert, „konnte ich aber nicht lange durchhalten.“

„Andy war so mies gelaunt und ist bei jeder Kleinigkeit gleich explodiert, dass ich ihn angefleht habe, eine Schüssel Pasta zu essen.“ Robert grinste mich an. „Hätte er noch zwei Wochen weitergemacht, hätten wir uns vermutlich getrennt.“

Ich lächelte gezwungen und fragte mich, wie Michi mit seiner schlechten Laune umging. Schließlich ist es wissenschaftlich erwiesen, dass Kohlenhydrate glücklich machten. Vielleicht nahm er ja Antidepressiva.

„Du bist nicht so dick, wie du glaubst“, sagte Robert liebevoll und streckte eine Hand nach mir aus. „Außerdem liebe ich dein süßes, kleines Bäuchlein.“

„Es gibt sowieso nur ein Wohlfühlgewicht“, meinte Philip gönnerhaft.

„Ganz genau", fiel Michi in den Chor ein, „und Menschen mit leichtem Übergewicht sollen sogar gesünder sein als solche, die zu wenig auf die Waage bringen."

Ich hasste sie alle, auch wenn sie es gut meinten. Natürlich war ich nicht fettleibig, ich hatte nur ein paar Kilos zu viel auf den Rippen. Schon als Kind war ich eher pummelig gewesen, und egal wie viel Gewicht ich auch verlor, ich würde immer einen sichtbaren Bauchansatz haben. Das lag einfach in meiner Natur, sagte ich mir, und ich sollte meinen Körper akzeptieren und lieben, wie er war. Das Problem waren die anderen. Gerade in der Schwulenszene hatte das Fat Shaming besorgniserregende Ausmaße angenommen, und es gab Studien, aus denen hervorging, dass es unter jungen, homosexuellen Männern einen überproportional großen Anteil an Magersüchtigen gab. Ich war jedenfalls froh, nicht mehr Single zu sein.

Um das Thema zu wechseln, fragte ich Philip nach seinem Studium. Noch ein Semester, und er würde als Arzt im Praktikum in einem Krankenhaus arbeiten, was bedeutete, dass er sich für eine Fachrichtung entscheiden musste.

„Ist es immer noch Gynäkologie?", fragte ich.

„Ich hoffe nicht", warf Michi ein, „für meinen Geschmack hat er schon zu viele Muschis gesehen."

Sein Ton war scherzhaft, aber eine gewisse Schärfe lag ebenfalls darin. Philip versteifte sich fast unmerklich.

„Ich habe mich noch nicht endgültig entschieden", sagte er.

Michi lachte. „Reicht es nicht, auf jeden Mann eifersüchtig zu sein, der mit diesem hübschen Kerl flirtet, muss ich mir auch noch Sorgen um Frauen machen?"

„Es ist wegen meiner Eltern", erwiderte Philip scharf, „sie drängen mich, ihre Praxis zu übernehmen."

„Du willst doch nicht wirklich nach Würzburg zurück?" Für Michi war das offensichtlich unvorstellbar.

„Ist da jemand eifersüchtig?", neckte Robert ihn.

„Eifersucht ist ein Ausdruck von Liebe", behauptete Michi.

Ich fing Philips Blick auf. Er schien genervt zu sein. Zwischen den beiden gab es schon seit Längerem einen Disput über Philips Zukunftspläne. Er schien unentschlossen zu sein, ob er das Leben führen sollte, das seine Eltern für ihn vorgesehen hatten und das er einmal für selbstverständlich gehalten hatte, oder ob er seinen neu eingeschlagenen Weg fortsetzen sollte. Fern der Heimat und ohne eine Ärztin als Ehefrau und Praxispartnerin. Von Robert wusste ich, dass Philip seinen Eltern immer noch nichts von Michi erzählt hatte. Sie wussten, dass er bisexuell war, weil er es ihnen mit achtzehn gestanden hatte, aber da er nie einen Freund gehabt hatte, nahmen sie vermutlich an, dass dies nur eine Phase gewesen war. Eltern und ihr unerschütterlicher Glaube an „Phasen" – man könnte ganze Bibliotheken damit füllen.

„Gibt es Ärger im Paradies?", fragte ich Robert, als wir auf dem Heimweg waren.

„Michi wird im Herbst vierzig und hadert mit dem Alter", erwiderte er und lenkte den Wagen vorsichtig in die Einfahrt der Parkgarage. „Außerdem wird er immer eifersüchtiger."

„Hat er denn Grund dazu?"

Darauf blieb mir Robert eine Antwort schuldig. Ich kannte Philip nicht so gut wie er, glaubte aber nicht, dass er seinen Partner betrog.

Als wir unsere Wohnung betraten, stieg uns sofort der beißende Geruch verbrannter Kräuter in die Nase. Auf dem Küchentresen stand eine Metallschale mit Asche und undefinierbaren Rückständen. Ich erkannte den verkohlten Fetzen eines Fotos, auf dem man gerade noch eine Hand ausmachen konnte. Die Reste von Siggis schamanistischem oder magischem Ritual. Ich hoffte, sie hatte nicht den Feuermelder ausgelöst.

Immerhin hielt Siggi Wort und blieb nur eine Woche lang unser Gast. Sobald ihre Mutter nach Indien abgereist war, packte sie ihre Sachen und zog um. Ich half ihr, alles in die Wohnung zu tragen, die erstaunlich normal aussah, wenn man bedachte, dass Siggis Mutter genauso esoterisch veranlagt war wie ihr einziges Kind. Die Wände waren in einem zarten Gelb gestrichen, das mit den diversen Blautönen kontrastierte, die sonst vorherrschten. Es gab eine blaue Couch, blaue Vorhänge und Teppiche, blaue Bilderrahmen an den Wänden und blaue Flaschen auf den Fensterbänken. In den Fenstern hingen Kristalle, um „negative Energien" fernzuhalten, und in einem Regal im Wohnzimmer standen erwartungsgemäß viele Bücher, die sich mit Engeln, Wiedergeburt und alternativen Heilkräften beschäftigten. Ansonsten wiesen lediglich ein buddhistischer Altar, eine Ganesha-Statue und ein gerahmtes Foto ihres Gurus darauf hin, dass die Bewohnerin nicht die typische christliche Mitteleuropäerin war.

Nachdem ich Siggi abgesetzt hatte, blieben mir noch zwei Stunden, um mich für meine Verabredung mit Nils vorzubereiten. Von Zeit zu Zeit besuchte er Filmpremieren und andere Veranstaltungen, und wenn er kein Date hatte, nahm er mich mit.

Wann immer ich Nils in den vergangenen Wochen getroffen hatte, wirkte er mürrisch und frustriert. Auch an diesem Tag zog er ein missmutiges Gesicht, während er mich beobachtete, wie ich vor dem Flurspiegel stand und meine Krawatte band.

„Ist alles in Ordnung?", fragte ich ihn.

„Klar." Er zuckte mit den Schultern. Etwas beschäftigte ihn, und nachdem er eine Weile geschwiegen hatte, sagte er dann: „Ich hatte gestern ein beschissenes Date, das ist alles."

„Wieso, hattest du wieder Sex mit einem hässlichen Mann?"

„Nein, ich hatte überhaupt keinen Sex, weil der Kerl sofort abgehauen ist. Er meinte, ich sei auf keinen Fall zweiunddreißig."

„Bist du ja auch nicht", sagte ich amüsiert.

„Aber das wusste er doch nicht! In meinem *Grindr*-Profil steht zweiunddreißig."

„Ich bin sicher, in deinem *Grindr*-Profil steht eine Menge Dinge, die nicht stimmen. Du hast also gelogen und bist erwischt worden, na und?"

„Alle lügen auf *Grindr*!" Nils war richtig aufgebracht, allerdings nicht, weil man ihn beim Schwindeln ertappt hatte, sondern weil er mit seinem geschönten Alter nicht mehr durchgekommen war. „Beschwere ich mich etwa, wenn ein Typ ein paar Zentimeter weniger hat als behauptet?"

„Ja", sagte ich. „Tust du. Jedes Mal."

Der Anlass für die Party, zu der Nils mich mitnahm, war ein besonderes Jubiläum: die tausendste Folge der wöchentlichen Telenovela *Triumph der Liebe*. Nicht, dass ich mich besonders für solche Seifenopern interessierte, aber vor neun Jahren hatte ich eine Weile eine Affäre mit Manuel Mayfeld, einem der damaligen Hauptdarsteller. Letzten Endes war es bei einer Affäre geblieben, weil Manuel nicht zu seiner Homosexualität stehen wollte und ich keine Lust hatte, mich ständig verleugnen zu lassen. Zur selben Zeit hatte ich außerdem Robert kennengelernt und schnell festgestellt, dass er in jeder Beziehung besser zu mir passte als Manuel. Während wir mit dem Taxi zum *Parkcafé* fuhren, fragte ich mich, ob er heute wohl dort sein würde.

Vor dem Eingang standen dichte Trauben glühender Fans, die jedes Mal kreischten, wenn eins ihrer Idole mit dem Wagen vorfuhr. Sie wetteiferten darin, Autogramme zu ergattern, und die Stars lächelten in Dutzende von Kameras und posierten für Selfies. Ich muss gestehen, dass ich keinen einzigen davon kannte und höchstens drei Episoden dieser Endlos-Serie gesehen hatte. Unser Fahrer setzte uns an der nächsten Ecke, am Rand des ehemaligen Botanischen Gartens ab, und wir liefen die paar Meter zu Fuß.

„München ist einfach nicht mehr das, was es mal war", sagte Nils, während wir uns durch die Menschenmenge drängten und den Wachleuten unsere Eintrittskarten zeigten. Unwillkürlich fragte ich mich, warum wir den Auftrag nicht ergattert hatten.

„Jetzt lass dir doch von einem misslungenen Date nicht gleich den ganzen Abend vermiesen", sagte ich, als wir durch das Foyer gingen. Im Hauptsaal war es laut und stickig, die Bar wurde stärker belagert als Fort Alamo, und die laute Musik machte eine Unterhaltung schwierig.

„Wenn es nur dieses eine Date wäre …"

Ich konnte es nicht hören, sah aber, dass er seufzte. Da war wohl jemand auf *Grindr* zu oft in die falsche Richtung gewischt worden. Mein Mitgefühl hielt sich in Grenzen. Nils war zeit seines Lebens oberflächlich und selbstverliebt gewesen. Wie oft hatte er Männer abblitzen lassen, weil sie ihm zu alt oder zu dick waren oder Falten, Pickel oder sonstige Schönheitsfehler hatten? Nun, da er selbst nicht mehr jung war, bekam er eine Dosis seiner eigenen Medizin, und anscheinend schmeckte sie ihm nicht.

„Man lernt Männer doch nur noch online kennen", klagte Nils, „und da wird so viel gelogen und übertrieben, retuschiert und manipuliert, dass jeder einzelne Typ auf *Grindr* ein muskelbepackter Sexgott mit fünfundzwanzig Zentimeter langem Schniedel zu sein scheint. Bis man sie dann kennenlernt …"

„… und feststellt, dass sie fast acht Jahre älter sind, als sie behaupten, und einen Mikropenis haben", ergänzte ich.

„Das ist so was wie Notwehr“, verteidigte er sich. „Wenn alle lügen … Ach, manchmal möchte ich einfach den Löffel ins Gras schmeißen.“

Irgendwie gelang es uns, ein Glas Rotwein zu ergattern, und wir zogen uns in eine etwas ruhigere Ecke zurück. Automatisch begann Nils, die männlichen Gäste zu begutachten.

„Ich möchte so gerne jemanden kennenlernen, so ganz altmodisch beim Bäcker oder auf einer Party. So wie Robert und du euch kennengelernt habt.“

„Tja, dann such dir einen schwulen Polizisten und lass dich verhaften.“

Nils warf mir einen genervten Blick zu, aber ich wusste genau, was er meinte. Er vermisste die Zeiten, in denen die Leute sich zuerst noch kennengelernt haben, bevor sie miteinander ins Bett gingen, zumindest ein Gespräch miteinander geführt hatten, bevor sie sich gegenseitig die Kleider vom Leib rissen. Nach allem, was Nils mir erzählt hatte, gab es heute nicht wenige Männer, die bereits ein Vorspiel für zu mühsam hielten. Wie alle Aspekte unseres digitalen Zeitalters gab es auch bei der Suche nach dem Mann fürs Leben Vor- und Nachteile. Auf der einen Seite entfielen die leidige Jagd in Nachtclubs und Bars oder die bange Frage, ob der süße Typ, mit dem man im Supermarkt oder an der Bushaltestelle ins Gespräch kam, tatsächlich schwul oder einfach nur freundlich war. Es war so leicht heute: Mit ein paar Klicks stand einem theoretisch ein ganzer schwuler Harem zur Verfügung. Und damit begannen die Probleme: Woher wusste man, wer der Richtige war? Das Angebot war nicht nur vielfältig, sondern auch verwirrend groß. Falsche Versprechungen und schönmanipulierte Bilder steigerten die Ansprüche ins Unermessliche und sorgten reihenweise für Enttäuschungen. Und wer wusste schon, ob sich hinter dem nächsten *Grindr*-Profil nicht der absolute Traummann verbarg? Es war die bekannte Furcht, etwas zu verpassen, die alle sozialen Medien beherrschte, und wie üblich hatten die Amerikaner einen Begriff dafür gefunden: FOMO, fear of missing out.

„Vielleicht sollte ich auch sapiosexuell werden. Darüber reden doch immer alle“, seufzte Nils.

Ich musste lachen, und dann klärte ich Nils darüber auf, dass Sapiosexuelle allein die Intelligenz eines anderen attraktiv fanden, unabhängig von seinem Aussehen. Offenbar war das Nils neu. Er sah mich an, als hätte ich ihm vorgeschlagen, in ein Kloster einzutreten. Dann entdeckte er ein bekanntes Gesicht in der Menge.

„Oh, mein Gott. Schau mal, wer hier ist."

Ich drehte den Kopf in seine Blickrichtung. „Wer denn?"

„Jetzt guck doch nicht so auffällig", knurrte Nils mich an. „Da drüben!"

Ich hatte den Maestro seit Jahren nicht gesehen und daher nicht auf den ersten Blick erkannt, weil er sein einstiges Markenzeichen, das lange, lockige Haar, gegen einen stahlgrauen Bürstenschnitt eingetauscht hatte, der ihn kantiger und männlicher wirken ließ. Er sah gut aus für einen Mann über sechzig, etwas schlanker als früher und entspannter, als ich ihn in Erinnerung hatte.

„Er lebt jetzt vegan", sagte Nils, und aus seinem Mund klang das, als hätte er sich einer obskuren Sekte angeschlossen. „Glaubst du, er hat sich liften lassen?"

„Schwer zu sagen aus der Entfernung", meinte ich und kniff die Augen zusammen. „Sollen wir rübergehen und Hallo sagen?"

„Ich weiß nicht." Plötzlich wirkte Nils verlegen. Der Maestro war die Liebe seines Lebens gewesen, eine Begegnung war daher immer mit komplexen Gefühlen verbunden. Er stieß einen tiefen Seufzer aus. „Manchmal vermisse ich mein altes Leben."

„Ach ja?", fragte ich süffisant. „Welchen Teil – eifersüchtig zu sein, betrogen zu werden oder sich ewig zu streiten?"

„Nein … alles andere. Jemanden zu haben, der einen liebt und versteht."

Das waren völlig neue Töne. An meinem Geburtstag hatte er noch ganz anders geredet.

„Das wurde aber auch Zeit, dass du zur Vernunft kommst."

„Ja, ich brauche endlich wieder einen Mann in meinem Leben. Am besten sollte er reich sein, männlich-attraktiv, um die fünfzig, und sagte ich schon, dass er Geld haben sollte?"

„Ach, Nils, Geld ist nicht alles …"

„Hast du mal meine Kontoauszüge gesehen?"

„Es könnte vielleicht etwas schwierig werden, einen Sugar-Daddy zu finden, wenn man inzwischen selbst im Daddy-Alter ist."

Nils starrte mich mordlustig an. Anspielungen auf sein Alter mochte er überhaupt nicht. Der Maestro, der sich mit einem rundlichen Mann in einem weinroten Anzug unterhielt, schaute in diesem Moment in unsere Richtung. Er winkte. Für einen Moment glaubte ich, er hätte uns gesehen, aber dann wurde mir klar, dass er jemand anderen meinte. Ein junger Mann, noch keine dreißig und strahlend schön, kam auf ihn zu und küsste ihn auf den Mund. Der Maestro legte besitzergreifend einen Arm um ihn.

„Widerlich“, murmelte Nils. „Der ist doch bestimmt vierzig Jahre jünger als er …“

Er klang enttäuscht. Hatte er ernsthaft darüber nachgedacht, zu ihm zurückzukehren? Bei Nils konnte man nie wissen. Eine Kellnerin trug ein Tablett mit Cocktails vorbei, und Nils angelte sich ungefragt ein Glas, das er auf ex hinunterkippte. Prompt musste er husten.

„Ist alles in Ordnung?“ Ich klopfte ihm auf den Rücken.

„Ja, ja … Ich schätze, es wird Zeit, ihn endgültig aus meinem Leben zu verbannen.“ Er schenkte mir ein schiefes Lächeln. „Vielleicht sollte ich unser Sextape löschen.“

Ich lachte laut, bis mir klarwurde, dass er keinen Scherz gemacht hatte.

„Ihr habt doch nicht wirklich …?“

„Sicher. Habt ihr nie eins gemacht?“

„Natürlich nicht! Warum sollte ich meinem jüngeren Ich beim Sex zusehen wollen? Das ist doch deprimierend.“

Wir ließen den Maestro und Nils’ Vergangenheit hinter uns und drängten uns durch die laute Menge zu einem Nebenraum vor, in dem es deutlich ruhiger und weniger stickig war. Während Nils verschwand, um uns weitere Getränke zu besorgen, sah ich mich um: Einige Schauspieler der Serie waren hier, darunter auch ein paar, die schon vor Jahren ausgestiegen waren. Manuel gehörte nicht dazu, und insgeheim war ich froh, ihm nicht zu begegnen.

Dafür entdeckte ich ein anderes bekanntes Gesicht: Michi. Er stand nur wenige Meter entfernt und unterhielt sich mit einem Mann in einem extravaganten Anzug im Zebradesign, der eine rosafarbene Sonnenbrille trug. Ich nahm an, er gehörte ebenfalls zum Serienensemble. Weil es unhöflich gewesen wäre, Michi nicht zu begrüßen, ging ich rüber. Wir umarmten uns, dann stellte er mir seinen Gesprächspartner vor, der sich als Mathias Stern entpuppte.

Sogar ich hatte von Mathias Stern gehört. Er war ein bekannter Modedesigner, was sein Outfit erklärte, und besaß eine eigene Reality-Show. Angefangen hatte er vor gut zehn Jahren auf einem Shoppingkanal, wo er persönlich seine Kollektionen vorstellte und dabei so witzig und schlagfertig war, dass er bald zum Zuschauerliebling avancierte. Einem größeren Publikum wurde er jedoch vor fünf Jahren bekannt, als er eine Staffel lang Gastjuror bei *Germany's Next Topmodel* war. Angeblich hat Heidi Klum ihn hinauswerfen lassen, weil er die größeren Zustimmungswerte bekam. Danach hatte er ein paar Gastauftritte an der Seite seines alten Freundes und Kollegen Guido Maria Kretschmer in *Shopping Queen*, bevor RTL II ihm mit *Die Stern-Stunde* eine eigene Doku-Soap auf den Leib schneiderte.

Wie bei den *Geissens* ging es auch in seiner Sendung um den ungeschminkten Blick hinter die Kulissen, in seinem Fall die eines bekannten Modedesigners, der mit kreativen Krisen, mäkelnden Models und anderen Widrigkeiten zu kämpfen hatte. Mathias Stern inszenierte sich als liebeswerter Tollpatsch, der mit den Tücken des Objekts kämpfte und häufig vom Pech verfolgt wurde, was ihn ungeheuer sympathisch machte.

„Oh, mein Gott!!", kreischte Nils, als er mit unseren Drinks zurückkam und den Designer erkannte.

„Oh, mein Gott!!", rief auch Mathias und zeigte uns einen vollendeten Colliergriff.

Nils neigte dazu, sich exaltiert und kapriziös zu geben, was ich an manchen Tagen charmant fand, mir an anderen jedoch auf die Nerven ging. Neben Mathias wirkte er allerdings männlicher als je zuvor. Unwillkürlich fragte ich mich, ob der Designer wirklich so war oder sich ein Stück weit in Szene setzte, weil es sein Publikum von ihm erwartete.

Nils war so begeistert, den TV-Star zu treffen, dass mir sein Enthusiasmus ein wenig peinlich war. Doch Mathias schien es nichts auszumachen, im Gegenteil, er posierte bereitwillig für ein Foto, das ich von den beiden schoss, und schien Vergnügen an der Unterhaltung mit Nils zu haben. Ich fand ihn ziemlich nett.

„Ich liiiiebe deine Schuhe", flötete der Designer, sichtlich von Nils' rot-grünen Lederschuhen angetan, die ich bislang noch nicht einmal bemerkt hatte.

„Und ich liebe deinen Anzug", sagte Nils atemlos. „Und für dieses Armband könnte ich glatt töten."

Der Designer hob seinen rechten Arm, die Hand selbstverständlich geziert abgeknickt, so dass wir das mit blauen Steinen besetzte Schmuckstück in Form einer Schlange bewundern konnten. Er verriet uns, dass es aus seiner neuesten Kollektion stammte, und bevor Nils ein viertes Mal „entzückend" sagen konnte, hatte er es schon abgenommen und ihm geschenkt.

„So, Mädels, jetzt entschuldigt mich, der Champagner läuft ja durch, ohne anzuhalten, nicht wahr?" Mathias warf uns eine Kusshand zu und tänzelte davon.

„Woher kennst du Mathias Stern?", fragte Nils, kaum dass der außer Hörweite war.

„Gar nicht. Michi hat ihn mir gerade vorgestellt." Um die Gelegenheit zu nutzen und sich kurz nach Nils' Auftauchen schnell aus dem Staub zu machen.

„Er ist seit einem halben Jahr Single", sagte Nils und erzählte mir dann, dass die Trennung der Höhepunkt der vergangenen Staffel gewesen war. „Sein Freund hat die Sendung nur genutzt, um Werbung für sein Start-up zu machen. Was ich ziemlich arschig finde. *My Sweet Heaven*, musst du doch kennen."

Kannte ich nicht. Es ging, wenn ich Nils richtig verstand, um schokolierte Früchte, die er übers Internet verkaufte. Was daran aufregend sein sollte, wollte sich mir allerdings nicht erschließen.

„Ich frage mich, ob er einen neuen Freund hat?"

„Nils, er passt doch gar nicht zu dir."

„Wieso? Er ist reich, etwas älter, hat viele berühmte Freunde und tritt regelmäßig im Fernsehen auf. Ich würde hinreißend im Fernsehen aussehen."

„Er ist zu schwul", sagte ich.

„Man kann gar nicht zu schwul sein", erwiderte mein Freund belehrend und eilte zielstrebig aus dem Saal. „Genauso wenig wie man zu glücklich sein kann."

Verblüfft stolperte ich ihm nach. „Nils, denk doch wenigstens kurz darüber nach …"

Es hatte keinen Zweck. Wenn Nils sich etwas in den Kopf gesetzt hatte, war jegliche Logik an ihn verschwendet. Ich sah zu, wie er auf der Herrentoilette verschwand, und hoffte, die Demütigung würde nicht zu groß sein.

Als er fünf Minuten später immer noch nicht zurück war, begann ich, mir Sorgen zu machen. Wahrscheinlich hatte er den Designer nur in ein Gespräch verwickelt, sagte ich mir, fürchtete aber, dass Nils sich dem älteren Mann an den Hals geworfen hatte und nun dafür Prügel kassierte. Natürlich gab es auch noch eine Alternative zu diesem Szenario, aber darüber wollte ich nicht genauer nachdenken.

Ich öffnete die Tür zur Herrentoilette und trat ein. Der vordere Bereich mit den Waschbecken war leer, im hinteren Raum standen zwei Männern an den Urinalen. Nachdem sie ihr Geschäft verrichtet und sich die Hände gewaschen hatten (zumindest einer von ihnen), verließen sie das Örtchen. Ich steckte mein Handy ein, auf dem ich vorgegeben hatte, eine Nachricht zu schreiben, und sah mich um. Die Toilette war leer. Als ich gerade wieder gehen wollte, hörte ich leise, aufgebrachte Stimmen, die aus einer der Kabinen drangen. Ich bückte mich und sah rot-grüne Schuhe und den Saum einer Hose im Zebradesign.

Im nächsten Moment wurde die Kabinentür aufgestoßen, und Mathias schoss heraus. Er schien aufgeregt zu sein, auf seinen Wangen malten sich rote Flecken ab, und er strich sich nervös über den zerknitterten Anzug. Ohne mich zu beachten, den Kopf gesenkt, ging er an mir vorbei und verließ die Toilette. Kurz darauf kam Nils aus der Kabine, hochrot im Gesicht und sichtlich zufrieden.

„Das hast du nicht getan“, flüsterte ich fassungslos.

Er grinste nur.

Die Unersättlichen

Die Julihitze trieb uns alle in den Wahnsinn. Die „Heißzeit" dauerte bereits knapp vier Monate an, und ein Ende war noch lange nicht in Sicht. Wenigstens nachts wurde es etwas kühler, so dass man die Fenster aufreißen und wieder frei atmen konnte, aber tagsüber war es unerträglich.

Seit drei Wochen hatte ich nichts mehr von Siggi oder Nils gehört, was noch nie vorgekommen war und mich ein wenig beunruhigte. Ich rief mehrmals an, erwischte aber immer nur die Mailbox. Dann meldeten sich beide am selben Tag bei mir. Siggi bat mich, am Abend auf Aurora aufzupassen.

„Nur für eine oder zwei Stunden, schätze ich."

„Triffst du dich mit Marvin?", fragte ich hoffnungsvoll.

„Erwähne bitte nicht diesen Namen." Ihre Stimme wurde frostig. „Letzte Woche stand er plötzlich vor der Tür und hat mir vorgeworfen, ihm Aurora wegzunehmen."

„Na ja, du weißt schon, dass er als Vater gewisse Rechte …"

„Das hätte er sich vorher überlegen sollen", schnaubte Siggi, „bevor er einen verdammten *Burger* gegessen hat."

Nur eine Frau wie sie konnte wegen des Verzehrs von Rindfleisch ein solches Drama lostreten.

„Du musst aber spätestens um halb zehn wieder zu Hause sein", sagte ich, um das Thema zu wechseln. „Ich bin noch mit Nils verabredet."

„Wie geht es ihm? Ich hab ihn seit deiner Geburtstagparty nicht mehr gesehen."

Siggi war kein großer Fan von Nils, im Grunde war ich der Kitt, der ihre Bekanntschaft mehr schlecht als recht zusammenhielt.

„Das letzte Mal, als ich mit ihm unterwegs war, hatte er auf einer Toilette Sex mit Mathias Stern. Seither herrscht Funkstille."

„Ernsthaft? Mathias Stern? Der aus dem Fernsehen?" Seltsamerweise schien Siggi davon beeindruckt zu sein. „Wow, das ist … irgendwie widerlich und gleichzeitig total cool."

„Es war eher total peinlich", sagte ich. „Glaubst du, er hätte Mathias auch nur eines Blickes gewürdigt, wenn der nicht berühmt wäre? Sich so an ihn ranzuschmeißen, hat etwas Entwürdigendes an sich. Jedenfalls war Nils ganz schön eingeschnappt, als ich ihm meine Meinung dazu gesagt habe."

Offen gesagt, war ich froh, dass er sich endlich bei mir gemeldet hatte. Nils war mein bester Freund, und er fehlte mir. So lange hatte er noch nie geschmollt.

Um kurz vor sieben traf ich bei Siggi ein. Aurora war bereits im Bett und sollte die nächsten Stunden durchschlafen, und falls sie wider Erwarten doch aufwachen und nach ihrer Mami schreien würde, versprach Siggi innerhalb von zehn Minuten wieder zu Hause zu sein.

„Ich werde doch wohl noch mein Patenkind beruhigen können", sagte ich mit gespielter Empörung. „Wir trinken zusammen ein Bier, sehen uns *The Walking Dead* an, und im Nu bist du wieder zu Hause."

Der Blick, mit dem Siggi mich bedachte, ließ keinen Spielraum für Humor. Ich versprach hoch und heilig, sie regelmäßig per WhatsApp auf dem Laufenden zu halten und mich sofort zu melden, falls das Kind auch nur hustete. Siggi war nervös, es war das erste Mal, dass sie Aurora alleine ließ, seit sie Marvin verlassen hatte, und sie fühlte sich wie eine Rabenmutter.

„Bist du nicht ein bisschen overdressed für einen Vortrag?", fragte ich, als sie mir in einem knielangen Kleid die Tür öffnete, das so weit ausgeschnitten war, dass es nur wenig der Fantasie überließ. Sie hatte Parfüm aufgelegt und sich sorgfältig geschminkt. So aufgebrezelt hatte ich sie seit Jahren nicht mehr gesehen.

„Was für einen Vortrag?"

„Ich dachte, du gehst zu so einer Veranstaltung – irgendwas mit Erdstrahlen?" Als sie mir am Telefon davon erzählt hatte, waren meine Gedanken unwillkürlich abgeschweift.

„Ach so. Ja, aber … Ich gehe nicht allein."

Ich war überrascht, denn damit hätte ich niemals gerechnet. Zum ersten Mal kam mir der Gedanke, dass sie sich wirklich von Marvin trennen wollte, und ich konnte mir beim besten Willen nicht vorstellen, dass sein heimlicher Fleischkonsum die Ursache dafür war. Was auch immer in ihrer Ehe im Argen lag, musste noch andere Gründe haben.

„Du hast ein Date?", fragte ich und klang völlig entgeistert.

Siggi sah mich streng an. „Ist das wirklich ein so abwegiger Gedanke?"

„Wer ist denn der … Glückliche?“

„Mein Nachbar. Also, ich meine, er wohnt eine Etage unter mir… Wir haben uns zufällig beim Einkaufen im Bio-Supermarkt kennengelernt. Er ist Vegetarier.“

Klasse, der freundliche Vegetarier von nebenan. Ich konnte mir direkt vorstellen, wie sie sich über die Auswahl veganer Käsesorten hinweg ansahen oder beide zufällig zur selben Packung Tofu griffen. Ein schüchterner Blick, ein stilles Lächeln, und schon war es um Siggi geschehen. Und was war mit Marvin? Hatte er keine zweite Chance verdient? Und warum verteidigte ich ihn überhaupt, wenn er mir doch meistens auf die Nerven ging?

„Na, dann viel Spaß“, wünschte ich ihr, als sie kurz nach sieben die Wohnung verließ.

Ich verbrachte den Abend allein, ohne Bier und Zombies und ohne Aurora, die so tief und fest schlief, dass ich ein paar Mal an ihr Bettchen schlich, um zu sehen, ob sie noch atmete. Siggi schickte mir regelmäßig Textnachrichten, um sich beruhigen zu lassen und mich über ihr Date auf dem Laufenden zu halten. Nicht, dass ich danach gefragt hätte.

Es gibt Pizza, lautete eine Nachricht. Siggi aß am liebsten eine Spinatpizza mit Knoblauch, geräuchertem Tofu und Ananas, eine eigenwillige Kreation, die regelmäßig für Irritationen bei den Kellnern sorgte. Danach gab es ein veganes Eis, von dem ich mir nicht vorstellen konnte, dass es tatsächlich schmeckte, auch wenn Siggi das Gegenteil versicherte.

Ich hoffe, er will mich nicht zum Abschied küssen, schrieb sie um neun Uhr.

Kein Kuss. So ein Gentleman, hieß es eine Viertelstunde später.

Kurz vor halb zehn klapperte endlich ihr Schlüssel in der Tür. Ich war schon etwas zu spät dran für meine Verabredung mit Nils, daher schnappte ich mir meine Sachen und wollte aufbrechen. Als ich den Flur betrat, hörte ich jedoch leise Stimmen aus dem Treppenhaus.

„Jetzt muss ich aber wirklich …“, flüsterte Siggi.

„Schon? Es war so ein toller Abend“, erwiderte eine Männerstimme ebenso leise.

Mist. Das Geturtel wollte ich auf keinen Fall unterbrechen, daher schlich ich wieder zurück und wartete. Der Abschied der beiden zog sich jedoch in die Länge. Nils ließ mich im Minutentakt wissen, wie lange er bereits auf mich wartete. Der Mann war notorisch unpünktlich, konnte es aber auf den Tod nicht ausstehen, wenn jemand noch später kam als er.

„Entschuldigt, wenn ich störe", sagte ich, nachdem ich eine Viertelstunde lang gewartet hatte, und öffnete die angelehnte Wohnungstür, „aber ich bin schon ziemlich spät dran …"

Siggi und ihr Verehrer stoben auseinander wie aufgeschreckte Hühner. Hatten sie sich doch noch geküsst? Der Mann, mit dem sie den Abend verbracht hatte, stand mir direkt gegenüber. Er war leicht untersetzt, hatte ein gerötetes Gesicht und schütteres Haar; auf seiner Stirn glänzte ein leichter Schweißfilm. Ich erkannte ihn sofort.

„Oh, ja klar … Ich wollte sowieso gerade …" Siggi stammelte wie ein Teenager, der beim Knutschen erwischt worden war. „Das ist übrigens …"

„Basti?"

„Andy! Lange nicht gesehen." Seine Stimme hatte sich, im Gegensatz zu seinem Aussehen, kaum verändert. Auch das schräge, überhebliche Grinsen war dasselbe.

„Ihr kennt euch?"

„Ja, wir waren … Wir sind zusammen zur Schule gegangen", sagte ich.

Basti starrte mich neugierig an. Ich fühlte mich unbehaglich, wusste nicht, was ich sagen sollte, und war dankbar dafür, dass ich eine Ausrede hatte, um mich umgehend zu verabschieden. Die unerwartete Begegnung hatte mich völlig aus dem Gleichgewicht gebracht. Ich versprach Siggi, sie am nächsten Morgen anzurufen, und stolperte die Treppe hinunter, auf der Flucht vor den Geistern meiner vergangenen Jugend.

Alle nannten ihn Basti, manchmal mit dem Zusatz „der Spasti", was zugegebenermaßen weder nett noch zutreffend war, denn Basti war nicht dumm und schon gar nicht behindert. Aber Kinder sind eben grausam. Basti gehörte nicht unbedingt zu den beliebtesten Schülern meiner Klasse, was vermutlich den gemeinen Spitznamen erklärte. Er hatte zu allem eine Meinung und dachte gar nicht daran, sie für sich zu behalten. Immer einen dummen Spruch auf Lager, ließ er keine Gelegenheit aus, sich über andere lustig zu machen. Im Sportunterricht alberte er so lange herum, bis wir alle zu Extrarunden verdonnert wurden, und er machte sich einen Spaß daraus, den Mädchen den BH aufzuhaken. Dazu schlich er sich von hinten an sie heran, suchte die Stelle, an der sich unter ihrem Pullover der Verschluss abzeichnete, und öffnete ihn durch den Stoff hindurch. Er war der ungeschlagene Meister dieser Disziplin und wurde um diese Fähigkeit von etlichen Jungen beneidet. In jeder Klasse gab es einen Clown, und Basti war unserer.

Basti war halb Spaßmacher, halb Rebell, eine brisante Mischung aus Jim Carrey und James Dean. Allerdings sah er nicht besonders gut aus. Er hatte rötlich-braunes Haar, das ihm in dünnen Fransen ins Gesicht hing, und eine blasse, sommersprossige Haut. Seine Augen standen etwas zu weit auseinander, und seine Nase war winzig und ein bisschen nach oben gebogen, was ihn etwas dümmlich wirken ließ. Wie ein Spasti eben.

Ich war zum Glück nie eine Zielscheibe seines Spotts gewesen. Wir besuchten zwar dieselbe Klasse, redeten aber so gut wie nie miteinander. Schon damals blieb ich lieber für mich, was durch meine Erkenntnis, schwul zu sein, verstärkt wurde. Ich hatte lediglich zwei Freunde, mit denen ich hin und wieder ins Kino ging oder Videospiele spielte, und fühlte mich oft einsam und unverstanden. Fremd in meinem Körper und der Welt.

Zu Beginn unseres letzten Schuljahrs vor der Mittleren Reife unternahmen wir eine Klassenfahrt nach Berlin. Weil meine Mutter darauf bestanden hatte, mich hinzubringen, war ich viel zu früh am Reisebus. Unser Verhältnis begann bereits, sich zu verschlechtern, und vieles an ihr, von ihrer Frömmigkeit bis hin zu ihrer altmodischen Kleidung war mir peinlich.

Mein Gepäck wurde als Erstes eingeladen, daher bekam ich es nach unserer Ankunft auch als Letzter ausgehändigt. Ich hatte zwar meine Freunde gebeten, mir einen Platz in ihrem Zimmer freizuhalten, doch als ich nach oben kam, sah ich in enttäuschte Gesichter. Und es kam noch schlimmer, denn weder bei ihnen noch in einem anderen Raum war ein Bett frei. Herr Meyer, unser Klassenlehrer, den alle wegen seiner rundlichen Statur und seinem Vollbart nur Teddy nannten, brummte etwas von einer Fehlbuchung. Anscheinend hatte der Betreiber der Jugendherberge weniger Plätze zur Verfügung gestellt, als angemeldet waren. Nach einer demütigenden Tour durch alle Zimmer, in denen ich mitleidig angestarrt wurde, kam ich schließlich in einem für die Lehrkörper reservierten Raum unter, direkt gegenüber von Teddy. Einsamer denn je packte ich meine Tasche aus.

Mein Schlafplatz befand sich in einem schmalen Verbindungsflur zwischen den beiden Trakten, in denen die Schüler nach Geschlechtern getrennt untergebracht waren, gewissermaßen in einer neutralen, permanent überwachten Zone. Während sich alle anderen in der Nacht aus ihren Zimmern schlichen, um irgendwo Party zu machen, lag ich auf meinem Bett und las Gogols *Tote Seelen*, eine angemessene Lektüre für meine niedergeschlagene Stimmung.

Am dritten Abend klopfte es plötzlich an meine Tür, und bevor ich reagieren konnte, stand Teddy in meinem Zimmer, im Schlepptau Basti, der ziemlich betreten aussah.

„Du bekommst Gesellschaft, Andy", sagte mein Klassenlehrer und schob Basti auf das noch freie Bett zu. „Deine Sachen kannst du morgen holen, Bastian, und sei froh, dass ich dich nicht umgehend nach Hause geschickt habe."

Er warf mir einen Blick zu, der ein wenig entschuldigend wirkte. Vermutlich war auch ihm klar, dass er mein Zimmer gerade zur Unterkunft der Missetäter und Unruhestifter erklärt hatte und mich damit ebenfalls bestrafte. Na, großartig, dachte ich, willkommen in Sibirien.

In der Tür drehte Teddy sich um und deutete theatralisch auf Basti. „Vergiss nicht, ich bin direkt gegenüber und habe dich genau im Blick."

Basti verdrehte die Augen und ließ sich aufs Bett fallen, das ein lautes Quietschen von sich gab. Eine Weile war es still.

„Was hast du angestellt?", fragte ich schließlich.

„Scheiße, gar nichts. Die Jungs und ich waren drüben bei den Mädels, als Teddy reinkommt und völlig ausrastet. Wir haben nur gequatscht und ein bisschen was getrunken."

Das Zimmer war gerade groß genug für zwei schmale Schränke, zwei Betten und einen Nachttisch dazwischen. Basti war vielleicht zwei Meter entfernt, und ich konnte seine Fahne deutlich riechen.

„Das ist echt kacke, Mann, ich hatte Sara schon fast rumgekriegt." Basti stand auf und zog sich aus, seine Sachen warf er einfach auf den Boden. Er schwankte so stark, dass er beinahe auf mein Bett gefallen wäre. Vom Bund seines Slips aus zog sich eine vage Spur rötlich-brauner Haare zum Bauchnabel. „Ich hab sie gerade gefingert, als Teddy dazwischengeht wie ein beknackter Eunuch. Hier, riech mal …"

Er hielt mir seine rechte Hand unter die Nase. Ich drehte angewidert den Kopf beiseite, was ihm ein heiseres Lachen entlockte. Dann kratzte er sich ausgiebig im Schritt und krabbelte ins Bett. Ich versuchte, mich wieder auf Gogol zu konzentrieren.

„Ich bin so verdammt geil", murmelte Basti, schon halb im Schlaf. „Blöder Wichser …"

Mit einem Seufzer legte ich mein Buch beiseite und tastete nach dem Schalter der Nachttischlampe. Keine zwei Minuten später hörte ich ihn schnarchen.

Als ich am nächsten Morgen erwachte, schlief Basti immer noch. So leise wie möglich schlüpfte ich aus dem Bett und schnappte mir Handtuch und Duschgel. War unser Zimmer schon klein, war das Bad geradezu winzig und bestand komplett aus Kunststoff. Boden, Wände und Decke waren wie aus einem Guss, eine mattgraue, angeraute Fläche, aus der ein Waschbecken und eine Toilettenschüssel herauswuchsen. Etwas Ähnliches hatte ich noch nie gesehen, und es definierte den Begriff Nasszelle völlig neu.

Statt einer Dusche gab es nur einen Brausekopf an der Wand und einen Abfluss im Boden. Sobald man das Wasser aufdrehte, wurde alles nassgespritzt.

Es dauerte eine Weile, bis ich die richtige Temperatur eingestellt hatte. Plötzlich spürte ich einen kalten Zug im Rücken und sah über die Schulter. Basti betrat das Bad und stellte sich vor die Toilettenschüssel. Ich war viel zu verblüfft, um etwas zu sagen, ärgerte mich aber über seine Dreistigkeit. Aus dem Augenwinkel sah ich, dass er eine Morgenlatte hatte, die er wie eine Standarte vor sich hertrug. Ein ziemlicher verkaterter Basti stand vor dem Klo und starrte auf seinen Schwanz, als wollte er seine Erektion durch bloße Willensanstrengung zum Verschwinden bringen. Er schien genervt zu sein und fluchte leise vor sich hin.

Gerade als ich dachte, er würde jetzt wieder verschwinden, zog er seine Unterhose aus, quetschte sich am Waschbecken vorbei und stellte sich neben mich unter die Dusche. Erschrocken wich

ich zurück, bis ich gegen die Wand stieß. Es war so eng, dass sich unsere Schultern und Hüften berührten. Basti hielt den Kopf unter den Wasserstrahl, schüttelte sich wie eine nasse Katze und griff nach meinem Duschgel. Sein ungeniertes Verhalten machte mich sprachlos.

Seine unmittelbare Nähe, die Wärme seiner Haut und nicht zuletzt sein immer noch steifer Schwanz verwirrten mich. Ich spürte das vertraute Ziehen in meinem Bauchnabel, das Kribbeln in der Lendengegend und hatte Angst, ebenfalls eine Erektion zu bekommen. Ungerührt begann Basti sich überall einzuseifen, und es dauerte einige Augenblicke, bevor mir klar wurde, dass er sich dabei einen runterholte.

Vor einigen Monaten hatte ich Gerüchte gehört, dass er und ein paar andere Jungs nach dem Sportunterricht unter der Dusche masturbierten. Ich war sogar ein paar Mal absichtlich etwas länger geblieben und hatte im Waschraum herumgetrödelt, aber nichts dergleichen beobachtet und die Geschichte schließlich für eine Erfindung gehalten. Jetzt war ich mir nicht mehr so sicher.

Es dauerte nicht lange, da atmete Basti einmal tief ein und leise stöhnend wieder aus. Er spülte den Schaum und was sonst noch an ihm klebte ab, stellte sich vor den Spiegel, um sich mit den Fingern kurz durchs Haar zu kämmen, dann entleerte er geräuschvoll und mit einem erleichterten Seufzen seine Blase und verschwand. Seit er sich neben mich gestellt hatte, hatte ich mich nicht mehr getraut, ihn direkt anzusehen, sondern mich zur Seite gedreht, damit er die beschämende Reaktion meines Körpers nicht sah.

Die Unbekümmertheit, mit der er sich direkt neben mir befriedigt hatte, verblüffte mich. War es ihm egal, dass ich ihn dabei beobachtete? Oder machte es ihn an? Bei einem der anderen Jungs aus unserer Klasse hätte er sich das sicher nicht getraut, die hätten ihn deswegen runtergemacht oder ausgelacht. Hielt er mich vielleicht für einen Schwächling oder, und bei diesem Gedanken schauderte es mich, wusste er von meinem Geheimnis? Ich hatte keine Ahnung, was ich davon halten sollte.

Daher merkte ich erst, als ich mich abtrocknen wollte, dass Basti mit meinem Handtuch verschwunden war.

Was wir an diesem Tag in Berlin unternommen haben, weiß ich nicht mehr. Meine Gedanken kreisten um das, was unter der Dusche geschehen war und wie ich darauf reagieren sollte.

Ich kam schließlich zu dem Schluss, einfach so zu tun, als wäre nichts passiert. Basti benahm sich wie immer, er alberte herum, ärgerte die Mädchen und zog den Tadel unserer Lehrer auf sich. Den Abend verbrachte er mit seinen Freunden und kehrte erst in unser Zimmer zurück, als Teddy lautstark nach Ruhe verlangte. Er schälte sich aus seinen Sachen, ohne ein Wort mit mir zu wechseln, legte sich hin und schlief sofort ein. Am Morgen verschwand er als Erster im Bad, während ich im Bett blieb und mir vorstellte, wie er sich unter der Dusche selbst befriedigte.

An unserem letzten Tag in Berlin hatte Teddy schlechte Laune und polterte lauter herum als zuvor. Er verbannte alle früh auf ihre Zimmer, so dass es um kurz nach zehn bereits so ruhig war wie auf einem Friedhof. Basti langweilte sich und war sauer, weil seine Freunde den gesamten Alkohol gebunkert hatten, obwohl er einen Teil davon bezahlt hatte. Frustriert tigerte er auf und ab.

„Das ist so ätzend“, sagte er und ließ sich im Schneidersitz auf meinem Bett nieder. Er trug nur T-Shirt und Slip. „Scheiß-Teddy. Was liest du da?“

Ich zeigte ihm den Einband, was ein Stirnrunzeln bei ihm auslöste. Er fragte mich, ob mir das Buch gefiel, und ich sagte: „Es ist großartig.“ In Wahrheit fand ich es todlangweilig; ich war noch zu jung dafür, wollte es aber nicht zugeben.

Basti saß direkt vor mir und starrte mich an. Ich hörte auf zu lesen, weil ich nicht unhöflich sein wollte, doch keiner von uns wusste, was er sagen sollte. Schließlich fragte er unvermittelt: „Sag mal, wie oft holst du dir eigentlich einen runter?“

Ich wusste nicht, was ich darauf erwidern sollte. War das eine Anspielung auf unsere gemeinsame Dusche? Oder eine Art Test?

„Warum?“, fragte ich vorsichtig.

Er zuckte mit den Schultern. „Nur so.“

„Ich weiß nicht“, sagte ich ausweichend. Wie häufig war noch akzeptabel, fragte ich mich, und ab wann wurde es obsessiv? „Vielleicht zwei, drei Mal ...? Und du?“

Er sah mich an und grinste. „Ich auch. Meistens morgens und abends.“

„Oh … Ja, klar.“

Ich hatte von der Woche gesprochen. Offensichtlich hatte Basti kein Problem mit obsessivem Verhalten. Er schien sogar stolz darauf zu sein.

„Ich hab einen Handschuh, weißt du, so einen, den man zum Skifahren trägt und der am Handgelenk eng anliegt", sagte er. „Der ist inzwischen so vollgewichst, dass er innen ganz rau ist. Weißt du, was eine Fernfahrermuschi ist?"

Ich sagte ihm, dass ich nicht die geringste Ahnung hätte, woraufhin er mir erklärte, dass es sich dabei um eine Thermoskanne handelte, die man mit Hackfleisch gefüllt hatte. Idealerweise wurde das Fleisch vorher in der Mikrowelle erwärmt, so dass es noch Körpertemperatur hatte, wenn es zum Einsatz kam. Ich fand den Gedanken widerlich.

„Scheiße, die wollen das ja nicht essen", sagte Basti und verdrehte die Augen. „Sie schieben nur ihren Schwanz rein und stellen sich vor, es ist eine warme, saftige Pussy."

„Danke, ich kann jetzt nie wieder eine Thermoskanne anschauen, ohne daran denken zu müssen."

Basti lachte und fragte mich dann nach meiner liebsten Methode, mich selbst zu befriedigen. Anscheinend hatte er schon eine Menge ausprobiert: Socken und Handtücher um sein bestes Stück gewickelt und es dann zwischen Matratze und Bettrahmen oder die Rippen eines Heizkörpers geklemmt oder sich so lange auf seine Hand gesetzt, bis sie eingeschlafen war und sich fremd anfühlte. Verglichen mit ihm war ich erschreckend einfallslos. Ich gestand ihm, dass ich erst durch die Lektüre der *Bravo* gelernt hatte, was Masturbation war, woraufhin Basti erzählte, dass er von selbst daraufgekommen war. Als er eines Morgens mit einer Erektion aufgewacht war, hatte er so lange an sich herumgespielt, bis er gekommen war. Darin waren wir uns immerhin einig: Auch wenn wir theoretisch über unsere Körperfunktionen Bescheid gewusst hatten, war die erste Ejakulation dennoch etwas Überraschendes und Überwältigendes gewesen.

„Ich weiß echt nicht, wie die Leute Camembert essen können", sagte Basti kichernd. „Der riecht immer so nach Wichse."

Ich liebte Camembert, aber das behielt ich lieber für mich. Basti zupfte an seiner Unterhose herum, in der sich deutlich sein steifer Schwanz abzeichnete. Auch ich hatte eine Erektion, die aber sorgfältig unter meinem aufgeschlagenen Buch verborgen war.

„Sollen wir uns einen runterholen?"

Hatte er das gerade wirklich gesagt oder war das eine Stimme in meinem Kopf? Er sah mich herausfordernd an.

„Jetzt? Und was ist, wenn Teddy reinkommt?"

„Wird er schon nicht."

„Ich weiß nicht ..." Ein Teil von mir wollte es unbedingt, ein anderer Teil fürchtete sich, nicht nur vor einer Entdeckung, sondern in erster Linie davor, als schwul entlarvt zu werden.

„Erzähl mir nicht, dass du keinen Steifen hast."

Basti bemerkte meine Verlegenheit und zog wortlos den Bund seines Slips herunter, wodurch er seinen Schwanz in die Freiheit entließ. Mein Herz klopfte mir im Hals; das alles kam mir surreal vor. Abgesehen von einigen Fotos in einschlägigen Magazinen, hastig durchgeblättert in der Bahnhofsbuchhandlung, hatte ich noch nie den erigierten Penis eines anderen Mannes gesehen. Es waren die Neunziger, und Pornofilme gab es nur in Sex-Kinos und in der Erwachsenenabteilung der Videotheken. Seiner war lang und dünn, die Spitze dunkelrot und leicht feucht. Ich konnte den Blick nicht abwenden.

„Wir könnten ins Bad gehen", schlug ich heiser vor. „Falls Teddy reinkommt, können wir sagen, dass wir uns gerade die Zähne putzen ..."

Basti zuckte mit den Schultern und ließ den Bund seiner Hose zurückschnappen. Dann schwang er sich vom Bett und verschwand nach nebenan. Ich folgte zögernd. Wir hatten einen Pakt geschlossen, und jetzt zu kneifen, wäre feige gewesen.

Er erwartete mich im Duschbereich, und in gewisser Weise war es eine Wiederholung der Szene von vor zwei Tagen, nur weniger spontan und verschämt. Wir zogen uns aus und standen uns etwas verlegen im schmutzig-gelben Licht der Deckenlampe gegenüber. Ich weiß noch, dass ich befürchtete, Teddy könnte uns erwischen, und auf das plötzliche Öffnen der Zimmertür lauschte, aber dann überwog einfach die Lust. Es war mir egal. Als Basti nähertrat, berührte sein harter Schwanz meinen Oberschenkel, und es traf mich wie ein elektrischer Schlag. Von der Stelle ging eine Hitze aus, die meinen gesamten Körper erfasste. Ich starrte auf unsere Penisse, die in brüderlicher Einigkeit nebeneinanderstanden, und drehte mich dann leicht, so dass sie aneinanderstießen. Wir wiederholten das einige Male und kicherten dabei albern.

Dann begann Basti, sich zu befriedigen, und ich tat es ihm gleich; unsere beiden Körper waren durch diesen gleichzeitigen Akt miteinander verbunden. Schließlich hielt er inne.

„Willst du ihn anfassen?", flüsterte er heiser.

Es fühlte sich unendlich vertraut und gleichzeitig vollkommen fremd an. Basti keuchte leise auf, als ich ihn umfasste, und als seine heiße, ein wenig raue Hand meinen Schwanz umschloss, hätte ich um ein Haar aufgeschrien. Unsere Köpfe waren einander zugeneigt wie im Gebet, die Blicke fest nach unten gerichtet. Keiner von uns sprach ein Wort, während es geschah, keiner wagte, den Zauber zu brechen.

Ich kam in einer Explosion unerwarteten Entzückens, nur wenige Sekunden später gefolgt von Basti, dessen Samen überraschend aufspritzte und meinen Bauch traf. Hilflos zuckend wand ich mich in seinem Griff, fasste Halt suchend nach seiner Schulter, während er mich unwillkürlich näher an sich heranzog. So standen wir und hielten uns noch einen köstlichen Moment lang fest, bevor wir uns wieder zurückstießen in die Kälte und Einsamkeit unserer Existenz.

Wenn ich heute darüber nachdenke, schätze ich, dass das Ganze höchstens fünf Minuten gedauert hat. Aber es hat mein Leben für immer verändert.

Wir machten uns rasch mit Toilettenpapier sauber und zogen uns an, verlegen schweigend und jeder mit seinen eigenen Gedanken beschäftigt. Keiner konnte dem anderen in die Augen sehen. Basti legte sich sofort ins Bett und war innerhalb von Minuten eingeschlafen, während ich noch lange wach lag und an die Decke starrte. Ich versuchte, meine Gefühle zu ergründen, und stieß auf ein verwirrendes Knäuel aus Scham, Bedauern, Angst und Erleichterung. Falls ich noch Zweifel an meiner sexuellen Identität gehabt hatte, waren diese nun endgültig zerstreut. Ich war schwul, so viel wusste ich. Warum nur fühlte ich mich schlecht? Ich hatte Bastis Gesellschaft und den Anblick seines Körpers genossen, aber sobald die Erregung abgeklungen war, hatte ich nichts als Scham empfunden, und das verunsicherte mich. Lag es an meiner katholischen Erziehung, hatte ich deswegen das Gefühl, etwas Falsches und Verderbliches getan zu haben?

Falls Basti ebenfalls Skrupel hatte, ließ er sich nichts davon anmerken. Als ich am nächsten Morgen als Erster unter der Dusche verschwand, blieb ich allein, was mich erleichterte, aber gleichzeitig auch mit Bedauern erfüllte. Mein Teenager-Körper verlangte nach mehr, aber mein Verstand sagte mir, dass es verkehrt war.

Auf der langen Busfahrt zurück nach München dachte ich darüber nach, ob ich jetzt meine Unschuld verloren hatte oder nicht. Wir hatten uns weder geküsst noch hatten wir mehr getan, als uns gegenseitig einen runterzuholen, aber technisch gesehen hatte ich mit einem anderen Mann Sex gehabt, und ich fühlte mich verändert, ein Stück weit erwachsener.

Ich war mir sicher, dass meine Geschichte mit Basti hier zu Ende war. Wir wussten beide, dass wir eine Grenze überschritten hatten, aber natürlich sprachen wir nicht darüber. So wie wir auch vorher kaum miteinander gesprochen hatten. Hin und wieder dachte ich an diesen Abend in Berlin, und je länger er zurücklag, desto unwirklicher kam er mir vor. Was er Basti bedeutete und ob er ihn verunsichert hatte, konnte ich unmöglich sagen, aber mich hatte er eher beflügelt. Ich hatte einen vorsichtigen, ersten Schritt auf meinem neuen Weg zurückgelegt, auch wenn eine nagende Stimme in meinem Kopf mir zuflüsterte, dass es womöglich ein Fehler gewesen war.

Ein paar Wochen nach unserer Rückkehr, an einem sonnigen Herbstnachmittag, fing Basti mich nach dem Unterricht ab.

„Wir schreiben doch übermorgen diesen Biotest", begann er zögernd. „Kannst du mir vielleicht beim Lernen helfen?"

Ich war überrascht, denn Basti schien sich für gewöhnlich nichts aus irgendwelchen Tests zu machen. In der Regel tauchte er in der Schule ohnehin nur an drei Tagen in der Woche auf und mogelte sich irgendwie durch. Seine Noten standen immer auf der Kippe. Instinktiv spürte ich, dass seine Frage auf etwas anderes abzielte, und ich fragte mich, ob ich mich wirklich darauf einlassen sollte. Mein Körper erinnerte sich jedoch an seine Berührungen und an die Lust, die er mir bereitet hatte, und damit war mein Verstand überstimmt.

Basti wohnte in einem Altbau im Bahnhofsviertel, der dringend sanierungsbedürftig war. Sein Zimmer war klein und etwas dunkel und bot gerade genug Platz für ein schmales Bett, einen Schrank und einen Schreibtisch direkt vor dem Fenster. An den Wänden hingen Plakate von Pamela Anderson in ihrem knallroten Badeanzug aus *Baywatch*, und in den Regalen standen einige glänzende Sporttrophäen.

Jeden Donnerstag musste Bastis Mutter, die bei der Stadt angestellt war, länger arbeiten. Zwischen Bastis Handballtraining und ihrer Rückkehr hatten wir die Wohnung für eine, maximal anderthalb Stunden für uns. Basti trug ein T-Shirt und einen metallisch schimmernden, blauen Trainingsanzug, und sein Körper verströmte den herben Moschusduft eines männlichen Duschgels. Er schluckte nervös, als wir uns gegenüberstanden.

Keiner von uns dachte mehr an den Biotest, aber keiner wollte zugeben, warum wir uns eigentlich getroffen hatten. Das Ziel unserer Verabredung war klar, nur wusste keiner von uns, wie wir dorthin gelangen sollten. Eine Weile saßen wir schweigend nebeneinander auf seinem Bett. Mein Blick fiel auf ein Kartenspiel, das auf dem Schreibtisch lag, und plötzlich hatte ich eine Idee.

„Kennst du Siebzehn und Vier?", fragte ich. Er nickte. Ich schlug vor, einige Partien zu spielen, wobei derjenige, der verlor, ein Kleidungsstück ablegen musste.

Basti sah mich überrascht an, dann grinste er und angelte nach dem Spiel. Jeder erhielt zwei Karten, Basti einen König und einen Buben, was zwanzig Punkte machte, und weil ich mit meiner Herz Acht und einer Karo Sieben fünf Punkte weniger hatte, hatte ich verloren und zog einen Schuh aus. Basti hatte weitaus weniger Pech im Spiel als ich, aber dafür trug ich mehr Kleidungsstücke. Nach zehn Spielen saß er in T-Shirt und Slip vor mir, während ich nur noch meine Boxershorts anhatte.

„Was kriegt eigentlich der Gewinner?", fragte Basti grinsend.

„Dem holt der Verlierer einen runter."

Natürlich verlor ich und musste meine Spielschulden einlösen …

Die Donnerstagnachmittage wurden schnell zu einer festen Gewohnheit. Wir waren zwei dauergeile Teenager, die sich gegenseitig Befriedigung verschafften, wir lagen dicht nebeneinander auf Bastis schmalem Jugendbett, erkundeten unsere Körper und probierten sie aus. Wir erforschten neues Territorium und fühlten uns so verwegen wie viktorianische Entdecker.

Basti erwies sich bald als der Unersättlichere von uns beiden. Als wir uns wegen der Weihnachtszeit drei Wochen lang nicht sehen konnten, wurden wir leichtsinnig. Vor dem Sportunterricht, während die anderen in die Halle strömten, um sich aufzuwärmen, hielt Basti mich zurück. Sein Blick war gierig, sein Verlangen schmerzhaft greifbar. Wir verschwanden auf der Toilette, und die Gefahr, erwischt zu werden, steigerte unsere Lust noch mehr. Zuerst befriedigte er mich, dann kümmerte ich mich um ihn, und keine sechzig Sekunden später zogen wir mit unseren ahnungslosen Klassenkameraden unsere Runden auf der Bahn. Alles geschah wie in einem Rausch.

Wenn wir uns unterhielten, erzählte Basti mir oft von den Mädchen, mit denen er sich traf. Er war ständig verliebt. Sein Glück schien aber nie von langer Dauer zu sein, denn die Namen der Mädchen wechselten häufig. Ich fragte mich, ob er mit ihnen schlief, und wunderte mich über dieses scharfkantige Gefühl in meinem Bauch. War es Eifersucht? Neid? Basti prahlte mit seinen Eroberungen, aber ich glaubte nur die Hälfte davon. Falls er tatsächlich schon einmal mit einem Mädchen geschlafen hatte, war es lange her, davon war ich überzeugt, denn sonst hätte es keinen Grund gegeben, sich mit mir zu treffen.

Anfangs fragte ich mich, ob Basti vielleicht ebenfalls schwul war, war mir aber nicht sicher. Ich glaubte es nicht, traute mich aber auch nicht, ihn direkt zu fragen, weil ich mich dann ebenfalls hätte bekennen müssen. Wenn er schwul wäre, müsste ich mich dann nicht zu ihm hingezogen fühlen? Warum hatte ich kein Verlangen danach, ihn zu küssen? Warum verliebte ich mich nicht? Die Wahrheit war, dass ich ihn im Grunde nicht leiden konnte. Basti war selbstgefällig, aufgeblasen und ein Angeber. Aber er war auch ein Körper, der mich anzog, eine Hand, die mir Lust verschaffte. Wir benutzten uns, und so langsam dämmerte mir, dass es das war, was mir an unserem Arrangement falsch vorkam. Ich hatte nicht einmal einen Namen dafür. War es eine Affäre? Konnte man eine Fickbeziehung haben, ohne zu ficken? Ich wusste, ich sollte aufhören, ihn zu treffen, und stattdessen nach jemandem Ausschau halten, der so empfand wie ich selbst. Jemand, in den ich mich verlieben konnte.

Wir blieben Sklaven unseres Verlangens, deshalb tauchte ich immer wieder donnerstags bei ihm auf. Es war eine schlechte Angewohnheit, ein Laster. Bislang hatten wir nur unsere Hände benutzt, um uns zu befriedigen, aber irgendwann fragte er mich, ob ich ihn nicht in den Mund nehmen könnte. Ich war neugierig und tat ihm den Gefallen. Es fühlte sich seltsam an, und ich ekelte mich, machte aber noch ein bisschen weiter. Basti stöhnte, und ich hörte auf, weil ich Angst hatte, er würde in meinem Mund kommen.

Dann war er an der Reihe, und das Gefühl war unbeschreiblich. Allerdings dauerte es höchstens drei Sekunden.

„Ich kann nicht", sagte er und zog sich zurück; ein Speichelfaden hing von seiner Lippe. „Irgendwie ist es albern."

Oralsex war danach kein Thema mehr. Ein anderes Mal, als wir nackt nebeneinander auf dem Bett lagen und uns träge streichelten, begann Basti mich zu kitzeln. Wir alberten ein bisschen herum, ich wich aus, er packte mich etwas fester, und es entbrannte ein spielerischer Kampf. Er liebte es, andere zu dominieren, seine körperliche Überlegenheit zu betonen, und ich ließ es mir gutmütig gefallen, weil ich mochte, wie er sich auf mir bewegte, wie sich seine Muskeln unter meinen Händen anfühlten. Schließlich lag ich auf dem Bauch und spürte die Hitze, die von seinem Körper ausging. Sein Atem streifte mein Ohr. Mit der Spitze seines Penis fuhr er meinen Oberschenkel entlang und stieß mehrmals zwischen meine Pobacken.

„Was wird das?", fragte ich ihn.

„Ich spiel nur rum." Basti presste sich noch stärker gegen mich. „Sollen wir es mal versuchen?"

„Ich weiß nicht." Ein Teil von mir war sofort dazu bereit, und das war es, was mich am meisten erschreckte. „Nein, ich denke nicht."

Doch er hörte nicht auf zu betteln, sondern sprach Woche um Woche davon, bis ich irgendwann nachgab. Ich war neugierig, ich wollte wissen, was jenseits der dunklen Grenze lag. Selbstverständlich bestand ich auf einem Kondom, und Basti kramte in seiner Nachttischschublade. Er war furchtbar nervös, das konnte ich sehen, als er versuchte, die Packung aufzureißen. Dann fummelte er eine Weile an sich herum, während ich bäuchlings auf dem Bett lag und fröstelte. Tat ich das Richtige? War ich wirklich schon so weit?

Basti fluchte mehrmals, dann legte er sich auf mich und schob meine Beine auseinander. Wir waren so naiv, so unerfahren. Keiner von uns hatte an Gleitmittel gedacht. Basti stieß aufs

Geratewohl zu, versuchte es immer und immer wieder, zunehmend frustriert und unfähig, das ersehnte Ziel zu erreichen. Es tat weh. Ich versuchte ihm zu helfen, aber das machte ihn noch wütender. Irgendwie schien er mir die Schuld zu geben.

Er verschwand kurz im Bad, weil er glaubte, es ginge besser, wenn er nass wäre, aber das Gegenteil war der Fall. Schließlich benutzte er seine Spucke, was ich widerlich fand. Ungeduldig warf er sich auf mich und stieß zu, einmal, zweimal. Plötzlich spürte ich einen scharfen Schmerz, und im selben Moment keuchte Basti überrascht auf. Etwas Feuchtes rann über mein Bein, was mich kurz in Panik versetzte, weil ich glaubte, er hätte mich verletzt. Ich erwartete Blut, aber als ich meine Hand zurückzog, klebte nur Sperma daran.

„Ich dachte, du hast ein Kondom benutzt?"

„Das ist abgegangen, und ich hatte nur das eine." Seine Stimme klang genervt.

War er in mir gekommen? Ich war mir nicht sicher und traute mich nicht, ihn zu fragen. Schweigend angelte ich nach der Packung Taschentücher auf dem Nachttisch und machte mich sauber. Während ich mich anzog, dachte ich über AIDS nach und ob ich mich infiziert haben könnte. Natürlich vermutete ich, dass es unwahrscheinlich war, aber die Angst war da.

Ich fühlte mich ausgenutzt und ging Basti aus dem Weg. Ein paar Wochen danach machten wir unseren Abschluss und verließen die Schule. Danach sah ich Basti noch zweimal bei einem Klassentreffen, aber wir sprachen nicht wieder miteinander. Unsere Donnerstagnachmittage waren zu diesem Zeitpunkt schon lange Geschichte.

Unanständig glücklich

„Meinst du, ich sollte Siggi davon erzählen?"

„Dass du vor zwanzig Jahren mit ihrem Verehrer rumgemacht hast?" Nils schüttelte den Kopf. „Nee, tote Hunde sollte man besser in Ruhe lassen."

Wir saßen in *Schumann's Bar* am Hofgarten und tranken dekadente Cocktails, die Nils uns spendiert hatte. Leise Stimmen der Nachtschwärmer summten um uns herum wie Kolibris. Ich dachte kurz darüber nach. Er hatte recht, schlafende Hunde sollte man nicht wecken. Und was sagte das, was Basti vor langer Zeit getan hatte, schon heute über ihn aus? Wir waren damals praktisch noch Kinder gewesen. Dass er sexuell experimentiert hatte, konnte man ihm weder zum Vorwurf machen noch lieferte es einen Hinweis auf seine heutigen Präferenzen. Ich beschloss, erst einmal abzuwarten und gar nichts zu tun. Falls er es aber Siggi sagen sollte, würde sie mich sicherlich fragen, warum ich es für mich behalten hatte.

Nils hatte mich eingeladen, weil er etwas zu feiern hatte. Ungeduldig rutschte er auf seinem Stuhl hin und her, er brannte förmlich darauf, mir seine Neuigkeiten mitzuteilen, weshalb ich beschloss, ihn von seinem Elend zu erlösen.

„Also, worauf trinken wir?"

„Rate mal, wer demnächst regelmäßig im Fernsehen auftreten wird?"

„Angela Merkel?"

Er zog eine Grimasse. Vor lauter Begeisterung begann er mit dem Ende seiner Geschichte und erzählte mir von dem Vertrag, den er heute mit der Produktionsfirma von *Die Stern-Stunde* abgeschlossen hatte und der ihm einen wiederkehrenden Auftritt in der Doku-Soap garantierte – als der neue Freund von Mathias Stern.

„Moment mal", unterbrach ich ihn, weil ich Mühe hatte, ihm zu folgen. „Du und Mathias Stern, ihr seid jetzt ein Paar? Wann ist das denn passiert?"

„Vor drei Wochen …? Stell dir doch mal die ganzen Möglichkeiten vor, die …"

„Das geht schon seit *drei* Wochen mit euch, und du erzählst mir nichts?" Für jemanden mit seinem Mitteilungsbedürfnis war das eine Sensation. Nils konnte keine Geheimnisse für sich behalten, vor allem nicht, wenn sie mit Sex oder seiner Person oder beidem zu tun hatten.

„Ich muss dir ja nicht immer alles erzählen."

„Nein, aber du tust es sonst immer. Und bis jetzt hast du mir noch nicht einmal verraten, was im Klo vom *Parkcafé* passiert ist."

Nils verdrehte die Augen. Wenn ich ihn nicht besser kennen würde, könnte man annehmen, ihm wäre die Angelegenheit peinlich. Dabei gab es so gut wie nichts, das Nils peinlich war.

„Was ist los?"

„Mein Gott, was soll denn los sein? Ich dachte, du freust dich für mich?"

„Natürlich freue ich mich", versicherte ich ihm. „Es kommt nur so überraschend. Was immer du in dieser Kabine getan hast, es muss ja phänomenal gewesen sein."

„Schätzchen, ich bin immer phänomenal", sagte er und klimperte kokett mit den Wimpern.

Ich lachte und musterte ihn. Mein Gefühl sagte mir, dass Nils etwas verschwieg. Die nächsten zehn Minuten versuchte ich, ihn über Mathias Stern auszuhorchen, aber genauso gut hätte ich mir auch von einem Grundschüler die Relativitätstheorie erklären lassen können. Ich wurde einfach nicht schlau daraus. Nils behauptete, Mathias und er hätten nach jener „legendären Nacht", die streng genommen höchstens drei Minuten gedauert haben konnte, mehrfach telefoniert. Der Designer hatte ihn zum Essen eingeladen, ihm sein Atelier gezeigt und ihn schließlich „auf sein Schloss", respektive seine Villa in Grunwald entführt. Bei Nils klang das wie aus einer schlechten Telenovela. Das Erstaunlichste aber war das völlige Fehlen anzüglicher Details. Er erwähnte weder, wie groß der Schwanz seines neuen Freundes war noch wie oft sie es pro Nacht trieben – Dinge, mit denen er sonst immer angab.

„Und – wie ist er so im Bett?", fragte ich ihn daher direkt.

„Großartig", sagte Nils mit Nachdruck, „und hab ich dir schon erzählt, was sie mir für jeden Auftritt zahlen wollen?"

„Ist er impotent?"

„Was? Warum sollte er …?"

„Nils, du verheimlichst mir was. Entweder ihr habt noch nicht miteinander geschlafen oder er leidet unter Potenzstörungen, also …"

Er konnte mir nicht in die Augen sehen und schien zu überlegen. Schließlich sagte er: „Vielleicht ist es ja was Ernstes. Hast du darüber schon mal nachgedacht? Und vielleicht wollte ich es einfach eine Weile für mich behalten, okay?"

Seine Antwort verblüffte mich. Nils war ein Romantiker. Das hässliche Ende seiner langjährigen Liebe zum Maestro hatte ihn schwerer getroffen, als ich mir damals hatte vorstellen können. Sogar fast ein Jahrzehnt später war er noch immer nicht vollständig darüber hinweg und flüchtete sich in oberflächliche Affären, um nicht erneut verletzt zu werden. Falls er endlich bereit war, sich auf eine neue Liebe einzulassen, war das großartig und lange überfällig. Seine Verliebtheit erklärte auch sein langes Schweigen sowie die Weigerung, saftige Details aus seinem Schlafzimmer auszuplaudern. Sofort hatte ich ein schlechtes Gewissen, weil ich ihn bedrängt hatte.

Was Nils mir erzählt hatte, klang nach einer hübschen, kleinen Romanze, wie man sie in einer Klatschzeitung lesen konnte: Die beiden hatten sich auf einer Party kennengelernt und waren dann mehrmals miteinander ausgegangen, bevor sie festgestellt hatten, dass sie mehr als nur Sympathie füreinander empfanden. Den Quickie auf der Herrentoilette brauchte man gegenüber den sensiblen Lesern ja nicht zu erwähnen. Mein Bauchgefühl sagte mir jedoch, dass Mathias und Nils nicht zusammenpassten. Vielleicht irrte ich mich, schließlich kannte ich den Designer kaum.

Aber ich kannte Nils und wusste, wie er sich verhielt, wenn er verliebt war. Ungefähr so wie Tom Cruise auf dem Sofa von Oprah Winfrey. Zurückhaltung passte so gar nicht zu ihm, und auch jetzt sprach er nicht von seinem neuen Freund, sondern nur von seinem Vertrag.

„Wann ist dir klargeworden, dass du ihn liebst?", fragte ich und unterbrach damit seinen Redefluss.

„Was?" Nils griff nach seinem Glas und nippte daran. „Das ist eine komische Frage."

„Nein, finde ich nicht."

„Gönnst du mir meinen Erfolg nicht? Bist du neidisch, weil ich jetzt berühmt werde?"

„Es ist mir egal, ob du berühmt wirst oder nicht", sagte ich und hoffte, er würde mich nicht wieder missverstehen. „Ich will vor allem, dass du glücklich wirst."

Das schien ihn versöhnlicher zu stimmen. Er schenkte mir ein schräges Lächeln. „Vielleicht macht mich ja genau das glücklich ..."

Die Handbewegung, die er beschrieb, umfasste eine ungewisse Zukunft. Auf der Party hatte Nils davon gesprochen, dass er sein altes Leben vermisste, und möglicherweise war Mathias das goldene Ticket, das ihm eine Rückkehr dorthin ermöglichte. Aber war Nils auch verliebt? Oder täuschte er seine Gefühle für Mathias nur vor, um wieder Eintritt in die Welt der Reichen und Berühmten zu erhalten? Wer konnte es schon sagen? Und wer war ich, meinem besten Freund deswegen Vorwürfe zu machen? Es war seine Entscheidung.

Unser kleiner Zwist hatte uns die Stimmung verdorben, und wir machten uns auf den Heimweg. Es war noch nicht zu spät, die U-Bahn zu nehmen, und praktischerweise lag ein Eingang fast genau vor der Tür der Bar. Ein Betrunkener kam uns schwankend entgegen. Er war jung, höchstens fünfundzwanzig, hatte eine Bierflasche in der rechten Hand und blieb neben einer Litfaßsäule stehen. Wir waren nur noch wenige Meter von ihm entfernt, als er den Reißverschluss seiner Hose öffnete und, ohne uns weiter zu beachten, ungeniert zu pinkeln begann. Er hatte, wie mir im Vorbeigehen auffiel, einen bemerkenswert großen Schwanz.

Plötzlich räusperte er sich und spuckte in unsere Richtung. „Scheiß-Schwuchteln", nuschelte er, den Blick auf den kräftigen Strahl gerichtet, mit dem er den Boden wässerte.

„Was ist dein Problem?", giftete Nils zurück. „Wichser!"

Ich zog ihn schnell weiter, weil ich keine Lust hatte, mich mit einem Betrunkenen anzulegen. Wir liefen die Treppen zur U-Bahnstation hinunter, und ich hoffte, der Typ würde uns nicht folgen, um weitere Beleidigungen auszutauschen.

„Was ist los mit dir?", fragte Nils aufgebracht. „Hast du nicht gehört, was er gesagt hat?"

„Er ist betrunken."

„Na und? Macht dich so was nicht wütend?"

„Vielleicht hätten wir nicht hinsehen sollen …"

„Dann hätte er nicht so mit seinem Dödel herumwedeln sollen. Er kann hier nicht den Exorzisten spielen und sich dann über sein Publikum beschweren."

„Du meinst Exhibitionist", verbesserte ich ihn. „Das Beste ist, einfach nicht hinzuhören. Wenn du dich nicht angesprochen fühlst, kann dir eine Beleidigung auch nichts anhaben."

„Was für ein Schwachsinn!" Nils war richtig wütend. „Das war das zweite Mal in diesem Monat, dass einer Schwuchtel zu mir gesagt hat."

„Echt?" Ich war in meinem ganzen Leben nur vier Mal homophob beleidigt worden, und da hatte ich den Betrunkenen von gerade eben schon mitgezählt. „Du scheinst das irgendwie anzuziehen."

„Soll das heißen, es ist meine Schuld? Bin ich zu auffällig gekleidet? Benehme ich mich vielleicht zu *schwuchtelig*?"

„Natürlich ist es nicht deine Schuld."

Es stimmte zwar, dass Nils ein Faible für extravagante Kleidung hatte und zu exaltiertem Verhalten neigte, aber das war nicht der Punkt. Selbst wenn er, das Gesicht mit Glitter bestäubt und in einem rosa Tutu, durch die Straßen tänzeln und dabei *It's Raining Men* trällern würde, hatte er das Recht, dabei nicht beschimpft zu werden. Aber unsere Welt war leider nicht so tolerant, wie wir uns das erhofften, auch wenn es insgesamt besser geworden war. Es gab immer noch viel zu viel homo- und transphobe Gewalt, und vielleicht war es manchmal klüger, kein Öl ins Feuer zu gießen, auch wenn ich mir dabei feige vorkam.

Wir hatten jetzt den Bahnsteig erreicht. Von dem besoffenen Typen war nichts zu sehen.

„War das ein Türke? Ich fand ja, der sah irgendwie südländisch aus. Allerdings war dafür sein Schwanz zu groß."

„Nils, du kannst dich nicht in einer Sekunde darüber empören, dass dich einer Schwuchtel nennt, und ihn in der nächsten Sekunde fremdenfeindlich beleidigen."

„Was denn? Ist die Wahrheit jetzt ein Problem? Der Islam ist nun mal schwulenfeindlich, das kannst du nicht leugnen."

„Also, erstens gibt es auch schwule Türken", sagte ich und hielt einen Finger hoch. „Zweitens gibt es nicht den Islam per se, sondern eine Vielzahl von Strömungen und unterschiedliche Interpretationen wie auch im Christentum. Und drittens ist die Homophobie größtenteils auf den Einfluss der Kolonialmächte zurückzuführen."

„Schön, ich werde daran denken, wenn mich der nächste Muslim schwule Sau nennt und mir die Fresse polieren will. Die sollen sich gefälligst benehmen."

„Gott, du klingst schon wie die AfD."

„Tja, und ich kenne einige Schwule, die sie genau deswegen auch gewählt haben."

Davon hatte ich auch gehört, und es erfüllte mich mit Sorge. Es schien, dass wir für jeden kleinen Schritt nach vorn wieder zwei zurück gingen. Angesichts dessen, was um uns herum passierte, war es schwer, optimistisch zu bleiben.

„Du hast ja im Grunde recht", sagte ich versöhnlich. „Und ich hab doch auch keine Lösung, aber mit Verallgemeinerungen kommen wir nicht weiter."

Noch zwei Minuten, bis die U-Bahn eintraf. Nils starrte missmutig in den Tunnel, als könnte er sie herbeirufen wie einen Hund.

„Was ist heute nur los mit dir?", fragte er unvermittelt. „Du bist so biestig und trübsinnig, steckst du in der Midlifecrisis?"

Sein Vorwurf traf mich unvorbereitet. Wenn ich ehrlich war, konnte ich eine gewisse Traurigkeit nicht verleugnen. Eine schwelende Melancholie, die meine Stimmung vergiftete. Lag es an der Begegnung mit Basti, die mich an meine unglücklichen Teenager-Jahre erinnert hatte? Oder an der Erkenntnis, dass mein bester Freund ein bequemes materielles Leben und flüchtigen Ruhm über die Chance auf eine liebevolle Beziehung gestellt hatte? Wie konnte ich glücklich sein, wenn es meinen Freunden schlecht ging?

„Werde du erst mal vierzig, dann reden wir weiter", sagte ich in dem Versuch, von diesem verkorksten Abend zu retten, was zu retten war.

„Ich will den alten Andy zurück", erwiderte Nils und legte seine Hände auf meine Schultern. „Den Andy, der fröhlich pfeifend durch die Clubs gezogen ist und sich auf dem Klo einen hat blasen lassen."

„Was?! So was hab ich nie getan."

„Ja, warum eigentlich nicht?"
„Weil die Rolle schon vergeben war."
Nils grinste, und in diesem Moment war zwischen uns alles wieder wie früher.

Wenn ich nun geglaubt hatte, Nils würde sich still und heimlich über seine neue Rolle in einer Doku-Soap freuen, wurde ich eines Besseren belehrt. Beim CSD-Umzug zwei Tage später erzählte er jedem davon, den er kannte – und vermutlich auch jedem Unbekannten, der ihm über den Weg lief.

„Wie oft müssen wir uns die Geschichte heute noch anhören?", fragte mich Philip, der mit uns zusammen unterwegs war. Wie Robert ging er mit freiem Oberkörper und zog die neidischen und lüsternen Blicke der Leute um uns herum auf sich. „Die Idee, sich im Alltag von einer Fernsehcrew begleiten zu lassen, ist doch völlig bescheuert."

Falls Nils ihn gehört hatte – Philip hatte zumindest laut genug gesprochen, um das zu gewährleisten –, ließ er es sich nicht anmerken. Als angehender Arzt, der Menschleben rettete, hatte Philip natürlich leicht reden. Er brauchte diese Form der Selbstbestätigung nicht und hasste das Rampenlicht. Wenn Michi zu einer Veranstaltung eingeladen war, blieb er fast immer zu Hause, und die wenigen Male, die er seinen Freund begleitete, bestand er darauf, nicht abgelichtet zu werden. Für einen schönen Menschen war er ziemlich kamerascheu.

Drei Wochen später tauchte das erste Bild von Mathias und Nils in der Klatschpresse auf, als sie Hand in Hand bei einem Charity-Event über den roten Teppich marschierten. Die *Gala* spekulierte, ob sich hier eine neue Romanze abzeichnete, und hoffte, dass die nächste Staffel von *Die Stern-Stunde*, die zurzeit gedreht wurde, Aufschluss darüber liefern würde. Es war genau die Art von Werbung, die Mathias und die Produzenten beabsichtigt hatten. Nils konnte zufrieden sein, auf dem Foto sah er nicht nur umwerfend gut aus, sondern wurde auch als „charmanter Dreißigjähriger" beschrieben. Ich rechnete nicht damit, dass er nächstes Jahr seinen vierzigsten Geburtstag feiern würde. Oder sonst irgendwann.

„Ich werde wohl einen Ordner mit den Zeitungsausschnitten anlegen müssen", sagte Nils und schaffte es, gleichzeitig aufgeregt und genervt zu klingen. „Berühmt zu sein, ist manchmal so anstrengend.“

Aus seiner Zeit mit dem Maestro hatte er ebenfalls einen Ordner, eigentlich nicht viel mehr als eine Sammlung ausgeschnittener Fotos aus Klatschmagazinen, die er in ein Schulheft geklebt hatte und auf die er immer seltsam stolz gewesen war. Damals war er nur die hübsche Begleitung eines stadtbekannten, aber nicht berühmten Mannes gewesen, nun hoffte er, bald selbst prominent zu sein. Für Nils ging gerade ein Traum in Erfüllung.

Auf dem Foto sah er so glücklich und gelöst aus wie schon seit Langem nicht mehr – Aschenputtel auf dem Weg zum Ball. Ich fragte mich, ob ich ihm womöglich Unrecht getan hatte. Vielleicht war Nils tatsächlich frisch verliebt. Vielleicht hatte er in Mathias endlich wieder einen Partner gefunden, den er respektierte und dem er vertrauen konnte – und der darüber hinaus auch seine materiellen Wünsche erfüllte.

Meine Zweifel erhielten jedoch neue Nahrung, als ich Nils ein paar Wochen später am Set besuchte. Die Dreharbeiten fanden in einem Luxuskaufhaus im Ostteil Münchens statt, das seine Waren in „Showrooms“ präsentierte und seine Kunden vermutlich nur nach Voranmeldung empfing. Einige der ausgestellten Stücke sahen tatsächlich edel aus und machten sich vor den gold- und silbergeprägten Tapeten ausgesprochen gut, der Rest firmierte eher unter „Mafia-Schick“. In der Episode, die an diesem Tag gedreht wurde, ging es darum, dass Mathias sein Schlafzimmer neu einrichten wollte, um seine gescheiterte Beziehung endgültig hinter sich zu lassen und einen Neuanfang zu wagen. Sein neuer Freund Nils war mit von der Partie und durfte seinen Senf dazugeben. Immerhin war es auch sein Bett, das Mathias aussuchte.

Die Soap lebte von Mathias’ flamboyantem Charakter, seinem Witz und einem guten Schuss Selbstironie. Wie immer trug er einen grell gemusterten Anzug und seine rosa Sonnenbrille und inszenierte sich als schwierigen Künstler, dessen Ansprüche hoch und dessen Kritik vernichtend war. Gleichzeitig schaffte er es aber auch, sich tollpatschig anzustellen, und lachte dann am lautesten über seine Missgeschicke. Neben jemandem wie ihm war es für jeden schwer zu bestehen. Obwohl Nils seine Sache nicht schlecht machte, wirkte er wie eine Kopie von Mathias, wie ein Echo seines Auftretens.

Mit seiner neuen Rolle erhielt Nils auch einen anderen Look: Er trug enge schwarze Hochwasser-Jeans, rote Hosenträger und ein knallgrünes Hemd, das farblich zu den Schuhen im Leopardendesign passte. Er sah aus wie Kermit der Frosch.

„Ist es nicht aufregend?", fragte er mich.

„Total", erwiderte ich und versuchte, nicht laut zu gähnen.

Dreharbeiten, fand ich sehr schnell heraus, waren stinklangweilig. Die meiste Zeit über saß man tatenlos herum und wartete, dass Scheinwerfer aufgestellt oder Dinge hin- und hergetragen wurden, dann rief einer, dass es losginge, woraufhin hektische Betriebsamkeit einsetzte, gefolgt von konzentrierter Ruhe, wenn die Kamera gestartet wurde. Ein paar Minuten lang wurde gedreht, dann ging alles wieder von vorne los. Wenigstens gab es Snacks.

„Mathias ist ziemlich streng", sagte Nils mit gesenkter Stimme. „Er überlässt nichts dem Zufall."

So viel also zur Spontanität in einer Doku-Soap.

„Im Moment feilt er an einem Witz über das Ende seiner alten Beziehung. Irgendwie so was wie, dass sie das Bett mal beim Sex gecrasht haben und er die Erinnerung daran loswerden will. Das Geschäft hier sponsert ihm das ganze neue Schlafzimmer. Ist das nicht cool?"

„Nicht, dass sich ein erfolgreicher Designer wie er kein neues Bett leisten könnte."

Nils zog die Augenbrauen hoch. „Das ist doch auch Werbung für sie, eine Win-win-Situation, verstehst du? So läuft das eben in der Branche."

„Zwei Minuten!", schrie jemand aus dem Hintergrund.

Eine junge Frau unterbrach uns, weil sie Nils' Gesicht mit einem Schminkschwämmchen abtupfen musste. Nachdem sie damit fertig war, zupfte sie noch seine Haare zurecht und verschwand wieder.

„Siehst du den Mann mit Bart dahinten? Das ist Björn, einer der Redakteure", sagte Nils. „Wenn ich bei den Tests gut ankomme, wird entschieden, ob ich ganz dabeibleiben darf. Also, drück mir die Daumen."

Ich war verwirrt, weil ich geglaubt hatte, dass seine Teilnahme inzwischen beschlossene Sache wäre. Hatte er nicht einen Vertrag unterschrieben? Anscheinend war alles doch etwas komplizierter, als ich angenommen hatte. Unwillkürlich fragte ich mich, was wäre, wenn die Produzenten sich gegen Nils entscheiden würden. Würde Mathias dann mit ihm Schluss machen? Ich beschloss, Nils besser nicht danach zu fragen.

„Wenn ich zwei, drei Staffeln durchhalte, kann ich meine eigene Marke aufbauen“, sagte er aufgeregt. „Vielleicht helfen sie mir, meinen eigenen Salon zu eröffnen. Ich könnte mir vorstellen, dass man damit etliche Folgen füllen kann, meinst du nicht auch?“

„Ich weiß nicht, ich dachte, in der Show geht es vor allem um Mathias?“

„Ja, ja … Ist auch nur so eine Idee.“ Nils grinste zufrieden. „Ich hab's echt geschafft, was? Wer hätte das gedacht? Na ja, ein blindes Huhn findet halt auch mal zum rettenden Ufer.“

„Wer ist denn die Frau dort?“

Nils folgte meinem Blick. Mathias saß etwas abseits vom Trubel in einer Ecke und aß einen Obstsalat. Um den Hals hatte er sich eine riesige Serviette gebunden, um seinen Anzug nicht zu bekleckern. Dicht neben ihm hatte sich eine aparte Frau Ende vierzig niedergelassen, die einen unauffälligen grauen Hosenanzug trug. Sie steckten die Köpfe zusammen, plauderten und lachten, als wären sie völlig allein auf der Welt. Mathias, von dem sonst immer eine nervöse Unruhe ausging, wirkte mit einem Mal verändert und trotz seines schrillen Outfits seltsam farblos und durchschnittlich. Es war, als hätte er sein Licht ausgeschaltet.

„Ach, das ist Tanja. Sie leitet Mathias' Label und produziert auch die Show“, antwortete Nils. „Die beiden arbeiten schon seit dreißig Jahren zusammen. Hast du den Kuchen probiert? Der Hammer, sag ich dir, dabei darf ich ja nichts Süßes mehr essen. Auf dem Bildschirm siehst du nämlich zehn Kilo schwerer aus, wie wir Medienprofis wissen.“

Das hatte ich schon des Öfteren von Michi gehört, der aus diesem Grund permanent auf Diät war. Als hätte er unsere Blicke gespürt, sah in diesem Augenblick Mathias zu uns herüber. Er sagte etwas zu Tanja, dann erhob er sich und kam auf uns zu.

„Bist du so weit, Liebling?", flötete er, jetzt wieder ganz der kapriziöse Designer, und küsste Nils auf den Mund. Anschließend drehte er sich zu mir um und schenkte mir ein fröhliches Lächeln. „Hallo, Sandro, wie schön, dass du uns mal besuchst."

„Danke, dass ich hier sein darf", sagte ich und schüttelte seine Hand. „Und ich bin Andy."

„Natüüürlich bist du das, Darling. Ach, ich weiß gerade gar nicht, wo mir der Kopf steht." Mathias lächelte in die Runde. „Mädels, können wir dann weitermachen? Ich hab meine Zeit auch nicht gestohlen."

Nils sprang sofort auf und stellte sich an seine Seite. Mathias gab ihm einen spielerischen Klaps auf den Hintern. Die beiden kicherten wie die Schulmädchen und küssten sich erneut. Für heute hatte ich genug gesehen. Als ich mich verabschiedete, lud ich Mathias und Nils zum Essen zu uns nach Hause ein, damit wir uns besser kennenlernen konnten. Zuerst sah Mathias mich an, als wüsste er nicht, wovon ich sprach, dann riss er die Augen auf und strahlte mich an.

„Das wäre entzückend, mein Lieber. Vielen Dank, wir kommen natürlich gerne. Nils macht dann was aus, ja? Ciao, Sandro …"

Er tänzelte davon, bevor ich ihn korrigieren konnte.

„Nils scheint wirklich glücklich zu sein", sagte ich am Abend zu Robert, als wir im Bad standen und uns fürs Bett fertig machten. „Geradezu unanständig glücklich, und ich freue mich für ihn – auch wenn ihm sein Ruhm vermutlich zu Kopf steigen und er sich in eine Diva verwandeln wird."

„Wird?", fragte Robert, während er seine Zähne mit Zahnseide reinigte.

„Dennoch ... So recht weiß ich immer noch nicht, was ich von dieser Beziehung halten soll. Irgendwie geht das alles zu schnell, findest du nicht?"

„Na ja, wo die Liebe hinfällt …"

„Ja, aber welcher frisch Verliebte macht seine neue Beziehung gleich öffentlich? Und lässt seinen Freund einen Vertrag für einen Auftritt in seiner Fernsehsendung unterschreiben?" Ich spuckte die Zahnpasta aus. „Würde man da nicht vorsichtiger sein und erst mal abwarten, wie sich alles entwickelt?"

„Bei den Promis läuft alles eben ein bisschen anders."

Als ich ins Schlafzimmer kam, sah ich, dass ich eine Textnachricht bekommen hatte. Siggi brauchte dringend Hilfe. Ich rief sie sofort zurück. Nachdem ich sie beruhigt und ihr versichert hatte, dass wir uns unverzüglich auf den Weg machen würden, legte ich auf und zog mich wieder an. Robert, der aus dem Bad kam, sah mich fragend an.

„Wir müssen zu Siggi“, sagte ich. „Es ist dringend.“

„Wieso? Wurde sie schon wieder ‚entführt‘?“

Die romantischste Entführung der Welt

Zweieinhalb Wochen zuvor: Am Wochenende nach dem CSD wurde ich wieder zum Babysitten einbestellt. Als ich an Siggis Tür klingelte, öffnete mir zu meiner Überraschung Basti.

„Sie ist noch im Bad", sagte er und trat beiseite, um mich reinzulassen. „Willst du was trinken?"

Wir gingen ins Wohnzimmer, wo Aurora in einer Ecke saß und friedlich mit ihren Bauklötzen spielte. Basti setzte sich auf die Couch, nahm sein Handy vom Tisch und legte die Beine hoch. Dass Basti sich benahm, als wäre er hier zu Hause, wirkte befremdlich und unangemessen, aber ich sagte nichts dazu. Stattdessen ging ich zu meiner Patentochter und hockte mich neben sie auf den Boden, um mit ihr zu spielen.

„Wie lange kennt ihr euch eigentlich schon?", fragte Basti, ohne vom Bildschirm aufzusehen.

„Ach, schon ewig. Wir haben früher zusammen bei Hugendubel gearbeitet."

„Lief da mal was zwischen euch?"

War das sein Ernst? Warum fragte er nicht Siggi danach? Oder hatte er das bereits getan und glaubte ihren Antworten nicht?

„Ich bin schwul", sagte ich einsilbig.

Jetzt blickte er wenigstens auf und starrte mich ein paar Sekunden lang an. Er grinste. „Ich schätze, das soll wohl Nein heißen, was?"

Sein Lachen klang dunkel und rau. War er auch früher schon so ein Arsch gewesen? Die Zeit war nicht gnädig mit ihm umgegangen. Als wir uns vor einer guten Woche gesehen hatten, war es dunkel gewesen, und ich hatte regelrecht die Flucht vor ihm ergriffen, so dass keine Gelegenheit gewesen war, ihn näher zu betrachten. In der Jugend gertenschlank und durchtrainiert, hatte er Fett angesetzt, und seine blasse, sommersprossige Haut neigte zur Faltenbildung. Er sah deutlich älter aus als vierzig, und insgeheim erfüllte mich das mit Genugtuung. Nur in seinen Augen lag noch das alte Feuer, das mich früher fasziniert hatte.

„Komm mal her, ich will dir was zeigen", sagte er und klopfte auf den freien Sitz neben sich.

Sein Kommandoton gefiel mir nicht, aber ich tat ihm den Gefallen. Er hielt mir sein Handy hin, auf dem das Foto eines kleinen Häuschens zu sehen war, das sich idyllisch in einen blühenden Garten schmiegte.

„Mein Ferienhaus in Tirol", sagte er stolz, „letztes Jahr gekauft."

Wurde das jetzt eine Mein-Haus-mein-Auto-mein-Boot-Nummer? Ich ging nicht weiter darauf ein, murmelte ein paar Worte der Anerkennung und gab ihm das Telefon zurück.

„Was willst du eigentlich von Siggi?", fragte ich ihn. „Du weißt, dass sie einen Mann hat? Auroras Vater?"

Basti winkte ab. „Der ist so gut wie Geschichte."

Seine Überheblichkeit kotzte mich an, und der Brustton der Überzeugung, in dem er sprach, verblüffte mich.

„Warum Siggi? Ist es, weil sie gerade so verletzlich ist? Zieht dich das an? Stehst du auf schwache, hilflose Frauen?"

Basti beugte sich etwas vor und flüsterte: „Es ist ihr Arsch."

„Was?"

„Ich steh auf gewaltige Ärsche", sagte Basti und grinste mich an. „Und Siggi hat den perfekten Zwiebelarsch – so gigantisch, dass er mich zum Weinen bringt."

Er lachte und schlug mir auf den Schenkel. Ich konnte kaum glauben, dass es einmal eine Zeit gegeben hatte, in der ich mich körperlich zu ihm hingezogen fühlte. In diesem Moment öffnete sich die Tür zum Bad, und Siggi gesellte sich zu uns.

„Du bist schon da", begrüßte sie mich. „Worüber lacht ihr?"

„Ach, wir haben nur über alte Zeiten geredet, was, Andy?"

Basti stand auf und ging zu Siggi, um ihr einen Kuss auf die Wange zu geben und ein Kompliment zu ihrem Aussehen zu machen. Sein Tonfall wurde samtiger, sein Blick weicher. Im Umgang mit Frauen war er eindeutig geübt, und es machte mich fassungslos zu sehen, wie Siggi auf seine Masche hereinfiel. Sie kicherte wie ein junges Mädchen. Basti legte seine Hand auf Siggis Rücken, und einen verrückten Moment lang glaubte ich, er würde versuchen, ihren BH zu öffnen.

„Was findest du nur an ihm?", fragte ich Siggi zwei Tage später, als wir telefonierten.

„Ich weiß auch nicht …" Siggi dachte kurz nach. „Er ist nett und zuvorkommend, fast schon überfürsorglich. Auf den ersten

Blick der perfekte Gentleman, der dir aus der Jacke hilft, dir den Stuhl heranzieht und solche Dinge, aber dann … wird es zu viel. Als wir essen waren, gab es einen Moment, da hatte ich fast Angst, er würde mich füttern. Ich glaube, er ist in mich verliebt."

„Basti?", fragte ich entsetzt.

„Ist das so abwegig?" Siggi nahm das sofort persönlich.

„Nein, so war das nicht … Aber Basti … Der Mann ist ein Neandertaler."

„Ich glaube, er empfindet wirklich was für mich. Ich weiß auch nicht, woher das kommt, wir kennen uns ja kaum, aber … Er ist so intensiv, verstehst du, und irgendwie macht mir das Angst."

Ich sagte ihr, dass Basti davon überzeugt war, sie würde für ihn Marvin verlassen, was sie lustig fand. Basti war eine Ablenkung für sie, ein intensiver Flirt, um sich begehrt und interessant zu fühlen, „wieder ganz als Frau", wie sie sagte. Damenhaft, wie Siggi sich bisweilen benahm, sprach sie nie über die wahre Natur ihrer Probleme, aber ich glaubte, dass die Ursachen dafür weniger in der Küche als vielmehr im Schlafzimmer zu suchen waren.

„Vor allem ist er so laut", sagte sie, „und seine Lache ist furchtbar. Basti klingt wie ein gruseliger Weihnachtsmann."

„Und Marvin?"

„Marvin hat eine wunderbare Lache." Siggi stieß einen tiefen Seufzer aus. „Wir nähern uns vorsichtig wieder an, okay? Ich meine, er ist immerhin Auroras Vater und meine große Liebe, da sollte es doch möglich sein, unsere Differenzen zu überwinden, oder?"

Das klang schon deutlich besser als noch vor einem Monat, als sie ihren Mann verlassen hatte, und ich war optimistisch, dass die zwei bald wieder zusammenfinden würden. Aurora brauchte außerdem ihren Vater.

Siggi hatte beschlossen, nicht mehr mit Basti auszugehen, und versuchte ihm schonend beizubringen, dass sie nicht an einer Beziehung interessiert war, sondern zu Marvin zurückkehren würde. Leider war Basti kein Mann, der ein Nein als Antwort akzeptierte. Im Gegenteil, Widerstände schienen ihn erst recht zu beflügeln.

Anfang August saßen Robert und ich eines Abends bei einem Glas Wein über unseren Büchern und gingen die Aufträge der kommenden Wochen durch. Draußen war es noch warm, auch wenn die brütende Hitze des Tages inzwischen nachgelassen hatte. Die Sonne war vor wenigen Minuten untergegangen und hatte der blauen Stunde Platz gemacht, die perfekte Zeit für einen Cocktail und einen Flirt – oder Lohnabrechnungen und Steuerbescheide.

„Wir haben heute eine Anfrage wegen eines neuen Jobs bekommen“, sagte Robert und schenkte uns Rotwein nach. „In Amerika.“

Ich sah auf. „Du meinst, die Anfrage kam aus den USA?“

Er schüttelte den Kopf. „Ich meine, dass wir als Personenschützer jemanden auf eine Amerikareise begleiten sollen. Du errätst nie, wer es ist.“

Robert liebte es, mich mit geheimnisvollen Andeutungen auf die Folter zu spannen. Bevor er mir jedoch Näheres erzählen konnte, gab mein Handy neben mir auf dem Tisch einen Signalton von sich. Siggi hatte mir geschrieben.

„Werde entführt!“, las ich laut vor.

„Ist das ein Scherz?“, fragte Robert. „Oder so eine Art Covfefe, das die Autokorrektur ausnahmsweise mal in was Sinnvolles verwandelt hat?“

„Sie hat ein Ausrufezeichen gemacht, also wird es wohl echt sein.“

„Frag sie, ob sie betrunken ist.“

Ich tippte die Nachricht ein, verschickte sie und bekam wenige Sekunden später die Antwort: „Nein!!! Sind im Englischen Garten. Hilfe!!!“

„Welche Emojis hat sie benutzt?“

Siggi war berüchtigt für ihren hemmungslosen Einsatz von Emojis. Sie benutzte sogar welche, von denen ich weder wusste, dass es sie gab, noch, was sie bedeuteten. Die Abwesenheit jeglicher Piktogramme konnte nur heißen, dass sie es tatsächlich ernst meinte. Aber wer sollte Siggi entführen? Und welcher Entführer ließ zu, dass sie live davon berichtete? Noch dazu aus dem Englischen Garten, der nicht gerade der abgelegene, einsame Platz war, an dem man sein Opfer versteckte.

Wir machten uns sofort auf den Weg, und ich fragte Siggi von unterwegs, wo wir sie finden konnten. Ihre Antwort war wenig hilfreich: „Bei dem Baum.“

Am Englischen Garten angekommen, machten Robert und ich uns getrennt auf die Suche nach ihr. Immerhin hatte sie den Bereich weiter eingrenzen können, indem sie uns schrieb, sie könne den „Tempel“ sehen. Sie meinte damit den Monopteros im Süden, von dem aus man den schönsten Blick auf den Park hatte.

Ich lief am Schwabinger Bach entlang, auf dessen Wiesen trotz vorgerückter Stunde noch eine Menge Menschen lagerten, Bier tranken, Musik hörten und grillten. Siggi hatte geschrieben, dass sie unter einem Baum mit vielen Lichtern saß, was die Suche etwas vereinfachte. Nach einer Viertelstunde, in der ich hilflos umhergeirrt war, entdeckte ich sie endlich: Etwas abseits vom Bach befand sich eine Buche, in deren untere Äste jemand Lichterketten gehängt hatte, so dass sie einen funkelnden Vorhang bildeten. Davor saßen Siggi und Basti auf einer karierten Picknickdecke. Vor ihnen standen zahlreiche Schüsseln und Teller mit Bruschetta, Hummus, Oliven und anderen Leckereien sowie ein großer silberner Kübel mit Sekt- und Weinflaschen. Mit der schlafenden Aurora im Arm sah Siggi aus wie eine traurige Madonna, und auch Basti wirkte missmutig und angestrengt. Wenn das eine Entführung war, war es die romantischste Entführung der Welt.

„Andy!“ Als Siggi mich sah, stand sie sofort auf und kam auf mich zu.

„Was willst du denn hier?“ Basti starrte mich finster an. „Keiner hat dich eingeladen, Kumpel.“

„Ich bin nur hier, um Siggi abzuholen“, sagte ich so beiläufig wie möglich. Ich war mir immer noch nicht sicher, was hier gespielt wurde.

„Wir sind aber noch nicht fertig.“ Das klang schon bedrohlicher.

„Doch, seid ihr – Kumpel“, erwiderte ich mit meiner männlichsten Stimme.

Basti kam schwerfällig auf die Beine; er war stark betrunken, was ihn gefährlich wirken ließ.

„Ich wusste nicht, was ich tun sollte“, sagte Siggi besorgt. „Er hat gesagt, wenn ich nicht mitkomme, werde ich es bereuen.“

„Ich habe gesagt, du wirst es bereuen, wenn du einen tollen Abend verpasst“, höhnte Basti und kam näher. „Ich konnte ja nicht ahnen, dass du gleich deinen Lover anrufst.“

Das Wort „Lover“ spie er geradezu aus. Ich ging nicht darauf ein.

„Lass uns gehen“, sagte ich zu Siggi.

„Moment!“

Basti packte Siggis Arm und hielt sie fest. Sein Griff war so fest, dass seine Knöchel weiß wurden und Siggi vor Schmerz aufstöhnte. Aurora begann, unruhig zu werden und sich zu bewegen. Siggi versuchte, sich von Basti zu befreien, schaffte es aber nicht. Ich ging auf ihn zu und stieß ihn ein Stück zurück. Er ließ Siggi abrupt los, woraufhin sie stolperte, sich aber sofort wieder fing und dann in Richtung des Bachs lief. Basti wollte ihr nachsetzen, aber ich blockierte ihm den Weg. Wir stießen grob zusammen. Er schlug nach mir und versuchte, mich zur Seite zu schieben, woraufhin ich mich gegen ihn stemmte. Im nächsten Moment hatte er seine Arme um mich geschlungen und rang mich zu Boden.

Sein Körper fühlte sich massig und verschwitzt an. Wir rollten auf dem unebenen Grund hin und her, bis er mich endlich freigab. Plötzlich stürzte er sich auf mich. Basti war zu betrunken, um koordiniert zuschlagen zu können, und ich war alles andere als ein Kämpfer. Vermutlich sahen wir völlig lächerlich aus, es war die Travestie einer Prügelei, die mich an die Rangeleien unserer Jugend erinnerte, nur gab es diesmal keinen sexuellen Unterton.

Plötzlich ergoss sich ein Schwall eiskalten Wassers über uns, der uns schnaubend auseinanderstieben ließ. Wir sahen uns verwirrt um. Über uns stand eine junge Frau mit langem, braunem Haar und einem zu einem perfekten O geformten Mund. Sie hielt den leeren Getränkekühler in der Hand und trug ein T-Shirt, auf dem eine Putte mit Pfeil und Bogen aufgedruckt war.

„Gibt es Probleme?“, fragte eine autoritäre Polizistenstimme hinter uns. Robert hatte uns endlich gefunden.

„Nein“, sagte ich und rappelte mich auf. „Das Ganze war nur ein Missverständnis.“

„Dann wurde Siggi gar nicht entführt?“

„Entführt?“ Die junge Frau wirkte verwirrt. „Hat sie das gesagt?“

„Wer sind Sie überhaupt?“, fragte ich.

„Mein Name ist Fee Meerfeldt“, sagte sie und brachte sogar ein schwaches Lächeln zuwege. „Ich bin von der *Amor-Agentur*.“

Es stellte sich heraus, dass Basti die *Amor-Agentur* damit beauftragt hatte, ein romantisches Rendezvous mit Siggi zu organisieren. Anscheinend verdiente die junge Frau ihren Lebensunterhalt damit, Menschen in Liebesdingen unter die Arme zu greifen: Sie schrieb Liebesbriefe, arrangierte ausgefallene Heiratsanträge und sorgte ganz allgemein für mehr Romantik im Leben. Es gab sicherlich schlechtere Wege, sein Geld zu verdienen.

„Das tut mir sehr leid“, sagte sie, nachdem wir sie darüber aufgeklärt hatten, dass Siggi nicht ganz freiwillig hier war. „Wenn sie nur was gesagt hätte, als wir die beiden mit der Limousine abgeholt haben. Ich konnte ja nicht ahnen …“

Ich seufzte. Wie immer hatte Siggi mit ihrem Hang zur Melodramatik hemmungslos übertrieben und damit eine peinliche Situation in ein verdammtes Chaos verwandelt. Ich sah zu Basti, der immer noch auf dem Boden lag, in Embryonalstellung zusammengekauert und wimmernd. Er wirkte so einsam und hilflos, dass ich Mitleid mit ihm hatte.

„Es tut mir leid, das Ganze war dumm von mir“, sagte Siggi, als wir zusammen durch den Park zu unserem Auto gingen. Aurora hatte von der ganzen Aufregung zum Glück nichts mitgekommen und schlief weiterhin tief und fest. „Basti war schon betrunken, als er vor meiner Tür stand, und er hat mich total überrumpelt. Ich dachte, es ist einfacher, ihm nachzugeben, als eine Szene zu machen. Natürlich weiß ich, dass es keine richtige Entführung war, aber ich hatte Angst, ihr kommt sonst nicht und holt mich ab.“

„Du brauchst dich nicht zu entschuldigen“, sagte ich versöhnlich.

„Sollen wir dich zu Marvin bringen?“, fragte Robert und hielt Siggi die Autotür auf. „Oder willst du heute Nacht bei uns schlafen?“

Siggi schüttelte den Kopf. „Wenn ich zu Marvin zurückkehre, dann bestimmt nicht, weil ich Angst vor einem anderen Mann habe.“

Auf der Heimfahrt versuchten wir noch einmal, sie zu überreden, wenigstens ein paar Tage lang wieder in unser Gästezimmer zu ziehen, aber Siggi blieb stur. Sie war davon überzeugt, dass Basti sie von nun an in Ruhe lassen würde. Ich war mir da nicht so sicher, schließlich kannte ich ihn schon etwas länger, wollte sie aber nicht ängstigen. Stattdessen fuhr ich am nächsten Morgen zu seiner Arbeitsstelle und tat etwas ausgesprochen Dämliches.

Basti arbeitete im lokalen Büro eines großen Versicherungskonzerns, das im Erdgeschoss eines modernen Bürokomplexes untergebracht war. Die Einrichtung erinnerte mich entfernt an eine Bankfiliale, nur dass es keine Schalter gab, sondern eine Menge Schreibtische und eine gemütliche Sitzecke, in der Kunden empfangen werden konnten. Neben Basti arbeitete noch ein Dutzend weiterer Männer und Frauen hier, und ich spazierte einfach hinein und ging direkt zu seinem Schreibtisch.

Als er mich endlich bemerkte, stand ich schon fast vor ihm. Er trug einen Anzug, dessen Hemd etwas am Bauch spannte, und riss vor Erstaunen den Mund auf.

„Lass meine Freundin in Ruhe", sagte ich laut genug, dass mich die meisten seiner Kollegen verstehen konnten. Um meinen Worten mehr Nachdruck zu verleihen, hatte ich meine coolste Sonnenbrille aufgesetzt und stützte ich mich mit beiden Fäusten auf dem Schreibtisch ab. „Du rufst sie nicht mehr an, du stehst nicht mehr ungebeten vor ihrer Tür, und du lädst sie vor allem nicht mehr zu irgendwelchen mitternächtlichen Picknicks ein. Verstanden?"

Basti nickte, völlig verdattert von meinem Auftritt, und sah sich nervös um. Alle seine Kollegen starrten uns an. Im Raum war es totenstill, nur ein Telefon klingelte leise im Hintergrund. Ich hatte gesagt, weswegen ich gekommen war, drehte mich schwungvoll um und stapfte hinaus. Wegen der Sonnenbrille wäre ich beinahe über den Teppich gestolpert.

Ich weiß bis heute nicht, was mich geritten hat, einen solchen Auftritt hinzulegen. Vielleicht war es die Hitze, die meine Emotionen zum Kochen gebracht hatte. Oder es war der alberne Versuch, mir meine Männlichkeit zu beweisen, nachdem ich bei unserer Prügelei am Tag zuvor so jämmerlich versagt hatte. Vielleicht war Siggi auch nicht die Einzige mit einem Hang zur Theatralik. Als ich wieder ins Sonnenlicht trat, fühlte ich mich jedoch unbeschreiblich gut, stark und voller Tatendrang. Ich konnte nicht wissen, dass ich es mit meinem Auftritt nur schlimmer gemacht hatte.

Zwei Wochen lang herrschte Ruhe. Ich rief täglich bei Siggi an, um zu hören, dass es ihr gut ging, und sie versicherte mir, dass Basti sie nicht mehr belästigte. Alles änderte sich jedoch an jenem Tag, an dem ich Nils am Set besucht hatte und abends beim Zubettgehen eine Nachricht von Siggi bekam. Robert und ich zogen uns sofort an und fuhren zu ihr.

Siggi war verängstigt. Als wir die Wohnung ihrer Mutter betraten, hatte sie Aurora auf dem Arm und lief nervös auf und ab. Das Kind war völlig übermüdet, quengelte und weinte ein bisschen. Sie versuchte, sie zu beruhigen, übertrug aber vermutlich nur ihre eigenen Ängste auf ihre Tochter. Ich nahm ihr das Kind ab und legte es auf Siggis Bett, da sie Auroras Reisebettchen bereits auseinandergenommen hatte. Im Flur standen etliche halb gepackte Taschen, Koffer und Kartons mit ihren Habseligkeiten, und sie lief aufgeregt hin und her, um die letzten Sachen zusammenzusuchen.

„Ich muss hier raus“, sagte Siggi. „Kann ich eine Nacht bei euch bleiben? Morgen fahre ich dann nach Hause.“

„Du kehrst zu Marvin zurück?“, fragte ich.

„Ja, wir haben uns ausgesprochen, und es wird Zeit … Außerdem wollte ich nicht in der Zeitung stehen als die Frau, die sich wegen eines Hamburgers scheiden lässt.“

„Das ist großartig. Warum fährst du nicht gleich nach Hause?“

Siggi druckste etwas herum. Es stellte sich heraus, dass sie Marvin nichts von Basti erzählt hatte, zumindest nichts von seinen hartnäckigen Bemühungen, ihr Herz zu gewinnen.

„Es war mir peinlich, und ich wollte nicht, dass Marvin auf falsche Gedanken kommt“, gestand sie und stopfte ihren prall gefüllten Kulturbeutel in eine Reisetasche. „Außerdem hat es ja nichts bedeutet. Aber wenn ich jetzt mitten in der Nacht und völlig durch den Wind bei ihm vor der Tür stehe, fragt er sich doch, was los ist.“

„Was ist denn passiert?“, fragte Robert. „Ich dachte, Basti lässt dich inzwischen in Ruhe?“

„Dachte ich ja auch, aber seit gestern … Ständig klingelt mein Handy, die Nummer ist unterdrückt, und wenn ich rangehe, meldet sich niemand. Aber das ist er, das weiß ich. Außerdem beobachtet er mich seit ein paar Tagen.“

„Er beobachtet dich?“ Ich runzelte die Stirn. „Davon hast du mir nichts erzählt.“

„Zuerst dachte ich, es ist Zufall, dass ich ihm jedes Mal über den Weg laufe, wenn ich die Wohnung verlasse. Ich meine, er ist schließlich mein Nachbar. Aber als ich gestern mit Aurora beim Kinderarzt war, ist er mir gefolgt. Er macht das nicht einmal besonders geschickt, er steht einfach auf der anderen Straßenseite und starrt mich an. Voll gruselig!“

„Vielleicht sollten wir noch mal mit ihm reden …“, meinte Robert und sah zu mir.

„Ich hab ihm schon gesagt, dass es vorbei ist“, ereiferte sich Siggi. Sie verschwand im Wohnzimmer, um einige Kleidungsstücke von einem Wäscheständer abzunehmen. „Ich bin direkt zu ihm rübergegangen, hab mich vor ihn hingestellt und ihm gesagt, dass ich ihn nicht wiedersehen will.“

„Du solltest zur Polizei gehen“, schlug Robert vor. „Stalking ist immerhin strafbar.“

„Ach, ich will ihm keinen Ärger machen … Außerdem ist das auch irgendwie süß, dass er so von mir besessen ist.“ Sie faltete Auroras Lätzchen zusammen und legte sie auf einen säuberlichen Stapel. „Ich will nur so schnell wie möglich von hier weg.“

„Und was ist, wenn er dich findet? Wenn er bei dir zu Hause auftaucht?“, fragte ich sie.

„Wenn ich erst mal weg bin, wird er sich schon wieder beruhigen.“ Siggi nahm die Wäsche und trug sie in den Flur, wo sie sie in einen geöffneten Koffer voller Kleidung legte.

Nachdem sie alles eingepackt und zuletzt noch den Kühlschrank geleert hatte, trugen wir ihre Sachen so leise wie möglich nach unten ins Auto. Jedes Mal, wenn wir an Bastis Wohnungstür vorbeikamen, beschlich mich das ungute Gefühl, dass er dahinter lauerte und uns beobachtete. Endlich hatten wir alles verstaut, und Siggi quetschte sich, die schlafende Aurora auf dem Arm, auf den überfüllten Rücksitz.

Wir packten das meiste gar nicht erst aus, sondern fuhren Siggi gleich am nächsten Morgen nach Unterschleißheim. Marvin erwartete uns vor der Tür. Aurora lief sofort zu ihrem Vater, der das Mädchen hochhob und lachend herumwirbelte. Dann gab er Siggi einen schüchternen Kuss und nickte uns zur Begrüßung zu. Ich hoffte, das Drama würde hier sein Happy End finden.

Mit Siggi wieder im trauten Schoß der Familie, geriet die Angelegenheit langsam aus meinem Fokus. Basti würde irgendwann schon akzeptieren, dass seine Gefühle nicht erwidert wurden, und ich hatte Besseres zu tun, als mir seinetwegen den Kopf zu zerbrechen. Robert hatte den Auftrag, von dem er mir am Abend von Siggis „Entführung" erzählen wollte, inzwischen angenommen, und wir mussten eine Menge Vorbereitungen treffen.

Es ging um den Personenschutz für eine bekannte deutsche Popsängerin, die von ihrem durchgeknallten amerikanischen Ex-Freund bedroht wurde und nun ausgerechnet in Louisiana ihr neues Musikvideo drehen wollte. Meiner Meinung nach war das Ganze ein durchsichtiger PR-Coup, um dem Fräulein ein paar zusätzliche Schlagzeilen zu verschaffen. Die Klatschblätter liebten bekanntlich nicht nur Tiana, sondern vor allem ihr permanentes Drama.

Tiana war der Shootingstar der deutschen Musikszene, seit sie 2015 einen Sommerhit mit *Second Hand Life* gelandet hatte, einem nervigen Popsong mit Ohrwurmcharakter, der rauf und runter in den Clubs gespielt wurde. Ein Kritiker bezeichnete ihre Musik als „missing link zwischen Pink und Helene Fischer", was tatsächlich als Kompliment gemeint war.

Tiana hieß mit bürgerlichem Namen Christiana Schürmann. Ihre Hippie-Eltern hatten Anfang der Neunziger in der Freistadt Christiania in Kopenhagen gelebt, in der ihre Tochter angeblich auch gezeugt worden war, und hatten sie nach ihr benennen wollen. Doch das deutsche Standesamt machte ihnen einen Strich durch die Rechnung und aus Christiania eine simple Christiana. Tiana ließ keine Gelegenheit aus, jedes noch so intime Detail ihres Privatlebens in der Öffentlichkeit breitzutreten und ihre Fans auf Facebook, Twitter und Instagram mit ihren Eskapaden in Atem zu halten. Die Leute liebten sie: die Frauen für ihre Offenheit und die Unerschrockenheit, die Dinge – schlechten Sex, sexuelle Belästigung und Menstruationsbeschwerden – beim Namen zu nennen, die Männer natürlich aus denselben Gründen und nicht etwa, weil sie große Brüste und ein hübsches Gesicht hatte.

Die Sängerin etablierte sich schnell als Enfant terrible der deutschen Popmusik. Sie lieferte sich ein Twitterduell mit Bushido, das ihr eine Menge Anerkennung seitens der Feministinnen einbrachte. Eine Weile wurde sie als Geliebte von Til Schweiger gehandelt und sorgte für einen Skandal, als ein privates Sexvideo geleakt wurde, über das die BILD-Zeitung sich künstlich aufregte und das Tiana schlussendlich selbst vermarktete. Das Ganze war zwar nicht originell, aber was Paris Hilton schon 2005 genutzt hat, konnte einer Tiana wohl kaum ernsthaft schaden. Den Entschluss, mit dem Sexvideo selbst Geld zu verdienen, begründete sie mit den Worten: „Weil ich verdammt gut bin im Bett!" Wer ihr Partner in dem Video war, blieb allerdings ein Geheimnis, das sie nie lüftete und das für eine Menge weiterer Spekulationen sorgte. Böse Zungen behaupteten, sie hätte das Ganze von Anfang an geplant.

Eine Zeitlang konnte sie nichts falsch machen, doch dann wurden immer mehr negative Details publik. Die Sängerin galt als zickig, launisch und notorisch unpünktlich. Einmal ließ sie ihre Fans über eine Stunde warten, um dann das Konzert nach nur einer halben Stunde abzubrechen. Fast schien es, dass ihr Stern schneller wieder sinken würde, als er aufgegangen war. Dann aber machte Tiana öffentlich, dass sie unter Endometriose litt, einer schmerzhaften, chronischen Erkrankung der Gebärmutterschleimhaut, die relativ selten und schwer zu diagnostizieren ist. Innerhalb weniger Wochen avancierte sie zum nationalen Gesicht der Endometriose-Betroffenen und zu deren Schutzheiliger, so wie Lady Gaga für die Fibromyalgie-Geplagten. Eine schmerzhafte chronische Erkrankung war zudem die perfekte Entschuldigung für ihre Allüren.

Nachdem sie sich einige Monate lang zu einer Therapie in die USA zurückgezogen hatte, kehrte sie zurück, um ein zweites Album anzukündigen und ihren neuen Freund vorzustellen. Stuart Moore war Ende zwanzig, sah unglaublich gut aus und machte sich seit Jahren einen Namen in Hollywood. Zumindest wurde das in der Presse behauptet. Wenn man sich näher informierte, erfuhr man, dass der bisherige Höhepunkt seiner Karriere ein Auftritt als Paramedic # 2 in einem Film mit Nicolas Cage war. Vielleicht erhoffte er sich als offizieller Begleiter einer bekannten Sängerin ja einen Durchbruch in Deutschland, vielleicht liebte er es auch einfach nur, im Blitzlichtgewitter über einen roten Teppich zu stolzieren.

Es wurde eine stürmische Beziehung, die den Boulevardblättern mehr Auflagen bescherte als das britische Königshaus seit dem Tod Prinzessin Dianas. Eine Weile schaute ihnen die Öffentlichkeit fasziniert beim Turteln zu, bei einem freizügigen Ausflug mit einer Luxusjacht auf dem Starnberger See oder einem Besuch im Tattoo-Studio, wo sie sich ihre Initialen auf die Pobacken stechen ließen. Schließlich erlahmte das Interesse an „Stuana", um von Schwangerschaftsgerüchten wieder neu entfacht zu werden. Darauf folgten Spekulationen über Seitensprünge und schließlich eine hässliche Trennung. Tiana warf Stuart häusliche Gewalt und Alkoholmissbrauch vor, woraufhin er sie beschuldigte, *ihn* geschlagen zu haben. Niemand schenkte ihm Glauben, schon gar nicht, seit er Andreas Bourani ein blaues Auge verpasst hatte, weil er ihn irrtümlich für Tianas neuen Freund hielt.

Fast zur selben Zeit erschien ihr neuer Song *Just Saint*, in dem sie sich wie einst Madonna sowohl als Heilige als auch als Hure inszenieren ließ. Das dazugehörige Album hieß *Oringa*, was wie ein ulkiger Gesellschaftstanz aus den Fünfzigern oder ein Sommercocktail klang, tatsächlich aber der Name einer Heiligen war. Oringa Menabuoi war besser bekannt unter dem Namen Beata Cristiana da Santa Croce und eine mittelalterliche Wunderheilerin und Ordensgründerin, mit der sich Tiana offenbar identifizierte. Das kam bei ihren Fans überraschend gut an. Um ihren Märtyrerstatus weiter auszuschlachten, erhob sie neue Vorwürfe gegen Stuart Moore und erwirkte ein Kontaktverbot, weil er sie angeblich stalkte. An diesem Punkt kamen wir ins Spiel.

Die Plattenfirma bereitete gerade die Dreharbeiten zum Video für die nächste Single vor, die im September in Louisiana stattfinden sollten, und heuerte uns als Bodyguards an, um Tiana vor ihrem gewalttätigen Ex-Freund zu beschützen. Keiner von uns glaubte daran, dass es ernsthafte Schwierigkeiten geben würde, aber wir wurden gut bezahlt und reisten kostenlos in die USA. Neben Robert und Philip war auch unsere Mitarbeiterin Floh dabei, die Tiana als Frau an Orte begleiten konnte, an denen selbst ein schwuler Bodyguard nicht gern gesehen war.

Was lag daher näher, als das Angenehme mit dem Nützlichen zu verbinden? Im Anschluss an die Dreharbeiten, die auf einer Plantage außerhalb von New Orleans stattfanden, würden wir eine zweiwöchige Rundreise durch die Südstaaten unternehmen. Ich würde eine Woche nach den anderen in die USA fliegen, und sobald Tiana, Philip und Floh im Flugzeug zurück nach Deutschland saßen, würden Robert und ich nach Florida aufbrechen. Nach ein paar Tagen in Orlando, um ein, zwei Freizeitparks zu besuchen, würden wir weiter nach Georgia, Alabama, Mississippi und wieder nach Louisiana fahren, bevor wir zurück nach München flogen. Das ließ mir jetzt noch rund vier Wochen, um die Hotels zu buchen und alles zu planen.

Aber wie heißt es so schön: „Der beste Plan, ob Maus, ob Mann, geht oftmals ganz daneben."

Ein neuer Gast im Herzschmerz-Hotel

Während ich Reiseführer wälzte, Routen zu den interessantesten Sehenswürdigkeiten erstellte und mir Hotelbewertungen im Internet durchlas, verfolgte Nils eifrig seine Karriere als Doku-Soap-Star. Ich hatte meine Einladung an Mathias und ihn erneuert, und wir einigten uns schließlich auf den ersten Sonntag im September. Robert schlug vor zu grillen. Es war immer noch heiß, aber die Hitze war nicht mehr so drückend wie in den Wochen zuvor, so dass es ein angenehmer Tag dafür werden würde.

Am Samstag kaufte ich genug Fleisch für eine ganze Kompanie ein, wohl wissend, dass der Duft unweigerlich Momo und Wally anlocken würde. Dazu wollte ich einige Salate sowie einen Apfelkuchen zum Nachtisch vorbereiten. Als ich aus der Metzgerei kam, sah ich Basti: Er stand auf der anderen Straßenseite und beobachtete mich.

Schon kurz zuvor auf dem Markt hatte ich das unangenehme Gefühl gehabt, angestarrt zu werden. Wenn ich mich umsah, konnte ich in dem Gedränge jedoch niemanden erkennen und hielt es für ein Hirngespinst. Nun aber war er deutlich zu sehen, und ich war mir sicher, dass es keine zufällige Begegnung war. Als er bemerkte, dass ich ihn entdeckt hatte, wich er schnell in einen Hauseingang zurück. Siggi hatte recht, als Verfolger war der Kerl eine Niete.

Was sollte ich tun, ihn zur Rede stellen oder einfach ignorieren? Ich entschied mich für Letztes und setzte meinen Weg fort, nicht ohne jedoch immer wieder einen Blick über meine Schulter zu werfen. Tatsächlich folgte er mir und tauchte überall auf, wo ich vorbeikam. Langsam wurde mir die Sache unheimlich. Am Stachus betrat ich ein Kaufhaus, das an einem Samstag natürlich voller geschäftiger Menschen war, und versuchte ihn abzuhängen. In der Herrenabteilung gab ich vor, mir einige Hemden anzusehen, und wartete, bis Basti auftauchte. Er hielt genügend Abstand, um nicht zu sehr aufzufallen und mich weiter im Blick zu behalten, wusste aber vermutlich, dass ich ihn entdeckt hatte. Ich schlenderte zwanglos weiter, bog um eine Ecke und lief dann so schnell wie möglich los. Nach einigen Metern stoppte ich, zwängte mich zwischen einem Kleiderständer und einer Säule durch und versteckte mich.

Als ich sicher sein konnte, dass er verschwunden war, kam ich aus meinem Versteck und verließ das Gebäude. Ich wartete noch eine Weile, sah mich nach allen Seiten um, konnte Basti aber nirgendwo entdecken. Nach ein paar Minuten, die mir endlos erschienen, beschloss ich, nach Hause zu fahren.

„War das von Anfang an dein Plan?", fragte Basti unvermittelt hinter meinem Rücken, als ich gerade die Haustür aufsperrte. Ich zuckte vor Schreck zusammen und ließ meinen Schlüssel fallen. Wie hatte ich nur so dumm sein können anzunehmen, dass er meine Adresse nicht kannte?

„Mein Gott, was stimmt nicht mit dir?" Ich schrie ihn beinahe an und musste kurz innehalten, um mich wieder zu beruhigen. „Basti, lass es doch endlich gut sein. Siggi will nichts von dir."

„Das hast du ihr eingeredet. Zwischen uns lief es toll, wir hatten so viel Spaß – bis du kamst und alles kaputt gemacht hast. Du hast sie systematisch gegen mich aufgehetzt."

„Ich habe sie nur beschützt."

„Vor mir? Aber ich liebe sie ..." Einen Moment lang sah es so aus, als würde er in Tränen ausbrechen. Er tat mir leid, aber gleichzeitig fragte ich mich, ob aus ihm nur gekränkte Eitelkeit und verschmähte Liebe sprachen oder ob er ein ernstes psychisches Problem hatte. „Warum tust du das? Willst du sie für dich allein haben, ist es das? Bist du in sie verliebt?"

„Ich bin schwul, schon vergessen?"

Er lachte höhnisch. „Na und? Heutzutage hält sich doch jeder für ein bisschen queer, das ist gerade die große Mode."

„Nein, ich bin nicht in Siggi verliebt", sagte ich mit Nachdruck. „Sie ist verheiratet. Ihr Mann und sie hatten ein paar Probleme, aber nun ist alles wieder in Ordnung, und sie ist zu ihm zurückgekehrt. Akzeptiere das endlich!"

Basti starrte mich aus geröteten Augen an. Etwas an ihm machte mir ein wenig Angst. Schließlich nickte er und ließ den Kopf hängen, und ich atmete erleichtert auf. Anscheinend sah er allmählich ein, dass es wirklich vorbei war.

„Gratuliere", sagte er leise. Er hob in einer Geste der Hilflosigkeit die Arme und ließ sie wieder sinken, während er langsam rückwärtsging und mich dabei ansah. „Du hast es geschafft, du hast unsere Liebe zerstört. Du hast alles zerstört. Aber das eine verspreche ich dir: Das wird dir noch leidtun."

Damit drehte er sich um und ging. Ich sah ihm noch ein paar Sekunden lang hinterher, dann schloss ich die Tür auf und ging hinein. Mir war plötzlich ganz kalt.

„Es war die Art, wie er das gesagt hat, die mich mehr beunruhigt hat als die Drohung an sich", sagte ich zu Robert, als ich am Abend das Geschirr in die Spülmaschine stellte. Wir hatten gerade gegessen und räumten gemeinsam die Küche auf.

„Was willst du dagegen tun?"

Ich dachte darüber nach. Was *konnte* ich denn tun? Basti hatte mich weder angegriffen noch konkret bedroht. Er war wütend und verletzt und verhielt sich irrational, aber war er auch gefährlich?

„Gar nichts", sagte ich schließlich. „Er wird sich schon wieder beruhigen. Hunde, die bellen, beißen bekanntlich nicht."

Robert nickte. Er wischte die Reste des Putzmittels von der Herdoberfläche und rieb sie trocken. Ich schloss die Tür der Spülmaschine, stellte ein Programm ein und drückte gerade auf Start, als es an der Tür klingelte. Wir sahen uns an. Konnte das Basti sein, der seine unbestimmte Drohung in die Tat umsetzen wollte? In diesem Moment war ich froh, dass Robert seit zwei Jahren Kampfsportunterricht nahm.

Während er zur Tür ging, um nach unserem späten Besucher zu sehen, schenkte ich uns zwei Gläser Wein ein und trug sie ins Wohnzimmer. Zehn Minuten später war Robert immer noch nicht zurück, dafür hörte ich leise Stimmen aus dem Flur. Neugierig ging ich nachsehen.

Es war Philip. Schon auf den ersten Blick war mir klar, dass etwas passiert sein musste. Er wirkte aufgewühlt und hatte gerötete Augen, als hätte er geweint. Als er mich entdeckte, drehte er sich halb zur Seite, als wäre es ihm peinlich, dass ich ihn so sah.

„Ist alles in Ordnung?", fragte ich.

„Philip bleibt heute über Nacht hier", antwortete Robert. „Ich bezieh ihm das Bett im Gästezimmer."

Ich zog mich zurück, setzte mich auf die Couch und griff nach dem Buch, das ich gerade las, konnte mich aber nicht richtig konzentrieren. Schließlich gab ich auf und zappte eine Weile durch das Fernsehprogramm. Nach einer halben Stunde kam Robert zurück und ließ sich neben mich fallen. Ich sah ihn fragend an.

„Philip hat Michi verlassen", sagte er und trank einen Schluck Wein. „Die beiden hatten wieder mal einen furchtbaren Streit, und jetzt ist alles aus."

Es tat mir leid, das zu hören, aber ich war nicht überrascht. Zwischen den beiden kriselte es schon seit Langem, was keinem ihrer Freunde verborgen geblieben war. Philip zog so viel Aufmerksamkeit von beiden Geschlechtern auf sich, dass es für jeden Partner schwer sein musste, damit umzugehen. Wenn jemand jedoch so eifersüchtig war wie Michi, war es geradezu unmöglich. Philip flirtete gern, das lag in seiner Natur und verschaffte ihm in Kombination mit seinem unverschämt guten Aussehen eine Menge Vorteile. Und er war es bald leid, sich ständig anhören zu müssen, dass er mit seinem Verhalten ihre Beziehung sabotierte. Schließlich hatte er nichts weiter getan, als nett zu sein, was sein Freund natürlich ganz anders sah.

Hinzu kam, dass Philip seinen Eltern immer noch nichts von seinem Freund erzählt hatte. Es war seine erste schwule Beziehung, und obwohl seine Eltern von seiner Bisexualität wussten, fürchtete er sich vor ihrer Reaktion. Richtig kompliziert wurde es aber erst, als er sich entscheiden musste, welche Fachrichtung er als Arzt einschlagen sollte. Da seine Eltern hofften, er würde eines Tages ihre Frauenarztpraxis übernehmen, war das eine Entscheidung, die seine gesamte Zukunft beeinflusste. Robert hatte mir verraten, dass Philip sich mit der Wahl schwertat, und sogar mir war aufgefallen, dass er in letzter Zeit stiller und missmutiger wirkte als gewöhnlich.

„Glaubst du, das renkt sich wieder ein zwischen den beiden?"

Robert zuckte mit den Schultern. „Wer weiß? Ich hab ihm erst mal angeboten, eine Weile bei uns zu bleiben. Ich hoffe, das ist dir recht?"

Was sollte ich schon dagegen einwenden? Unser Herzschmerz-Hotel hatte einen neuen Gast.

Pünktlich um zwölf am nächsten Tag klingelten Nils und Mathias an der Tür.

„Ich liebe eure Wohnung“, sagte der Designer mit vor Begeisterung schriller Stimme und blickte sich prüfend um. Selbst im Haus trug er noch immer seine rosa Sonnenbrille. „Die Aussicht ist ja absolut der Hammer!“

Ich war mir zuerst nicht ganz sicher, ob er die Skyline von München meinte oder Philip, der sich nach dem Frühstück in Badehose auf eine Liege geworfen hatte und in der Sonne brutzeln ließ. Während Nils in der Tat kaum den Blick von Philips appetitlichem Körper wenden konnte, ignorierte Mathias den jungen Mann jedoch und trat an die Brüstung, um die Aussicht zu genießen.

„Sandro, ich bin begeistert“, sagte Mathias. „Es ist absolut perfekt.“

„Äh, danke …“ Überschwängliche Komplimente verunsicherten mich immer ein wenig. Und war es zu viel verlangt, dass er sich endlich meinen Name merkte?

„Sollen wir's ihnen gleich erzählen, mein Liebling?“, fragte Mathias Nils und streckte die Hand nach ihm aus. Nils ging zu ihm, schmiegte sich an ihn und nickte aufgeregt. Er wirkte wie ein Kind kurz vor der Bescherung am Heiligabend. Mathias räusperte sich. „Also schön: Nils hat mir so von eurer Wohnung vorgeschwärmt, dass ich ganz neugierig geworden bin. Und nachdem ich gesehen habe, wie entzückend sie ist … Was haltet ihr davon, wenn wir hier unsere Party zur Verlobung abhalten?“

„Verlobung?“, fragte ich verdattert. „Du meinst, du und Nils …?“

Mein bester Freund grinste wie ein Honigkuchenpferd. Mathias sah mich neugierig an. Ich kam mir vor wie in einem bizarren Traum.

„Ist das nicht absolut mega?“ Nils gab Mathias einen zarten Kuss und legte seinen Kopf auf dessen Schulter. „Und es kommt natürlich alles im Fernsehen.“

„Ach … Im Fernsehen?“ Ich sah zu Robert, der genauso überfordert wirkte wie ich.

„Es wird absolut keine große Sache, nur ein paar Leute, höchstens dreißig, versprochen, und vielleicht kann ich Heidi Klum überreden vorbeizuschauen. Ihr müsst euch um gar nichts kümmern, das erledigt alles die Produktion. Das Ganze soll das Finale unseres Weihnachtsspecials werden, das wir Ende Oktober,

Anfang November drehen." Mathias lächelte breit. „Sagt jetzt nichts, ihr Süßen, lasst es euch einfach nur durch den Kopf gehen, ja?"

„Absolut", sagte ich. Dann fiel mir ein, was diese Ankündigung bedeutete, und ich gratulierte den beiden zu ihrer Entscheidung. Nils wirkte wahnsinnig aufgeregt und konnte mir kaum in die Augen sehen. Mathias blieb jedoch ziemlich gelassen. Robert fiel ein, dass wir schon seit Ewigkeiten eine Flasche Champagner im Kühlschrank hatten, die genau das Richtige war, um auf diesen besonderen Moment anzustoßen.

„Hach, zu einem Gläschen Schampus sag ich doch niemals Nein", säuselte Mathias und kicherte.

„Wie ist es denn zu dieser Entscheidung gekommen?", fragte ich und stellte vorsichtig das Tablett mit den Gläsern ab. Während ich den Champagner holte, hatte ich wenigstens Zeit gehabt, meine Überraschung zu verarbeiten. „Ich meine, so plötzlich …"

„Na ja, er hat mich gefragt, und ich hab Ja gesagt", meinte Nils und kippte die Hälfte seines Glases herunter. „So einfach war das, Sandro."

„Ich weiß, wir kennen uns ja noch nicht so lange, aber ich habe schnell gemerkt, dass ich ohne meinen kleinen Liebling nicht mehr sein möchte … Und ist er nicht einfach nur zum Anbeißen?" Mathias tätschelte Nils' Wange, dann nahm er sein Gesicht in beide Hände und drückte ihm einen Schmatzer auf die Lippen.

„Ach, jetzt hör schon auf", sagte Nils mit einem Anflug von Verlegenheit. „Nein, hör nicht auf … Mehr davon."

„Außerdem … In der Redaktion sind alle von Nils absolut begeistert, und in den Tests kam er wahnsinnig gut an. Natürlich müssen wir noch die Ratings abwarten, wenn wir übernächste Woche wieder auf Sendung gehen, aber wir haben alle ein gutes Gefühl …" Mathias sah liebevoll zu Nils. „Ein absolut gutes Gefühl."

Wir stießen an, dann zog ich Robert, unter dem Vorwand, dass wir uns ums Essen kümmern mussten, beiseite.

„Ich bin mir nicht sicher, was ich davon halten soll", flüsterte ich.

„Ja, geht mir auch so."

„Ist das real? Ich meine, ist Nils wirklich verliebt oder will er nur ins Fernsehen?“

Robert zuckte mit den Schultern. „Es ist Nils. Keiner weiß, was in seinem Kopf vorgeht. Manchmal glaube ich, nicht einmal er selbst.“

Wir sahen zu Nils, der in einer Ecke des Sofas saß und auf sein Handy starrte. Direkt neben ihm hatte Mathias Platz genommen, der ebenfalls damit beschäftigt war, Nachrichten zu lesen und zu beantworten. Was immer Nils vor mir verheimlichte, ich würde es schon herausfinden.

Während Robert sich um den Grill kümmerte, ging ich in die Küche, um das Essen zu holen. Philip hatte sich inzwischen Shorts und ein T-Shirt übergezogen und ging mir zur Hand, war aber so gedankenverloren, dass ich ihm alles mehrmals sagen musste.

„'tschuldige, ich stehe heute neben mir.“

„Kein Problem“, sagte ich und reichte ihm die Salatschüssel. „Und falls du mal reden willst …“

Er lächelte dankbar. Wir wussten beide, dass er in diesem Fall zu Robert gehen würde.

Wie ich vermutet hatte, wurden Momo und Wally von den Grillschwaden angezogen und gesellten sich ungebeten zu uns. Bald war unsere Terrasse von Gelächter und lautem Geschwätz erfüllt. Wally lachte über Nils, der von seinen Erfahrungen am Set berichtete, und Momo und Philip sprachen vom Kite-Surfen, das beide einmal ausprobieren wollten. Ich sah in ihre Gesichter, die im Glanz der Nachmittagssonne golden schimmerten, und beneidete sie ein wenig um ihre Jugend und all die Möglichkeiten, die die Zukunft für sie noch bereithielt. Der Champagner machte mich eindeutig melancholisch.

Der Einzige, der abwesend wirkte, war Mathias, der mehr Zeit mit seinem Handy verbrachte als mit uns. Robert und ich versuchten immer wieder, ihn in ein Gespräch zu verwickeln, scheiterten aber an seinen einsilbigen Antworten. Wenn er sprach, dann von seiner Sendung, welche Episoden bereits abgedreht waren und wie viel Arbeit noch vor ihnen lag. Wir alle spielen in der Gesellschaft anderer eine Rolle, aber aus seiner wurde ich nicht ganz schlau. In einem Moment war er der exaltierte, überschwule Designer, den man aus dem Fernsehen kannte, im nächsten wirkte er abweisend und distanziert.

Um sechzehn Uhr verließen uns Nils und sein frisch gebackener Verlobter. Als ich sie zur Tür brachte und Nils umarmte, flüsterte ich ihm ins Ohr, dass wir uns dringend unterhalten mussten. Wie schon den ganzen Nachmittag über konnte er mir nicht in die Augen sehen.

Es war klar, dass Nils etwas vor mir verheimlichte, und ich würde nicht lockerlassen, bis ich herausgefunden hatte, was es war.

Zwei Tage später rief ich ihn an und verabredete mich mit ihm auf einen Kaffee. Nils half gerade im nahegelegenen Friseursalon eines Freundes aus, und wir trafen uns auf halbem Weg in einem gerade angesagten Café, das in einem ehemaligen Tante-Emma-Laden untergebracht war.

Das hintere Drittel wurde von einer uralten Theke aus Nussbaumholz dominiert, und auf einer antiken Anrichte dahinter standen chromblitzende Kaffeemaschinen. Die Regale, auf denen früher Konserven und andere Lebensmittel aufgestapelt gewesen waren, beherbergten nun prall gefüllte Packungen mit Kaffeebohnen. Das Café arbeitete mit einer Mikrorösterei in München zusammen und war vor allem bei Hipstern sehr beliebt. Die Einrichtung bestand aus dem üblichen Flohmarktzeug, das im Moment chic war: wenige ausgemusterte Tische und Stühle, die nicht zusammenpassten, Decken aus fair gehandelter Baumwolle und Sitzkissen, die von einem Behindertenkollektiv gefilzt worden waren. Die Kaffeebecher zum Mitnehmen stammten natürlich aus recycelbarem Material. Alles war hübsch und gefällig, umweltpolitisch korrekt und ein wenig angestrengt. So wie München inzwischen auch. Aber sie machten verdammt guten Kaffee, und die selbstgebackenen Kuchen waren auch nicht zu verachten.

Weil alle Plätze besetzt waren, stellten Nils und ich uns an den Stehtisch am Fenster, während wir auf unsere Bestellung warteten.

„Ich hab nicht viel Zeit“, sagte Nils kurz angebunden, „im Salon ist die Hölle los.“

Er wirkte nervös, und ich hatte nicht vor, es ihm leichtzumachen.

„Ihr habt euch also verlobt?“

Er strahlte mich an, aber es wirkte gekünstelt. „Ist das nicht wunderbar?“

„Hör auf, mich zu verarschen“, sagte ich grimmig. „Den Mist kannst du vielleicht anderen erzählen, aber nicht mir. Also, was ist los?“

„Das kann ich dir nicht sagen.“

„Vor drei Monaten noch hast du mir erzählt, dass du keineswegs so bescheuert sein würdest, überhaupt zu heiraten, und jetzt hast du dich mit einem Mann verlobt, den du kaum kennst. Ich will wissen, warum.“

„Was soll ich sagen? Wenn du erst mal den Richtigen ...“

„Blödsinn!“

Nils wand sich wie ein Schuljunge beim Direktor. „Andy, bitte ...“

„Ist es wegen dieser Show? Ich kann ja verstehen, dass du mit Mathias schläfst, um ein kleines bisschen von seinem Ruhm abzukriegen, aber das ...“ Ich machte eine Handbewegung, die seine Verlobung und sämtliche ungelösten Rätsel des Universums mit einschloss. „Das verstehe ich beim besten Willen nicht. Du kannst diesen Mann unmöglich heiraten!“

„Wir heiraten ja auch gar nicht“, platzte es auf einmal aus Nils heraus.

„Was?“

„Das ist nur für die Sendung, um es ein bisschen ... interessanter zu machen. Die große Überraschung am Ende der Staffel, damit die Leute was zum Reden haben und nächstes Jahr wieder einschalten. So wie seine Trennung im letzten Jahr.“

„Ihr tut also nur so, als wärt ihr verlobt?“

Nils nickte und sah sich um, als erwartete er, von einem Fernsehredakteur mit Schlapphut und Regenmantel observiert zu werden. „Das bringt eine Menge Publicity. Und wenn die Quoten gut sind, bleiben wir noch eine Weile ... verlobt.“

„Aber das ist ein Schwindel.“

„Quatsch!“ Nils schüttelte heftig den Kopf. „Das ist Fernsehen.“

Ich dachte darüber nach. Vielleicht hatte er sogar recht. Niemand erwartete, dass die Ereignisse, die sich bei *Triumph der Liebe* zutrugen, real waren. Warum sollte es bei einer Reality-Show anders sein? Der Unterschied war nur, dass bei dem einen Format alle wussten, dass hier Schauspieler agierten, während das andere seinen Zuschauern vorgaukelte, dass alles so real war, wie der Name schon sagte: echte Detektive, die nach Vermissten suchten; Hausfrauen, die mit anderen die Plätze tauschten; Mütter, die ihre Kinder vernachlässigten; oder Singles, die nach der großen Liebe suchten. Sie erweckten den Anschein von Authentizität, dabei waren sie genauso fiktiv wie die Figuren in den klassischen Seifenopern.

„Also ist das alles fake?", fragte ich ihn und beschloss, einen Schuss ins Blaue zu wagen: „Auch deine Beziehung mit Mathias?"

Nils starrte mich eine Weile unsicher an, dann nickte er fast unmerklich.

„Ich wusste es!"

„Nicht so laut", zischte er. „Ja, es ist fake, aber das darfst du niemandem erzählen, hörst du? Du musst es mir versprechen."

In diesem Moment stellte sich jemand zu uns an den Tisch, und wir unterbrachen unsere Unterhaltung. Der Mann war Mitte bis Ende dreißig, einer der typischen Hipster mit viel zu stark gegeltem Haar, das über den Ohren superkurz geschnitten war, und einem Vollbart, der überraschend sinnliche Lippen umrahmte.

„Entschuldigt", sagte er und stellte seinen Becher ab. „Ich bin gleich verschwunden."

„Kein Problem", murmelte ich.

„Mann, die brauchen heute mal wieder ewig für unseren Kaffee", sagte Nils und lächelte den Fremden an. „Hast du lange gewartet?"

„Fünfzehn Minuten! Ich hoffe, das Gebräu ist den ganzen Hype auch wert."

Der Hipster schüttete ein Päckchen Zucker in seinen Kaffee und fummelte dann eine Weile an der Folie auf dem kleinen Milchdöschen herum. Als er es endlich aufbekam, passierte ihm ein Missgeschick: Der Inhalt spritzte heraus – und traf Nils mitten im Gesicht.

„Hoppla! Tut mir wahnsinnig leid." Der Mann wurde rot und musste gleichzeitig lachen. Winzige Fältchen umspielten seine braunen Augen.

„Schon gut", sagte Nils ebenfalls lachend. „Das war nicht das erste Mal, dass mir jemand seine Sahne ins Gesicht gespritzt hat."

Oh, mein Gott, hatte er das gerade wirklich gesagt?

Ich wäre vor Scham am liebsten im Boden versunken, und auch der Hipster war einen Moment lang perplex, dann brach er in schallendes Gelächter aus.

Nils grinste. „Mir gefällt deine Tasche."

Ich folgte seinem Blick. Bisher hatte ich die Umhängetasche, die mit dem britischen Union Jack verziert war, nicht einmal bemerkt.

„Und ich könnte sterben für deine Schuhe", sagte der Hipster.

Die beiden flirteten so hemmungslos miteinander, dass ich praktisch unsichtbar wurde. Nachdem sie noch ein paar Komplimente ausgetauscht hatten, entschuldigte sich Nils jedoch abrupt und verschwand auf der Toilette. Sein Verhalten war völlig untypisch und rätselhaft. Hoffte er möglicherweise, dass der Fremde ihm folgte? Der Hipster sah ihm nach und schien ratlos zu sein. Dann fiel sein Blick auf mich.

„Tut mir leid, dass ich euch gestört habe", sagte er, nahm seinen Kaffeebecher und wandte sich zum Gehen.

„Wie gefällt dir mein Freund?", hörte ich mich unvermittelt fragen.

Der Hipster drehte sich um. „Oh, ich wollte nicht ..."

„Keine Angst", sagte ich, „wir sind nicht zusammen."

„Ist er Single?"

„Ja", antwortete ich sofort. „Willst du seine Telefonnummer?"

Ich suchte sie aus meiner Kontaktliste heraus, und Mirko, wie er sich vorstellte, tippte sie gleich in sein Smartphone ein. Dann wünschte er mir noch einen schönen Tag und machte sich wieder auf den Weg.

„Die Bestellung für Nils und Sandro?", rief der Barista hinter der Theke. „Nils und Sandro?"

Nils kam gerade noch rechtzeitig zurück, um meinen angesäuerten Gesichtsausdruck zu sehen. Wir schnappten uns unsere Getränke und verließen den lauten, überfüllten Laden. Mein Freund musste zurück in den Salon, und ich begleitete ihn. Es war immer noch recht heiß, aber die Sonne stand bereits tiefer als noch vor einigen Wochen. Langsam wurde es Herbst. Die Kastanien auf dem Bürgersteig verloren bereits die ersten Blätter.

„Warum bist du gerade abgehauen?", fragte ich, um die Inquisition fortzusetzen. In seiner Geschichte gab es noch zu viele

Lücken und Ungereimtheiten. „Der Typ war süß und stand auf dich."

„Ja, ich weiß." Nils klang deprimiert. „Das ist eben der Preis des Ruhms …"

„Ich hab keine Ahnung, wovon du redest. Du hast doch gesagt, deine Beziehung mit Mathias ist genauso fake wie eure Verlobung. Was hindert dich daran, dich mit anderen Männern zu treffen?"

„Mein Vertrag."

Ich sah ihn verständnislos an. Daraufhin stieß Nils einen tiefen Seufzer aus und erzählte mir alles von Anfang an. Als er Mathias im *Parkcafé* auf die Herrentoilette gefolgt war, geschah das tatsächlich in der Absicht, ihn zu verführen. Er war betrunken, neidisch auf das neue Glück seines Ex-Freundes und erhoffte sich im besten Fall eine Beziehung zu einem reichen und berühmten Mann. Im schlimmsten Fall hätte er miesen Sex auf einer Toilette. Nils hatte schon weitaus fragwürdigere Entscheidungen getroffen.

Zu seiner Überraschung ging Mathias nicht auf seine Avancen ein. Zurückweisung war ein Konzept, mit dem Nils in letzter Zeit nur allzu oft hatte Erfahrungen sammeln müssen, und im ersten Moment fühlte er sich gedemütigt und ernüchtert. Mathias war nett und versuchte, ihn aufzumuntern, indem er ihm sagte, dass er ein „absolut süßer Kerl" sei und was Besseres verdient habe als bedeutungslosen Sex auf einer Toilette.

„Und da fiel mir der Fisch von den Augen", sagte Nils. „Mathias ist gar nicht schwul."

„Was?" Ich blieb überrascht stehen. Mathias war der schwulste Mann, dem ich je begegnet war, alles an ihm schrie „überkandidelte Tunte". Und dennoch …

Nils hatte ein untrügliches Schwulenradar. Als wir früher noch zusammen ausgegangen waren, war es frustrierend gewesen zu sehen, mit welcher Leichtigkeit er herausfand, wer in unserem Team spielte und wer nicht. In den Zeiten von *Grindr* war es allerdings eine Fähigkeit, die für Schwule nicht mehr lebensnotwendig zu sein schien.

Als Mathias das erste Mal im Fernsehen aufgetreten war, um in einem Shoppingkanal seine neueste Kollektion anzupreisen, hatte ihm ein Producer geraten, sich ein „angeschwultes Image" zuzulegen, weil die eifrigsten Konsumenten aus der weiblichen Zielgruppe kamen und davon überzeugt waren, dass alle Modedesigner vom anderen Ufer wären. Von Natur aus mit einer starken femininen Seite ausgestattet, brauchte Mathias diese nur ein wenig zu übertreiben und auf einige gängige Klischees in Sprachduktus und Gestik zurückzugreifen, um einen überzeugenden Auftritt hinzulegen. Da er zudem witzig und schlagfertig war, kam er gut an. Und der Rest ergab sich von selbst. Irgendwann merkte er zwar, dass er aus der Nummer nicht mehr herauskam, ohne dabei seine gesamte wirtschaftliche Existenz zu gefährden, aber zu diesem Zeitpunkt war es bereits zu spät.

So begann die überschwule Mode-Ikone und Fernsehpersönlichkeit Mathias Stern langsam das Leben des privaten Mathias Stern zu übernehmen, bis am Ende nicht mehr viel von ihm übrigblieb. Bis zu einem gewissen Grad war das tragisch – wenn es nicht so ungeheuer verlogen gewesen wäre. „Erinnerst du dich an Tanja, Mathias' Produzentin?", fragte Nils. „Sie sind schon seit über zwanzig Jahren verheiratet."

„Ich weiß gar nicht, was ich dazu sagen soll." Wir waren inzwischen an dem Salon angelangt, in dem Nils von Zeit zu Zeit aushalf. „Und wie hast du es in seine Show geschafft?"

„Na ja, zuerst hat er natürlich alles geleugnet", sagte Nils und schien tatsächlich etwas verlegen zu sein. „Aber dann kam Michi rein, und ich sagte Mathias, dass wir gute Freunde sind und er mir bestimmt glauben würde, wenn ..."

„Du hast ihn erpresst!"

„Erpresst? Das ist aber ein hartes Wort. Ich habe ihn nur um einen kleinen Gefallen gebeten."

„Und gedroht, ihn auffliegen zu lassen, wenn er ihn dir nicht erfüllt. Das nennt man Erpressung, Nils."

Er gab sich zerknirscht. „Ich wollte ja nur einen einzigen Auftritt. Fünf Minuten Ruhm, um damit angeben zu können. Aber dann meinte Tanja, dass sie einen neuen Freund für Mathias suchen, und jetzt ..."

„Bist du mit ihm verlobt", brachte ich sein Dilemma auf den Punkt, „zumindest im Fernsehen."

„Und permanent auf Diät. Kein Zucker, keine Kohlenhydrate, für einen Teller Spaghetti würde ich meine Mutter töten ... Mann, jetzt versteh ich endlich, wie beschissen dein Leben sein muss. Als ich die ersten Szenen auf dem Monitor gesehen habe, sah ich ja *so* fett aus."

„Na, schönen Dank auch, Miss Piggy."

„Aber weißt du, was das Allerschlimmste ist?", fragte Nils und gab seinem Kollegen durch die Scheibe ein Zeichen, dass er jetzt käme. „Ich hatte seit einem Monat keinen Sex mehr."

„Wieso das?"

„Weil ich einen Vertrag unterschrieben habe, in dem steht, dass ich mich mit keinem anderen Mann außer Mathias in der Öffentlichkeit sehen lassen darf. Ich meine, sie können mir zwar keinen One-Night-Stand verbieten, aber irgendwie hab ich mich nicht getraut … Falls ich mich mit dem Falschen einlasse und alles rauskommt, werfen sie mich noch vor der Ausstrahlung raus. Ich hätte dir auch nichts von all dem erzählen dürfen …"

„Heißt das, ich hab dich jetzt in der Hand?" Ich grinste schadenfroh. „Nils, ich glaube, das war mein bester Nachmittag seit langer Zeit."

Fuchsjagd

Am Abend erzählte ich Robert von Nils' Enthüllungen, und er war so wütend, dass er Mathias am liebsten öffentlich bloßgestellt hätte.

„Du hast ja recht, der Kerl ist ein mieser Heuchler und Betrüger", sagte ich, „aber ist es nicht auch ein Zeichen von Normalität, wenn ein Hetero vorgibt, schwul zu sein, um beruflich voranzukommen, während es sonst genau andersrum ist?"

In Roberts Blick lag so viel Verachtung, dass ich das Thema nicht weiter vertiefen wollte. Als wir uns kennenlernten, hatte Robert mir einmal erzählt, dass er kein Problem damit hätte, einen schwulen Prominenten zu outen, weil nur so öffentliche Akzeptanz erreicht werden könnte. Er hatte sogar einen seiner Ex-Freunde vor dessen Chef geoutet, weil er das demütigende Versteckspiel nicht länger ertragen konnte. Fast bereute ich, ihm von Mathias' Geheimnis erzählt zu haben. Aber mich beschäftigte Nils' „geschäftliches" Arrangement so sehr, dass ich meine Gedanken wenigstens mit meinem engsten Verbündeten teilen musste.

Wegen der Reisevorbereitungen hatten wir jedoch keine Zeit, weiter darüber nachzudenken, zumal unsere Pläne in den folgenden Tagen teilweise wieder durchkreuzt wurden.

Nebenan war es seit Wallys Geburtstag im Juni ziemlich ruhig gewesen. Momos Familie kam Ende Juli zu Besuch, übernachtete zwar im Hotel, verbrachte tagsüber aber viel Zeit in seiner Wohnung. Ihre Stimmen schwebten abends von der Terrasse zu uns herüber, und ein oder zwei Mal begegnete mir eine verschleierte Frau im Fahrstuhl, von der ich nicht sagen konnte, ob es Momos Mutter oder seine Schwester war. Wally zog in diesen drei Wochen natürlich wieder zu uns und ging seinem Freund aus dem Weg. Falls ihn das Arrangement belastete, sprach er nicht darüber, und auch sonst blieb er erstaunlich wortkarg, wenn es um seine Beziehung ging.

Drei Tage nach unserem gemeinsamen Mittagsessen mit Nils und Mathias lud uns Momo überraschend zu einem Drink in seine Wohnung ein. Normalerweise war es genau umgekehrt, und die beiden spazierten bei uns herein, um unsere Bar zu plündern oder zu schauen, was es zu essen gab.

Als Wally uns empfing, strahlte er über das ganze Gesicht, verriet aber nichts, weil er uns die Überraschung nicht verderben wollte. Es wurde in der Tat eine Überraschung – für jeden von uns.

„Wir fliegen nach Florida!", brach es aus Wally heraus, kaum dass sein Freund uns allen einen Gin Tonic gemixt hatte.

„Ich habe eine Villa auf den Keys für uns gemietet", erklärte Momo und griff nach Wallys Hand. „Ein kleines Liebesnest …"

Wally juchzte geradezu. „Eine Woche Sonnenschein und Sex on the Beach – und damit meine ich nicht den Cocktail!"

„Das klingt traumhaft. Wann fliegt ihr denn?"

„In zwei Wochen." Momo trank einen Schluck und stellte dann sein Glas ab. „Ich weiß, das ist kurzfristig, aber ich hatte noch Urlaub übrig und … na ja, ihr habt mich auf die Idee gebracht."

„Dann seid ihr zur selben Zeit drüben wie wir", stellte Robert fest.

„Genau. Wollen wir zusammen Disney World unsicher machen?" Wally sah uns erwartungsvoll an. „Ich meine, zu viert macht es doch bestimmt viel mehr Spaß, und Momo steht nicht so auf Freizeitparks."

„Na ja, ich war als Kind schon so oft dort", erwiderte sein Freund und gab ihm einen flüchtigen Kuss auf den Mund. „Aber für dich ertrage ich sogar noch einmal *It's a Small World.*"

„Was ist das?", fragte ich.

Momo grinste mich an. „Die perfideste Art, Menschen zu quälen, seit der Erfindung der chinesischen Wasserfolter."

Ich wechselte einen Blick mit Robert. „Wir wollten am 27. September nach Disney World. Würde euch das passen?"

„Das wäre perfekt", antwortete Momo sofort. „Zwei Tage später fliege ich nach Hause."

„Ach, du fliegst nach Hause", witzelte Wally, „und was mache ich? Bleib ich in Amerika?"

Momo nahm sein Glas und leerte es in einem Zug. „Genau das hatte ich gerade vorschlagen wollen. Könnte Wally mit euch auf diese Rundreise gehen?"

Das kam überraschend, am meisten jedoch für Wally. Momo stand auf, um sich einen weiteren Gin Tonic einzuschenken.

Dann holte er tief Luft und erzählte uns, was ihn bereits seit einigen Wochen beschäftigte: Seine Zeit in München war vorüber.

„Mein Vater hat seine Kontakte spielen lassen und mir einen Job im Außenministerium verschafft. Anfang Oktober fange ich an."

„Und seit wann weißt du davon?", fragte Wally tonlos.

„Seit August. Mein Vater hat mich damit überrascht, als sie zu Besuch in München waren."

„Und warum sagst du mir nichts?"

„Ich sag's dir ja jetzt."

„Drei Wochen, bevor du München für immer verlässt?" Wally klang frustriert.

Momo starrte in sein Glas. „Ich wollte nicht … Und ich verlasse München ja nicht für immer. Außerdem sind es nur ein paar Stunden Flug von Abu Dhabi, ich könnte für ein verlängertes Wochenende kommen, oder du besuchst mich zu Hause …"

Weder Wally noch Momo schien so recht davon überzeugt zu sein, dass das funktionieren würde. Eine Fernbeziehung war immer problematisch, insbesondere wenn man in einer offenen Beziehung lebte und einen Partner hatte, der einer Versuchung nur selten widerstehen konnte. Darüber hinaus stand in den Vereinigten Arabischen Emiraten immer noch die Todesstrafe auf schwulen Sex, was einem jedes romantische Stelldichein in der Wüste verleiden konnte.

Wally hatte Tränen in den Augen. Vor einer Minute hatte er sich noch über die romantische Geste seines Geliebten gefreut, und nun stand er vor den Trümmern ihrer Beziehung.

„Ich dachte, du liebst mich", sagte er und wischte die Tränen trotzig fort. „Aber am Ende ist dir deine verfickte Karriere wichtiger als ich."

Momo ging auf ihn zu, um ihn in den Arm zu nehmen, aber Wally stieß ihn vehement zurück. Wally litt wie ein verwundetes Tier. Seit Ikarus ist wohl niemand mehr so schnell vom siebten Himmel auf den harten Boden der Tatsachen gestürzt. Wortlos drehte er sich um und verschwand im Schlafzimmer.

„Ich weiß, es ist viel verlangt", sagte Momo zu Robert und mir, „aber nehmt ihr ihn mit auf eure Reise? Ich komme natürlich für alle Kosten auf."

„Wir denken darüber nach", sagte ich nur. Momo nickte entschuldigend und folgte seinem Freund ins Schlafzimmer, während Robert und ich in unsere Wohnung zurückkehrten.

„Dieser arabische Dreckskerl", war alles, was Robert dazu sagte.

Mit der Raffinesse eines gewieften Diplomaten hatte Momo die Gelegenheit erkannt und verstanden, sie zu seinen Gunsten zu nutzen, wobei er mit der Skrupellosigkeit eines Despoten vorgegangen war. Momo brach Wally das Herz, machte sich feige aus dem Staub und überließ es uns, die Scherben zusammenzukehren. Die Aussicht, zwei Wochen mit einem liebeskranken Wally im Schlepptau zu verbringen, entsprach nicht gerade meiner Vorstellung von einem Erholungsurlaub, aber konnte ich Nein sagen? Auf diese Weise war wenigstens gewährleistet, dass Wally vor lauter Kummer keine Dummheiten machte.

An diesem Abend bekamen wir noch eine Menge Streit mit, unerbittliche Wortgefechte, die bis in unser Schlafzimmer drangen und schließlich mit lautstarkem Versöhnungssex endeten. Die nächsten Wochen waren ein einziges Auf und Ab der Gefühle, ein bisschen wie in einer italienischen Oper, und Robert und ich hatten Logenplätze bei diesem Spektakel.

Fast schien es, als wetteiferten Wally und Philip darin, wer im Moment deprimierter aussah. Es lief wohl auf ein Unentschieden hinaus. Von Robert wusste ich, dass Philip zum Start des neuen Semesters ein WG-Zimmer in Aussicht hatte, aber bis dahin würden noch einige Wochen vergehen.

Ich hatte alle Hände voll zu tun, in den Hotels unserer geplanten Route nach einem zusätzlichen Zimmer anzufragen, und musste mehrfach neue Unterkünfte buchen, weil keines mehr frei war. Dabei war es nicht einmal sicher, ob Wally überhaupt mitkommen wollte. Er war so verzweifelt, dass er alle paar Stunden damit drohte, den Urlaub abzublasen und in München zu bleiben.

„Du wirst mitfliegen", befahl ich. „Und wenn ich dich persönlich ins Flugzeug prügeln muss. Deinetwegen buche ich nicht noch einmal alles um."

„Na schön", schrie er, „aber ich werde keinen *Spaß* haben!"

Robert war damit beschäftigt, den Begleitschutz für Tiana zu planen, also brauchte ich mich bei ihm gar nicht erst zu beklagen. Er hätte mir ohnehin nicht zugehört, aber wofür hat man denn einen besten Freund? Dummerweise war Nils gerade nicht gut auf mich zu sprechen.

„Du hast einem Fremden meine Nummer gegeben!", empörte er sich, als wir uns am folgenden Wochenende zum Brunch trafen. Robert und Philip waren zu einem Aikido-Wettkampf nach Stuttgart gefahren, und ich hatte keine Lust, Momo und Wally den ganzen Tag lang beim Streiten zuzuhören.

„Ach, hat Mirko sich schon bei dir gemeldet?"

„Noch am selben Abend", sagte Nils und strich großzügig Butter auf sein Brötchen. „Oh, mein Gott, wie hab ich Butter vermisst! Und Kohlenhydrate! Ich kann dir gar nicht sagen, wie glücklich ich bin, dass wir endlich abgedreht haben."

„Ja, jetzt freust du dich darüber, aber wenn ihr das Weihnachtsspecial dreht, fängst du doch wieder an zu jammern, wie fett du geworden bist." Ich gebe zu, ich war ein wenig gehässig, aber jetzt konnte ich Nils all seine bissigen Kommentare zu meinen Diätbemühungen heimzahlen. Karma ist wirklich eine Bitch …

„Der Kerl hätte ein Serienkiller sein können", fuhr Nils mit seinem Lamento fort, „dann läge ich jetzt hübsch in Einzelteile zerlegt in irgendeiner Kühltruhe, und das alles wäre deine Schuld."

„Er war viel zu nett für einen Serienkiller."

„Das sind sie doch immer."

„Wie ist er denn so?" Ich platzte geradezu vor Neugier, musste aber warten, bis Nils sein Schinkenbrötchen verschlungen hatte.

„Er ist nett und echt witzig, ein guter Zuhörer, und klug ist er auch. Außerdem reist er viel, mit zwanzig ist er drei Monate lang durch Indien gefahren, und er war auch schon mal für ein Jahr in Australien. Wir haben seither jeden Tag telefoniert und festgestellt, dass wir wahnsinnig viel gemeinsam haben", sagte er dann und angelte nach einem Croissant. „Schokoladencroissants … Ich hatte schon feuchte Träume von Gebäck."

„Nils, lenk nicht vom Thema ab."

Mirko lebte in Augsburg, rund sechzig Kilometer von München entfernt, und war ebenfalls Friseur. Ihm gehörte sogar ein eigener Salon. Vor Kurzem hatte er seine Beziehung zu einem zwanzig Jahre älteren Mann beendet und gewöhnte sich noch an sein neues Singledasein.

„Er war in München, um ein *Grindr*-Date zu treffen“, sagte Nils mit dem Mund voller Croissant. „Aber als er dann bei ihm war, musste er die ganze Zeit nur an mich denken, und ist wieder nach Hause gefahren.“

„Ah, ist das nicht romantisch?“, neckte ich ihn. „Wirst du ihn wiedersehen?“

„Ich war gestern bei ihm“, antwortete Nils so leise, dass ich nicht sicher war, ob ich ihn richtig verstanden hatte.

„Und das sagst du erst jetzt? Na los, wie war es? Hattet ihr Sex?“

Nils grinste verlegen, verriet aber nur so viel, dass sie bis spät in die Nacht geredet hatten und dann ins Bett gegangen waren.

„Aber wir hatten keinen Sex“, behauptete er. Der Rest seines Croissants lag unangetastet auf seinem Teller, und er spielte mit den Krümeln.

„Ich glaub dir kein Wort.“

„Ist aber so. Mirko sagt, dass er mit mir keine Fickbeziehung will, sondern was ‚Reales‘. Ich bitte dich, als wäre Sex nicht real.“

„Klingt fast so, als wäre da jemand verliebt.“

„Verliebt! Meine Güte …“ Nils schnaubte und schob seinen Teller fort. „Du solltest nicht so viele Schnulzen anschauen. Liebe auf den ersten Blick – so ein Blödsinn.“

„Sag so was nicht.“ Ich tätschelte seine Hand. „Und übrigens: gern geschehen.“

„Soll ich dir dafür auch noch dankbar sein?“

„Nils, beschwerst du dich gerade darüber, dass ich dich mit einem total süßen Kerl verkuppelt habe, der sich Hals über Kopf in dich verliebt hat?“

„Allerdings. Warum mischst du dich da eigentlich ein? Mein Leben lief gerade richtig gut, ich bin dabei, ein verdammter Fernsehstar zu werden, und du …“

Ich musste lachen und verschluckte mich prompt an meinem Kaffee. Sein Dilemma entbehrte nicht einer gewissen Ironie. Selbst ein Blinder hätte erkannt, dass er etwas für Mirko empfand. Aber durch seinen Vertrag war Nils an Mathias gebunden und durfte mit keinem anderen potenziellen Liebhaber in der Öffentlichkeit gesehen werden.

„Ich hab ihm vorgeschlagen, dass wir ja auch heimlich zusammen sein könnten, und weißt du, was er darauf erwidert hat?“

Bevor ich raten konnte, beantwortete Nils selbst seine Frage: „Dass wir zu alt sind für alberne Versteckspiele. Zu alt!"

„Dann hast du tatsächlich über eine Beziehung nachgedacht?" Allein dieses Eingeständnis aus seinem Mund war eine kleine Sensation. „Mann, dich muss es schwerer erwischt haben, als ich dachte."

„Ich muss eine Entscheidung treffen: Entweder gebe ich Mirko eine Chance, und wir sehen, wohin uns das führt. Oder ich ziehe das mit Mathias wie vereinbart durch."

„Die Staffel ist doch fast abgedreht", sagte ich. „Kannst du nicht einfach aussteigen? Dann gibt es statt der Verlobungsfeier eben eine Trennung."

„Das hatten sie doch schon letztes Jahr. Nein, wenn ich jetzt aussteige, schneiden sie mich ganz raus oder suchen sich einen anderen. Und wenn ich dabeibleibe, muss ich mich für drei Jahre verpflichten. So lange wird Mirko nicht warten."

„Tja, die ewige Wahl zwischen Liebe und Karriere ..."

„Am liebsten würde ich einfach weglaufen." Nils ließ den Kopf auf die Tischplatte sinken. „Oder mich mit Schokolade vollstopfen, bis ich platze."

Im Nachhinein kann ich nicht mehr sagen, wer auf den Einfall kam, Nils mit in die USA einzuladen. Vermutlich er selbst. Dabei war die Idee an sich nicht dumm: Auf diese Weise würde sich Wally nicht wie das dritte Rad am Wagen fühlen, und Nils' überschäumende Fröhlichkeit und Exaltiertheit wären ein guter Ausgleich zu der emotionalen Kernschmelze, die spätestens nach Momos Abreise bei meinem Cousin einsetzen würde. Außerdem hätten beide zwei Wochen Zeit und genügend Abstand, um über ihre jeweilige Situation nachzudenken.

Es war nicht ideal, aber ich versuchte, optimistisch zu bleiben: Möglicherweise würden wir sogar eine Menge Spaß haben. Zuvor musste ich jedoch noch einmal alles umbuchen ...

Ich halte mich nicht für einen paranoiden Menschen, aber nach meiner letzten Begegnung mit Basti fühlte ich mich jedes Mal beobachtet, wenn ich das Haus verließ. Vermutlich kennt jeder das unangenehme Gefühl im Nacken, wenn man von hinten angestarrt wird. Bei mir wurde es gepaart mit der dumpfen Ahnung, dass der Beobachter mir nicht besonders freundlich gesinnt war.

Ich weiß nicht mehr, wie oft ich mich in den letzten Wochen vor unserer Abreise auf der Straße umgeblickt habe, ob mich Basti wieder verfolgte. Entweder bildete ich mir das alles nur ein, oder er war beim Observieren inzwischen geschickter geworden.

Wirklich beunruhigt war ich aber erst, als ich feststellte, dass mein Auto zerkratzt worden war. Normalerweise stelle ich es am Abend immer in die Tiefgarage, aber wenn zufällig vor dem Haus ein Parkplatz frei war, ließ ich es auch mal eine Nacht draußen. Nun zog sich ein tiefer, wie von einem Schlüssel stammender Kratzer über die gesamte Fahrerseite. Natürlich konnte es ein Unfall gewesen sein, vielleicht hatte mich ein Radfahrer gestreift, aber mein erster Gedanke galt Basti.

Außerdem erhielt ich alle zwei, drei Tage einen Anruf von einer Nummer, die unterdrückt war. Wenn ich mich meldete, hörte ich nichts außer leisem Atmen, aber selbst da war ich mir nicht sicher. Es war genauso, wie Siggi es beschrieben hatte, und es machte mich nervös.

„Soll ich mir diesen Basti mal vorknöpfen?“, fragte Robert, als ich ihm von dem Kratzer und meinem Verdacht erzählte.

„Ich weiß ja nicht einmal mit Sicherheit, ob er es war. Das kann auch alles nur ein blöder Zufall sein.“

„Ich glaube nicht an Zufälle.“

Ich eigentlich auch nicht. Robert schlug vor, den Anrufer zurückverfolgen zu lassen. Er kannte immer noch einige Leute bei der Münchner Polizei und beim BKA, die das für ihn erledigt hätten, aber mir war nicht wohl bei der Sache, und so behielten wir diese Option erst einmal im Hinterkopf. Ich sprach mit Siggi darüber und fragte, ob sie ebenfalls noch angerufen wurde. Das war zum Glück nicht der Fall, verunsicherte mich aber zusätzlich. Nach der Beschädigung meines Autos hörten die Anrufe zudem schlagartig auf, und ich dachte, falls es wirklich Basti gewesen war, hätte er sich genug abreagiert und würde nun Ruhe geben.

Wir hatten viel um die Ohren, und die Zeit verging wahnsinnig schnell. Robert flog an einem Montag nach Louisiana, und am Wochenende zuvor gab Momo eine große Abschiedsfeier für seine Freunde. Er warnte uns, dass es etwas laut werden könnte, und entschuldigte sich gleichzeitig dafür, dass er uns nicht eingeladen hatte.

„Es würde euch nicht gefallen", sagte er lächelnd, „außerdem sehen wir uns ja in Orlando. Ich lade euch dann alle zum Essen ein."

Mir war es recht, denn so hatten Robert und ich das ganze Wochenende für uns allein. Er war ein wenig nervös, weil es unser erster Auslandseinsatz war und wir es mit einem Promi zu tun hatten, der als ausgesprochen kapriziös galt. Über den eifersüchtigen Ex-Freund machte er sich dabei die wenigstens Gedanken.

„Was ist nur los mit all den liebeskranken Hetero-Männern, die nicht einsehen wollen, dass ihre Beziehung vorbei ist?", grübelte ich, während Robert ein paar Hemden für seine Reise bügelte. „In Bastis Fall war es nicht einmal eine richtige Beziehung, sondern nur eine fixe Idee von ihm."

„Machst du dir seinetwegen immer noch Sorgen? Ich meine, du bist jetzt eine Woche lang allein zu Hause …"

„Mit Basti werde ich schon fertig. Außerdem sind Momo und Wally nebenan."

Laute Musik und Gelächter drangen durch die offenen Fenster und die Terrassentür aus ihrer Wohnung. Offenbar war die Party ein Erfolg.

„Ich bezweifle, dass sie dich bei dem Lärm hören würden", sagte Robert, und wir lachten.

Um halb eins fanden wir das nicht mehr so witzig. Die Musik war immer noch viel zu laut, und in regelmäßigen Abständen hörten wir ein rhythmisches Klatschen und Rufen, als würde jemand ein Wettrennen anfeuern. Und etwas, das wie eine Trompete klang. Als Philip, der mit einigen Freunden unterwegs gewesen war, kurz darauf nach Hause kam, bot er an, ein ernstes Wörtchen mit unseren Nachbarn zu reden. Er ging – und kam nicht zurück.

„Jetzt reicht's mir", sagte ich um kurz vor zwei. „Irgendwann will ich auch mal schlafen."

Es dauerte lange, bis jemand auf mein Klingeln reagierte. Der junge Mann, der mir öffnete, trug eine Halbmaske aus Plastik, die seinen Mund freiließ und einen Fuchs darstellte. Er hatte kupferfarbenes Haar, das in wilden Stacheln von seinem Kopf abstand, einen hellroten Vollbart, und eine dünne Spur goldroter Haare zog sich vom Rand seines knallroten Jockstraps –

sein einziges Kleidungsstück – hoch zu seinem Bauchnabel. Ich war von seinem Anblick so verblüfft, dass ich kein Wort herausbrachte.

Er musterte mich abschätzig, dann sagte er: „Was für ein beschissenes Kostüm." Als er sich umdrehte und in der Wohnung verschwand, wippte bei jedem Schritt ein langer, buschiger Fuchsschwanz auf und ab, der in seinem Hintern steckte.

Jetzt war mir klar, warum Robert und ich nicht eingeladen waren, und es lag nicht daran, dass es eine Kostümparty war. Ich wusste, ich sollte mich umdrehen, die Tür schließen und in die moralische Sicherheit meines Zuhauses zurückkehren. Aber der einladende Sirenengesang junger Stimmen lockte mich an. Ich musste einen flüchtigen Blick auf eine Welt werfen, die niemals meine gewesen war. Neugierig folgte ich dem Fuchs in den Bau.

Das weitläufige Wohnzimmer war in dämmeriges Licht getaucht. In einer Ecke stand ein Barkeeper an einem Tisch und mixte mit ausdruckslosem Gesicht Cocktails für die ausschließlich männlichen Gäste. Momo musste ihm eine Menge bezahlen, damit er Stillschweigen bewahrte. Was sich vor meinen Augen abspielte, war das Bizarrste, das ich jemals zu Gesicht bekommen habe.

Eine Hälfte der Gäste war vermutlich als Jäger verkleidet: mit Jacken aus dunkelrotem Samt, engen, weißen Hosen und lackglänzenden Stiefeln, wobei manche auf ein Hemd verzichtet hatten, um ihre eindrucksvollen Bauchmuskeln zur Schau zu stellen. Jeder von ihnen führte einen Begleiter an einer Leine: einen nackten Burschen mit einem Brustgeschirr, einer Hundemaske und einem Buttplug in Form eines buschigen Schwanzes oder einer steil aufgerichteten Rute. Die „Jagdhunde" kauerten auf allen vieren, leckten bisweilen die Hände ihrer Herren oder beschnüffelten die Hinterteile ihrer „Artgenossen".

Ein lauter Ton ließ mich herumfahren. Ein betrunkener Jäger blies in ein Jagdhorn und produzierte ein Geräusch, das wie eine Salve von Fürzen klang, bevor er sein Instrument mit rotem Gesicht absetzte und rief: „Fuchsjagd!"

Der Mann mit der Fuchsmaske, der neben ihm stand, spannte seine Muskeln und beobachtete, wie die Jäger sich vorbeugten, um die Leinen zu lösen. Die „Hunde" fingen an zu bellen und mit ihren künstlichen Schwänzen zu wedeln, bevor sie auf den Fuchs losstürmten und ihn durch das Zimmer jagten. Es war eine alberne Hatz, bei der Stühle umgeworfen wurden und Gläser zu Bruch gingen, die der Barkeeper routiniert zusammenfegte. Die Männer in den Jagdröcken johlten und feuerten ihre Gefährten mit rhythmischem Klatschen an.

Kopfschüttelnd sah ich zu, wie die Rote Jagd an mir vorbeirannte, auf allen Vieren mit wippenden Schwänzen und Genitalien. Eine durch und durch lächerliche Angelegenheit, fand ich, und dennoch spürte ich ganz schwach das vertraute Kribbeln im Bauch. Ich besann mich auf meine Mission.

Weil ich weder Momo noch Wally entdecken konnte, trat ich auf die Terrasse hinaus. Im Whirlpool brannte Licht und beleuchtete drei schattenhafte Gestalten, zwei Männer, die sich leidenschaftlich küssten, im Halbdunkel aber kaum auszumachen waren, und einen Dritten, der sie dabei beobachtete – Momo. Er nahm gerade einen tiefen Schluck aus seinem Champagnerglas, als er mich bemerkte.

„Andy! Was machst du denn hier?“ Sein Gesicht war nur schwer zu erkennen, und anhand seines Tonfalls hätte ich nicht sagen können, ob er bei meinem Auftauchen peinlich berührt war. „Wie gefällt dir unsere Herrchen-und-Hund-Party?“

„Die beste, auf der ich je war“, sagte ich, weil mir nichts Besseres einfiel. „Hör zu, Momo, es ist mir egal, was ihr hier treibt, aber ihr seid zu laut. Wenn ihr so weitermacht, ruft einer der Nachbarn noch die Polizei.“

„Tja, dazu sage ich nur: diplomatische Immunität ...“ Er lachte.

„Ach ja?“ Langsam verlor ich die Geduld mit ihm. „Ich hab immer noch die Telefonnummer von Said Al-Adnan. Wie spät mag es inzwischen wohl in Abu Dhabi sein?“

„Jetzt sei doch kein Spielverderber“, maulte er. „Na schön, wir stellen die Fuchsjagd ein, okay?“

„Waidmannsdank“, sagte ich spöttisch. „Wo steckt eigentlich Wally?“

Momo lachte und zog in gespielter Ahnungslosigkeit die Schultern hoch. Was sein Freund trieb, schien ihn nicht zu kümmern. Stattdessen wendete er sich wieder den beiden Männern zu, deren Liebesspiel intensiver geworden war. Einer der beiden war, wie ich erst jetzt bemerkte, Philip. Er schien mich nicht gesehen zu haben.

Ich wandte mich ab und kehrte ins Haus zurück. Die Meute hatte den Fuchs inzwischen in eine Ecke getrieben, wo er seinen aufgegeilten Verfolgern seinen nackten Hintern präsentierte. Ich konnte mir vorstellen, was als Nächstes passieren würde. Die Jäger hatten sich im Halbkreis um sie postiert und feuerten ihre „Hunde“ an, die noch unschlüssig zu sein schienen, wer von ihnen den Fuchs nun „erlegen“ sollte. Ein paar von ihnen hatten ihre Hosen heruntergezogen und spielten ungeniert an sich herum.

Auf dem Weg hinaus fiel mein Blick auf die Tür zum Schlafzimmer. Sie war nur angelehnt, und durch den Spalt sah ich Wally bäuchlings auf dem Bett liegen. Sein rechter Arm ragte über den Rand und berührte mit der Hand eine leere Wodkaflasche auf dem Boden. War er betrunken eingeschlafen oder bewusstlos? Ich wusste, dass er kein exzessiver Trinker war. Bevor er Momo kennengelernt hatte, hatte er so gut wie gar keinen Alkohol getrunken, deshalb wollte ich mich vergewissern, ob alles mit ihm in Ordnung war.

Im Schlafzimmer war es stickig und schwül. Und es roch nach Sex. Wally lag da wie ein Toter, nackt, die Beine gespreizt, ein Stück von ihm entfernt ein Handtuch und eine halbleere Tube mit Gleitmittel. Ich sprach ihn an, aber er reagierte nicht.

Plötzlich öffnete sich die Tür zum Badezimmer und ein nackter Typ Ende zwanzig kam heraus, die nassen Haare nach hinten gekämmt und damit beschäftigt, sich ein Handtuch um die Hüften zu wickeln. Als er mich sah, stutzte er kurz, dann grinste er.

„Er gehört ganz dir“, sagte er und schlenderte davon.

Seine Worte ließen eine Furcht in mir aufkeimen, die schnell zu einem wilden Gewächs aus unwillkommenen Bildern und einem entsetzlichen Verdacht heranwuchs. Ich rüttelte an Wallys Schulter und entlockte ihm schließlich ein unverständliches Murmeln. Mühsam hob er den Kopf und starrte mich aus glasigen Augen an.

„Andy?“

„Alles in Ordnung?“

„Ich weiß nicht … Ich glaub, mir wird schlecht.“

Ich half ihm ins Bad, wo er sich geräuschvoll übergab, während ich mitfühlend seinen Rücken streichelte. Als es ihm etwas besser ging, stellte ich ihn unter die Dusche und ließ ihn allein. Zehn Minuten später kam er zurück ins Schlafzimmer, setzte sich aufs Bett und rieb sich die Augen. Er wirkte immer noch etwas benommen, war aber ansprechbar.

„Geht's wieder?"

„Ich denke schon." Wally zog den Bademantel enger um die Schultern. „Hab ein bisschen zu viel getrunken."

„Woran kannst du dich erinnern?"

„Es geht mir gut."

„Als ich ins Zimmer kam, war da ein Mann, der ..." Es war mir unangenehm, das anzusprechen, aber ich konnte die Sache nicht auf sich beruhen lassen. „Ich hatte den Eindruck, dass ihr beide ... Sex hattet."

Wally hielt den Blick gesenkt.

„Es ... es geht mich nichts an", stotterte ich, „aber ... war es ... einvernehmlich?"

Immer noch keine Antwort. Stand er unter Schock? Schämte er sich, dass ich ihn so gesehen hatte? Oder versuchte er sich an das Geschehene zu erinnern?

„Wally, wenn du nicht mehr weißt, was passiert ist ..."

„Lass ihn in Ruhe", sagte eine strenge Stimme in meinem Rücken.

Momo stand in seiner tropfenden Badehose im Türrahmen. Er setzte sich neben Wally aufs Bett und legte einen Arm um ihn.

„Das kann ich nicht. Wenn dieser Kerl vorhin ... Wenn er Dinge getan hat, an die Wally sich nicht mehr erinnern kann, oder wenn er ihn ..."

„Wir haben gefickt", unterbrach mich Wally scharf. „Okay?"

„Es ist besser, du gehst jetzt", sagte Momo mit Nachdruck. „Ich kümmere mich um ihn."

„Wally, ich ..."

„Ich bin alt genug, Andy, du musst mich nicht ständig bemuttern."

Er konnte mich nicht ansehen. Seine Worte klangen mir immer noch in den Ohren, als ich vom Bett aufstand und die Wohnung verließ, ohne den Ausschweifungen im Wohnzimmer weitere Beachtung zu schenken.

„Sie feiern eine Sexparty", sagte ich und berichtete Robert von dem, was ich beobachtet hatte. „Und Philip ist mittendrin. Aber das ist nicht das Schlimmste …"

„Wally hat recht, du kannst ihn nicht beschützen", sagte Robert. „Jedenfalls nicht vor seinen Gefühlen."

„Momo tut ihm nicht gut", sagte ich und schenkte mir einen Gin Tonic ein. „Wally liebt Momo auf eine Art, die mir Angst macht, und deshalb lässt er sich von ihm auch alles gefallen."

„Dann können wir ja froh sein, dass Momo bald in seine Heimat zurückkehrt."

Robert gähnte und beschloss, ins Bett zu gehen. Ich blieb noch eine Weile auf, lauschte den leiser werdenden Geräuschen der Party nebenan und hing meinen Gedanken nach. Hatte Momo das alles arrangiert, damit Wally die Trennung von ihm leichter verkraftete? Die Orgie, der Sex mit einem anderen Mann, das alles passte nicht zu Wally, und indem Momo ihm diese Seite von sich zeigte, machte er ihm klar, wie verschieden sie waren. Wally war eindeutig angewidert gewesen, von der Party und auch von sich selbst. Es war eine radikale Kur, aber möglicherweise heilsam. Auf der anderen Seite liebte er Momo mit der ungestümen Kraft der Jugend.

Die Wohnungstür öffnete sich, und Philip schlich sich herein. Als er an der Tür zum Wohnzimmer vorbeikam und das Licht sah, blieb er kurz stehen. Unsere Blicke begegneten sich, aber keiner von uns sagte ein Wort. Er wirkte unendlich traurig. Dann ging er weiter und verschwand im Gästezimmer.

Vielleicht war die Jugend doch nicht um alles zu beneiden, dachte ich und fragte mich, wohin das alles noch führen sollte. Zu diesem Zeitpunkt wäre ich niemals auf den Gedanken gekommen, dass ich eine konkrete Antwort darauf bekommen würde: im Kofferraum eines Mietwagens irgendwo in Florida …

Der Alligator war entweder satt oder schien der Meinung zu sein, dass ich die Mühe einer Verfolgung nicht wert sei. Vielleicht hatte er auch schon mal einen Menschen probiert und keinen Gefallen an dem Geschmack gefunden. Jedenfalls verharrte er gleichmütig in einigen Metern Entfernung und sah mich aus seinen wässerigen Echsenaugen an.

Robert und Wally standen vielleicht fünfzig Meter hinter dem Tier und wedelten wie verrückt mit den Armen, als wollten sie einen wild gewordenen Wespenschwarm verscheuchen. Ihre Gesten waren eindeutig, und ich war ganz ihrer Meinung: Ich sollte hier schleunigst verschwinden. Nur war das leichter gesagt als getan, denn ich war immer noch wie gelähmt vor Angst. Die Zeit zerfloss wie geschmolzener Käse. Nach einer gefühlten Ewigkeit hatte ich endlich so weit wieder Kontrolle über meine Gliedmaßen, dass ich imstande war, langsam einige Schritte zurückzuweichen. Mit der rechten Hand tastete ich nach dem Türgriff und hoffte, dass Nils nicht den Wagen verriegelt hatte. Das Nächste, woran ich mich erinnerte, war, dass ich zitternd und wie in Schweiß gebadet im rettenden Inneren saß.

Der Alligator verlor bald darauf die Lust, für Nils' Handy zu posieren, und setzte watschelnd seinen Weg fort. Er überquerte die Straße, schlug sich ins Gebüsch und verschwand auf Nimmerwiedersehen. Robert traute sich wieder zum Auto zurück und nahm mich als Erstes in den Arm, um mich zu beruhigen. Aus dem Kofferraum drangen ein unregelmäßiges Poltern und zunehmend wütende Laute aus Momos geknebeltem Mund. Wally machte sich daran, ihn endlich von seinen Fesseln zu befreien. Anschließend wendeten wir und fuhren zu unserem Hotel in Orlando zurück.

Die gesamte Reise hatte von Anfang an unter keinem guten Stern gestanden.

Es begann bereits mit unserem Abflug. Während Robert und seine Kollegen in einem komfortablen Privatjet nach Amerika gereist waren, folgten Nils und ich eine Woche später in einer ordinären Linienmaschine. Weil Nils nicht mit dem Packen fertig geworden war, kamen wir viel später an als geplant und mussten dann endlos in der Schlange vor den Sicherheitsschleusen warten. Natürlich wurde ich von einem Beamten herausgewinkt und musste mich nicht nur einer Untersuchung auf chemische Kampfstoffe unterziehen, sondern wurde auch noch abgetastet. Es hätte ja sein können, dass ich dumm genug war, Stich- oder Schusswaffen am Körper zu tragen. Der Beamte war jung und überaus gründlich, seine Hände glitten provozierend langsam meine Beine hoch und kamen meinem Intimbereich so nahe, dass ich mich nicht gewundert hätte, wenn er mich danach zu einem Date eingeladen hätte. Ich war versucht, einen frechen Kommentar dazu abzugeben, hielt es aber für klüger zu schweigen.

Da es von München keinen Direktflug gab, mussten wir in Atlanta einen Zwischenstopp einlegen, und da fingen unsere Schwierigkeiten an. Wir hatten keine zwei Stunden bis zum Start unseres Anschlussflugs, und die Schlangen an den Einreiseschaltern waren endlos. Zum Glück konnte man die Formalitäten auch an einem Automaten erledigen. Nachdem wir alle möglichen Fragen, unter anderem zu unserem Drogenkonsum und eventuell geplanten terroristischen Aktivitäten, beantwortet hatten, wurden wir aufgefordert, unsere Fingerabdrücke einzuscannen und ein Foto von uns zu machen. Während Nils tapfer in die Kamera lächelte, sah ich auf dem Bild aus, als wäre ich gerade von einem Bus überfahren worden: Mein Haar war zerzaust, ich hatte dunkle Ringe unter den Augen und eine gerötete Nase, weil die Klimaanlage im Flugzeug zu kalt eingestellt gewesen war. Ich wusste, sollte ich jemals mit dem Gesetz in Konflikt geraten, würde dieses Bild mein Fahndungsfoto werden.

Endlich konnte ich den Vorgang abschließen – nur um vom nächsten Textfeld aufgefordert zu werden, einen Beamten aufzusuchen. Schlagartig war ich nervös. Hatte ich etwas falsch gemacht? Nils feixte, dass ich bestimmt auf einer Liste internationaler Terroristen stand, ohne es zu wissen. Wahrscheinlich war es nur der Algorithmus, sagte ich mir, es gab immer zufällig ausgewählte Personen, bei denen Stichproben durchgeführt wurden, und ich hatte wieder einmal Pech gehabt. Andererseits fragte ich mich, ob ich nicht doch auf irgendeine Art und Weise den Verdacht des Sicherheitspersonals erregte.

Der Beamte entpuppte sich als mürrische Asiatin mittleren Alters, die aussah, als hätte sie noch nie gelacht. Sie stellte mir eine Reihe von Fragen, die recht harmlos mit dem Zweck meiner Reise begannen und dann immer persönlicher wurden. Mein Englisch ist nicht wirklich gut, außerdem war ich übermüdet und nervös, weshalb ich vielleicht wirkte wie ein Bankräuber auf der Flucht. Jedenfalls musterte sie mich ungeheuer streng und schien alles anzuzweifeln, was ich sagte. Am Ende gab sie mir mit deutlichem Widerwillen meinen Pass zurück und entließ mich mit einer Handbewegung, als wollte sie eine lästige Fliege verscheuchen.

„Was hat da so lange gedauert?", fragte Nils, der sich inzwischen eine Diät-Cola besorgt hatte.

„Das war der reinste Striptease", sagte ich. Meine Knie waren wie Pudding, und ich nahm Nils die Dose aus der Hand, um einen Schluck zu trinken. „Ich musste der Frau meine halbe Lebensgeschichte erzählen."

„Vielleicht hat sie dich für einen illegalen Einwanderer gehalten? Hast du Spanisch gesprochen?"

„Nils, warum sollte ich das tun? Ich kann ja nicht einmal Spanisch …"

Manchmal fragte ich mich wirklich, was in seinem Kopf vorging, auch wenn ich es eigentlich lieber nicht wissen wollte. Ein Blick auf die Uhr sagte mir, dass unser Flug nach New Orleans bereits vor einer halben Stunde abgehoben hatte.

Als wir nach langer Wartezeit endlich die Sicherheitsschleuse erreichten, gerieten wir unvermittelt in eine große Gruppe lautstarker Chinesen, die gerade mit einer Maschine aus Peking gelandet waren. Direkt hinter mir befand sich eine Familie mit einem Paar über sechzig, ihren Kindern und einem Enkel, die eine Menge Handgepäck mit sich führten. Der quirlige Großvater trug einen Rucksack, unterhielt seinen Enkel mit Grimassen und Geschichten, über die vor allem er selbst lachte. Immer wieder stieß er mich dabei versehentlich an, weil er nicht genug Abstand hielt.

An der Schleuse leerte ich meine Taschen und zog meine Jacke aus, doch gerade als ich nach einer der grauen Plastikkisten greifen und meine Habseligkeiten hineinlegen wollte, schoss der Großvater vor und schnappte sie mir vor der Nase weg. Außerdem versuchte er ständig, sich an mir vorbeizudrängeln, und stieß mir dabei den Ellbogen in die Seite. Der Mann war wie ein außer Kontrolle geratener Duracell-Hase. Seine Frau ermahnte ihn mit scharfer Stimme, zumindest hoffte ich, dass sie ihn schalt und nicht noch anfeuerte. Doch es half nichts. Am liebsten hätte ich ihn angeschrien und zurückgeboxt, aber ein Tumult im Sicherheitsbereich käme bei den Amerikanern vermutlich nicht gut an. Stattdessen habe ich ihn auf chinesische Weise in Grund und Boden gelächelt.

Kaum hatte ich das Tor mit den Metalldetektoren passiert, wurde ich erneut von einem uniformierten Beamten zur Seite gewinkt, der dann mit Papierstreifen über meine Hände und Kleidung fuhr. Der chinesische Großvater spazierte fröhlich an mir vorbei, und ich hätte schwören können, dass er heimlich grinste.

„Mann, du solltest vielleicht Lotto spielen", war alles, was Nils dazu sagte.

Wir waren nicht die Einzigen, die ihren Anschlussflug verpasst hatten. Vor dem Schalter unserer Fluggesellschaft standen schon hundert weitere Passagiere, die von drei unglaublich genervten Mitarbeitern abgefertigt wurden. Bis wir endlich an der Reihe waren, hatten wir bereits den nächsten Flieger versäumt und mussten weitere zwei Stunden warten.

Als wir schließlich in New Orleans landeten, war es schon spät. Wir verließen die klimatisierte Ankunftshalle – und liefen gegen eine feucht-warme Wand. Es war so schwül, dass einem bereits nach wenigen Minuten das Wasser über den Rücken lief, vor allem wenn man mit schwerem Gepäck unterwegs war und nach einem Taxi suchte.

Unser Hotel war eine ehemalige Stadtvilla knapp außerhalb des French Quarter im Faubourg Lafayette, ein rund hundert Jahre altes Holzhaus mit steilen Treppen und langen, düsteren Gängen. Ein bisschen wie ein viktorianisches Spukhaus. Die Zimmer waren winzig, die Böden knarrten, und als wir die Tür öffneten, empfing uns ein muffiger Geruch.

„Wer hat hier denn gewohnt – Graf Dracula?" Nils rümpfte die Nase. „Gab es keine modernen Hotels mit Zimmern, die nicht wie ein vermodernder Sarg riechen?"

„Das ist der Odem der Geschichte", erwiderte ich bissig. Auf den Bildern hatte das Hotel wunderschön und ein bisschen verwunschen ausgesehen, wie ein Schauplatz aus einem Roman von Anne Rice. „Nils, das ist ein altes Holzhaus in einem feuchtwarmen Klima. Vermutlich müffeln die alle so mit der Zeit, aber dafür hat es Charme, findest du nicht?“

„Die hiesigen Friedhöfe haben auch Charme, trotzdem will ich keinen Urlaub in der Gruft machen.“

Charme kam bei Nils offensichtlich weit hinter Komfort. Immerhin gab es eine funktionierende Klimaanlage, die nur unwesentlich lauter war als ein LKW im Leerlauf. Wir waren jedoch so müde, dass wir auch auf der Startbahn eines Flughafens hätten schlafen können. Ich schickte Robert eine Nachricht, dass wir endlich angekommen waren, nahm noch eine lauwarme Dusche und ging ins Bett.

Ich vermisste Robert. Ursprünglich war geplant gewesen, dass er uns am Flughafen abholen sollte. Doch die Dreharbeiten zu dem Musikvideo, die vor zwei Tagen schon hätten abgeschlossen sein sollen, verzögerten sich. Tiana spielte die kapriziöse Diva und hatte bereits eine Reihe von Leuten feuern lassen: einen Koch, der ihren Smoothie nicht samtig genug püriert hatte, eine angeblich schnippische Garderobiere und eine Produktionsassistentin, die zu laut gelacht hatte. Nun hatte sie sich in ihrer Suite eingeschlossen, weil sie „eine kreative Pause“ brauchte. Wahrscheinlich, um sich mehr Schikanen und fadenscheinige Gründe für Kündigungen auszudenken. Robert war zermürbt. Als Leibwächter fühlten sie sich vollkommen überflüssig. Stuart Moore war offensichtlich in L.A. und dachte nicht im Traum daran, gegen die gerichtliche Verfügung zu verstoßen und seiner Ex ein paar anständige Schlagzeilen zu verschaffen. Aber abgesehen von den unerwarteten Verzögerungen war es laut Robert „der entspannteste Job, den wir je hatten“.

Der Einzige, mit dem Tiana noch redete, war ausgerechnet Philip. Die beiden hatten sich auf dem Hinflug angefreundet, und sie hatte bereits zwei Fotos vom „süßesten Bodyguard aller Zeiten“ unter dem Hashtag #cutestbodyguard auf Instagram gepostet. Wahrscheinlich hielt sie sich für Whitney Houston. In den Drehpausen steckten die beiden ständig die Köpfe zusammen, und nun war es Philip, der sanft durch die Tür ihres Hotelzimmers auf sie einredete, damit sie wieder zur Arbeit erschien.

Bislang allerdings ohne Erfolg, weshalb Nils und ich allein New Orleans erkunden mussten.

Das Frühstück am nächsten Morgen wurde im Innenhof serviert, eine zubetonierte, mit Pflanzenkübeln dekorierte Fläche zwischen dem Haupthaus, in dem wir logierten, und den Nebengebäuden, die in einem früheren Leben vermutlich die Kutschen, Pferde und Sklaven beherbergt hatten. Es gab den berühmten dünnen amerikanischen Kaffee und eine kleine Auswahl an Toastbrot, Muffins und Plundergebäck, mit der ich zufrieden war. Nur Nils nörgelte am Essen herum, dabei frühstückte er nicht einmal.

„Aber wenn ich es würde, wäre ich ziemlich enttäuscht", sagte er und lästerte dann über ein übergewichtiges amerikanisches Paar, das am Tisch hinter mir saß und sich den Teller mit in Plastik eingeschweißten Zimtschnecken vollgeladen hatte.

Bereits um acht Uhr war es heiß und schwül. Das French Quarter war nur wenige Kilometer entfernt, laut Google Maps brauchte man keine halbe Stunde zu Fuß, aber an einen Spaziergang war nicht zu denken. Da die St. Charles Avenue nur zwei Straßen weiter verlief, nahmen wir die historische Streetcar-Linie.

Die olivgrünen Straßenbahnen hatten nicht viel mit ihren modernen Pendants in München gemein. Es war, als hätte man eine Zeitreise ins frühe zwanzigste Jahrhundert unternommen: Eine Klimaanlage gab es natürlich nicht, dafür ließen sich die Fenster öffnen, so dass eine stete Brise durch den Wagen wehte. Die Holzbänke waren glattpoliert von den Hintern unzähliger Generationen. Wir zuckelten in einem gemächlichen Tempo die St. Charles Avenue mit ihren viktorianischen Villen und alten Bürogebäuden entlang und lauschten den Geräuschen, die der Wagen dabei machte, einem metallenen Ächzen und Stöhnen, das sich in den Kurven zu einem ohrenbetäubenden Quietschen steigerte und wie das Wehklagen eines verwundeten Tieres klang.

Amerika ist das vertraute Unbekannte, fand ich. Die hübschen Häuser mit ihren schmiedeeisernen Balkonen, die romantischen Gaslaternen, die merkwürdigerweise sogar am helllichten Tag brannten: Alles sah genauso aus wie in den Hollywoodfilmen, in denen New Orleans als Kulisse diente, nur etwas kleiner und enger. Was einem jedoch kein Film vermitteln konnte, war die schwüle, vampirversengende Hitze, die sich wie ein Leichentuch um einen wickelte, bis man am ganzen Körper mit einem dünnen Schweißfilm überzogen war.

Am meisten erschütterte mich jedoch der Anblick der vielen Obdachlosen und Betrunkenen. Ich hatte noch nie so viele Männer und Frauen in abgerissener Kleidung und schmutzigen Schuhen gesehen, die Habseligkeiten in Plastiktüten verstaut, die Haare wirr und kraus, die Augen stumpf und leer. Manche saßen in Hauseingängen, andere lagen wie erschossen mitten auf den Bürgersteigen, so dass die Touristen über sie hinwegsteigen mussten. Ich begriff, das alles war New Orleans – das Schöne und das Hässliche, das Laute, Vulgäre und die stille Verzweiflung, die Dekadenz und die Armut. All das machte die faszinierenden Facetten dieser ungewöhnlichen, schwer geprüften Stadt aus, und ich liebte es, alles davon.

Sogar Nils ließ sich von der Südstaatenatmosphäre vereinnahmen, auch wenn er sich ständig über etwas beschwerte. Wir verbrachten den Tag damit, die Straßen und Plätze des French Quarter zu erkunden. Die berühmte Bourbon Street mit ihren unzähligen Kneipen, Bars und Nachtclubs war auch tagsüber voller feierlustiger Menschen. Ein bisschen wie Mallorcas Ballermann, nur mit hübscheren Häusern und besserer Musik. Aus jedem Lokal perlte der allgegenwärtige Jazz und wetteiferte mit den Straßenmusikern um die Aufmerksamkeit der Besucher. Eine Gruppe Teenager trommelte enthusiastisch auf umgedrehten Plastikeimern inmitten der Straße und bewies dabei erstaunliches Talent.

Bei einem Besuch im Voodoo-Museum lernten wir, wie man Voodoo-Puppen bastelt und der Zombie-Apokalypse entgeht. Nils überlegte, ein paar Zaubertränke und magische Kerzen zu kaufen, mit denen man wahlweise seinen Chef verhexen oder jemanden in sexuelle Raserei versetzen konnte, und ließ sich schließlich dazu hinreißen, die tote Voodoo-Queen Marie Laveau anzurufen. Was er sich gewünscht hat, wollte er mir aber partout nicht verraten.

Bevor wir am Nachmittag mit der Straßenbahn zum Lafayette-Friedhof mit seinen unzähligen Mausoleen fuhren, kehrten wir in ein hübsches Restaurant ein, dessen Wände mit Szenen aus dem alten New Orleans bemalt waren. Zeiten, in denen die Männer dunkle Anzüge und die Frauen blumengeschmückte Hüte getragen hatten. Es war vielleicht die Zeit von Marie Laveau oder von Delphine LaLaurie, der eleganten Gastgeberin der oberen Zehntausend, die ihre Sklaven brutal folterte und ermordete.

Wir bestellten Gumbo und Jambalaya und wollten danach noch Beignets kosten, ein lokales Gebäck, das von meinem Reiseführer in den höchsten Tönen gelobt wurde. Am besten sollte man es im berühmten Café Du Monde genießen, was sich mittlerweile jedoch in aller Welt herumgesprochen zu haben schien. Das Lokal, das den spröden Charme einer Markthallte besaß, war überfüllt, also wichen wir auf ein anderes aus, das in einem kleinen Innenhof lag, in dem eine Band gefälligen Jazz spielte. Als unsere Beignets kamen, stellten wir jedoch erstaunt fest, dass es sich dabei um alte Bekannte handelte: Strauben. Unsere Exemplare waren dick mit Puderzucker bestäubt, und als ich gerade hineinbeißen wollte, wehte ihn mir eine Brise prompt ins Gesicht. Ich sah aus, als hätte man mich mit einer Puderquaste verprügelt.

Gerade als wir das Café verließen, erhielt ich eine Nachricht von Robert: Tianas kreative Pause dauerte immer noch an, und nun sah es sogar so aus, als würde er uns nicht einmal nach Florida begleiten können. Das brachte uns in einige Schwierigkeiten, weil wir bereits alles gebucht hatten und überdies mit Momo und Wally verabredet waren.

Nach einer längeren Diskussion mit der Produktion gelang es Robert am späten Abend jedoch, sich ein paar Tage frei zu nehmen. Philip bemühte sich weiterhin, die Sängerin zur Fortsetzung der Dreharbeiten zu bewegen, und zusammen mit Floh war er durchaus allein in der Lage, für ihre Sicherheit zu sorgen. Die Zeit drängte. Die Plattenfirma hatte für das Video eigens eine malerische Südstaatvilla eine halbe Autostunde nördlich von New Orleans gemietet und war nicht länger bereit, die Kosten für ein untätig herumsitzendes Produktionsteam zu tragen. Sie drohten, den Geldhahn zuzudrehen, sollte Tiana nicht bis spätestens Sonntag ihre Arbeit wieder aufnehmen.

Robert holte uns am Mittwochmorgen ab, und wir fuhren nach Orlando. Kurz nach achtzehn Uhr erreichten wir das Luxushotel, in dem Momo uns eine Suite mit zwei Schlafzimmern spendiert hatte. Wahrscheinlich, um sein schlechtes Gewissen zu beruhigen, weil er sich in drei Tagen aus dem Staub machen und einen völlig am Boden zerstörten Wally bei uns zurücklassen würde.

Als wir die beiden jedoch eine Stunde später in der Hotelbar trafen, machte Wally einen ausgesprochen entspannten und gut gelaunten Eindruck auf mich. Er drückte mich so fest an sich, als hätte er mich seit einem halben Jahr nicht gesehen. Sein Gesicht war braun gebrannt.

„Wie waren die Keys?“, fragte ich.

„Ein Traum“, schwärmte er und spielte mit dem bunten Schirmchen, das in seinem Cocktail steckte. „Die Villa lag direkt am Strand, und wir sind den ganzen Tag geschwommen.“

„Wally hat schon am ersten Tag einen üblen Sonnenbrand bekommen“, ergänzte Momo und legte einen Arm um seinen Freund, der sich sofort an ihn schmiegte. „Er sah aus wie ein gekochter Hummer.“

Die beiden wirkten so glücklich und verliebt wie am ersten Tag. Falls Wally Momo immer noch übelnahm, dass er ihn auf der Sexparty praktisch genötigt hatte, mit einem anderen Mann Sex zu haben, ließ er sich nichts anmerken. Auch die schlechte Laune, mit der er uns allen die letzten Wochen in München vermiest hatte, war wie weggeblasen.

„Er ist ja wie ausgewechselt“, sagte ich etwas später zu Momo, als wir uns auf den Weg machten, um in einem nahegelegenen Restaurant zu Abend zu essen. „Erstaunlich, was eine Woche Sonne, Strand und Sex on the Beach ausmachen können.“

„Aus dem Sex on the Beach wurde leider nichts“, erwiderte Momo. „Wally wollte keinen Sonnenbrand auf seinem besten Stück riskieren.“

„Ich meinte den Cocktail …“

Momo grinste. Wir sahen zu Wally, der ein paar Meter vor uns ging und mit Nils herumalberte. Robert folgte uns in einigem Abstand und telefonierte mit Philip in New Orleans, wo es allerdings nichts Neues gab.

„Ich glaube, Wally hat sich endlich damit abgefunden, dass ich Samstag nach Abu Dhabi zurückkehre“, sagte Momo nachdenklich. „Als wir hier ankamen, haben wir jedenfalls beschlossen, das Thema bis zum Abflug nicht mehr zu erwähnen und unsere Zeit nach Kräften zu genießen. Außerdem ist es ja keine Trennung für immer."

Nach dem Frühstück am nächsten Morgen fuhren wir nach Disney World, das so bunt, laut und voll war, wie ich es mir vorgestellt hatte. Wir bestaunten das berühmte Dornröschen-Schloss, ließen uns mit den bekannten Cartoon-Figuren fotografieren und kreischten in der Achterbahn um die Wette. Der Spießer in mir fand zwar, dass ich mit vierzig allmählich zu alt für diese Art von Vergnügen wurde, doch mein inneres Kind zeigte ihm einen Vogel und verlangte nach mehr. Wir hatten eine Menge Spaß.

Am Freitag statteten wir Harry Potter in den Universal Studios einen Besuch ab. Die Welt der Magier war voller liebevoller Details und erinnerte mich stark an die Filme, war aber leider auch sehr auf Kommerz ausgerichtet: Es gab unzählige Geschäfte, in denen man Fanartikel einkaufen konnte und wo ich einen Zauberstab, einen Gryffindor-Schal und eine Kollektion Tassen mit den Konterfeis der Hauptfiguren erwarb, die ein kleines Vermögen kosteten.

„Gefällt es dir?", fragte ich Wally, als wir eine Mittagspause im *Leaky Cauldron* einlegten und wir anstanden, um für die anderen ein Butterbier zu bestellen.

„Gefallen? Ich *liebe* es!" Wally riss vor Begeisterung die Augen auf und drehte sich überschwänglich im Kreis. „Am liebsten würde ich hier wohnen!"

„Schön", sagte ich und fragte mich, ob er irgendwas genommen hatte.

„Meine Eltern haben Harry Potter gehasst und uns die Bücher verboten, aber ich habe sie dennoch gelesen, heimlich unter der Bettdecke."

„Sie haben euch Harry Potter verboten?"

„Na ja, sie stören sich wohl an der Darstellung von Magie und anderem Teufelszeug."

„Aber sie wissen schon, dass das alles nur Fiktion ist, oder?"

Wally lachte und zuckte mit den Achseln. Ich beschloss, das Thema zu wechseln.

„Wie geht es dir eigentlich damit, dass Momo morgen abreist?", fragte ich vorsichtig.

Schlagartig wurde er ernst. „Ich will nicht darüber reden, okay? Sonst fange ich nur an zu heulen …“

„Wally, ich …“

„Nein“, sagte er bestimmt und drehte mir den Rücken zu. Die restliche Wartezeit verbrachten wir schweigend.

Als wir mit dem Butterbier, das stark nach Zimt schmeckte, zu den anderen an unseren Tisch zurückkehrten, war Wally wieder so fröhlich wie zuvor. Mir fiel auf, dass er Momo nicht von der Seite wich. Er hielt seine Hand, legte seinen Kopf auf Momos Schulter oder einen Arm um seinen Körper. Man hätte sie fast für siamesische Zwillinge halten können.

„Wahrscheinlich brauchen wir einen Schweißbrenner, um die beiden morgen voneinander zu trennen“, witzelte ich, als Robert und ich am Abend unser Zimmer betraten.

„Und einen Wischmopp für all die Tränen.“

Auf dem Weg zurück ins Hotel hatten wir noch an einem Supermarkt gehalten und uns Wasser und einige Snacks für die morgige Reise besorgt. Nils verschwand im Bad und würde vermutlich erst in einer Stunde wieder zum Vorschein kommen. Robert saß auf der Couch in unserem Wohnzimmer und telefonierte mit Floh, die als einzige Mitarbeiterin unserer Firma vor Ort verblieben war. Anscheinend wartete die Crew, die sich bereits seit Beginn der Dreharbeiten am Rande eines kollektiven Nervenzusammenbruchs bewegte, immer noch auf die Rückkehr von Scarlett O'Hara.

Weil ich Lust auf eine Cola hatte, machte ich mich auf die Suche nach einer Eiswürfelmaschine. Ich fand sie in einem kleinen Raum am Ende des Flurs, füllte meinen Behälter und kehrte zurück. Als ich an der Tür zu Momos und Wallys Suite vorbeikam, hörte ich jedoch laute Stimmen und blieb stehen, um zu lauschen.

„Ich will aber nicht, dass du mich verlässt!“, schrie Wally. Dann ging etwas scheppernd zu Bruch.

Was Momo darauf erwiderte, konnte ich nicht verstehen, aber sicher bemühte er sich, Wally zu beruhigen. Kurz überlegte ich, anzuklopfen und meine Hilfe anzubieten. Aber was hätte ich tun können? Ich zog meine Schlüsselkarte aus der Hosentasche und ging weiter.

„Wally dreht gerade völlig durch“, sagte ich zu Robert, während ich Eiswürfel in Gläser verteilte und eine Dose Cola öffnete.

Er seufzte. „Das kann ja morgen heiter werden.“

Robert wollte möglichst früh aufbrechen. Momos Flug ging erst am Nachmittag, weshalb wir uns schon am Vorabend von ihm verabschiedet hatten. Als Robert, Nils und ich das Gepäck zu unserem Wagen in der Tiefgarage brachten, war es kurz nach sieben. Wally ließ sich nicht blicken, und ich schickte ihm eine Textnachricht. Zehn Minuten später saßen wir im Hotelrestaurant, um zu frühstücken, und ich hatte immer noch keine Antwort von ihm erhalten. Deshalb beschloss ich, nach ihm zu sehen.

„Wo bleibst du?", fragte ich ihn, als er auf mein Klopfen hin öffnete. „Wir wollen in einer halben Stunde los."

Wally sah furchtbar aus, seine Augen waren rotgeweint, und er war blass wie ein Geist.

„Ich komme gleich", sagte er und zog geräuschvoll die Nase hoch. „Muss mich nur noch verabschieden."

Ich schenkte ihm ein aufmunterndes Lächeln, das jedoch nicht erwidert wurde, und kehrte zu den anderen zurück.

Zwanzig Minuten später tauchte Wally an unserem Tisch auf. Er wirkte deutlich gefasster, soweit man das sagen konnte, denn er trug eine Sonnenbrille und hatte sich die Kapuze seines Sweatshirts über den Kopf gezogen.

„Krieg ich den Autoschlüssel, damit ich meinen Koffer einladen kann?", fragte er und streckte die Hand aus.

„Willst du nicht frühstücken?"

Wally schüttelte den Kopf. Robert gab ihm den Schlüssel, und er verschwand Richtung Ausgang. Als wir fünfzehn Minuten später die Tiefgarage betraten, lehnte er am Auto und wartete auf uns. Wir stiegen ein und fuhren los. Keiner von uns sagte ein Wort, die Stimmung im Auto war so gedrückt, dass Robert das Radio einschaltete und einen Popmusiksender suchte.

Neunzig Minuten später wurden wir von dem Streifenwagen angehalten …

„Wie lange wolltest du mich eigentlich da drin lassen?", fauchte Momo Wally an.

Momo sah ziemlich mitgenommen aus und war verständlicherweise wütend wie eine Klapperschlange. Ich hatte ihm ein Sweatshirt mit Florida-Schriftzug gegeben, das ich am Vortag im Auto vergessen hatte, und er saß auf der Rückbank zwischen

Wally und Nils. Gierig leerte er eine ganze Flasche Wasser und verschlang eine Handvoll Peanut-Butter-Cookies.

Wally schniefte leise. Ich konnte sein Gesicht nicht sehen, da er direkt hinter mir saß, aber es hörte sich an, als würde er weinen. Was hatte er sich nur dabei gedacht?

Es war anfangs nahezu unmöglich, ein vernünftiges Wort aus Wally herauszubekommen, aber nachdem er sich etwas beruhigt hatte, erfuhren wir, was geschehen war. Am Abend hatte Wally offenbar so etwas wie einen Nervenzusammenbruch erlitten. Stundenlang hatte er hemmungslos geweint, bis er irgendwann entkräftet eingeschlafen war.

Als er aufwachte, war es noch früh. Momo lag neben ihm, und während Wally ihn beobachtete, wurde ihm klar, dass er ihn nicht gehen lassen durfte. Unter keinen Umständen. Er schmiedete einen Plan – mehr ein sinnloser Akt von Dämlichkeit, geboren aus schierer Verzweiflung – und setzte ihn sogleich in die Tat um: Zuerst besorgte er zwei Becher Kaffee aus einem Coffeeshop, löste einige von Momos Schlaftabletten in einem davon auf und weckte dann seinen Freund.

Als ich an ihre Tür klopfte, lag Momo bereits bewusstlos auf dem Bett und Wally war dabei, ihn an Händen und Füßen zu fesseln.

„Wie hast du ihn eigentlich in den Kofferraum bekommen?", fragte ich ihn.

„Ich hab so einen Gepäckwagen aus der Lobby geholt und bin damit in die Tiefgarage gefahren. War ein Kinderspiel", sagte Wally mit der Gelassenheit eines professionellen Gangsters.

„Und unser Gepäck?", meldete sich Nils plötzlich zu Wort. Die ganze Zeit über hatte er geschwiegen, aber offenbar war ihm gerade eingefallen, dass seine Schnäppchen aus dem Outlet-Center, in dem wir vorgestern gewesen waren, auf dem Spiel standen. „Was hast du damit gemacht?"

„Hinter irgendein Auto gestellt …", antwortete Wally kleinlaut.

„Ich hatte Todesangst", sagte Momo und drehte die leere Wasserflasche in seiner Hand. „Weißt du, wie viele Drohbriefe mein Vater jedes Jahr bekommt? Ich dachte, mich hätte jemand entführt und würde mich umbringen wollen."

„Es tut mir so leid“, sagte Wally leise. „Ich weiß auch nicht, warum ich das getan hab. Aber der Gedanke, dass du mich verlässt … Ich liebe dich doch.“

Als wir das Hotel in Orlando erreichten, suchten wir zuerst nach unserem Gepäck, das erstaunlicherweise immer noch unbemerkt hinter einem SUV stand. Wir luden es ein, und Robert wollte sofort wieder aufbrechen. Der Abschied der beiden Liebenden verlief daher kurz und ziemlich unromantisch in der Tiefgarage. Wally weinte und beteuerte immer wieder, wie sehr er ihn liebte. Auch Momo hatte Tränen in den Augen. Sie umarmten und küssten sich, dann machte Momo sich abrupt los und ging zum Fahrstuhl. Bevor sich die Türen schlossen, schenkte er Wally ein letztes Lächeln und sagte lautlos: „Ich liebe dich auch.“ Zumindest war Wally davon überzeugt.

Von Orlando bis New Orleans brauchten wir knapp neun Stunden, und die meiste Zeit über hörten wir Wally weinen. Es wurde nur wenig gesprochen. Nach einer Weile bemerkte ich, dass das leise Schluchzen verstummt war, und als ich mich umdrehte, sah ich, dass Wally eingeschlafen war. Selbst jetzt sah er noch unglücklich aus, und ich fragte mich, wie es mit den beiden wohl weitergehen mochte. Vielleicht war es ja wirklich die große Liebe. Sie musste es einfach sein, wenn sie einen Entführungsversuch überstehen sollte.

Als wir das Hotel in New Orleans erreichten, war es bereits seit Stunden dunkel. Wir waren müde, verschwitzt und wollten eigentlich nur so schnell wie möglich ins Bett. Doch als wir die Lobby betraten und Floh in einem Sessel in der Ecke sitzen sahen, wussten Robert und ich sofort, dass etwas passiert war.

„Hi“, sagte sie und stand auf. Dass Floh, die sonst immerzu in Bewegung war, stundenlang auf uns hatte warten müssen, war mit Sicherheit die reinste Folter für sie gewesen. Die Sechzigtausend-Euro-Frage lautete jedoch: Warum war sie nicht bei Philip und Tiana?

„Ich wollte zuerst anrufen, aber dann dachte ich mir, das würde auch nichts ändern. Also hab ich mich ins Auto gesetzt und bin hergefahren.“

„Was ist passiert?“ Robert war schlagartig nervös geworden, auch wenn ich vermutlich der Einzige war, der das registrierte.

Er hatte seine Gefühle meistens gut unter Kontrolle. „Sag bitte nicht, der verrückte Ex von Tiana ist aufgetaucht."

„Nein, nein, der hat sich nicht blicken lassen", erwiderte Floh und trat von einem Fuß auf den anderen. „Es ist Philip … Tiana und er sind … verschwunden."

„Was meinst du mit verschwunden?", fragte ich. „Sind sie abgereist? Oder haben sie einen Ausflug unternommen und sind nicht zurückgekehrt?"

„Ich weiß es nicht", gestand Floh.

Als Robert am Morgen kurz mit ihr telefoniert hatte, um sich auf den neuesten Stand bringen zu lassen, hatte Philip noch geschlafen. Zumindest glaubte das seine Kollegin, die ihn bereits seit dem Mittag zuvor nicht mehr gesehen hatte. Weil er sich den ganzen Vormittag über nicht blicken ließ, überredete Floh den Hotelmanager, Philips Zimmer aufzuschließen, und stellte fest, dass sein Bett unberührt war. Auf ihre Anrufe und Textnachrichten reagierte er nicht; sein Smartphone war ausgeschaltet. Am Nachmittag fragte sie den Produktionsleiter, ob er Philip gesehen hätte. Dabei stellte sich heraus, dass auch Tiana verschwunden war. Ihr Manager hatte offenbar die Hotelangestellten bestochen, damit sie ihm regelmäßig berichteten, was in der Suite der Sängerin vor sich ging. Als der Zimmerservice am Morgen kam, um aufzuräumen und zu putzen, waren die Räume verwaist.

„Wir vermuten, dass die beiden irgendwann letzte Nacht in ein Taxi gestiegen und weggefahren sind", schloss Floh ihren Bericht. „Auch Tianas Handy ist aus. Ihr Manager dreht völlig durch und faselt etwas von Entführung. Die Plattenfirma will aber den Ball flach halten und erst mal keine Polizei einschalten."

„Was glaubst du?", fragte ich sie. „Wurde Tiana gekidnappt?"

Floh sah mich an und zuckte mit den Schultern, dann schüttelte sie den Kopf. Eine Entführung wäre der Super-GAU für unsere Firma gewesen, aber gegen diese Theorie sprach, dass der Nachtportier gesehen hatte, wie Tiana und Philip das Hotel verlassen hatten. Falls Philip nicht mit den Kidnappern unter einer Decke steckte und Tiana bedroht hätte, sah es nicht danach aus, als hätte man sie gegen ihren Willen fortgebracht.

Robert rief als Erstes den Produktionsleiter an, der aber immer noch nichts von Tiana oder Philip gehört hatte. Dafür war es jemandem gelungen, den Taxifahrer ausfindig zu machen, der sie gefahren hatte. Immerhin wussten wir nun, dass ihr Ziel eine Mietwagenfirma am Flughafen gewesen war. Dort weigerte man sich allerdings, uns Auskunft zu geben. Wir vermuteten zwar, dass der Standort des Wagens mittels GPS-Ortung ermittelt werden konnte, aber das durfte nur die hiesige Polizei veranlassen. Die Behörden würden jedoch nur tätig werden, wenn tatsächlich ein Verbrechen vorlag, wovon wir nicht ausgehen konnten. Außerdem würde ein solches Vorgehen unweigerlich die Aufmerksamkeit der Öffentlichkeit erregen, und das wollte erst recht keiner.

Robert beendete das Telefonat, und ich sah ihn fragend an.

„Was sollen wir jetzt tun?“

„Nichts. Ich rufe Philip weiterhin an, vielleicht schaltet er ja irgendwann wieder sein Telefon ein, ansonsten müssen wir abwarten. Vielleicht machen sie ja nur einen Ausflug und kommen morgen zurück.“

„Ich glaube eher“, sagte Floh mit leiser Stimme, „dass die beiden durchgebrannt sind.“

Der letzte Hippie in Texas

Es war spät, und an diesem Abend konnten wir ohnehin nichts mehr unternehmen, weshalb wir uns auf unsere Zimmer zurückzogen. An Schlaf war dennoch kaum zu denken. Robert rief noch ein paarmal Philips Handy an, hatte aber keinen Erfolg. Irgendwann legten wir uns hin und versuchten zu schlafen, wälzten uns aber beide nur unruhig hin und her. Nach zwei Stunden machten wir das Licht wieder an, und Robert versuchte erneut Philip anzurufen.

„Glaubst du, Floh hat recht, und die beiden sind … durchgebrannt?“

Robert zuckte mit den Schultern und schaltete frustriert das Telefon aus.

Ich kannte Tiana nur aus ihren Musikvideos und einigen Fernsehauftritten, aber sie war unbestreitbar eine schöne, impulsive Frau, die genau wusste, was sie wollte, und keine Scheu hatte, es sich zu nehmen. Bereits auf dem Hinflug war jedem klar gewesen, dass sie ein Auge auf den „süßesten Bodyguard aller Zeiten“ geworfen hatte. Philip war zwar nicht auf ihre Avancen eingegangen, doch die beiden hatten in den Tagen danach viel Zeit miteinander verbracht. Robert hatte das sogar noch unterstützt, weil er auf Philips besänftigenden Einfluss auf die Sängerin gehofft hatte. Offenbar hatte er Tianas Hartnäckigkeit unter- oder Philips Standhaftigkeit überschätzt.

Die Dreharbeiten waren von Anfang an schwierig gewesen. Die Launen der Diva machten allen Beteiligten das Leben schwer, und die Atmosphäre am Set war aufgeladen wie vor einem Gewitter. Eine Menge Konflikte lag in der Luft. Von Philip erfuhr Robert, dass Tiana mit ihrem neuen Album unzufrieden war. Sie wollte keine harmlosen, gefälligen Popsongs mehr einspielen, sondern lieber etwas mit mehr Substanz und subversiver Botschaft, was die Plattenfirma jedoch für wenig lukrativ hielt. Tiana hatte das Gefühl, künstlerisch festzustecken. Da waren auf der einen Seite die Anforderungen ihres Labels und die Erwartungen der Fans, die immer das Gleiche von ihr hören wollten. Auf der anderen Seite stand ihr Wunsch nach künstlerischer Weiterentwicklung und kreativer Entfaltung. Philip verstand sie sehr gut – auch er quälte sich gerade mit der Entscheidung, ob er den Weg seiner Eltern einschlagen oder seinen eigenen beschreiten sollte. Beide spürten, dass sie so nicht weitermachen konnten und sich etwas ändern musste.

Im Grunde spielte es keine Rolle, ob sie eine Affäre begonnen hatten und durchgebrannt oder aus einer unerträglichen Situation ausgebrochen waren. Ihr spurloses Verschwinden war genau die Art von unberechenbarem Verhalten, für das Tiana berühmt war. Viel schlimmer war jedoch, dass Philip ihr dabei geholfen hatte, denn das warf ein schlechtes Licht auf unsere Arbeit. Nicht die Sängerin, sondern ihr Label hatten uns engagiert, und als ihr Leibwächter hätte Philip nicht nur professionelle Distanz wahren, sondern ihre Fluchtpläne auch vereiteln müssen.

Sonntagmorgen war Robert mit Tianas Manager und dem Produktionsleiter verabredet und machte sich gleich nach dem Frühstück auf den Weg. Ich schlug Wally und Nils vor, ins French Quarter zu fahren. Doch mein Cousin zog es vor, den Tag im Bett zu verbringen und seiner verlorenen Liebe nachzutrauern, und Nils meinte, er hätte bereits alles gesehen, was ihn interessierte. Ich nannte ihm eine Reihe von Museen und Häusern, die wir besichtigen konnten, und er sah mich an, als hätte ich den Verstand verloren. Stattdessen setzte er sich in ein schattiges Eckchen, schlürfte Eistee und starrte stundenlang auf sein Handy. Ich setzte mich mit meinem Buch neben ihn, war aber zu unruhig, um zu lesen.

Am frühen Nachmittag kehrte Robert zurück. Noch immer gab es nichts Neues von Tiana und Philip. Die Manager hatten mit der Plattenfirma in Deutschland telefoniert, deren Vertreter immer panischer wurden. Sie hatten eine Menge Geld in die Herstellung des Musikvideos investiert und fürchteten, am Ende sogar die Veröffentlichung des Albums verschieben zu müssen. Die Dreharbeiten wurden für eine Woche auf Eis gelegt. Das war aber nicht das Schlimmste.

„Sie machen uns dafür verantwortlich", sagte Robert und rieb sich die müden Augen. „Sie behaupten, Philip hätte sie überredet zu verschwinden, was natürlich Unsinn ist, weil das Ganze eindeutig Tianas Handschrift trägt. Wenn es uns nicht gelingt, ihn zu kontaktieren und Tiana bis Sonntag zurückzubringen, drohen sie, uns in Regresspflicht zu nehmen. Die Schadenersatzforderungen sind gewaltig, und selbst wenn sie damit nicht durchkommen, bedeutet das eine Menge Ärger und schadet unserer Reputation."

„Aber was können wir tun, wenn Philip nicht auf unsere Anrufe reagiert?", fragte ich.

„Hey, Leute", rief Nils aufgeregt. „Das müsst ihr euch anschauen!"

„Nicht jetzt, Nils", sagte ich genervt. Seit Stunden zeigte er mir schon Katzenvideos und Aufnahmen von Alligatoren, die die Innenstädte Floridas unsicher machten.

„Ich weiß es nicht", antwortete Robert, „aber solange das hier nicht geklärt ist, kann ich nicht weg. Wollt ihr die Rundreise ohne mich antreten?"

An unsere Reise durch die Südstaaten hatte ich noch gar nicht gedacht. Die Aussicht, sie allein mit Nils und Wally anzutreten, erfüllte mich nicht gerade mit Begeisterung.

„Leute …", quengelte Nils, „das wird euch interessieren."

„Ich will dich hier nicht im Stich lassen."

Robert nahm meine Hand. „Du kannst aber nichts ausrichten …"

„Jetzt guckt doch mal!" Nils kam zu uns und streckte uns sein Handy entgegen. „Tiana hat vor zehn Minuten was auf Instagram gepostet."

Warum sagte er das nicht gleich? Wir starrten auf das Display, auf dem ein wenige Sekunden langes Video zu sehen war: Tiana stand neben einer kleinen Figur mit mandelförmigen Augen und silber-glänzendem Anzug, blickte lachend in die Kamera und sagte: „Die Wahrheit ist irgendwo da draußen." Neben dem Video hatte sie noch zwei Fotos veröffentlicht, von denen eines ein Selfie mit Philip war. Auch den Hashtag #cutestbodyguard hatte sie wieder verwendet. Die beiden posierten Wange an Wange und wirkten so vertraut wie ein Liebespaar.

„Ist das ein Alien?", fragte ich. „Wo zum Teufel steckt die Frau?"

„In Roswell", sagte Nils und ergänzte auf meinen fragenden Blick: „Hast du den Hashtag nicht gesehen?"

„Das ist in New Mexico", sagte Robert, nachdem er sein Handy bemüht hatte. „Mit dem Auto ungefähr fünfzehn Stunden von hier."

„Was will sie dort? Nach außerirdischem Leben suchen?“

„Na ja“, meinte Nils, „sie schreibt: ‚Go West!‘ Vielleicht will sie ja den Wilden Westen erkunden?“

„Wenn sie was gepostet hat, ist sie vielleicht noch online“, sagte ich und sah zu Robert, der bereits sein Telefon bearbeitete.

„Hab ihrem Manager schon Bescheid gesagt“, murmelte er, während er den Hörer ans Ohr hielt. „Bei Philip tut sich immer noch nichts.“

„Und was machen wir jetzt?“ Ich blickte in die Runde. „Sollen wir hinfahren und hoffen, dass wir sie noch erwischen?“

„Mit dem Flugzeug ist man in gut vier Stunden dort, allerdings mit einem Zwischenstopp, und der nächste Flieger geht erst morgen früh.“ Robert dachte angestrengt nach. „Wenn wir uns ins Auto setzen und die Nacht durchfahren, treffen wir sie vielleicht noch an. Wir könnten uns am Steuer abwechseln.“

„Und wenn sie Roswell schon verlassen haben?“

„Ich kann nicht einfach tatenlos rumsitzen und warten, bis es Philip einfällt, zurückzukommen oder sich bei uns zu melden. Wir könnten alles verlieren!“

Damit war es entschieden: Wir würden die Verfolgung aufnehmen. Ich seufzte, nicht nur, weil ich mich auf unsere Rundreise gefreut hatte, sondern auch, weil ich nun alle Reservierungen wieder stornieren musste. Aber Robert hatte recht: Die Zukunft unserer Firma stand auf dem Spiel, und wir mussten alles versuchen, die beiden Ausreißer zu finden und zurückzubringen.

„Na, schön“, sagte ich und rang mir ein Lächeln ab. „Auf nach Westen!“

Nils brauchte etwas länger, bis er begriffen hatte, dass sich unsere Pläne unwiderruflich ändern würden. Er protestierte und weigerte sich, uns zu begleiten, hatte aber auch keine Lust, allein in New Orleans zu bleiben. Nachdem er eine Weile herumgenörgelt hatte, fügte er sich und packte seine Sachen. Wally war zwar nicht einfach aus dem Bett zu bekommen, leistete aber ansonsten keinen Widerstand. Wir setzten ihn hinten in unseren Mietwagen, wo er weiter vor sich hinbrütete und mit Nils um die Wette schwieg.

Kurz nach siebzehn Uhr verließen wir New Orleans und fuhren auf dem Highway in Richtung Nordwesten. Kaum hatten wir die Randbezirke der Stadt und den Flughafen hinter uns gelassen, befanden wir uns inmitten einer ausgedehnten Sumpflandschaft. Die Autobahn verlief hier auf Stelzen, so dass es aussah, als wären wir auf einer unendlich langen Brücke unterwegs, unter uns glitzerndes Wasser, gesäumt von üppig grüner Vegetation und vermutlich voller Alligatoren.

Wir hielten nur zweimal an, um zu tanken und uns mit Verpflegung einzudecken, das erste Mal bei Shreveport, das zweite Mal im Raum Dallas. Die Tankstelle, die wir dort ansteuerten, war die mit Abstand größte, die ich je gesehen hatte. Man erwartet zwar, dass in diesem Land alles eine Nummer größer ausfällt, aber hier reihten sich sage und schreibe hundertvierundzwanzig Zapfsäulen aneinander, und der angrenzende Shop hatte die Ausmaße eines Flugzeughangars. Es gab lange Theken, an denen wir uns etwas Warmes zu essen bestellten, und Stände voller Snacks und Souvenirs. Um ein Uhr nachts hielt sich der Andrang zum Glück in Grenzen.

Nachdem wir uns etwas gestärkt und mit Kaffee versorgt hatten, bahnten wir uns einen Weg durch den dichten Asphaltdschungel aus ineinander verknäulten Highways. Selbst zu dieser späten Stunde herrschte noch reger Verkehr, aber wir kamen gut voran und konnten den spektakulären Ausblick auf die nächtliche Millionenstadt genießen. Hinter Fort Worth wurde es dann wieder einsamer, und wir tauchten ein in die dunkle texanische Prärie.

Als „Gottes eigenes Land" bezeichnen die Amerikaner gerne ihre Heimat, und nirgendwo schien mir das ernster genommen zu werden als in Texas. Links und rechts des Highways standen ganze Schilderwälder mit religiösen Botschaften: „Heaven or Hell. It's Your Choice. Jesus is the Way." Andere zählten sämtliche zehn Gebote auf, alle ein bis zwei Meilen eines, gefolgt von einem: „Jesus is still the answer." Vereinzelt standen auch bis zu zwei Meter große Kreuze in den Vorgärten der winzigen Dörfer, die wir passierten.

Viele dieser Orte hatten eindeutig schon bessere Zeiten gesehen. Die Häuser waren verfallen, manche hatte zugenagelte Fenster und Türen oder standen neben ehemaligen Industriebetrieben, die bereits vor zwanzig oder dreißig Jahren ihre Tore geschlossen hatten und nun vor sich hin rosteten. Es war, als würde man durch Geisterstädte fahren. Einmal trieb sogar ein

Steppenbusch über die Straße und ließ ein Wild-West-Gefühl aufkommen. Ansonsten breitete wenigstens die Dunkelheit ihr gnädiges Tuch über das Elend.

Neben Jesus wurde auch viel für die „texanische Fahrweise" geworben, unter der ich mir nicht viel vorstellen konnte. Ich nahm an, es sollte bedeuten, sich möglichst rücksichtsvoll im Straßenverkehr zu verhalten, was mir angesichts der rigiden Vorgehensweise der Polizei und der Tatsache, dass hier alle Menschen bis an die Zähne bewaffnet waren, sehr vernünftig vorkam. Da wir die meiste Zeit fast allein auf der Straße unterwegs waren, blieben wir zum Glück unbehelligt.

Robert und ich wechselten uns am Steuer ab, fuhren jeweils zwei, drei Stunden und tauschten dann die Plätze. Von hinten hörte man nicht viel. Nils schien zu schlafen, und auch Wally hatte die Augen geschlossen, ließ aber hin und wieder ein Seufzen hören. Wir vertrieben uns die Zeit mit leisen Gesprächen, versuchten in den Fahrpausen aber auch, ein wenig zu dösen. Die nächtliche Straße glitt dahin, das Radio spielte wahlweise Country-Musik, christlichen Rock oder verbreitete religiöse Botschaften, so dass wir es schließlich ausschalteten. Irgendwann wurde es ganz still im Auto.

Gegen sieben Uhr ging hinter uns die Sonne auf und enthüllte eine endlos weite Landschaft links und rechts der Straße: eine trockene, gelbbraune Ebene, gesprenkelt von zähen, dunkelgrünen Büschen und so flach wie ein Pfannkuchen. Dazwischen Farmen, die von kreisrunden Feldern umgeben waren, die mit einem ausgeklügelten Bewässerungssystem versorgt wurden. Auch Weiden mit Kühen gab es sowie die unermüdlich arbeitenden Ölpumpen. Genauso hatte ich mir den Wilden Westen vorgestellt.

Wir erreichten eine Kleinstadt, die mit dem Zusatz „All American City" warb und ihre Glanzzeiten schon lange hinter sich hatte. Eine stillgelegte Industrieanlage dominierte auch hier den Ortseingang, gefolgt von einer verwaisten Tankstelle und einem Waffenladen. Davor stand ein drei Meter hohes, selbst gemaltes Schild, auf dem Trump als neuer Christus gepriesen und Obama als Antichrist verhöhnt wurde. Nils wollte unbedingt aussteigen und ein Foto davon machen, aber ich weigerte mich anzuhalten. Nach ein paar properen Wohnhäusern erreichten wir die

Hauptstraße, die wie eine Filmkulisse wirkte: Links und rechts befanden sich die üblichen Ladenzeilen, doch fast alle Geschäfte waren leer, die Schaufenster entweder beklebt oder mit amerikanischen Flaggen und Adlern bemalt. Wir überlegten, ob wir hier frühstücken sollten, fanden die Atmosphäre aber bedrückend, geradezu gruselig. Die Straße war, vielleicht wegen der frühen Stunde, menschenleer, als wäre die Stadt schon lange verlassen worden. Gleichzeitig wirkte sie ungeheuer gepflegt. Als wir den Ort verließen, lief plötzlich ein Mann Anfang dreißig über die Straße, ohne sich vorher umzusehen. Ich bremste, obwohl er noch ungefähr zehn Meter entfernt war und bereits den gegenüberliegenden Bürgersteig erreicht hatte. Er wirkte irgendwie verzweifelt. Wir beobachteten, wie er in einer Gasse zwischen den Häusern verschwand. Er hatte lange Haare, die im Wind flatterten, und trug ein knallbuntes Batikshirt, als wäre er geradewegs den Siebzigern entsprungen. Und er rannte, als wäre er auf der Flucht. Vor einem wütenden Mob? Einer Horde Zombies? Es war seltsam und unwirklich und erschien mir wie eine Mahnung. Der letzte Hippie in Texas.

Wir erreichten Roswell in New Mexico um kurz vor neun Uhr. Die letzten hundert Meilen waren anstrengend gewesen, denn Nils hatte zu nörgeln begonnen und fragte alle fünf Minuten, wann wir endlich da wären. Wally dagegen trug Kopfhörer und hatte sich die Kapuze seines Sweatshirts ins Gesicht gezogen. Es war, als würde man mit zwei pubertierenden Teenagern reisen. Wir hatten alle nur wenig geschlafen, und unsere Nerven lagen blank.

Hungrig hielten wir auf dem Parkplatz eines mexikanischen Restaurants, das innen größer war als erwartet. Die kitschig-rustikale Einrichtung erinnerte an eine Hacienda, es gab Lampen aus neongrünen Plastikkakteen, und an den Säulen und Balken hingen bunte Lichterketten in der Form kleiner Chilischoten.

„Sie haben keine Pancakes“, brummte Nils, nachdem er aufmerksam die Karte studiert hatte. „Am liebsten hätte ich jetzt Semmeln oder Brezen oder wenigstens ein Schokocroissant.“

„Ich hab keinen Hunger“, murrte Wally und schob die Speisekarte von sich.

„Du musst aber was essen. Und du musst dich mit dem begnügen, was es hier gibt, Nils.“ Ich klang schon wie meine Mutter. „Wir können ja mal fragen, was die Einheimischen so frühstücken."

Wie sich herausstellte, aßen sie eine ganze Menge und vor allem Eier. Es gab Omeletts, Rühr- und Spiegeleier, aber auch etwas, das sich Huevos Ahogados – ertrunkene Eier – nannte, oder Chilaquiles, gebratene Tortillastreifen mit Eiern, Salsa und saurer Sahne. Nils entschied sich für einen Breakfast Burrito, mit dem er ganz zufrieden zu sein schien. Ich fand es etwas befremdlich, schon am frühen Morgen Bohnenmus und Reis zu essen, aber es machte satt und war lecker. Irritiert war ich nur von der scharfen Sauce, die zu allem gereicht wurde und die mir die Geschmacksnerven verätzte. Wahrscheinlich kippten die Einheimischen sie auch anstelle von Milch in den Kaffee.

Robert las während des Frühstücks seine Mails, beantwortete Nachrichten und versuchte noch einmal, bei Philip anzurufen. Plötzlich fluchte er und schob dann sein Smartphone über den Tisch, so dass wir die Schlagzeile der Online-Ausgabe einer großen, deutschen Boulevardzeitung lesen konnten: „Tiana spurlos verschwunden! Ist ein neuer Mann im Spiel?" Als Foto hatten sie das Selfie von Tiana und Philip gewählt.

„Großartig", murmelte ich, „als wäre das Ganze nicht schon kompliziert genug."

„Was schreiben sie denn?", fragte Nils.

„Im Grunde steht im Artikel nicht mehr als in der Überschrift, nur mit mehr Worten." Ich hatte den Text überflogen und gab Robert das Handy zurück. „Sie wissen gar nichts, sondern geben nur Gerüchte wieder, die am Set kursieren. Und der Rest sind aufgewärmte Klatschgeschichten über Tianas exzentrisches Verhalten. Wahrscheinlich hat einer der Zeitung einen Tipp gegeben, vielleicht einer von denen, die Tiana entlassen hat."

„Oder sie hat es selbst der Presse gesteckt", sagte Nils. „Die Frau liebt es, im Mittelpunkt zu stehen. Zuerst heizt sie die Stimmung mit wilden Gerüchten an, und nach ein paar Tagen gibt sie ein Interview, in dem sie sich als Opfer inszeniert. So kriegt sie am Ende, was sie will."

Ich war verblüfft. Wenn es um Klatsch ging, besaß Nils den Scharfsinn eines Psychoanalytikers.

Nach dem Essen sahen wir uns in der Stadt um. Wir kannten weder den Mietwagen, den Philip und Tiana benutzten, noch wussten wir, ob sie überhaupt noch in Roswell waren, was unsere Suche ziemlich aussichtslos machte. Im Grunde hofften wir auf einen galaktischen Zufall.

Roswell lebte von seinem Nimbus, dass hier nach dem Zweiten Weltkrieg ein Raumschiff abgestürzt sein sollte. Gleich zwei Museen versuchten, aus diesem angeblichen Vorfall Kapital zu schlagen, indem sie Beweise – oder was sie dafür hielten – zusammengetragen hatten. Aber uns fehlte die Zeit, uns das näher anzusehen. Auch sonst lebten die Menschen hier von der Faszination, die der Ort auf die Gläubigen ausübte, und ließen nichts unversucht, sie in bare Münze zu verwandeln. UFOs zierten die Wände und Geschäftslogos, eines tauchte sogar im Namen einer lokalen Bank auf. Die Stadtverwaltung hatte die ovalen Abdeckungen der Straßenlaternen, die man überall in den USA fand, mit mandelförmigen Aufklebern versehen lassen, so dass sie an Außerirdische erinnerten. Überall wimmelte es von kleinen grünen und grauen Männchen, die einen aus den Schaufenstern angrinsten oder einem als Wegweiser begegneten. Vor dem Rathaus stand eine ausgediente Flak, und es gab gleich zwei Waffendiscounter, in denen man sich mit Schusswaffen eindecken konnte. Sollte es noch einmal zu einer Raumschiffnotlandung oder gar einer Alien-Invasion kommen, war man hier jedenfalls vorbereitet.

Wir sichteten also ungefähr drei Dutzend Außerirdische, aber weder Tiana noch Philip. Nach einer Stunde war uns klar, dass wir so nicht weiterkommen würden. Die Sonne brannte von einem ausgeblichenen Himmel auf uns herab, und die Luft schmeckte nach Staub und Enttäuschung. Gerade als wir beratschlagten, ob wir uns ein Hotel suchen und ein paar Stunden schlafen sollten, kam uns der Zufall zu Hilfe.

„Tiana postet wieder was auf Instagram“, rief Nils aufgeregt.

Robert und ich beugten uns über sein Handy. Es waren drei Fotos: Auf dem ersten posierte Tiana mit einem Cowboyhut, eine riesige Sonnenbrille verbarg dabei den Großteil ihres Gesichts. Ihre Lippen hatte sie zu einem aufreizenden Kussmund gespitzt, Daumen und Zeigefinger abgespreizt wie ein Kind, das mit imaginären Pistolen schoss. „Cowgirl on the run“, lautete ihr Kommentar dazu. Das zweite Bild zeigte eine Ansammlung kubischer Gebäude, die neben- und überaneinander angeordnet waren und wie ein modernes Pueblo aussahen. Auf dem dritten stand sie schließlich neben einer Reihe bunt bemalter Säulen. Sie schrieb von der „enormen kreativen Kraft“ dieses Ortes, aber auch, dass es sie traurig machte, das großartige indianische Erbe auf Souvenirs made in China und architektonische Zitate reduziert zu sehen. Sie wünschte sich, „etwas Echtes“ zu finden, zum „Zentrum der spirituellen Kraft“ vorzustoßen und „Mutter Erde“ nahe zu sein.

„Was meint sie jetzt damit?“, fragte ich leicht genervt.

„Das Fräulein ist ein wenig überspannt“, sagte Robert, ebenfalls recht dünnhäutig nach viel zu wenig Schlaf. „Immerhin wissen wir, wo sie gerade sind: Santa Fe.“

Das war der Vorteil, wenn man es mit YouTubern, Instagramern und Influencern zu tun hatte: Sie mussten zwanghaft jedes Produkt und jeden Ort kennzeichnen. Die gute Nachricht war, Tiana und Philip waren lediglich 190 Meilen von uns entfernt, die schlechte, dass wir wieder ins Auto steigen mussten. Nils protestierte ein wenig, weil er sich unbedingt noch die Ausstellung über das gestrandete UFO anschauen wollte, die er für eine Dokumentation wahrer Ereignisse hielt, gab aber auf, als wir müde damit drohten, ihn einfach hierzulassen. Nachdem wir getankt und uns mit Getränken eingedeckt hatten, brachen wir auf und fuhren nach Norden, tiefer hinein in die Wüste.

Drei Stunden später erreichten wir Santa Fe, und die Landschaft hatte sich zu meiner Überraschung dramatisch verändert, war grüner und vor allem großstädtischer geworden. Die Stadt selbst hatte zwar nur rund siebzigtausend Einwohner, aber die verteilten sich auf einer recht großen Fläche. Platz hatten sie hier ja genug. Die Spanier hatten die Stadt gegründet, und damit war sie einer der ältesten von Europäern besiedelten Orte in den USA. Mitte des letzten Jahrhunderts hatte der Stadtrat beschlossen, dass alle Neubauten im Pueblo-Stil zu errichten waren, was der Stadt ein exotisches und wenig amerikanisches Aussehen verlieh. Vermutlich erklärte das ihre Attraktivität für die Touristen, von denen es jede Menge gab.

Nachdem wir in ein Parkhaus im historischen Stadtzentrum gefahren waren, standen wir vor einem vertrauten Problem: Wie sollten wir hier zwei Leute aufstöbern, die eine Menge taten, um nicht gefunden zu werden? Inzwischen hatte Tiana jedoch ein weiteres Bild gepostet, das sie mit einer Margarita in einer schicken, mit viel Eichenholz getäfelten Bar zeigte. Möglich, dass der Alkohol sie leichtsinniger machte, denn hinter dem Hashtag #lafonda vermutete ich eine Bar.

„Jetzt müssen wir nur noch rausfinden, wo das ist", sagte ich aufgeregt. Wir waren unserem Ziel zum Greifen nahegekommen, das spürte ich.

La Fonda war, wie wir schnell herausfanden, der Name eines rund hundert Jahre alten Hotels nahe der zentralen Plaza. Von außen machte es nicht allzu viel her, aber innen war es prachtvoll ausgestattet mit wuchtigen Deckenbalken, glattpolierten Steinfliesen und geschmackvollen Kunstwerken. Wenn man aus der grellen Mittagssonne kam, empfing einen schattige Ruhe. Ich hätte am liebsten eine Siesta abgehalten. Wir teilten uns auf, um Tiana und Philip ausfindig zu machen, aber sie waren weder in der Bar noch in einem der beiden Restaurants. Robert erkundigte sich an der Rezeption nach ihnen, erfuhr aber nur, dass sie am Vormittag ausgecheckt hatten.

„So knapp", sagte er, sichtlich enttäuscht.

„Vielleicht sind sie ja noch hier", meinte ich mit mehr Optimismus in der Stimme, als ich empfand. „Wir fangen im Hotel an und erkunden nach und nach die umliegenden Straßen."

Nils und Wally murrten zwar, machten sich aber dennoch auf die Suche. Insgeheim hatte ich den Verdacht, dass Nils nur so tat und sich stattdessen in das nächstbeste Café setzen würde, um eine Stunde später völlig abgekämpft wieder zu uns zu stoßen. Ich verließ das Hotel durch einen Nebeneingang, lief ein Stück die Straße hinunter und stand dann vor der Kathedrale, die Franz von Assisi geweiht war. Der Heilige lungerte vor seiner Kirche herum und sah nachsichtig lächelnd von seinem Sockel auf mich herab. Er schien genauso ratlos zu sein wie ich. Ein Stück weiter entdeckte ich die Statue einer mir unbekannten indianischen Ureinwohnerin mit weißem Umhang.

Ich ging weiter. Gegenüber der Kathedrale lag ein Museum, und ich erkannte die bunten Säulen, vor denen Tiana posiert hatte. Hinter dem Park, der die Kirche flankierte, bog ich nach rechts ab und blieb überrascht stehen. Wally stand vielleicht hundert Meter vor mir, und zuerst dachte ich, ich sollte besser einen anderen Weg einschlagen, um unseren Suchradius weiter auszudehnen. Doch dann sah ich, dass er sich mit jemandem unterhielt: Philip!

Wally hatte sie tatsächlich gefunden. Oder zumindest Philip. Ich atmete erleichtert auf und ging auf die beiden zu. Als ich vielleicht noch zwanzig Meter entfernt war, blickte Philip auf und sah mich. Sofort drehte er sich um und rannte davon. Ich rief Wally zu, ihn aufzuhalten, aber mein Cousin starrte mich nur ausdruckslos an und rührte sich nicht vom Fleck. Bis ich ihn erreicht hatte, war Philip bereits nach links in eine Seitenstraße eingebogen und verschwunden.

„Was ist los mit dir?“, herrschte ich Wally an. „Warum hast du ihn nicht festgehalten?“

Wally seufzte nur und schwieg. Ich war stinksauer auf ihn. Mittlerweile war ich seit über dreißig Stunden auf den Beinen, ich stank, musste mir dringend die Zähne putzen und hatte vor Müdigkeit hämmernde Kopfschmerzen.

„Er liebt sie“, murmelte Wally schließlich, den Blick fest auf den Boden zu seinen Füßen gerichtet. „Lasst sie doch einfach in Ruhe.“

Damit wandte er mir den Rücken zu und schlurfte zurück in Richtung Hotel.

„Er liebt sie?“, echote ich und folgte ihm. „So ein Blödsinn! Philip kennt die Frau seit fünf Minuten, er fühlt sich vielleicht von ihr angezogen, aber Liebe …?“

Wally zuckte nur mit den Schultern. „Manchmal sind fünf Minuten genug.“

Ich schickte Robert eine Nachricht, und wir trafen uns vor dem Eingang des *La Fonda*. Aus Wally war nicht mehr viel herauszubekommen, und Robert und ich waren uns einig, dass Philip und Tiana die Stadt vermutlich bereits verlassen hatten. Es war unsere beste Chance gewesen, und wir waren gescheitert.

„Das ist alles deine Schuld“, sagte ich und sah Wally streng an. Es schien ihn nicht zu kümmern.

„Wohin könnten sie als Nächstes fahren?“ Robert versuchte, pragmatisch zu sein. „Wir wissen, Tiana interessiert sich für die Kultur der Ureinwohner. Sie sucht nach einem Kraftort oder Energiezentrum oder so etwas. Vielleicht hilft uns das weiter.“

Tat es nicht. Es gab allein in New Mexico neunzehn Reservate und zahlreiche indianische Ruinen und Siedlungen. Ihr Ziel konnte das *Bandelier National Monument* sein oder Zuni Pueblo oder Acoma Pueblo oder ein noch weiter entfernter Ort. Wir waren wieder dort, wo wir gestern angefangen hatten. Nur sehr viel müder und desillusionierter.

„Lasst uns über Nacht hierbleiben“, schlug ich vor. „Vielleicht sind wir morgen schlauer.“

„Hoffen wir, dass Tiana bald wieder etwas postet“, sagte Robert.

„Tja, dummerweise hat sie ja jemand gewarnt …“ Ich sah Wally finster an. Mein Cousin spielte den Unschuldigen.

Was hatte er sich nur dabei gedacht? Seit der Trennung von Momo – ob sie nun geografisch oder emotional, vorübergehend oder von Dauer war, konnte man noch nicht sagen – war Wally in einer verletzlichen, für romantische Gesten empfänglichen Stimmung. Die Vorstellung, dass die beiden Liebenden durchgebrannt waren, um der grausamen Welt und ihren bitteren Forderungen zu entkommen, mochte uns lächerlich erscheinen, hatte in ihm aber anscheinend etwas ausgelöst. Missverstandene Solidarität, wenn man mich fragte.

Wir ergaben uns in unser Schicksal und bestellten ein paar dieser fantastischen Margaritas, von denen Tiana auf Instagram geschwärmt hatte. Der Tequila stieg mir sofort zu Kopf, und die schummerige Bar drehte sich um mich herum. Der Barkeeper unterhielt uns mit einigen Anekdoten über das Hotel. Bereits im frühen siebzehnten Jahrhundert hatte es hier ein Gasthaus gegeben, das der Region auch als Gerichtsgebäude diente. Die zum Tode Verurteilten hatte man kurzerhand in der Lobby aufgehängt. Heute hingen dort nur noch die unvermeidlichen Bündel getrockneter Chilischoten von der Decke, für die Santa Fe berühmt war. Angeblich irrten die Geister der Verstorbenen immer noch durch die luxuriösen Gänge des Hotels.

„Na, das ist ja großartig“, sagte hinter uns eine Stimme mit leicht bayrischem Akzent. Nils baute sich vor unserem Tisch auf, das Gesicht gerötet von der Sonne New Mexicos, die Hände empört in die Seiten gestemmt. „Ich renne wie blöde durch die Straßen, um Tiana und Philip zu suchen, und ihr sitzt hier und besauft euch.“

Der Fleck auf seinem T-Shirt sah verdächtig nach Kaffee aus, was meine Theorie untermauerte, aber ich gönnte meinem Freund seinen Auftritt und winkte dem Kellner. Eine Margarita würde Nils schnell wieder besänftigen.

Wir buchten zwei Zimmer für die Nacht und zogen uns zurück, um zu duschen und frische Sachen anzuziehen. Eine Stunde später wechselten wir dann in das hauseigene Restaurant *La Plazuela*, um uns von der *New Mexican Cuisine* verwöhnen zu lassen. Die Tische waren um einen kleinen Springbrunnen herum gruppiert, und in die Holzdecke eingelassene Fenster vermittelten den Eindruck eines riesigen Wintergartens. Das Essen war vorzüglich, auch wenn ich daran denken musste, dass in der Vergangenheit einige Gäste beim Dinner vom Geist eines Geschäftsmanns heimgesucht worden sein sollten. Dieser hatte hier einst sein gesamtes Vermögen bei einem Kartenspiel verloren und anschließend Selbstmord begangen, indem er sich in den Brunnen stürzte, der sich heute unterhalb des Bodens befand.

Ich war immer noch sauer auf Wally, der in seinem Essen herumstocherte und aussah wie das Leiden Christi. Hatte Philip, der um Wallys Probleme mit Momo wusste, ihn mit seiner sentimentalen Geschichte um den kleinen Finger gewickelt, oder stimmte es, was Wally sagte? Hatte Philip sich tatsächlich Hals über Kopf in die kapriziöse Sängerin verliebt?

Robert machte die ganze Angelegenheit ungeheuer zu schaffen. Nicht nur seine berufliche Integrität und Professionalität standen auf dem Spiel, sondern auch seine Freundschaft zu Philip. Er hatte ihm vertraut und fühlte sich hintergangen. Selbst wenn wir Philip fristlos entließen, war nicht sicher, ob unser Unternehmen unbeschadet davonkommen würde. Sollte die Plattenfirma ihre Drohung wahr machen und Schadenersatz von uns verlangen, wären wir erledigt. Mir wurde schwindelig, und ich konnte auf einmal gut verstehen, warum der herumspukende Geschäftsmann in den Brunnen gesprungen war. Aber so weit waren wir zum Glück noch nicht.

Die große Frage

Nach zehn Stunden Schlaf, der eher einem komatösen Zustand glich, sah die Welt schon wieder ganz anders aus. Unsere Lage mochte ernst sein, völlig hoffnungslos war sie nicht.

„Irgendwas Neues von Tiana auf Instagram?“, fragte ich Nils, als wir uns zum Frühstück in einem nahegelegenen Diner trafen. Er schüttelte den Kopf.

„Wartet's nur ab, Tiana kann gar nicht anders, sie muss was posten“, sagte Nils fröhlich. Heute früh war er wie ausgewechselt, aufgekratzt und ständig in Bewegung, als hätte er zu viel Kaffee getrunken. Als ich ihn darauf ansprach, meinte er: „Wir sind im Urlaub. Im Wilden Westen! Wie geil ist das denn? Also sollten wir das auch genießen.“

Im Grunde hatte er recht, wir sollten versuchen, das Beste aus diesem Desaster zu machen. Nach dem Frühstück marschierten wir los, um uns Santa Fe anzusehen. Die Adobe-Bauweise der Gebäude bildete eine dekorative Kulisse, vor der die üblichen Massen aus Europa, Asien und Amerika ihre Selfies knipsten. Wir besichtigten alte Kirchen und Museen, kauften Bündel knallroter, getrockneter Chilischoten und genossen die Tex-Mex-Küche.

Am frühen Nachmittag tauchte endlich ein neuer Post auf Tianas Instagram-Account auf: ein Video, das sie in einer Höhle mit rot-braunen Wänden aufgenommen hatte. Ein kreisrundes Loch in der gewölbten Decke und eine Vertiefung im darum herumliegenden Gestein erweckten den Anschein, auf einen Adlerkopf zu starren. Im Hintergrund hörte man eine klagende Flöte, die eine auf- und absteigende Melodie spielte, und dazu sang ein Mann in einer unbekannten Sprache. Als sie von dem Adlerkopf herabschwenkte, kamen die Musikanten ins Bild, die als indianische Ureinwohner zu erkennen waren.

„Wo ist sie?“, fragte ich ungeduldig.

Die nächsten Bilder, auf denen drei gewaltige Felsformationen zu sehen waren, die rot in der Abendsonne glühten, beantworteten meine Frage: Monument Valley. Obwohl ich kein Fan von Westernfilmen war, erkannte ich auf Anhieb diese charakteristisch geformten Tafelberge, die sich in einer ansonsten flachen, staubigen Landschaft erhoben.

„Wenn wir sofort aufbrechen, sind wir noch vor Einbruch der Dunkelheit dort“, brummte Robert mutlos und sah uns der Reihe nach an.

„Bis wir ankommen, sind die beiden doch schon längst wieder weg.“ Ich las mir noch einmal durch, was die Sängerin geschrieben hatte. „Deutet irgendwas in dem Post möglicherweise auf ihr nächstes Ziel hin?“

Ich konnte keinen Hinweis erkennen. Tiana schrieb nur von der „spirituellen Kraft“, die von diesem Ort ausging. Neben dem Foto von den Felsen gab es noch einen Schnappschuss mit deutschen Fans, die die Sängerin erkannt hatten, sowie ein Porträt, auf dem sie vor dem Hintergrund der majestätischen Gesteinsformation lasziv in die Kamera blickte. „Wie lautet wohl die Antwort auf die große Frage?“, schrieb sie dazu.

„Welche große Frage?“ Nils sah mich ratlos an. „Überlegt sie, ihre Karriere an den Nagel zu hängen und Schamanin zu werden?“

Wally schnaubte. Es war kein Lachen, aber nahe dran. Heute hatte er zum ersten Mal wieder etwas gegessen, was ebenfalls ein gutes Zeichen war.

„Lasst uns fahren“, sagte ich. „Ich wollte schon immer mal Monument Valley sehen.“

Die Fahrt dauerte fast sechs Stunden. Als wir unterwegs an einer Tankstelle hielten, passierte etwas Merkwürdiges. Nils, Wally und ich waren zur Toilette gegangen, während Robert Benzin zapfte. Als ich zurückkam, stand ein älterer Mann mit Jeans, kariertem Hemd und Cowboyhut vor ihm, in dem ich sofort einen Ureinwohner erkannte. Er sagte etwas zu Robert, das ich nicht verstand, drehte sich dann um und ging weg.

„Was wollte der Mann denn?“, fragte ich und sah ihm nach. Er ging am Tankstellenshop vorbei, bog um die Ecke des Gebäudes und verschwand.

„Eine Mitfahrgelegenheit“, antwortete Robert. „Als ich ihm sagte, dass unser Auto bereits voll ist, war er beleidigt. Er hat seine Hand auf den Kotflügel gelegt und irgendwas gemurmelt. Dass wir keine sichere Reise haben würden oder so ähnlich.“

„Was meinst du damit?“

Robert grinste mich an. „Er hat uns verflucht.“

Natürlich glaubten wir nicht an Flüche und machten Scherze darüber. Dennoch fühlten wir uns alle etwas unbehaglich, als wir unsere Reise fortsetzten. Aber was wäre die Alternative gewesen? Einen grimmigen Häuptling auf der Rückbank zwischen Nils und Wally zu platzieren?

Wir fuhren weiter durch die endlose Prärie. Keine drei Meilen nach unserem Zwischenstopp ertönte ein Signal, und ein Warnlämpchen leuchtete am Armaturenbrett auf. Der Motor machte keine seltsamen Geräusche, es schien alles in Ordnung zu sein, doch die Signalleuchte sagte etwas anderes. Ich kramte das Servicebuch aus dem Handschuhfach und suchte nach einer Erklärung.

„Es sind die Reifen“, sagte ich, nachdem ich eine Weile gebraucht hatte, um die richtige Signalleuchte zu finden.

„Vielleicht die Hitze“, mutmaßte Robert.

„Das ist der Fluch“, sagte Nils düster.

Wir lachten. Doch irgendwie war mir beklommen zumute.

Wir kamen gerade noch rechtzeitig zum Sonnenuntergang an. Robert stellte den Wagen auf dem Parkplatz eines langgestreckten Hotels ab, das *The View* hieß und von den Navajos betrieben wurde, auf deren Land wir uns befanden. Die berühmten Felsen sahen wir in einiger Entfernung, drei riesige Brocken im Wüstenstaub, die von den letzten Strahlen der untergehenden Sonne geküsst wurden und von innen heraus zu glühen schienen. Darüber spannte sich ein blassblauer, wolkenloser Himmel.

In der Auffahrt zum Hotel hatten sich zahlreiche Menschen versammelt, die dieses Naturschauspiel beobachteten. Die Kameras klickten um die Wette. Ich kletterte auf eine niedrige Betonmauer, um einen besseren Blick zu haben, und sah unsere langgezogenen Schatten auf dem abschüssigen Boden unter uns.

Als die Sonne beinahe untergegangen war, fragten wir an der Rezeption des Hotels nach Tiana und Philip, die bereits am Morgen abgereist waren. Das war keine Überraschung. Wir beschlossen, über Nacht zu bleiben, aber weil das Hotel nahezu ausgebucht war, mussten wir uns ein Zimmer teilen. Es war klein, lag zum Parkplatz hinaus und hatte zwei schmale Doppelbetten. Die Bettdecken waren mit geometrischen Mustern und stilisierten Figuren geschmückt, die vermutlich uralte Stammessymbole aufgriffen. Made in China, stand auf der Waschanleitung.

Das Hotel verfügte über einen großen, luftigen Speisesaal und eine gute Küche. Wir probierten einen indianischen Eintopf mit weißem Mais, der wie aufgeweichtes Popcorn aussah und nach nichts schmeckte. Zum Frühstück bestellten wir dann Navajo-Brot, ein frittierter, mit Blasen übersäter knusperiger Fladen, der mit Honig serviert wurde und köstlich war.

Nils klebte wie gewohnt an seinem Handy, aber diesmal hatte er wenigstens einen guten Grund für sein unhöfliches Verhalten. Als wir fast fertig waren, verkündete er, dass Tiana sich wieder bei ihren Fans gemeldet hatte. Er zeigte uns den Post: ein Selfie, das sie vor dem großartigen Hintergrund des Grand Canyons aufgenommen hatte. Dem Text nach zu urteilen war sie immer noch auf der Suche nach „spiritueller Führung“ und einem „Kraftort“, der ihr helfen sollte, die richtigen Antworten zu finden. Wir wussten immer noch nicht, wie die Fragen dazu lauteten, ganz zu schweigen von der „großen Frage“. Unter einem weiteren Bild, auf dem sie mit wehendem Haar zu sehen war, schrieb sie sinnigerweise: „Die Antwort kennt nicht einmal der Wind.“

„Es sind nur drei Stunden bis zum Grand Canyon“, sagte ich, nachdem ich das Internet bemüht hatte. „Wenn wir sofort aufbrechen, sind wir heute Mittag da.“

„Ich glaube, wir sollten aufgeben“, sagte Robert, der müde und resigniert aussah. „Sie werden uns ja doch immer wieder entwischen.“

Er hatte recht, das war eine Schnitzeljagd, bei der wir nur verlieren konnten. Unsere Chancen, Tiana und Philip einzuholen, waren von Anfang an verschwindend gering gewesen. Wir hatten uns im Grunde nur auf den Weg gemacht, weil es besser war, als untätig herumzusitzen und zu warten. Und um guten Willen zu demonstrieren, in der Hoffnung, dass man uns nicht zur Verantwortung ziehen würde.

„Aber der Grand Canyon …“ Nils klang enttäuscht. „Ich hatte mich schon darauf gefreut.“

Ich sah zu Robert, der darüber nachdachte und schließlich mit den Schultern zuckte. „Warum nicht? Wir können uns auch morgen auf den Rückweg machen.“

Damit war es entschieden. Wir beendeten unser Frühstück und packten unsere Sachen. Als ich ins Auto steigen wollte, ließ sich jedoch meine Tür nicht öffnen. Robert musste sie von innen aufmachen, und Nils unkte, dass sicherlich der Fluch schuld daran war. Die Signalleuchte brannte immer noch und erzeugte in mir ein Unbehagen.

Der Weg führte quer durch das Reservat der Navajos, eine karge, staubtrockene Gegend mit wenigen Ortschaften. Nach einer Weile wurde das Land um uns herum schließlich hügeliger und grüner.

Nachdem wir den Eingang zum Grand Canyon National Park passiert und die Gebühr für unseren Wagen entrichtet hatten, war unsere erste Station ein Besucherzentrum, das von einem hohen, aus Bruchsteinen gemauerten Turm dominiert wurde. Er erinnerte mich an den Wachturm einer mittelalterlichen Burg. Nils, der eine Blase von der Größe einer Erdnuss hat, musste unbedingt zur Toilette, und wir wollten uns ein wenig die Beine vertreten.

Das Innere des Besucherzentrums, das den üblichen Souvenirshop beherbergte, sah aus wie ein indianisches Heiligtum mit einer unregelmäßig geformten Kuppel, die mit Petroglyphen bemalt war. Das Ganze war typisch amerikanisch: Sie zitierten eine uralte Kultur und verwandelten das Resultat in ein Shoppingcenter. Ich blätterte einige Bücher und Broschüren durch, fand aber nichts über Indianerflüche und wie man sie aufheben konnte.

Natürlich gab es auch eine Aussichtsplattform, von der aus wir einen ersten Blick auf den Grand Canyon werfen konnten. Unter uns erstreckte sich eine weite, zerklüftete Schlucht mit einem Bergrücken im Vordergrund, der aus mehreren Schichten ocker- und beigefarbenen Gesteins bestand, übersät mit kleinen grünen Büschen. Die Felswände, die sich stufenförmig dahinter erhoben und oben flach waren, als hätte ein Riese sie mit einem Messer gekappt, schimmerten dagegen in blassen Rot-, Orange- und Purpurtönen. Es war das Majestätischste, das ich je gesehen hatte, und kein Foto, das ich an diesem Tag schoss, wurde seiner Schönheit gerecht.

Wir hielten uns eine ganze Weile dort auf, genossen die Aussicht und überlegten, wie wir den restlichen Tag verbringen wollten. Um uns herum wimmelte es von Touristen. Es gab lärmende Reisegruppen aus China, europäische und amerikanische Wanderer und Inder, deren Frauen in bunte Saris gehüllt waren und die ich eher auf einem Markt in Mumbai erwartet hätte. Die Karte, die wir am Eingang erhalten hatten, verzeichnete eine Reihe von Aussichtspunkten mit Parkplätzen, an denen man halten konnte, um das Panorama zu genießen. Wir klapperten sie nacheinander auf unserem Weg nach Westen ab, mussten sie aber immer mit zahlreichen anderen Touristen teilen. Mitunter war es schwierig, überhaupt einen Parkplatz zu finden.

Am schlimmsten wurde es, als wir das Grand Canyon Village erreichten. Riesige asphaltierte Parkplätze waren unterteilt in verschiedene Areale mit jeweils einem einheimischen Tier als Erkennungszeichen. Das gleiche System hatten wir in Disney World kennengelernt, aber in dieser Umgebung wirkte es bizarr. Das gesamte Dorf war überlaufen wie Venedig im Hochsommer. Wir versuchten, von einem der Aussichtspunkte einen Blick auf den Grand Canyon zu erhaschen, kamen aber kaum durch die dichten Menschenmassen. Es war voll, es war laut, und es machte keinen Spaß. Einige Wagemutige kletterten sogar über die Absperrungen und posierten nahe am Abgrund für besonders eindrucksvolle Selfies. Ich erwartete beinahe, dass es für einige das letzte Foto sein würde.

Robert schlug vor, den Massen auszuweichen und ein Stück zu wandern. Ein kilometerlanger Wanderweg führte direkt am Rand des Grand Canyon entlang und lockte mit Ruhe und großartigen Aussichten.

„Wir sollen wandern? Zu Fuß?“ Nils starrte uns entsetzt an.

„Wenn du willst, kannst du auch auf den Händen laufen“, gab ich zurück.

„Ich warte im Restaurant auf euch“, erwiderte er schnippisch und drehte sich um. Wally zuckte nur mit den Schultern und folgte ihm.

Auf den ersten Metern waren wir mit einer Reihe von Leuten unterwegs, die ebenfalls versuchten, den Touristenmassen zu entkommen, aber je weiter wir uns vom Village entfernten, desto weniger Menschen trafen wir. Nach einer Weile waren wir dann ganz allein und genossen die grandiose Aussicht. Die Luft roch nach warmem Staub und Kiefernnadeln.

Plötzlich ließ sich Robert auf ein Knie herab. Zuerst dachte ich, er wollte sich die Schuhe neu zubinden, doch dann griff er unerwartet nach meiner Hand und schaute zu mir auf. Sein banger Blick verriet seine Absichten. Sofort bekam ich weiche Knie.

Oh, mein Gott, dachte ich. Passierte das gerade wirklich? Warum war ich darauf nicht vorbereitet? Und wie liegen meine Haare?

„Andy“, sagte er mit leicht zitternder Stimme und räusperte sich. „Eigentlich hatte ich das ganz anders geplant. Ich hatte einen Tisch in einem hübschen Restaurant in Savannah reserviert, aber ich schätze, das hier ist mindestens genauso romantisch … Ich weiß, wir hatten keinen leichten Start. Ich hab dich verhaftet, du hast mich bei unserem ersten Date ins Krankenhaus befördert und mir später das Herz gebrochen. Man kann nicht sagen, wir waren das typische Liebespaar. Aber bei einer Sache war ich mir von Anfang an sicher: dass wir zusammengehören. Ich liebe dich, Andy, ich will mit dir alt werden … Willst du mich heiraten?“

Er sah mich hoffnungsvoll an, und ich brachte kein Wort heraus. Mein Herz pochte wie wild in meiner Brust, und meine Gefühle waren wie ein Kaleidoskop, das man gerade geschüttelt hatte. Drei, vier Sekunden vergingen, und Robert rutschte unruhig hin und her.

„Ich will dich ja nicht drängen, aber mein Knie … ich glaube, da ist ein Stein oder so.“

Das menschliche Gehirn ist ein merkwürdiges Organ. Während ich noch nach einer Antwort suchte, das Für und Wider abwog und mir klarzuwerden versuchte, welche Auswirkungen meine Entscheidung haben würde, schlossen sich ein paar Synapsen kurz und sorgten für eine Art Geistesblitz.

„Jetzt weiß ich, was die große Frage ist!“

„Schön, dann bekomme ich vielleicht eine Antwort, bevor mein Knie einen dauerhaften Schaden davonträgt.“

„Nein, ich meine die große Frage, die Tiana erwähnt hat“, sagte ich aufgeregt. „Philip hat ihr einen Antrag gemacht!“

Robert sah mich enttäuscht an. „Ernsthaft, darüber denkst du nach? Jetzt?“

Er kam umständlich auf die Beine und wandte sich ab. Ich packte seine Hand, zog ihn nahe an mich heran und küsste ihn. Zum Teufel mit den Überlegungen, manchmal musste man einfach mutig sein und eine Entscheidung treffen. Auch wenn der Verstand unsicher war, manchmal musste man einfach auf seinen Bauch hören. Oder vielmehr sein Herz.

„Ja“, flüsterte ich. „Lass uns heiraten!“

Robert strahlte mich an, dann küsste er mich so lange und intensiv, dass ich keine Luft mehr bekam. Vermutlich wollte er nur verhindern, dass ich meine Meinung änderte und Einspruch erhob.

„Und Tiana …?“

„Scheiß auf Tiana“, murmelte er.

Wir brauchten eine Weile, bis wir uns einigermaßen beruhigt hatten und wieder zu Nils und Wally zurückkehren konnten. Die, wie Robert mir gestand, beide Bescheid gewusst hatten. Ich konnte kaum glauben, dass Nils tatsächlich ein Geheimnis bewahrt hatte.

„War das für deinen Geschmack romantisch genug?“, fragte Robert nach einer Weile. Er war immer noch aufgeregt, wie ein kleiner Junge am Weihnachtsabend. „Du wolltest doch einen klassischen Antrag.“

„Es war perfekt“, antwortete ich. „Aber wo ist eigentlich der Ring?“

„Welcher Ring?“

„Na, der Verlobungsring“, sagte ich keck. „Damit auch jeder sieht, dass du mich eingefangen hast.“

„Du trägst doch keine Ringe“, erwiderte Robert ungerührt, „außerdem war der diamantene Verlobungsring eine Idee von De Beers, um ihre Absätze anzukurbeln. Du stehst doch über solchen Konventionen.“

Nils und Wally warteten bereits auf uns. Als wir ihnen die Nachricht überbrachten, fielen sie uns um den Hals, um zu gratulieren.

„Oh, mein Gott“, sagte Nils erleichtert. „Ich dachte, ich platze noch, weil ich nichts sagen durfte. Und – wann ist der große Tag?“

„Nun mal langsam", sagte ich und wechselte einen Blick mit Robert. Das Erste, was mir eingefallen war, als ich auf dem Rückweg an unsere geplante Hochzeit dachte, war, dass meine Mutter lieber sterben würde, als zu unserer Hochzeit zu kommen. Ich war mir nicht sicher, ob ich diese erneute Kränkung von ihr ertragen konnte.

„Wir könnten im engsten Kreis heiraten", schlug Robert vor, als ich ihm davon erzählte.

Gehörte meine Mutter etwa nicht zum engsten Kreis? Außerdem wäre das unfair seiner Familie gegenüber, die uns uneingeschränkt akzeptierte. Das Ganze war ein Problem, und ich hatte gerade keine Ahnung, wie ich es lösen sollte.

Ich schob den Gedanken beiseite und erzählte Nils und Wally von meiner Vermutung, was Tiana mit der „großen Frage" gemeint haben könnte. Die beiden blieben skeptisch.

„Ich weiß nicht", sagte Nils, um uns dann mit einem seiner kryptischen Sprüche zu verwirren: „Es braucht schließlich zwei Ochsen für einen Tango."

Wir ignorierten ihn wie gewohnt.

„Sie kennen sich doch kaum", gab Wally zu bedenken. „Warum sollten sie da gleich heiraten?"

„Weil fünf Minuten manchmal reichen? Schon vergessen? Außerdem bringt das jede Menge Publicity für Tiana. Die Gerüchteküche brodelt doch jetzt schon wie verrückt, und sie versteht es geschickt, sie weiter anzuheizen." Ich sah meinen besten Freund an. „Hat sie inzwischen etwas Neues gepostet?"

Nils schüttelte den Kopf.

Der Nachmittag war bereits weit fortgeschritten, und wir mussten eine Entscheidung treffen, wie es weitergehen sollte. Wir einigten uns, nach Süden zu fahren und in der nächstgelegenen Stadt zu übernachten. Der Name des Ortes war Williams, das an der legendäre Route 66 lag und längs der Hauptstraße gewachsen war. Dort gab es eine Menge Tankstellen, Hotels und Restaurants, so dass wir problemlos eine Unterkunft für die Nacht fanden.

Am nächsten Morgen saßen wir in einem Diner beim Frühstück, das wie immer so üppig ausfiel, dass man ein ganzes afrikanisches Dorf damit über den Winter bringen könnte, als Nils uns auf einen neuen Post von Tiana hinwies.

Auf dem ersten Bild stand sie neben der Skulptur eines Schweins mit seinem Ferkel, beide trugen geblümte Unterhosen in Rot beziehungsweise Blau und hatten Blumenkränze um den Hals hängen. Die Schweine wohlgemerkt, nicht Tiana. Die Sängerin strahlte in die Kamera. „Sauglücklich" stand unter dem Bild. Das zweite Foto zeigte eine andere Skulptur, diesmal von einem tanzenden Paar in altmodischer Kleidung. Der Mann umfasste fest die Hüfte seine Partnerin und bog sie nach hinten, und beide sahen sich verliebt in die Augen. Philip und Tiana standen direkt davor und imitierten die Pose – auch sie wirkten verliebt.

„Oh, Mann", sagte Nils, „ich glaube, du hast recht, Andy."

In ihrem Text schrieb Tiana, dass sie eine Wahrsagerin konsultiert hatte, um eine Antwort auf „die große Frage" zu bekommen, die sie der Welt bald verkünden wolle. Die Kommentarspalten, die förmlich explodierten, waren voller Spekulationen, was das alles wohl zu bedeuten hätte. Die meisten tippten wie ich auf eine Überraschung der romantischen Natur.

„Sie sind in Sedona", sagte Robert, der das entsprechende Hashtag unter Tianas Post gelesen hatte, „nur ungefähr zwei Autostunden von hier entfernt."

„Glaubt ihr, sie wollen dort heiraten?", fragte Wally.

Sedona, das ergab eine kurze Internetrecherche, war als spirituelles Zentrum der New-Age-Bewegung bekannt und beherbergte eine erstaunliche Anzahl an Wahrsagern, Spiritisten und selbsternannten Schamanen sowie eine beeindruckende Künstlerkolonie. Außerdem gab es dort eine wunderschöne Kapelle, die wie ein Keil in einen Bergrücken gebaut worden war. Für eine Hochzeit sicherlich perfekt geeignet.

„Ich weiß nicht", sagte ich, während ich darüber nachdachte. „Wäre das für jemanden wie Tiana nicht etwas zu … konventionell?"

„Vielleicht heiraten sie ja nach einem indianischen Ritus", schlug Wally vor.

„Ist das denn legal?", fragte Nils.

„Wie weit ist es von Sedona nach Las Vegas?" Ich bemühte das Navi auf meinem Handy, um das herauszufinden.

„Las Vegas? Du glaubst …?" Robert unterbrach sich und nickte. „Ja, das ergibt Sinn."

„Wann hat Tiana die Bilder gepostet?", fragte ich Nils.
„Vor zwei Stunden?"
„Wenn sie wirklich nach Las Vegas wollen, brauchen sie ungefähr viereinhalb Stunden", sagte ich und sah meine Freunde der Reihe nach an. „Und sie müssen durch Williams fahren."
„Das heißt, sie kommen direkt an uns vorbei?" Robert spähte aus dem Fenster, als könnte er sie irgendwo auf der Straße entdecken.
„Na ja, wenn sie sofort aufgebrochen sind, nachdem Tiana das gepostet hat, sind sie schon wieder weg", sagte ich. „Aber der Punkt ist, dass wir jetzt wissen, wohin sie wollen. Wir kommen nur wenig später an als sie und könnten sie abpassen, wenn sie den Papierkram für die Heirat erledigen. Ich nehme mal an, es gibt dort wie bei uns so eine Art Standesamt. Wir könnten uns davor auf die Lauer legen."
„Ich weiß nicht …" Robert trank bedächtig einen Schluck Kaffee. „Das ist alles bloße Spekulation. Was ist, wenn sie gar nicht heiraten wollen? Oder nicht in Vegas?"
Er hatte recht, es war nur eine Vermutung, aber ich war mir meiner Sache ziemlich sicher. Und Tiana wäre nicht die erste Prominente, die Hals über Kopf in Las Vegas geheiratet hätte, nur um sich kurz darauf schlagzeilenträchtig wieder von ihrem neuen Mann zu trennen. Heute war Donnerstag, unser Flieger nach Hause ging Dienstag. Wir konnten jetzt aufgeben und nach New Orleans zurückkehren – oder wir setzten alles auf eine Karte.
„Cool", sagte Nils, „ich wollte schon immer mal nach Vegas."
Robert seufzte. „Na schön, fahren wir nach Las Vegas."

Die Liebe in der Stadt der Sünde

Bis Las Vegas brauchten wir vier Stunden, etwas länger als geplant, weil wir nicht widerstehen konnten, unterwegs am Hoover-Damm anzuhalten. Praktischerweise führte der Highway direkt an dem Staudamm vorbei, und man konnte von einer schwindelerregend hohen Brücke auf ihn hinabsehen. Danach ging es endlose Meilen weiter durch die Wüste, bis schließlich wie eine Fata Morgana die Skyline von Las Vegas am Horizont auftauchte.

Zunächst fuhren wir durch langweilige Vororte, die, von ihrer trockenen, staubigen Umgebung abgesehen, aussahen wie überall in Amerika. Es gab die typischen geduckten Bungalows, vereinzelte Ladenzeilen und riesige Shoppingmalls mit Supermärkten, die sich kälter anfühlten als unsere Winter. Alles war braun, die Häuser, die Mauern, die Berge, die alles umgaben, es sah aus wie auf einer Sepiafotografie. Ich fragte mich, wie es wohl war, hier zu leben, zur Schule zu gehen, zu arbeiten und seine Freizeit zu verbringen.

Das Las Vegas der Touristen erreichten wir einige Zeit später. Plötzlich endeten die Vororte, und wir fuhren in ein Hochhausgewirr hinein, das befremdlich und wunderschön wirkte. Sin City, wie Las Vegas auch genannt wird, war eine Sünde wider die Natur. Wer kam schon auf die Idee, eine Millionenstadt mitten in die Wüste zu bauen? Die Stadt war eine Zumutung, eine Provokation, ein immerwährender Spaß.

Wir kamen von Süden, fuhren Richtung Flughafen und verließen am „Welcome to Fabulous Las Vegas"-Schild die Autobahn, weil Nils unbedingt ein Foto machen wollte. Er war natürlich nicht der Einzige, der auf diese Idee gekommen war, und vor dem Schild standen bereits zwei Dutzend Touristen Schlange. Während wir warteten, suchten wir online nach einem Hotel und versuchten, mehr über die Hochzeitsmodalitäten herauszufinden. Im Grunde war es denkbar einfach: Man brauchte nur eine Heiratslizenz zu beantragen und konnte sich damit praktisch überall in der Stadt das Jawort geben.

„Wenn wir den Eingang von diesem Marriage License Bureau überwachen, laufen sie uns direkt in die Arme", sagte Robert.

Seine Stimme vibrierte vor Aufregung. „Am besten machen wir uns sofort auf den Weg."

„Ich will zuerst mein Foto", nörgelte Nils.

Zum Glück waren wir bald dran. Ein freundlicher Asiate bot an, ein Gruppenbild von uns zu schießen, und Wally hatte die Idee, dass wir alle in die Luft springen sollten. Also machten wir uns vor den Augen von zwanzig wildfremden Menschen komplett zum Affen. Aber ich glaube, in dieser Stadt störte das niemanden.

Über den berühmten Las Vegas Strip mit seinen gigantischen Hotels gelangten wir in das touristische Herz der Finsternis. Hier reihten sich Wolkenkratzer aneinander, gelangte man binnen weniger Minuten von Ägypten nach New York nach Paris und Venedig, ohne dass man sich die Füße im Atlantik nass machen musste. Hier grüßte die Freiheitsstatue, dort ruhte der majestätische goldene Löwe von MGM und blickte auf die Pyramide von Gizeh aus schwarzem Glas. Der Eifelturm stand direkt neben dem Arc de Triomphe, im Genfer See sprudelten gigantische Fontänen, und vor einem Hotel brach alle dreißig Minuten ein Vulkan aus. Las Vegas ist überbordend, ein Füllhorn des Überflusses, laut, protzig und vulgär. Überall funkelte, blinkte und glitzerte es. Riesige Bildschirme versuchten, die Aufmerksamkeit der Besucher auf ihre Werbebotschaften für all die fantastischen Restaurants, spektakulären Shows und luxuriösen Geschäfte zu lenken.

Über die breiten Bürgersteige neben dem Strip schoben sich gewaltige Menschenmassen, die in die Kasinos und Geschäfte strömten, ein endloser Fluss aus gespannter Neugier, freudiger Erwartung und unstillbarem Verlangen. Dazwischen wiegten sich gleichgültige Palmen in der glühend heißen Mittagshitze, und ein wolkenloser Himmel spannte sich über allem.

Je weiter wir nach Norden fuhren, desto weniger Menschen waren unterwegs. Es gab einige Bauruinen und Brachflächen, dann kam der riesige Turm des *Stratosphere*-Hotels in Sicht, das wir uns als Unterkunft ausgesucht hatten, weil es nur wenige Autominuten von der Behörde entfernt war, in der man seine Heiratslizenz bekam.

Robert wollte sich sofort auf die Lauer legen, aber wir überredeten ihn, zuerst ins Hotel zu fahren. Auch Tiana und Philip waren vermutlich erst vor Kurzem angekommen, und wir konnten uns beim besten Willen nicht vorstellen, dass die beiden sofort losziehen würden, um zu heiraten. Das *Stratosphere* hatte seine besten Zeiten vermutlich in den Siebzigern erlebt, aber es war ein solides Hotel mit riesigen Zimmern und einem spektakulären Blick auf die Stadt. Während Robert sich im Bad frisch machte, genoss ich die Aussicht auf den Strip. Plötzlich sah ich aus dem Augenwinkel, wie ein dunkler Schatten vorbeisegelte.

„Ich glaube, da ist gerade einer vom Dach gesprungen“, sagte ich, als Robert in diesem Moment ins Zimmer trat, „aber erstaunlich langsam …“

Wir stellten uns dicht an die Fensterscheibe und spähten hinaus. Kurz darauf glitt ein weiterer Schatten vorbei, und diesmal sahen wir, dass es tatsächlich ein Mensch war – der an einem Bungee-Seil hing. Aus Sicherheitsgründen wurde der freie Fall jedoch so stark abgebremst, dass die Person eher so sanft zu Boden schwebte wie ein Kastanienblatt im Herbst.

„Das ist eine seltsame Stadt“, murmelte ich.

Das Marriage License Bureau befand sich einige Blocks nördlich von unserem Hotel und war in einem kastenförmigen Hochhaus untergebracht. Wir fanden einen Parkplatz am Straßenrand, unter einer Reihe von Palmen, von dem aus man gut den Eingang beobachten konnte. Die Behörde hatte bis Mitternacht geöffnet, also hatten wir beschlossen, uns in Zweiergruppen aufzuteilen, und einen Schichtplan erstellt. Als ehemaliger Polizist hatte Robert zum Glück eine Menge Erfahrung mit diesen Dingen.

Zuerst lagen Wally und Nils auf der Lauer. Es stand zu befürchten, dass die beiden ihre Aufgabe nicht sonderlich ernst nehmen würden, aber wir gingen ohnehin davon aus, dass Tiana und Philip erst später am Abend oder am nächsten Morgen auftauchen würden. Robert und ich übernahmen dann die „Friedhofsschicht“ ab 21 Uhr, in der dieser Bereich von Las Vegas bereits wie ausgestorben wirkte. Aus dem Fernsehen wusste ich, wie eine Observierungsaktion aussah: Die beiden Cops redeten eine Menge Unsinn, aßen Donuts und schnappten die Verdächtigen meist, bevor die Beamten ihren zweiten Kaffee getrunken hatten. Die Wahrheit sah natürlich ganz anders aus, nämlich unendlich langweilig. Und Donuts gab es auch keine. Nach einer Stunde ging auch noch das Radio kaputt.

„Das ist bestimmt …“

„Sag’s nicht“, unterbrach mich Robert genervt. „Es gibt keinen Fluch, okay?“

Ich nickte, doch als wir ein paar Tage später den Wagen zurückgaben, schien Robert genauso froh darüber zu sein, ihn wieder loszuwerden, wie ich.

Am nächsten Morgen wurden die Teams neu zusammengestellt. Ich schob mit Nils Wache und durfte mir drei Stunden lang sein Genörgel darüber anhören, wie langweilig das war. Irgendwann kamen wir schließlich auf Mirko zu sprechen.

„Hast du dich inzwischen entschieden?“, fragte ich neugierig.

Nils starrte so konzentriert aus dem Fenster, dass ich schon dachte, er würde mich ignorieren. Als er dann sprach, war seine Stimme so leise, dass ich ihn kaum verstand.

„Ich werde ihn nicht wiedersehen.“

„Ach, Nils …“ Ich legte meine Hand auf seinen Arm. „Bist du dir sicher?“

Er zuckte mit den Schultern. „Es würde wahrscheinlich sowieso nicht lange halten, und dann hätte ich für ihn eine Karriere im Fernsehen aufgegeben. Da wäre ich schön blöd, was?“

„Das kannst du doch gar nicht wissen.“

„Was? Ob ich eine Karriere im Fernsehen mache?“

„Ob er nicht der Richtige ist.“

„Ich hab schon einmal alles auf die große Liebe gesetzt, und was ist draus geworden?“ Nils rang sich ein schwaches Lächeln ab. „Du willst ja nur nicht, dass wir das Weihnachtsspecial in eurer Wohnung drehen.“

„Oh, mein Gott!“

„Jetzt tu nicht so, als hättest du’s vergessen. Wir haben dein Wort …“

Ich stieß ihn in die Seite und deutete auf die Straße. „Da sind sie! Philip und Tiana!“

Die Sängerin trug eine riesige Sonnenbrille, und Philip sah gestresst und übernächtigt aus. Wir warteten, bis sie im Inneren des Gebäudes verschwunden waren, dann stiegen wir aus und postierten uns vor dem Eingang. Ich war ungeheuer aufgeregt und hatte gleichzeitig Angst, dass sie uns wieder entwischen könnten. Während Nils hineinging, um die beiden unauffällig im Auge zu behalten, schickte ich Robert eine Nachricht. Knapp zehn Minuten später war er da.

„Sie stehen immer noch an", berichtete Nils, der sich wieder zu uns gesellt hatte.

„Lasst mich bitte allein mit ihnen reden", sagte Robert und setzte ein grimmiges Gesicht auf. In Philips Haut wollte ich in diesem Moment wirklich nicht stecken.

Er verschwand, und dann passierte eine Viertelstunde lang gar nichts. Als ich drauf und dran war, die Eingangstür aufzustoßen und nachzusehen, verließen sie wieder das Gebäude. Tiana ging schnurstracks an uns vorbei zu einem dunkelgrauen Wagen, der in derselben Straße geparkt hatte wie wir. Ihr Gesicht war eine ausdruckslose Maske.

„Glaubst du, das wäre ein ungünstiger Moment, sie um ein Autogramm zu bitten?", fragte Nils, und ich konnte nicht sagen, ob er das witzig fand oder ernst meinte.

Philip folgte mit Robert und blieb vor mir stehen, um uns zu begrüßen. Er sah blass aus und klang so kleinlaut, dass ich fast Mitleid mit ihm hatte.

„Ich begleite die beiden zu ihrem Hotel", sagte Robert zu mir. „Von dort rufen wir Tianas Management an und überlegen, wie es weitergeht."

„Soll ich mitkommen?", fragte ich.

Robert dachte kurz nach und schüttelte dann den Kopf. „Wenn ich dich brauche, melde ich mich. Wartet am besten im Hotel, okay?"

Ich sah zu, wie Robert und Philip zu Tiana gingen, in den Wagen stiegen und davonfuhren. Es war vorbei. Nach fünf Tagen und fast zweitausendachthundert Kilometern endete unsere Jagd auf denkbar unspektakuläre Art und Weise. Irgendwie war ich enttäuscht.

„Was hast du erwartet?", fragte Wally, als wir uns eine Viertelstunde später zu ihm an den Pool in einem der oberen Stockwerke des *Stratosphere* gesellt hatten. „Eine Festnahme? Einen Faustkampf zwischen Philip und Robert?"

„Ich weiß auch nicht. Etwas mehr Drama vielleicht?"

„Du siehst zu viel Fernsehen", meinte Wally und grinste. „Außerdem – hab ich dir noch nicht genug Drama geboten für einen Urlaub?"

Ich lächelte. Dass Wally bereits Witze über seine eigenen Dummheiten machen konnte, war definitiv ein gutes Zeichen. Wir sprangen ins Wasser und alberten eine Weile herum, dann suchten wir uns drei Liegen und legten uns in die Sonne. Meine Gedanken waren allerdings die ganze Zeit über bei Robert und unserem Liebespaar. Ich brannte darauf, endlich die ganze Geschichte zu erfahren, musste mich aber noch ein paar Stunden gedulden.

Als Robert ins Hotel zurückkehrte, war es bereits später Nachmittag. Wally und Nils lagen immer noch am Pool. Ich hatte jedoch keinen Sonnenbrand riskieren wollen und war aufs Zimmer gegangen, hatte geduscht und überlegte gerade, ob ich online nach einem Restaurant fürs Abendessen suchen sollte. Die Tür öffnete sich, und Robert und Philip kamen herein. Ich starrte die beiden neugierig an.

Robert war mit den beiden Turteltauben zu Tianas Suite im *Wynn's* gefahren, von wo aus sie den Manager der Sängerin angerufen hatten. Nach einem längeren Gespräch hatte sich Tiana schließlich einverstanden erklärt, nach New Orleans zurückzufliegen. Ihre Plattenfirma hatte bereits beschlossen, die Dreharbeiten abzubrechen und den Albumrelease auf unbestimmte Zeit zu verschieben, um die berühmten „künstlerischen Differenzen" beizulegen. So hatte Tiana mit ihrer kindischen Flucht wenigstens etwas erreicht.

„Und was ist mit den Gerüchten über eine Hochzeit, die seit Tagen im Internet kursieren?", fragte ich.

„Sie überlegen sich was", sagte Robert und schaute Philip an, der wie ein begossener Pudel neben ihm stand und eine kleine Reisetasche umklammerte.

„Warum setzt du dich nicht?" Ich deutete auf einen Sessel am Fenster, von dem aus man die vermeintlichen Selbstmörder beobachten konnte. „Du hast uns eine Menge zu erklären, Mann."

Philip zögerte, warf Robert einen nervösen Blick zu, ließ schließlich seine Tasche auf den Boden fallen und nahm gehorsam Platz. Er wirkte wie ein Schüler, den man beim Abschreiben erwischt hatte. Eine Weile lang saß er einfach nur da, knetete seine Finger und schwieg, dann fing er langsam an zu erzählen.

Nach der Trennung von Michi war Philip in eine emotionale Krise geraten. Er hatte den TV-Journalisten aufrichtig geliebt, konnte aber weder mit dessen notorischer Eifersucht umgehen noch mit den Forderungen nach einer öffentlich gelebten Beziehung.

„Es war mir unangenehm, mit ihm irgendwo gesehen zu werden", sagte Philip kleinlaut. „Ich hatte bislang nur schwule One-Night-Stands gehabt. Aber so eine richtige Beziehung, noch dazu mit jemandem, den man aus dem Fernsehen kennt, ist eine ganz andere Nummer."

Ich konnte ihn gut verstehen. Trotz aller gesellschaftlichen Toleranz brauchte es immer noch eine Menge Mut, sich nach außen hin als schwules Paar zu präsentieren, sich auf offener Straße zu küssen, Händchen zu halten oder einander in den Arm zu nehmen. Wenn dann auch noch die Klatschmagazine und Boulevardnachrichten über diese Beziehung berichteten, wurde es geradezu beängstigend.

Schon bald fühlte sich Philip völlig überfordert. Während er noch versuchte herauszufinden, ob er überhaupt bereit für eine schwule Beziehung war, setzte ihn Michi immer weiter unter Druck. Gleichzeitig verlangten seine Eltern, die nichts von seinem neuen Partner wussten, eine Entscheidung über seine berufliche Zukunft. Am Ende wusste Philip sich nicht anders zu helfen, als die Notbremse zu ziehen und sich von Michi zu trennen.

„Und Tiana?", fragte ich. „Wie kam es dazu?"

Die beiden hatten sich auf dem Flug nach New Orleans näher kennengelernt. Tiana hatte sich zu ihm gesetzt und gemeint, dass es nicht Ordnung sei, wenn ein so hübscher Mann so traurig aussähe. Ein bisschen plump, wenn man mich fragte, aber wer erwartete von einem Popsternchen auch Originalität? Sie waren ins Gespräch gekommen, und Philip hatte von seiner kürzlichen Trennung erzählt, allerdings ohne zu erwähnen, dass er mit einem Mann liiert gewesen war. Tiana war eine gute Zuhörerin gewesen und hatte behauptet, das eine oder andere Mittel gegen Liebeskummer zu kennen. Hatte ich schon erwähnt, dass sie nicht gerade subtil war?

„Sie ist so … intensiv", sagte Philip und geriet ins Schwärmen. „Wenn sie dich ansieht, das ist, als würde jemand direkt in deine Seele blicken, versteht ihr?"

Robert und ich wechselten einen flüchtigen Blick, und ich musste mich arg zusammenreißen, um nicht mit den Augen zu rollen.

Tiana, der man zugutehalten musste, dass sie nicht nur ungeheuer hübsch und talentiert, sondern auch sehr selbstbewusst war, hatte immer häufiger die Nähe ihres Bodyguards gesucht. In den Drehpausen hatten sie zusammen unter einem Magnolienbaum gesessen und sich eine Schüssel mit Obst oder Chiapudding geteilt. Sie hatte ihm ihr Herz ausgeschüttet und über ihre gescheiterte Beziehung mit Stuart und ihren Stress mit dem Label geplaudert. Sie hatte ihn zu ihrem Vertrauten, ihrem Verbündeten gemacht, was Philip als ungemein schmeichelhaft empfunden hatte. Es hatte keine zwei Tage gedauert, da war er bis über beide Ohren in sie verknallt gewesen. Natürlich hatte er gewusst, dass das völlig unprofessionell war.

„Warum hast du mir nichts davon gesagt?", fragte Robert.

Philip zuckt nur ratlos mit den Schultern. Verbotene Früchte schmeckten bekanntlich immer am besten, und bald hatte er sich nachts heimlich auf Tianas Zimmer geschlichen.

„Wessen Idee war es, einfach abzuhauen?", wollte ich wissen. „Ich meine, spätestens da hätte dir klar sein müssen, dass du uns alle in Schwierigkeiten bringst."

„Ich hab versucht, es ihr auszureden", sagte Philip leise. „Aber Tiana war so unzufrieden, mit den Dreharbeiten, ihrem ganzen Album … Sie sagte immer, sie wollte weg aus diesem Zirkus, frei sein … Das vor allem: frei sein."

„Und da kamt ihr auf die glorreiche Idee, einfach in den Sonnenuntergang zu reiten?"

„Es sollte ja nur für ein paar Tage sein …"

„Warum hast du nicht auf meine Anrufe reagiert?", wollte Robert wissen. „Wenn du uns alles erklärt hättest, vielleicht hätten wir mit Tianas Manager reden können …"

„Ich weiß auch nicht … Es ging alles so schnell, und Tiana wollte das nicht … Sie sagte, alle anderen wären sowieso gegen uns."

Ihr Trip war wie ein Rausch gewesen, fuhr Philip fort. Tiana hatte nach Westen gewollt, ihren romantischen Vorstellungen von diesem Teil der Welt und seinen Mythen folgen. Ein Abenteuer erleben. Tagsüber waren sie gereist, nachts hatten sie sich mit der Verzweiflung verwundeter Seelen geliebt, die wussten, dass dies alles über kurz oder lang vorbei sein würde.

„Zu diesem Zeitpunkt war uns bereits alles egal." Philip lächelte versonnen. „Wir waren wie auf Drogen."

„Und dann hast du ihr einen Antrag gemacht?"

Auf meine Frage hin wurde Philip tatsächlich rot. Es stellte sich heraus, dass die Hochzeit Tianas Idee gewesen war. Sie gehörte zu „ihrer Geschichte", die sie erzählen wollte und die von ihrem Trip in die Wüste Amerikas und ihrer spirituellen und kreativen Wiedergeburt handeln sollte. Ihr hatte eine Art Bonnie-und-Clyde-Story vorgeschwebt, in der sie sich zu einer unverstandenen Außenseiterin hochstilisierte, die mit ihrem hübschen Lover in die Einsamkeit der Wüste floh. Philip hatte sich unwohl bei dem Gedanken gefühlt, Teil ihrer Marketingkampagne zu werden, hatte aber weiterhin mitgespielt. Er hatte sich vor Tianas berüchtigten Wutausbrüchen gefürchtet, deren Zeuge er während der Dreharbeiten ein paarmal geworden war. Außerdem war er immer noch schrecklich vernarrt in sie gewesen. Aber als sie am vergangenen Abend in ihrem Hotel in Las Vegas eingecheckt hatten und Tiana nach Hochzeitskapellen gesucht hatte, hatte er kalte Füße bekommen.

„Mir ging das alles viel zu schnell, und eine Hochzeit sollte doch mehr als nur ein Marketinggag sein, oder? Außerdem dachte ich an meine Eltern und wie furchtbar enttäuscht sie sein würden", gestand er und sah Robert an. „Deshalb war ich richtig erleichtert, als du plötzlich vor uns standest."

Damit endete die Geschichte von Philip und Tiana, zum Glück nicht ganz so blutig wie jene von Bonnie und Clyde. Ihre Leidenschaft war verflogen, die Sängerin küsste ihren Bodyguard ein letztes Mal, bevor sie sich von Robert zum Flughafen fahren ließ. Philip und er warteten, bis sie in ihre Maschine gestiegen und abgehoben war, und anders als im Film ließ diese Sängerin den Flieger nicht im letzten Moment stoppen.

Letzten Endes waren wir mit einem blauen Auge davongekommen. Robert und ich waren erleichtert, dass die Plattenfirma uns nicht zur Verantwortung ziehen und in den Bankrott treiben würde. Unsere Reputation hatte ein wenig gelitten, aber darüber würde irgendwann Gras wachsen, und wenn die Folge war, dass wir nie wieder eine berühmte Sängerin bewachen würden, könnte ich sehr gut damit leben. Natürlich mussten wir Philip fristlos entlassen, was ihn aber nicht sonderlich überraschte. Viel mehr als der Jobverlust schmerzte ihn, dass er Robert enttäuscht hatte. Vielleicht ahnten die beiden bereits, dass dies das Ende ihrer bemerkenswerten Bromance war. Philip kehrte am nächsten Tag nach Deutschland zurück und lief Robert nur noch hin und wieder im Fitnessclub oder beim Aikido-Training über den Weg. Nachdem er sein Studium abgeschlossen hatte, entschied er sich zuletzt doch für die Gynäkologie und begann seine Ausbildung als Facharzt. Danach verloren wir ihn aus den Augen. Mir tat es vor allem für Robert leid, der einen guten Freund verloren hatte.

„Auf das Ende eines denkwürdigen Abenteuers", sagte ich einige Stunden nach unserem Gespräch mit Philip und hob mein Weinglas. Robert, Nils, Wally und ich saßen etwas abseits vom Strip in einem edlen Steakrestaurant und feierten unseren Erfolg. Es war Freitagabend, und die Stadt summte vor gespannter Erwartung.

„Es tut mir leid, dass unser Trip so ganz anders verlaufen ist als geplant", sagte Robert. „Was fangen wir nun mit unseren letzten Tagen in Amerika an?"

Unser Rückflug ging am Dienstag, allerdings von New Orleans aus, was bedeutete, dass wir den ganzen Weg wieder zurückfahren mussten. Robert wollte gleich am nächsten Morgen aufbrechen, aber Wally und Nils bettelten so lange, dass wir uns dafür entschieden, das Wochenende in Las Vegas zu verbringen und am Montag nach Louisiana zu fliegen.

Als wir um kurz nach zehn deutlich angetrunken das Lokal verließen und ein Taxi zum weitläufigen Komplex des Caesars Palace nahmen, war es bereits dunkel, aber immer noch drückend heiß. Wir mischten uns unter die Flaneure, die von Kasino zu Kasino spazierten, und bestaunten die vielen Neonlichter, die den Strip taghell erleuchteten. Von allen Seiten wurde man mit Musik beschallt, versteckte Lautsprecher im Gebüsch oder auf den Terrassen der Restaurants spielten rund um die Uhr Rock- und Popmusik, die sich mit dem babylonischen Stimmengewirr und dem Straßenverkehr zu einer gewaltigen Kakophonie vereinte. In regelmäßigen Abständen verteilten Männer und Frauen auf dem Bürgersteig kleine Karten, auf denen mit aufreizenden Bildern von halbnackten Frauen für Nachtclubs und „Erwachsenenunterhaltung" geworben wurde. Dazwischen warteten Kostümierte, um sich für ein paar Dollar mit den Touristen fotografieren zu lassen. Wir entdeckten *Batman*, *Spider-Man* und *Thor*, die die Köpfe zusammensteckten und ein paar Disney-Prinzessinnen beäugten, die stärker geschminkt waren als Drag Queens. Die *Transformers* waren erstaunlicherweise immer noch ein Thema, und ein blau angemalter, halbnackter *Na'vi* lief sich wohl schon für die *Avatar*-Fortsetzungen warm.

Eine Weile ließen wir uns einfach treiben, dann überlegten wir, was wir mit dem restlichen Abend anfangen sollten. Es gab eine Menge Shows vom *Cirque de Soleil*, und fast jedes Hotel warb mit einem Magier. Die Stadt beherbergte mehr Zauberer als die Welt von Harry Potter. Mittlerweile war es jedoch zu spät, sich noch Tickets zu besorgen. Da Nils und Wally unbedingt ihr Glück im Spiel ausprobieren wollten, betraten wir eines der großen Kasinos, in denen es wenigstens angenehm kühl war. Allerdings auch verdammt laut. Überall ratterten und klapperten, klingelten und schepperten die Spielautomaten und wetteiferten in der Lautstärke mit dem Stimmengewirr der Besucher und dem endlos wabernden Musikteppich. Wir suchten uns ein paar blinkende Maschinen, fütterten sie mit Dollarscheinen und beteten zu Fortuna. Mir war die Göttin jedoch nicht hold, und ich verlor mein Geld innerhalb weniger Minuten.

Pech im Spiel, aber …

Robert und ich überließen Nils und Wally ihrer Spielleidenschaft und setzten unseren Weg alleine fort. Gemütlich schlenderten wir durch die labyrinthischen Shoppingmeilen im *Caesars Palace*, die wie kleine Straßen aussahen, über denen sich ein blassblauer Kunsthimmel spannte, auf den kleine Wattewölkchen aufgemalt waren. Nach einer Weile kamen wir zu einer Art Piazza mit einem Brunnen. Dieser war mit klassischen Statuen geschmückt, die verschiedene römische Götter darstellten, jedoch so aussahen, als hätten sie kürzlich einen Schlaganfall erlitten. Wir setzten uns in ein Café, in dem es leckeren Käsekuchen gab, und beobachteten das selbst zu vorgerückter Stunde noch rege Treiben. Plötzlich ertönte künstlicher Donner, und die Brunnenfiguren setzten sich in Bewegung, um der Choreografie eines kleinen Schauspiels zu folgen. Es war rührend altmodisch, wurde aber ausgiebig von den Touristen fotografiert und gefilmt. Lag es am überall verfügbaren Alkohol oder der lockeren Ferienstimmung, dass die Menschen so leicht zu begeistern waren? In einem anderen Hotel gab es beispielsweise ein Indoor-Gewitter, das im Grunde nur aus einer abgegrenzten Fläche von der Größe einer Tischtennisplatte bestand, in der Wasser von der Decke strömte wie in einer gigantischen Dusche. Dazu donnerte es ein bisschen – und drei Dutzend Touristen standen darum herum und filmten das Spektakel, als hätten sie noch nie Wasser zu Boden fallen sehen. Der „Regen“ roch übrigens stark nach Chlor.

Gegen Mitternacht machten wir uns auf den Weg zurück. Wir verließen gerade durch eine Drehtür das Kasino, als ich auf der anderen Seite der Glasscheibe ein bekanntes Gesicht entdeckte. Unsere Blicke begegneten sich, und in seinen braunen Augen blitzte es auf, als er mich erkannte. Er hatte sich in all den Jahren kaum verändert. Sein Körper wirkte noch schlanker und durchtrainierter als früher, falls das überhaupt möglich war, und sein von Natur aus dunkler Teint hatte in der Sonne Kaliforniens einen satten Bronzeton angenommen. Schnell zog ich Robert in eine weitere halbe Drehtürrunde.

„Das gibt es nicht“, sagte ich, als wir wieder im Foyer angelangt waren.

Verlegen standen wir uns ein paar Sekunden lang gegenüber, bevor wir uns linkisch umarmten und dann wieder sprachlos anstarrten. Mein dummes Herz begann schneller zu schlagen, als wären nicht so viele Jahre vergangen, sondern als hätte er erst gestern mein Bett und mein Leben verlassen. Robert räusperte sich und riss mich aus meinen Gedanken.

„Oh, entschuldige“, sagte ich schnell und hoffte, nicht rot zu werden. „Kennt ihr euch? Das ist Manuel … ein alter Freund.“

Natürlich wusste Robert nur zu gut, wer Manuel war, schließlich hatte ich ihn mit ihm betrogen. Oder Manuel mit Robert, wenn man es ganz genau nahm, obwohl wir beide nicht wirklich ein Paar gewesen waren. Die beiden gaben sich die Hand und lieferten sich ein Blickduell, das ich auf eine verdrehte Weise schmeichelhaft fand.

„Was machst du hier?“, fragte ich, um die Peinlichkeit des Augenblicks zu überspielen.

„Dreharbeiten", sagte Manuel. „Ich spiele einen Gangster in einer Kevin-Hart-Komödie. Heute war Drehschluss …"

Zwei Jahre nach unserer endgültigen Trennung hatte Manuel, der Star von *Triumph der Liebe*, die Telenovela verlassen, um sein Glück in Hollywood zu versuchen. Auch wenn der große Durchbruch ausgeblieben war, sah man ihn immer wieder in kleinen Rollen in Filmen und Serien, meist als deutscher Soldat oder Womanizer.

„Das ist großartig", sagte ich mit mehr Begeisterung, als angemessen gewesen wäre.

„Und du … Wie geht es dir?" Wenn Manuel lächelte, erschien ein feines Netz Fältchen um seine Augen, das neu war – und verdammt sexy.

„Wir werden heiraten!", platzte ich unvermittelt heraus. Ich war mir nicht sicher, warum ich das als Erstes sagte. Wollte ich ihn eifersüchtig machen? Oder eher neidisch. Denn auch nach all den Jahren hatte Manuel sich noch immer nicht geoutet. Es gab Gerüchte und immer wieder Fragen nach seinem Privatleben, das er jedoch hermetisch vor der Presse abschirmte. Zum Glück war er nicht so berühmt, dass die Papparazzi ihn jagen würden.

Die Überraschung machte ihn einen Moment lang sprachlos, dann gratulierte er uns. Wir lächelten uns etwas verlegen an. Zwischen uns war vieles ungesagt geblieben, und daran würde sich auch nichts mehr ändern. Es war zu lange her. Wir waren beide nicht mehr die Menschen, die wir damals gewesen waren, als wir einen Sommer lang geglaubt hatten, eine Zukunft zu haben. Aber wie ich seit Langem wusste, war auch das damals schon nur ein schöner Traum gewesen.

Ein jüngerer Mann, der mit Manuel zusammen das Hotel betreten und sich die ganze Zeit über im Hintergrund aufgehalten hatte, beugte sich vor und flüsterte ihm etwas zu. Er war vielleicht Ende zwanzig, hatte kurze dunkle Haare und trug eine Hornbrille. Sie sprachen englisch. Manuel stellte ihn als seinen Assistenten vor, und wir nickten uns zu.

„Ich muss leider weiter", sagte er entschuldigend. „Aber wenn ihr jemals in L.A. seid …"

Manuel umarmte mich ein letztes Mal und wünschte uns alles Gute, dann riss er sich los und durchquerte die Lobby, ohne sich zu mir umzudrehen. Ein, zwei Sekunden lang hatte ich noch seinen Duft in der Nase, bevor er sich verflüchtigte und ins Reich der Erinnerung zurückkehrte. Als wir in die tropische Nacht hinaustraten, hätte ich schon fast nicht mehr sagen können, ob die Begegnung wirklich stattgefunden hatte. Robert legte einen Arm um meine Schultern, und eine Weile sagte keiner von uns ein Wort.

„Sein Assistent?“ Ich sah zu meinem Mann und grinste. „Wer's glaubt …“

Auf den Bürgersteigen waren immer noch zahlreiche Feierlustige unterwegs, viele davon inzwischen ziemlich angetrunken. Als wir eine Brücke zwischen zwei Hotels überquerten, standen wir plötzlich mitten in einer Menschentraube, die zwei Frauen umringte. Die eine trug ein schief sitzendes Plastikdiadem und ein T-Shirt mit der Aufschrift „Bridezilla“, die andere Hot Pants und ein Tanktop, die zu viel schwabbelige, sonnenverbrannte Haut sehen ließen. Die beiden brüllten sich lauthals an und versetzten einander immer wieder einen kräftigen Stoß gegen den Arm. Eine Prügelei lag in der Luft. Keiner der Umstehenden griff ein und versuchte, die beiden zu trennen. Stattdessen hatten sie alle ihre Handys gezückt und filmten den Streit. Einer davon war *Darth Vader*.

„Kehren wir um und rufen uns ein Taxi“, schlug ich vor.

„Willst du nicht wissen, wie der Kampf ausgeht?“

„Nein, ich bin sicher, ‚Bridezilla‘ hat gegen die zwei Zentner schwere Elfe nicht die geringste Chance“, sagte ich mit einem müden Lächeln.

Als ich am nächsten Morgen erwachte, lag Robert dicht neben mir, den Kopf auf seinen rechten Ellbogen gestützt, und starrte mich an.

„Was?“, murmelte ich, noch schlaftrunken.

„Nichts. Darf ich meinen Verlobten nicht im Schlaf beobachten?“

„Das ist gruselig“, sagte ich gähnend.

„Wie wär's, wenn wir heiraten?“, fragte Robert unvermittelt. „Ich meine, heute. Wir besorgen uns eine Lizenz und gehen damit zum Standesamt – oder zu einer Kapelle, wenn du willst.“

„Ist das dein Ernst?“ Schlagartig war ich hellwach.

„Dann hättest du nicht mehr das Problem, dass deine Mutter sich weigert, an unserer Heirat teilzunehmen."

„Und was ist mit deiner Familie?"

„Ach, die …" Robert gab mir einen Kuss und schwang sich aus dem Bett. „Für die schmeißen wir ein Fest. Der Alkohol wird ihnen helfen, über jede etwaige Kränkung hinwegzukommen. Was ist – bist du dabei?"

Und damit war es beschlossen.

Das Marriage License Bureau entpuppte sich als ein wenig romantischer Ort. Im Grunde sah es aus wie ein Postamt mit etlichen Schaltern, an denen man seine Heiratslizenz beantragen konnte. Man gab seine Pässe ab, füllte ein Formular aus, unterschrieb – und hatte schon nach wenigen Minuten ein amtliches Dokument in Händen, das einem erlaubte, sich in Nevada trauen zu lassen. Viel interessanter waren die anderen Paare, die darauf warteten, an die Reihe zu kommen. Da gab es ein Paar im klassischen Hochzeitsoutfit, die Braut sogar mit meterlanger Schleppe und Schleier, das deutlich nervös wirkte. Einen fetten Biker von Anfang sechzig mit seiner asiatischen Rockerbraut. Ein lesbisches Paar, das furchtbar verliebt zu sein schien, weil es die Finger nicht voneinander lassen konnte. Und eine Gothic-Braut mit ihrem Partner, der mit Anzug und Fliege wie ein Buchhalter aussah.

Nachdem wir die Papiere besorgt hatten, entführten wir Wally und Nils gegen Mittag zu einem Trip nach Downtown Las Vegas. Hier hatten schon große Hotels und Kasinos gestanden, als der Strip noch eine staubige Straße mit einigen wenigen Motels und Spielhallen gewesen war. Inzwischen nagte hier kräftig der Zahn der Zeit. Die Tourismusbehörde hatte zwar viel unternommen, um die Fremont Street für die auswärtigen Besucher aufzuwerten, dennoch wirkte sie wie die weniger hübsche Stiefschwester der Schönheitskönigin. Die Hotels versprühten einen altmodischen Charme, die Kellnerinnen schienen die Mütter und Großmütter ihrer Kolleginnen in den großen Themenhotels am Strip zu sein, und auch die Besucher waren insgesamt deutlich älter. Man hatte die gesamte Straße überdacht, und am Abend wurde die Decke von Lasershows illuminiert. Außerdem spannte sich eine Zip-Line über die gesamte Länge. Von Zeit zu Zeit sausten johlende Touristen über unsere Köpfe hinweg, und ich hoffte, keiner von ihnen würde sich in diesem Moment übergeben.

Wally und Nils sahen beide übernächtigt und verkatert aus, mit verquollenen Gesichtern und sehr kleinen Augen. Wir setzten uns in einen *Denny's*, um uns ein spätes Frühstück zu gönnen – und berichteten den beiden von unseren Plänen.

„Wir werden heiraten", sagte Robert und sah die Jungs erwartungsvoll an.

„Hä?", machte Nils und nippte an seinem Kaffee. „Wissen wir doch längst."

„Er meint, heute", sagte ich mit Nachdruck. „Wollt ihr unsere Trauzeugen sein?"

„Heute?", echote Wally. „Hier?"

„Auf dem Standesamt." Robert nickte mir zu.

Wir hatten eine Weile überlegt, ob wir in einer der vielen Wedding Chapels heiraten sollten, uns dann aber dagegen entschieden. Den richtigen Ort zu finden, Anzüge zu leihen und weitere Vorbereitungen zu treffen, erschien uns zu aufwändig nur für uns und unsere beiden Trauzeugen allein. Außerdem hatte ich Angst, am Ende von einem Elvis-Imitator getraut zu werden. Ich hatte einige von ihnen auf dem Strip gesehen, und ein fetter Elvis in einem weißen Glitzeranzug hatte mich fast mit seinem Rollstuhl überfahren. Robert und ich waren keine großen Romantiker. Es ging uns hierbei nicht um rührselige Musik, kitschige Blumenarrangements oder emotionale Liebeserklärungen, sondern nur um das Versprechen, uns zu lieben, zu achten und den Rest unseres Lebens miteinander zu verbringen. Meiner Meinung nach hätten wir uns das auch am Rand des Grand Canyons oder in der Stille unseres Schlafzimmers geben können, aber Vater Staat verlangte nach Bürokratie und amtlichen Dokumenten.

Nils sah mich fassungslos an – das war einer der seltenen Momente, in denen er tatsächlich sprachlos war. Wir beendeten unser Frühstück, stiegen ins Auto und fuhren zum Standesamt, das nicht allzu weit entfernt in Downtown lag. Die Gegend war am Wochenende wie ausgestorben. Hohe Bürotürme standen links und rechts der Straße, die in regelmäßigen Abständen von Bäumen gesäumt wurde. Dazwischen befand sich jeweils eine Sitzbank, und auf jeder davon hatte sich genau ein Obdachloser niedergelassen. Wenn Wally und Nils nicht dabei gewesen wären, hätten wir ein paar von ihnen wohl bitten müssen, unsere Trauzeugen zu sein.

Der Eingang zum Standesamt war verschlossen, aber eine uniformierte Afroamerikanerin sah uns und kam, um uns die Tür zu öffnen. Sie schaute in unsere gespannten Gesichter und grinste breit.

„Are you ready?“, fragte sie uns. Es klang wie ein Codewort.

Wir fuhren mit dem Fahrstuhl nach oben, und ich war erstaunlich gelassen. Wo war die Aufregung, die übliche Nervosität vor der Hochzeit? Ich fühlte mich eher beschwingt, als würde ich zu einer Party gehen, in deren Mittelpunkt jemand anderes stand.

Der fensterlose Raum, in den wir gelangten, war so nüchtern, wie der Wartesaal einer Behörde nur sein kann. Auffällig waren nur die Bilder von Hochzeitspaaren, die an den roten Wänden hingen und die aus verschiedenen Jahrzehnten stammten. Vor allem die Schwarzweißfotos der Vorkriegspaare rührten mich. Alle darauf wirkten so jung und unschuldig, so voller Hoffnung auf eine strahlende Zukunft. Es gab eine Reihe von Stühlen, auf denen bereits zwei andere Paare saßen, sowie einen Empfangsschalter, an dem wir uns anmeldeten und die letzten Papiere ausfüllten. Unsere Personalien und die der Trauzeugen wurden erfasst, und dann mussten wir warten.

Das asiatische Paar, das direkt vor uns an der Reihe war, machte einen seltsamen Eindruck. Beide waren lässig gekleidet, trugen Shorts und Flipflops und Sonnenbrillen. Sie starrten auf ihre Handys, wechselten aber kein einziges Wort miteinander und sahen unendlich gelangweilt aus. Die Braut hatte ein hässliches Tattoo auf ihrer Schulter: ein geflügeltes Kind, das auf dem Boden hockte und ein Gesicht in seinen Händen hielt, das seinem verblüffend ähnlich sah. War es ein Spiegelbild? Eine Maske? Das abgetrennte Gesicht seines Zwillings? Es war rätselhaft und irgendwie unheimlich. Ihr Trauzeuge war ein junger Afroamerikaner, der aussah, als würde er sich fragen, wie zum Teufel er hier gelandet war. Meine Vermutung war, dass sie ihn in ihrem Hotel angesprochen und rekrutiert hatten. Als sie aufgerufen wurden, schlurften sie gleichgültig in den Nebenraum. Ich gab dieser Ehe keine sechs Monate.

„Bist du nervös?", fragte Robert mich und griff nach meiner Hand.

„Ein bisschen", gestand ich. „Aber keine Angst, ich hau schon nicht ab."

„Weiß ich doch." Er küsste mich.

„Hey, wartet gefälligst bis nach der Trauung", flüsterte Nils.

Als wir aufgerufen wurden, schien sich die Zeit zu verlangsamen. Mein Herz schlug schneller, mein Puls raste. Wir betraten einen neonhellen Raum, der von einem wunderschönen Bogen dominiert wurde, der über und über mit verblüffend echt aussehenden Plastikblumen geschmückt war. Auf einer Anrichte an der Seite stand ein Schild mit der Aufschrift „Just Married".

Unsere Standesbeamtin war eine kleine Afroamerikanerin um die dreißig, die eine sanfte Stimme hatte und ungeheuer freundlich war. Da wir weder Ringe hatten noch Hochzeitsversprechen vortragen wollten, war die Zeremonie ziemlich kurz. Natürlich war alles auf Englisch, von dem ich nicht jedes Wort verstand. Aber sie war geduldig, sagte uns langsam vor, was wir wiederholen mussten, und ich verhaspelte mich nur drei- oder viermal. Es war ein langer Text, von dem mir einiges aus Hollywoodfilmen bekannt vorkam, gefolgt von einer Passage, die wir gemeinsam sprachen und uns dabei an den Händen hielten. Und dann hatten wir es geschafft. Wir durften uns küssen, die Beamtin stieß einen fröhlichen Juchzer aus, den man wohl von keinem ihrer deutschen Kollegen vernommen hätte, und gratulierte uns sehr herzlich.

Nils weinte. Wally machte die ganze Zeit über Fotos, und zum Schluss stellten wir uns noch zu einem Gruppenbild auf. Fünfzehn Minuten, nachdem wir das Gebäude betreten hatten, standen wir wieder auf der Straße und blinzelten in das gleißende Sonnenlicht von Nevada. Es war unglaublich. Ich war in Amerika. Und verheiratet.

„Und – bereust du es schon?"

Ich drehte mich zu Robert um, der mich mit dem gelassenen Lächeln eines Buddhas beobachtete. Vielleicht ließ ihn auch der Alkohol so selbstzufrieden grinsen, denn wir hatten nach der Trauung noch ein klein wenig gefeiert. Jetzt, einige Stunden später, standen wir auf der Aussichtsplattform des *Stratosphere*

Towers und genossen die samtige Stille der Nacht. Las Vegas lag unter uns, glitzernde Vierecke und lange, glühende Fäden in der Dunkelheit, die wie die Schaltkreise und Stromleitungen eines Mikrochips anmuteten. Alles wirkte so streng geordnet, symmetrisch und strukturiert, dabei wussten wir, dass dort unten das blanke Chaos tobte. Menschen krakeelten, Autos hupten, Musik plärrte aus Hunderten unsichtbarer Lautsprecher, Spielautomaten rasselten und schepperten, und das alles verband sich zu einer nie verstummenden Melodie. Doch hier oben war es ruhig. Das Licht war gedämpft, was für eine beinahe feierliche Stimmung sorgte, und außer uns waren nur drei, vier andere Leute anwesend.

Ich lehnte mich an ihn, und Robert schloss seine Arme um mich. Es fühlte sich gut an.

„Ich liebe dich“, sagte ich zu seinem Spiegelbild in der Scheibe. „Und ich freue mich auf den Rest unseres Lebens.“

Dann sah ich wieder hinaus in die Nacht. Die Stadt erstreckte sich Meile um Meile hinaus in die Wüste und hörte dann unvermittelt auf. Und aus der Ferne betrachtet, im Schutz der Dunkelheit, war es friedlich und wunderschön.

Zeichen und Wunder

„Schwule Sau", stand in roter Sprühfarbe auf der Hauswand neben der Eingangstür. Es war das Erste, was ich sah, als wir aus dem Taxi vom Flughafen stiegen.

Robert legte eine Hand auf meine Schulter. „Das war irgendein Schmierfink. Damit sind bestimmt nicht wir gemeint."

Das mochte sein, ein ungutes Gefühl in der Magengrube blieb dennoch bei mir zurück und begleitete mich durch die nächsten, vom Jetlag verursachten schlaflosen Nächte. Die Hausverwaltung versicherte mir, das Graffito bald überstreichen zu lassen, aber ein paar Wochen würde es wohl noch dauern. Deshalb legte ich bald selbst Hand an, mit einem Eimer Seifenlauge und einer Bürste bewaffnet, doch die Farbe erwies sich als erstaunlich widerstandsfähig.

Die nächste Überraschung erwartete uns, als wir vom Flughafen zurückkehrten und übermüdet aus dem Fahrstuhl stiegen.

„Welcome back", sagte Momo, der lässig in seiner offenen Wohnungstür lehnte.

Er hatte dunkle Ringe unter den Augen und wirkte abgezehrt, was aber auch an seinem Drei-Tage-Bart liegen konnte. Ich spürte, wie sich Wally neben mir verkrampfte. Sein Instinkt verlangte danach, sich in Momos Arme zu stürzen, aber sein Verstand hielt ihn zurück. Zu viel war in den letzten Wochen geschehen.

„Was machst du hier?" Wallys Stimme war kaum mehr als ein Flüstern.

„Ich habe alles hingeschmissen", antwortete Momo leichthin, „den Job, meine Karriere … Mein Vater schäumt vor Wut."

Wally schüttelte fassungslos den Kopf. „Warum hast du das getan?"

„Weil ich es in Abu Dhabi nicht ausgehalten habe", sagte Momo und machte einen Schritt auf Wally zu. Er war barfuß. „Die Hitze war mörderisch. Außerdem habe ich München vermisst … das üppige Grün des Englischen Gartens, das Weißbier … und natürlich meinen Wally."

„Man beachte die Reihenfolge", spöttelte mein Cousin. „Ich komme gleich nach dem Englischen Garten und dem Weißbier."

„Und wenn Hellabrunn ein Eisbärbaby hätte, würde es nicht mal für Platz drei reichen", fügte ich hinzu.

Momo beendete die Diskussion, indem er Wally in eine feste Umarmung zog und ihn so lange und intensiv küsste, dass Robert und ich uns verlegen abwandten. Während wir unser Gepäck in die Wohnung trugen, knutschten die beiden munter weiter, und ich war mir nicht sicher, ob sie es tatsächlich noch bis zum Bett schaffen würden, bevor die Leidenschaft sie übermannte.

„Was soll man bloß davon halten?", fragte Robert eine halbe Stunde später, als die Lustschreie von nebenan immer lauter wurden. Er stellte das Radio an – passenderweise lief gerade Queens *The Show Must Go on*.

„Wally schien gerade über den ersten Trennungsschmerz hinweggekommen zu sein", sagte ich und maß sorgfältig Kaffeepulver ab. „Sobald Momo wieder abhaut, geht das ganze Elend von vorne los. Und wir kehren dann die Scherben auf."

Robert grinste. „Ach, die glückliche Jugend."

Zu unserer Überraschung schien es Momo mit seiner Rebellion jedoch ernst zu meinen. In den Jahren in Deutschland hatte er Geschmack an seiner persönlichen Freiheit und seinem lockeren Lebensstil gefunden. Auch wenn er diesen in seiner Heimat diskret weiterpflegen konnte, war ihm das nicht genug. Dennoch hätte ich nie damit gerechnet, dass er seinen Job im Außenministerium einfach so aufgeben würde.

„Als meine Eltern meine Heirat arrangierten, war für mich der Punkt erreicht, an dem ich nicht mehr konnte", sagte Momo einige Tage später, als wir bei einem Glas Wein auf seiner Terrasse saßen.

„Sie haben eine Ehe für dich arrangiert?", fragte ich fassungslos. „Wissen sie denn, in welchem Jahr wir leben?"

„Sei nicht so naiv", schalt mich Robert. „Das kommt häufiger vor, als man denkt, sogar bei uns."

„Sie haben mich versteigert wie einen Zuchtbullen."

Momo erzählte uns, dass seine Zukünftige eine entfernte Cousine seiner Mutter war, die er genau einmal getroffen hatte. Die beiden Familien wollten dem Paar die Chance geben, sich wenigstens kennenzulernen, bevor sie verheiratet wurden.

„Sie ist so hässlich", sagte Momo angewidert, „sie hat eine große Nase und einen Bart. Und dumm ist sie auch noch."

Mit Sicherheit übertrieb er gerade maßlos. „Und was wirst du jetzt tun?", fragte ich.

„Ich weiß es nicht", erwiderte Momo und breitete mit einem breiten Grinsen seine Arme aus. „Ich bin frei wie ein Vogel!"

Es war eher die trügerische Freiheit des Flüchtlings, der ihrer nie sicher sein konnte. Momos Rückkehr war nicht das Happy End seiner Liebesgeschichte mit Wally, sondern eine letzte, unerwartete Wendung in dem Drama. Es konnte kein „und sie lebten glücklich bis ans Ende ihrer Tage" geben, jedenfalls nicht im wahren Leben. Außer Robert und mir schien das aber keiner wahrhaben zu wollen. Wally ignorierte die dunklen Wolken am Horizont und genoss die Wonnen seiner neu entflammten Liebe. Ich hatte ihn noch nie so fröhlich und gutgelaunt gesehen wie in den Wochen danach.

Said Al-Adnan, der uns damals im Auftrag von Momos Vater engagiert hatte, rief einige Tage nach unserer Heimkehr Robert in der Firma an. Auch in Abu Dhabi machte man sich anscheinend Gedanken, was Momos Flucht zu bedeuten hatte. Seine Eltern glaubten, den Grund dafür zu kennen: Momo war verliebt.

„Er hat mich gefragt, ob wir von einer jungen Frau wüssten, der Momo besonders zugetan ist", berichtete mir Robert später, „und ich konnte ihm wahrheitsgemäß sagen, dass er nie eine erwähnt hat und wir auch nie gesehen haben, dass eine Frau seine Wohnung verlassen hätte."

„Sie haben keine Ahnung? Können seine Eltern wirklich so blind sein?"

„Du weißt doch, wie die Menschen sind: Was sie nicht sehen wollen, sehen sie nicht."

Momos Eltern versuchten es zunächst mit Zuckerbrot, indem sie ihrem Sohn eine Menge üppiger Geschenke in Aussicht stellten, wenn er zurückkommen und heiraten würde. Aber weder ein Sportwagen noch ein Chalet in der Schweiz konnten ihn umstimmen. Als Nächstes holten sie die Peitsche raus und drohten ihm mit einem Entzug seiner Mittel.

„Aber das schreckt uns nicht", sagte Wally unbekümmert. „Wir brauchen kein Geld, um glücklich zu sein."

Das sagte sich leicht, wenn man auf Wolke sieben schwebte. Nur schlief es sich dort oben eher schlecht. Sobald sich erst die

Rechnungen für Champagner und Maßanzüge stapelten, würden die beiden der banalen Realität in die Augen sehen müssen.

„Momo hat so viele Freunde", sagte Wally, als ich ihn eines Tages darauf ansprach, und schnippte spielerisch mit den Fingern. „Wenn er will, hat er im Nu einen neuen Job."

Die beiden waren alt genug, sich selbst um ihre Angelegenheiten zu kümmern, und ich war in den nächsten Wochen mit so vielen anderen Dingen beschäftigt, dass ich kaum noch darüber nachdachte. Kurz nach unserer Rückkehr posteten Robert und ich Fotos von unserer Blitzhochzeit auf allen sozialen Kanälen und waren danach eine Weile beschäftigt, Glückwünsche entgegenzunehmen und Fragen zu beantworten. Die meisten bezogen sich auf Elvis und ob er unsere Trauung vollzogen hätte. Alle freuten sich für uns.

Na ja, fast alle.

„Du hast geheiratet?" Siggi klang beleidigt. „Und dann noch in Las Vegas!"

Als eine meiner besten Freundinnen hatte ich Siggi natürlich angerufen und ihr persönlich von der Hochzeit erzählt. Es stellte sich heraus, dass sie offenbar schon seit einiger Zeit bestimmte Vorstellungen davon gehabt hatte, wie meine Vermählung auszusehen hatte.

„Aurora sollte doch Blumen streuen", sagte sie so enttäuscht, als hätte ich gerade ihr einziges Kind an einen Wanderzirkus verkauft.

„Wir machen noch eine kleine Party", versuchte ich sie zu beschwichtigen.

„Vielleicht mit einer Zeremonie?" Siggi stieß einen Seufzer aus. „Was Romantisches bei Vollmond wäre schön. Mein Schamane …"

„Keine Zeremonie", unterbrach ich sie schnell. Am Ende wollte sie womöglich noch trommeln. „Nur eine kleine, altmodische Feier."

„Okay, dann back ich einen Kuchen …"

Die Aussicht auf ein Fest schien Siggi milder zu stimmen, doch das weitaus größere Problem war die Familie. Roberts Eltern und Geschwister waren eine Zeitlang beleidigt, weil sie nicht bei der Trauung dabei gewesen waren, akzeptierten letzten

Endes aber unsere Entscheidung und freuten sich aufrichtig für uns. Von meiner eigenen Mutter erwartete ich überhaupt kein Verständnis.

„Wann willst du's ihr sagen?", fragte Robert mich ungefähr einmal am Tag.

„Wenn es nach mir ginge, nie", antwortete ich stets. „Aber vielleicht erwähne ich es beiläufig, wenn ich sie Weihnachten besuche."

Robert zog die Augenbrauen hoch und schwieg vielsagend. Er hatte ja recht, je länger ich damit wartete, desto schwerer würde es mir fallen. In den ersten Tagen nach unserer Rückkehr hatte ich eine gute Ausrede: Ich war zu müde, musste die Koffer auspacken und mich um die Wäsche kümmern ... Aber irgendwann gingen mir die Ausreden aus, und ich konnte den Lindwurm des schlechten Gewissens, der an meinen Eingeweiden nagte, nicht länger ignorieren.

Ende Oktober nahm ich schließlich all meinen Mut zusammen und rief sie eines Nachmittags im Pfarrhaus an, wo sie noch immer aufopferungsbereit arbeitete. Niemand ging ran. Das war seltsam, denn meine Mutter, die feste Gewohnheiten hatte, war um diese Zeit sonst immer zu Hause. Ich versuchte es eine Stunde später erneut und lauschte eine Weile ratlos dem Freizeichen, bevor ich wieder auflegte. Erst am Abend nahm jemand ab. Eine dunkle Männerstimme meldete sich, aber ich konnte den Namen nicht verstehen, und es war nicht Schorsch, der Pfarrer, um den sie sich kümmerte. Irritiert legte ich wieder auf. Weil das albern war, drückte ich gleich die Wahlwiederholung.

Der Mann am anderen Ende der Leitung klang etwas genervt, als er sich dieses Mal meldete. Ich nannte ihm meinen Namen und bat, mit meiner Mutter sprechen zu können. Dann entstand eine längere Pause.

„Sie arbeitet nicht mehr hier", kam schließlich die Antwort. „Sie hat Anfang September gekündigt und ist weggezogen."

Jetzt war es an mir, eine Weile überrascht zu schweigen. Das konnte unmöglich sein. Meine Mutter würde nie freiwillig ihren Job aufgeben. Sie liebte ihre Arbeit und vor allem das damit verbundene Prestige und den Einfluss in der Gemeinde. Haushälterin eines Pfarrers zu sein war ihre Bestimmung, ihre Lebensaufgabe, und Schorsch würde sie niemals vor die Tür setzen.

Irgendetwas stimmte nicht. War sie womöglich krank? Hatte sie gekündigt, weil sie nicht mehr in der Lage war, den Haushalt zu versorgen? Lag nun sterbend in einer Klinik im Allgäu? Und warum hatte sie mir nichts gesagt? Sie war vor fast zwei Monaten ausgezogen und hatte mir nicht einmal ihre neue Adresse mitgeteilt? Selbst für ihre Verhältnisse war das höchst ungewöhnlich.

Im Laufe der Jahre hatte ich meiner Mutter zwei Handys geschenkt, die sie beide nie benutzte. Sie behauptete immer, kein Mobiltelefon zu brauchen, weil sie die meiste Zeit zu Hause war und mit der Technik nicht zurechtkäme, was zweifellos stimmte. Sie weigerte sich sogar, eine Mikrowelle anzufassen, weil sie angeblich zu kompliziert war. Je älter meine Mutter wurde, desto schwieriger wurde sie.

Ich beschloss, Robert davon zu erzählen, wenn er später nach Hause kam, und ihn zu bitten, seine ehemaligen Kollegen zu bemühen. Wenn meine Mutter umgezogen war, würde die Polizei sicherlich herausfinden, wo sie nun lebte. Bevor ich jedoch dazu kam, rief Schorsch mich zurück.

„Was ist passiert?", fragte ich nur, nachdem er seinen Namen genannt hatte.

Er seufzte. Ich sah ihn direkt vor mir, einen immer noch pausbäckigen Mittfünfziger, dessen blonde Locken zusehends grauer und spärlicher wurden. Dank der guten Küche meiner Mutter hatte er in den letzten Jahren einige Pfunde zugelegt und wirkte wie ein zufriedener Posaunenengel.

„Sie hat gekündigt."

„Das hat mir dieser Mann vorhin auch gesagt", erwiderte ich etwas ungehalten. „Wer ist das überhaupt?"

„Mein … Untermieter."

Das Zögern in seiner Stimme ließ mich aufhorchen. Sein *Untermieter*? Man musste nicht Sherlock Holmes sein, um die Lüge zu erkennen. Schorsch war schwul, das wusste keiner besser als ich, weil ich in einem schwachen Moment auf einer Pilgerreise in Rom mit ihm geschlafen hatte. Noch heute stieg mir beim Gedanken an jene Nacht die Schamesröte ins Gesicht. Und das nicht nur, weil der Pfarrer mit Praktiken vertraut war, die ich einem Mann seines Standes niemals zugetraut hätte.

„Schorsch …", sagte ich daher nur mit Nachdruck.

„Okay, sie … hat uns erwischt."

„Erwischt“, echote ich. „Dich und deinen … Untermieter.“ Ich ließ das Wort so anzüglich wie möglich klingen.

„Gott sei Dank nicht in flagranti“, murmelte Schorsch, „sondern … Wir waren eingeschlafen, und ich hatte vergessen, den Wecker zu stellen. Und als deine Mutter mich am Morgen zur Frühmesse wecken wollte, weil sie Angst hatte, ich würde zu spät kommen …“

Ich konnte es mir lebhaft vorstellen. Meine arme Mutter – ihre Welt musste zusammengebrochen sein. Schon wieder. Schorsch erzählte, dass sie sich nach diesem Vorfall zwei Tage lang in ihrem Zimmer eingeschlossen und geweigert hatte, auch nur ein Wort mit ihm zu reden. Gerade als er überlegte, die Tür aufzubrechen, weil er befürchtete, dass sie sich etwas angetan haben könnte, kam sie wieder heraus und überreichte ihm ihre fristlose Kündigung. Danach verließ sie wortlos das Haus und kehrte nicht zurück. Eine Umzugsfirma holte einen Tag später ihre Sachen ab, die säuberlich in Kartons verpackt in ihrem Zimmer standen. Das musste man meiner Mutter lassen: Sie machte immer Nägel mit Köpfen.

Über die Gemeindeverwaltung erfuhr Schorsch einige Wochen später, dass sie eine Zwei-Zimmer-Wohnung in einem Nachbardorf gemietet hatte. Er schrieb ihr einen langen Brief, in dem er versuchte, ihr alles zu erklären: dass er auch als schwuler Mann ein verantwortungsbewusster Pfarrer sein konnte … dass der Mann, mit dem sie ihn gesehen hatte, seit vier Jahren Teil seines Lebens war und er ihn liebte.

„Bis heute habe ich keine Antwort erhalten“, schloss er ratlos.

„Erwarte auch keine mehr“, sagte ich nüchtern.

Ich wusste nicht, wie ich mich verhalten sollte. Ein Teil von mir hatte Schorsch immer beneidet. Für meine Mutter war er der Sohn gewesen, der ich nicht sein konnte. Aber ihn mit einem anderen Mann im Bett zu erwischen, musste ihr wie ein Verrat vorgekommen sein. Dass er nun genauso in Ungnade gefallen war wie ich, verschaffte mir, wenn ich ehrlich war, eine gewisse Befriedigung. Natürlich empfand ich auch Mitleid für ihn, denn ich wusste, wie schmerzhaft die Ablehnung durch einen Menschen sein konnte, der einem nahestand.

Sollte ich abwarten, bis meine Mutter Kontakt zu mir aufnahm und mir ihre neue Adresse verriet, oder einfach hinfahren und sie besuchen? Ich stellte mir vor, dass es ihr genauso schwerfiel, mir von der Änderung ihrer Lebensumstände zu berichten, wie umgekehrt. Außerdem hatte ich Angst, dass sie mir die Schuld an all dem geben würde. Möglicherweise glaubte sie ja, mein Schwulsein hätte irgendwie auf Schorsch abgefärbt. Wir konnten uns aber auch nicht ewig aus dem Weg gehen, also beschloss ich, gleich am nächsten Wochenende mit dem Auto ins Allgäu zu fahren.

Das Dorf, in dem sie nun wohnte, unterschied sich kaum von dem, in dem sie mit Schorsch gelebt hatte. Der Ortskern bestand aus alten Bauernhäusern, zum Teil sogar mit Lüftlmalerei. Auf dem Platz neben der Kirche ragte noch immer ein Maibaum in den wolkenverhangenen Himmel, und die größte Attraktion war eine Käserei. Weil ich nur eine Adresse, aber keine Telefonnummer hatte, konnte ich mich nicht vorher anmelden. Daher war ich ziemlich nervös, als ich vor dem Haus aus dem Auto stieg, und ich wischte meine schweißnassen Hände an der Hose ab. Das Gebäude war ein modernes Mehrfamilienhaus, das am Ortsrand stand und Aussicht auf eine Kuhweide bot.

Auf dem Weg hatte ich an einer Bäckerei gehalten und einige Stücke Kuchen gekauft. Mit dem Papptablett in der Hand drückte ich auf den Klingelknopf und atmete ein paar Mal tief durch. Beinahe sofort hörte ich die Stimme meiner Mutter durch die Gegensprechanlage. Ich gab mich zu erkennen – und musste fast eine halbe Minute lang warten, bevor sie mir öffnete.

Meine Mutter war eine Meisterin des Verdrängens und Vermeidens. Sie erwartete mich auf dem Absatz vor ihrer Wohnung und hieß mich willkommen, als hätten wir uns bereits vor Wochen verabredet. Nachdem ich meine Schuhe abgestreift hatte, folgte ich ihr durch einen kleinen Flur in ein geräumiges Wohnzimmer. Vor dem Fenster stand ein kleiner Tisch mit zwei Stühlen, auf dem ich den Kuchen abstellte; daneben lag ein halb gelöstes Kreuzworträtsel. Von ihrem Platz aus hatte sie die Kühe auf der Weide genau im Blick.

„Schön hast du's hier“, sagte ich verlegen.

Meine Mutter nickte nur, nahm meine Jacke, um sie an die Garderobe zu hängen, und verschwand dann in der winzigen Küche, um Kaffee zu kochen. Ich folgte ihr und beobachtete sie dabei. Wie der Rest der Wohnung war auch hier alles so aufgeräumt, sauber und unpersönlich wie in einer Möbelausstellung. Nirgends gab es herumliegende Zeitungen oder benutztes Geschirr, Brotkrümel auf dem Tisch oder andere Zeichen von Unordnung. Aber auch keine Fotos an den Wänden oder Urlaubsandenken in den Regalen.

Als ich sie von Schorsch grüßte, versteiften sich ihre Schultern für einen Moment. Fast erwartete ich, dass sie etwas Kaffeepulver verschütte, aber so viel Dramatik war mir nicht vergönnt. Während die Kaffeemaschine vor sich hinblubberte und aromatischen Duft verströmte, holte meine Mutter Teller und Tassen aus dem Schrank und stellte sie auf ein Tablett. Ich trug es für sie hinüber und setzte mich dann an den Tisch.

Ein Gespräch mit meiner Mutter war immer wie der Versuch, in einem dunklen Raum den Ausgang zu finden: Wir bewegten uns vorsichtig, stießen auf eine Menge Hindernisse und waren froh, wenn wir es schließlich hinter uns hatten. Ich erzählte ihr von Amerika, von der atemberaubenden Landschaft, den netten Menschen, dem Essen … Es interessierte sie eher mäßig. Dann fragte ich sie nach dem Haus und den Nachbarn, die sie jedoch nicht kannte. Das Dorf hatte sie anscheinend ausgewählt, weil eine Bekannte hier lebte, mit der sie gelegentlich etwas unternahm. Meine Mutter war immer gerne gewandert, und an schönen Tagen brachen die beiden nach dem Frühstück zu einer Tour auf, suchten sich ein schönes Plätzchen zum Picknicken und kehrten am frühen Nachmittag wieder zurück. Für ihr Alter, meine Mutter ging auf die siebzig zu, war sie immer noch erstaunlich fit, so zäh und mager wie eine Bergziege.

Mit Kaffee und Kuchen retteten wir uns über die erste Stunde, danach wurde es mühsam, und nach einer weiteren Stunde anstrengenden Smalltalks war ich völlig erschöpft. Sie hatte weder über ihren Weggang noch über Schorsch gesprochen, und ich hatte noch nicht erwähnt, weshalb ich überhaupt gekommen war. Als ich es endlich über die Lippen brachte, war ihre Reaktion wie erwartet: Sie drehte den Kopf weg und schwieg.

Meine Mutter ist so verschlossen wie eine Auster. Sie hatte noch nie über ihre Gefühle reden können, selbst damals nicht, nach dem Tod meines Vaters. Ich erinnere mich nicht einmal daran, sie weinen gesehen zu haben, auch wenn sie sicherlich viele Tränen vergossen haben musste. Nach außen hin war sie stets gefasst und würdevoll, eine starke Frau, so unnachgiebig wie Diamant. Auch ich sprach nicht gerne über Emotionen, vielleicht weil ich es nie gelernt hatte, vielleicht weil mein Wesen ihrem so ähnlich war.

„Du trägst keinen Ring", war das Erste, was sie zu mir sagte.

„Wir haben uns dagegen entschieden. Keiner von uns mag Schmuck …"

Sie nickte und schwieg wieder. Irgendwie hoffte ich, sie würde mich nach den Details unserer Hochzeit fragen. Selbst wenn es nur um Elvis gehen würde …

„Als ich ein Kind war", begann sie zögernd, „gab es eine Menge Regeln und Verbote. Das war manchmal schwierig, aber Regeln haben auch ihr Gutes. Man wusste immer, was richtig war und was nicht, es existierten keine Grauzonen, keine Ausnahmen, kein Herumlavieren. Heute …"

„Es ist eine andere Zeit", erwiderte ich.

„Selbst unser Heiliger Vater ist … so modern." Sie seufzte schwer. „Ich verstehe einfach die Welt nicht mehr, und ich fürchte, mir fehlt es an der nötigen … Flexibilität, um mich in ihr zurechtzufinden. Alles verändert sich zu schnell."

Ich nickte. Wenn man Veränderungen herbeisehnte, konnte sich die Entwicklung nicht schnell genug vollziehen, wenn man sie fürchtete, schienen sich die Ereignisse zu überstürzen. Die „Ehe für alle", das Bewusstsein für Genderfragen, die #MeToo-Debatte – es hatte in den letzten Jahren eine Menge gegeben, womit sie sich auseinanderzusetzen hatte.

„Schorsch würde dich gerne einmal besuchen", sagte ich und beobachtete, wie sich ihre Schultern wieder verkrampften. „Es tut ihm alles so leid."

Meine Mutter stand auf, um das Geschirr in die Küche zu tragen. Für mich wurde es langsam Zeit zu gehen. Ich hatte versprochen, auf den Heimweg kurz bei Schorsch vorbeizuschauen und ihm von meinem Besuch zu berichten. Sie hatte sich so lange um ihn gekümmert, dass sie für ihn wie eine zweite Mutter geworden war. Vielleicht gelang es den beiden ja, ihre Beziehung wieder halbwegs zu normalisieren.

„Wie sieht es eigentlich … finanziell aus?", fragte ich zum Abschied. „Wenn du was brauchst …"

„Danke, Andreas, ich komme zurecht", erwiderte sie scharf.

„Ich sag ja nur …“

Sie zog mich in ihre typische, flüchtige Umarmung, bei der ich mich immer etwas unwohl fühlte. Natürlich ermahnte sie mich, vorsichtig zu fahren und auf mich aufzupassen, als wäre ich ein Kind auf dem Weg zur Schule und kein erwachsener Mann. Fehlte nur noch, dass sie mir eine Brotdose für die große Pause mitgab. Ich lächelte zum Abschied und stieg die Treppe hinunter. Und dann überraschte sie mich.

„Wenn du an Weihnachten kommst“, sagte sie, schon halb in der Tür. „Vielleicht bringst du deinen … Vielleicht bringst du Robert mit?“

Hatte ich mich verhört? Ich blieb stehen und drehte mich um, aber sie war schon in ihrer Wohnung verschwunden. Ich musste lächeln. Manchmal geschahen doch noch Zeichen und Wunder.

Es dauerte einige Wochen, bis Robert und ich die Dokumente aus Amerika erhalten hatten, die wir benötigten, um unsere Ehe beim Standesamt eintragen zu lassen. Wir hatten gedacht, das wäre ein zwar bürokratischer, aber weitgehend unproblematischer Akt, doch weit gefehlt. Unsere Papiere, die Heiratsurkunde, eine beglaubigte Kopie des registrierten Trauscheins sowie eine Apostille, von der ich nicht genau wusste, was sie eigentlich sein sollte, wurden zwar umstandslos anerkannt. Aber der Teufel lag wie so oft im Detail.

„Trotz der ‚Ehe für alle‘ sind wir in dieser Hinsicht immer noch Bürger zweiter Klasse“, sagte ich, als ich mich am selben Abend mit Nils traf. Robert musste arbeiten, und wir hatten uns verabredet, um ins Kino zu gehen.

„Wird eure Ehe nicht anerkannt?“

„Doch – nur können wir uns nicht mehr scheiden lassen.“

„Ihr wollt euch schon scheiden lassen?“ Nils sah mich verdutzt an und grinste. „Ich hatte euch mindestens ein Jahr gegeben.“

„Witzig. Nein, natürlich können wir uns scheiden lassen. Also, theoretisch …“

Die Sache war kompliziert. Die Standesbeamtin, die sich unseres Falls angenommen hatte, musste sich zuerst mit einer Kollegin und dann mit ihrem Vorgesetzten beraten, um zuletzt in einigen Gesetzesblättern nachzusehen. Wenn Heteropaare in den USA oder generell im Ausland heirateten, konnten sie ihre

Ehe später in Deutschland problemlos ins Eheregister eintragen lassen. Als im Herbst 2017 jedoch das Gesetz zur Durchsetzung der „Ehe für alle" beschlossen worden war, hatte der Gesetzgeber nicht einfach entschieden, alles genauso wie bei den Heteros zu machen, sondern einen neuen Text aufgesetzt. Wenn ich es richtig verstanden hatte, galt bei der gleichgeschlechtlichen Ehe nicht das deutsche Recht, sondern das des Staates, in dem sie geschlossen wurde. Das wirkte sich in erster Linie auf die Folgerechte aus. Wenn Robert und ich eines Tages beschließen würden, uns scheiden zu lassen, ginge das nur nach dem Recht von Nevada.

Ich grinste meinen Mann an, als die Standesbeamtin uns diesen Sachverhalt erläuterte. „Na, dann sollten wir uns besser nicht scheiden lassen, oder?"

Es war nicht das einzige Manko dieses Gesetzes. Freunde von uns, die vor einigen Jahren eine eingetragene Lebenspartnerschaft eingegangen waren, mussten diese zuerst auflösen, um danach noch einmal zu heiraten. Rechtlich gesehen hätte es keinen Unterschied gemacht – die Lebenspartnerschaft war der Ehe gleichgestellt –, aber sie wollten eben „richtig" verheiratet sein. Jetzt feierten sie drei Jahrestage: den Tag ihres Kennenlernens sowie ihren ersten und zweiten Hochzeitstag.

Robert nahm das weniger gelassen als ich, und je länger er darüber nachdachte, desto wütender wurde er. Strenggenommen, führte er aus, könnte das Finanzamt argumentieren, dass eine Ehe, die nach dem Gesetz von Nevada geschlossen worden war, nicht das Recht auf Ehegattensplitting hatte. Das war zwar unwahrscheinlich, weil die Finanzämter nur darauf achteten, ob eine Ehe auch tatsächlich eingetragen war, erzeugte aber eine gewisse Rechtsunsicherheit. Im Grunde ließ sich das Problem nur lösen, wenn man ein Exempel statuierte und die Regierung verklagte, damit der Bundesgerichtshof sich der Sache annahm.

„Du willst dich scheiden lassen, um auf einen juristischen Missstand hinzuweisen?", fragte ich ihn entgeistert.

„Nein, das wäre wohl zu extrem, was?" Robert tat so, als hätte er einen Scherz gemacht, aber ich sah, dass er – und wenn auch nur für eine Sekunde – ernsthaft darüber nachgedacht hatte.

Verzweifelte Maßnahmen

Nachdem ich herausgefunden hatte, dass Nils' Verlobung lediglich zu seinem Auftritt in der Reality-Show *Die Stern-Stunde* gehörte, hatte ich angenommen, dass die Idee mit der Verlobungsfeier in unserer Wohnung damit gestorben war. Wenn mein bester Freund tatsächlich heiraten würde, hätte ich die Feier natürlich liebend gerne organisiert und dafür meinetwegen sogar ein ganzes Kamerateam eingeladen. Aber ich würde mich auf keinen Fall für diese Farce hergeben. Wenn Nils unbedingt an diesem Betrug teilhaben wollte, war das allein seine Sache. Das sagte ich ihm auch, als er kurz nach unserer Rückkehr aus den USA auf das Thema zu sprechen kam.

„Du kannst doch jetzt keinen Rückzieher machen", sagte er entsetzt, „wie sollen wir so schnell eine neue Location finden?"

„Nils, ich habe nur zugesagt, weil ich dachte, das Ganze ist echt. Aber ich mache mich doch nicht im Fernsehen zum Affen."

Nils zog eine Schnute und meinte, mir würde anscheinend nichts an unserer Freundschaft liegen, wenn ich ihn einfach so im Stich lassen würde. Meine Absage würde auf ihn zurückfallen, und dann würde er seinen Job verlieren. Man würde ihn vielleicht sogar ganz aus der Show herausschneiden, und dann hätte sein Leben keinen Sinn mehr.

Mein Einwand, dass Dreharbeiten sicherlich mit einigen Unannehmlichkeiten verbunden waren, wischte Nils einfach vom Tisch.

„Das dauert ein, höchstens zwei Tage", versicherte er mir im Brustton der Überzeugung. „Komm schon, das ist das Abenteuer deines Lebens."

Als Gastgeber dieser angeblichen Verlobungsfeier hatten wir nicht viel zu tun. Wir mussten nur dekorativ in der Gegend herumstehen, ein fröhliches Gesicht aufsetzen und das Paar hochleben lassen. Außerdem würden wir eine Menge interessanter Leute kennenlernen. Wer weiß, vielleicht würde sogar Heidi Klum vorbeischauen?

„Näher wirst du deinen fünfzehn Minuten Ruhm nie kommen", sagte Nils zum Abschied.

„Was soll schon passieren?", sagte ich am Abend zu Robert. „Sie stellen ein paar Kameras auf, drehen diese Party und fertig. Das dauert vielleicht einen Tag. Und Nils ist glücklich."

„Ja, das ist auch meine Hauptsorge – dass Nils glücklich ist."

Nils zuliebe erklärte ich mich dazu bereit, mein Zuhause für den Dreh des einstündigen Weihnachtsspecials zur Verfügung zu stellen. Robert war nur unter der Bedingung einverstanden, dass er von den Vorbereitungen verschont blieb. Also traf ich mich eines Nachmittags allein mit Nils und Tanja, der Produzentin der Show und heimlichen Ehefrau von Mathias. Die beiden kamen vorbei, um „die Location zu besichtigen" und die Details zu besprechen. Ihre aschblonden Haare hatte Tanja zu einem kreativen Nest hochgesteckt, und sie balancierte auf gefährlich dünnen Absätzen. Ihr Händedruck war erstaunlich fest, ihr Lächeln unerwartet natürlich.

„Die Wohnung ist super", sagte sie nach einem kurzen Rundgang. „Du hast wirklich Geschmack, da müssen wir kaum was verändern."

„Ihr wollt was verändern?"

„Ach, nur minimal, ein paar neue Sofakissen und Lampen, vielleicht einige hübsche Accessoires, und der Teppich vor der Couch sieht ja auch schon etwas abgetreten aus. Wir haben einen super Raumausstatter an der Hand, der all unsere Locations bestückt", sagte Tanja, die in ihrem marineblauen Kostüm so professionell aussah, dass ich ihr bereitwillig alles glaubte. „Du wirst praktisch gar nicht merken, dass wir hier sind."

„Wie viele Leute kommen denn jetzt eigentlich?"

„Zur Party?" Tanja runzelte nachdenklich die Stirn. „Mathias und ich haben beschlossen, das Ganze überschaubar zu halten – also höchstens ein Dutzend Gäste. Und das Team natürlich: Kamera, Ton, Maske, Produktionsleitung und so weiter."

„Heidi Klum hat schon fast zugesagt", fügte Nils mit einem Augenzwinkern hinzu.

Beginnen sollte es mit einem Cocktailempfang auf der Terrasse, damit „dieser super Blick auf München" auch angemessen gewürdigt werden konnte. Anschließend wollten sie im Wohnzimmer drehen. Ein Caterer würde für ein festliches Buffet und eine Bar sorgen, und eine Set-Designerin arbeitete bereits Pläne für die Dekoration aus.

„Es ist schließlich das Weihnachtsspecial“, erklärte Tanja mir auf meinen fragenden Blick. Sie deutete auf die Ecke, in der unsere Couch stand. „Dort wäre ein super Platz für den Baum.“

„Aber … da sitzen wir“, stammelte ich.

„Ja, ja … Die Couch stellen wir dann da drüben hin, der Tisch wandert dafür an die Wand, dann kann man besser das Buffet aufbauen, und die Stühle lagern wir ein. Schade, dass ihr keinen Kamin habt.“ Sie strahlte mich an; ihre Zähne waren unnatürlich weiß. „Der Raum ist super, habe ich das schon erwähnt? Dürfen wir neu tapezieren?“

„Wie? Tapezieren …?“

„Weiße Wände sind so … langweilig.“ Sie wedelte mit dem rechten Arm, als wollte sie mit einem imaginären Zauberstab mein uninteressantes Zuhause in einen kreativen Hotspot verwandeln. „Wir arbeiten da mit einem Hersteller zusammen, der wirklich super Tapeten designt.“

„Ich weiß nicht, das müsste ich erst mit meinem Mann besprechen“, sagte ich und klang wie eine unsichere Hausfrau aus den Fünfzigern.

„Natürlich.“ Tanja lächelte und zeigte mir ihre vertrauenswürdigen Lachfältchen. „Sag mir nur bitte möglichst bald Bescheid.“

Langsam wurde mir das volle Ausmaß dieses Abenteuers bewusst. Tanja und ihre Mitarbeiter würden praktisch unsere halbe Wohnung auseinandernehmen, die meisten unserer Möbel ersetzen, neue Lampen aufhängen und – sofern mein Mann einverstanden war – neu tapezieren. Das Ganze würde eher eine Woche als lediglich ein oder zwei Tage dauern. Entweder hatte Nils mich angelogen oder er hatte weniger Ahnung von den Abläufen, als er behauptete.

„Das … Das ist ganz schön viel Aufwand“, stammelte ich.

„Keine Angst, wir bringen alles mit. Geschirr, Gläser, Blumen – du wirst gar nicht merken, dass wir hier sind.“ Tanja hatte wirklich ein gewinnendes Lachen. Die Produktionsfirma, erklärte sie mir, arbeitete dafür mit zahlreichen Sponsoren und Marketingpartnern zusammen, die alles Nötige zur Verfügung stellten – und dafür im Abspann der Sendung genannt wurden. „Sag mal, wärst du auch bereit, einige kleine Änderungen an dir vornehmen zu lassen?“

„Wie … Änderungen?“ Ich sah hilflos zu Nils.

„Sie meint, du bist zu fett“, übersetzte mein bester Freund.

„Nein, nein“, versicherte mir Tanja und legte eine perfekt manikürte Hand auf meine Schulter. „Damit können wir arbeiten. Ich glaube, die Rolle des schusseligen kleinen Pummels würde super zu dir passen. Wenn du gut ankommst, ist vielleicht eine wiederkehrende Rolle drin.“

Sie zwinkerte mir kokett zu.

„Oder du speckst bis zum Dreh ein bisschen ab“, schlug Nils schadenfroh vor. „Vergiss nicht, die Kamera packt noch mal zehn Kilos drauf – du wirst aussehen wie eine Tonne!“

„Nils, sei nicht so gemein“, schalt ihn Tanja, lachte aber über seinen Scherz. „Mach dir keine Sorgen, Andy, unsere Garderobiere kommt demnächst mal für eine Typberatung vorbei. Außerdem finden wir bestimmt was Nettes zum Anziehen für dich, das deine … Problemzonen kaschiert. Wir arbeiten mit angesagten Firmen zusammen, weißt du …?“

„Wie lief's denn?“, fragte mich Robert am Abend, als wir bei einem Glas Rotwein auf unserer Couch saßen.

Ich starrte auf unseren ach so abgetretenen Teppich und die vermeintlich hässlichen Sofakissen und murmelte: „Super!“

Da die Ereignisse nicht mehr aufzuhalten waren, beschloss ich, die Augen zu schließen und die Fahrt zu genießen. Es gab nur ein Problem, das mich die ganze Zeit über beschäftigte und mir ziemliches Kopfzerbrechen bereitete: Wie sollte ich in vier Wochen mindestens zehn Kilo abnehmen? Als ich Robert von meinem Dilemma erzählte, schüttelte er nur den Kopf.

„Andy, du bist bei Weitem nicht so dick, wie du glaubst – oder dein bescheuerter Freund dir einreden will.“

„Nils ist nicht bescheuert“, sagte ich, „nur ein bisschen oberflächlich.“

„Dein Körper ist völlig normal, in deinem Alter entwickelt jeder ein kleines Bäuchlein.“ Robert hatte mir diese Predigt schon mehr als einmal gehalten, aber so durchtrainiert, wie er war, hatte er natürlich gut reden.

„Aber im Fernsehen sind es gleich zehn Kilo mehr!“

„Na und? Ist doch egal, den Mist guckt sowieso keiner an.“

„Das ist nicht wahr“, erwiderte ich mit einer Leidenschaft, die mich noch vor ein paar Tagen überrascht hätte. „Die Ratings in den Zielgruppen sind überdurchschnittlich.“

„Du weißt doch nicht mal, was das bedeutet.“

„Ich weiß genau, was das bedeutet“, sagte ich so entschlossen wie möglich, „nämlich Low Carb für mich bis zur Aufzeichnung der Sendung.“

Es stellte sich heraus, dass dies leichter gesagt als getan war. Ich googelte alle möglichen Bikini-Figur-in-zehn-Tagen-nackt-gut-aussehen-low-carb-challenge-Diäten und war danach so verwirrt, dass ich beschloss, diesen ganzen Quatsch zu ignorieren und einfach FdH zu machen. Ich halbierte meine Portionen und verzichtete auf Süßigkeiten.

Zehn brutal harte Tage später hatte ich nur ein halbes Kilo verloren und bekam eine Panikattacke auf der Waage. Jetzt halfen nur noch härtere Maßnahmen: Sport. Ich reaktivierte meine Mitgliedschaft im Fitnessclub und verbrachte jeden Tag eine Stunde auf dem Laufband. Nach drei Tagen war ich so erschöpft, dass ich mitten im Training umknickte, auf die Nase knallte und wie ein Mehlsack in eine Ecke geschleudert wurde.

„Bänderdehnung“, sagte ich düster zu Robert, der mich umgehend zu einem Sportarzt gefahren hatte. „Ich darf den Fuß drei Wochen lang nicht stark belasten.“

Ein Freund von mir empfahl mir daraufhin EMS-Training, bei dem man durch den Einsatz von Schwellstrom die Muskeln stimulierte. Man brauchte keine Gewichte zu stemmen, sich nicht einmal groß zu bewegen, und schon zwanzig Minuten pro Woche sollten so effektiv sein wie ein dreimaliger Besuch im Fitnessstudio. Ideal also für einen Faulpelz mit Bänderdehnung wie mich. Ich meldete mich gleich am nächsten Tag zu einem Probetraining an.

Nachdem ich einen Fragebogen zu meiner körperlichen Fitness (oder vielmehr dem Mangel daran) ausgefüllt hatte, wurde ich vermessen und gewogen. Mein Körperfettanteil lag bei schockierenden sechsundzwanzig Prozent.

„Das ist etwas zu viel“, meinte Sören, mein viel zu blonder Trainer mit den beeindruckenden, elektrisch gewonnenen Oberarmmuskeln. Ich hätte wetten können, dass sich unter seinem T-Shirt mit der Aufschrift *The pain is worth the gain* auch ein Sixpack verbarg. Er zwinkerte mir zu: „Erst mit fünfzig wäre es wieder normal."

„Cool", erwiderte ich grinsend. „Ich bin also gar nicht zu dick, sondern nur zu jung."

Er lachte höflich und machte eine einladende Handbewegung. Meine erste Trainingsstunde konnte beginnen. In einer Umkleidekabine musste ich mich nackt ausziehen und in T-Shirt und Shorts schlüpfen, die ungeheuer eng am Körper anlagen und entfernt an einen Taucheranzug erinnerten. Dann wurde ich mittels einer Weste, aus der zahlreiche Kabel hingen, an eine Maschine angeschlossen. Die Weste war zuvor mit reichlich warmem Wasser besprüht worden, das sich dennoch klamm auf meiner Haut anfühlte. Bei dem Gedanken, dass man mir gleich Stromschläge verpassen würde, war mir schlagartig unbehaglich zumute.

Nachdem sämtliche Kabel verbunden waren, ging es los. Ich musste die Grundhaltung einnehmen, die Knie parallel, die Arme nach vorne gestreckt, die Ellbogen leicht angewinkelt. Sören fragte mich, ob ich bereit wäre, und ich sagte „Nein". Er lachte und drehte den Strom auf.

Ein scharfer Schmerz traf meine Hoden und schoss in meinen Anus. So musste es sich wohl anfühlen, von Zeus gefickt zu werden, dachte ich überrascht. Doch der Schmerz verschwand bereits nach ein, zwei Sekunden wieder und machte einem heftigen Kribbeln und Prickeln Platz. Das war immer noch unangenehm, aber erträglicher. Die nächsten zwanzig Minuten musste ich immer wieder andere Körperhaltungen einnehmen, die so schnell aufeinander folgten, dass ich Mühe hatte, den Bewegungen, die Sören mir vormachte, zu folgen.

„Und – wie fühlst du dich?", fragte mein gutgelaunter Trainer, nachdem er den Strom abgeschaltet hatte.

„Geladen", witzelte ich.

Der Muskelkater am nächsten Morgen hielt sich in Grenzen. Der Erfolg allerdings auch. Ich hatte zwar das Gefühl, dass meine Muskeln nach jedem Training an Umfang gewonnen hatten, doch schienen sie sich auch genauso schnell wieder zurückzubilden. Und abgenommen hatte ich vier Wochen später kein Gramm.

„Muskeln sind schwerer als Fett", sagte Robert aufmunternd.

In zehn Tagen sollten die Dreharbeiten beginnen, und ich war verzweifelt. Nachdem ich erneut ausgiebig gegoogelt und sehr viel Positives über die Effekte des Heilfastens gelesen hatte, stellte ich die Nahrungsaufnahme kurzerhand ein und ernährte mich nur noch von Säften und Kräutertee. Robert hielt den Ansatz für zu radikal und weigerte sich, mich in irgendeiner Weise zu unterstützen. Da ich jedoch an meinen Plänen festhielt, wurde dies die erste größere Belastungsprobe unserer noch recht jungen Ehe.

Den ersten Tag überstand ich so mühelos, dass es mich ganz euphorisch stimmte. Ich hatte keinen großen Hunger, die Säfte und die salzlose Gemüsebrühe schmeckten vorzüglich, und ich war überzeugt, am Ende mindestens sechs, sieben Kilo abgenommen zu haben. Der zweite Tag wurde schon schwieriger. Es begann mit dem Duft frisch gebrühten Kaffees am Morgen, mit dem Robert mich offenbar in den Wahnsinn zu treiben versuchte. Mein Körper verlangte nach Koffein, aber ich war stark und widerstand der Versuchung.

Am Abend briet sich Robert ein Steak. Ich verschanzte mich im Schlafzimmer, öffnete das Fenster und atmete nur durch den Mund. Ich dachte an Gandhi und politische Gefangene überall auf der Welt, die in einen Hungerstreik getreten waren, um für ihre Anliegen zu kämpfen. Wenn die das aushalten konnten, dann schaffte ich das sicherlich auch.

In der Nacht konnte ich nicht schlafen. Vielleicht war es doch etwas anderes, ob man wegen seiner politischen Überzeugungen auf Nahrung verzichtete oder aus purer Eitelkeit. Ich tröstete mich mit dem schönen Gedanken, dass sich der Stoffwechsel nach drei oder vier Tagen umstellen, das Hungergefühl verschwinden und der Körper Endorphine ausschütten würde. Spätestens dann würde ich mich leicht wie eine Feder fühlen und glücklich über den Wolken schweben.

Am dritten Tag war ich immer noch nicht glücklich, aber gereizt wie ein spanischer Stier in der Arena. Robert zog aus unserem Schlafzimmer aus, weil ihn angeblich das Knurren meines Magens am Schlafen hinderte. Ich träumte inzwischen von saftigen Hamburgern und indischem Curry, und als ich, um mich abzulenken, im Park spazieren ging, hätte ich um ein Haar einem Kind die *Milchschnitte* aus der Hand gerissen.

Dummerweise feierte Roberts Mutter am Wochenende Geburtstag und lud uns zu einer kleinen Feier ein. Ich wollte nicht hingehen, aber es war die erste Zusammenkunft der Familie seit unserer Hochzeit. Alle waren neugierig und wollten Bilder und Videos von der Zeremonie sehen, also konnte ich schlecht fernbleiben. Leider neigte Roberts Familie dazu, ihre Gäste zum Essen zu animieren. Ich erklärte ihnen zwar, dass ich gerade fastete, aber das nahm niemand ernst.

„Dann iss doch nur etwas Hühnchensalat", sagte meine Schwiegermutter freundlich.

Nach einem Blick auf die Schüssel, die scheinbar bis zum Rand mit Mayonnaise gefüllt war, lehnte ich dankend ab.

„Ich fürchte, mein Magen verträgt nicht viel. Das Fasten …"

„Du hast gerade mal vier Tage lang nichts gegessen", sagte Robert genervt. „Ein Stück Brot oder ein Apfel werden dich schon nicht umbringen. Außerdem ist langes Fasten ohne ärztliche Aufsicht gefährlich."

„Ist er vielleicht magersüchtig?" Roberts Mutter flüsterte so laut, dass man sie noch eine Straße weiter hören konnte. „Ich habe gelesen, viele schwule Männer haben Bulimie."

In der Nacht erwischte mich Robert vor dem geöffneten Kühlschrank. Ich hatte bereits ein Stück Geburtstagstorte verputzt und hielt eine Scheibe Braten in der Hand. Geistesgegenwärtig tat ich so, als wäre ich schlafgewandelt, aber das nahm er mir nicht ab.

„Du musst diesen Unsinn beenden", sagte er düster, „sonst mache ich es."

Ich konnte mich fast durch seine Augen sehen, wie ich im Schlafanzug vor der offenen Kühlschranktür stand, die Finger fetttriefend, der Mund mit Schokolade und Sahne verschmiert. Es war erbärmlich. Also gab ich meinen Widerstand auf, holte die Tupperschüsseln mit den Überresten des Geburtstagsessens aus dem Kühlschrank und improvisierte ein Picknick. Robert machte sich eine Flasche Bier auf, und dann saßen wir schmausend am Küchentisch, wobei ich jeden Gedanken an die Fernsehsendung zu verdrängen versuchte. Wenn diese zu Weihnachten ausgestrahlt wurde, würde ich darin aussehen wie das Michelin-Männchen.

„Was stimmt mit unserem Geschirr nicht?", fragte ich, während ich einen kalten Hühnerschenkel abnagte. „Oder unseren Sofakissen?"

„Ernsthaft? Das beschäftigt dich immer noch?“ Robert schüttelte den Kopf. „Du weißt schon, was produktplatzierte Werbung ist, oder?“

„Ich bin ein schwuler Mann, wir sind die Speerspitze des guten Geschmacks, die Hüter von Stil und Eleganz.“

„Sagt der Mann mit dem Fettfleck auf seinem Shaun-das-Schaf-Schlafanzug …“

„Lach nur“, sagte ich und drohte ihm mit dem Hühnchenschenkel. „Am Ende tauschen sie uns auch noch aus gegen zwei muskelbepackte Models, die halb so alt sind wie wir.“

„Und verzichten auf den lustigen Dicken?“

Ich warf den abgenagten Knochen nach ihm. Robert fing ihn geschickt auf.

„Warum hab ich mich nur darauf eingelassen?“, stöhnte ich.

„Weil du nicht Nein sagen kannst, vor allem wenn es um Nils geht.“

„Ich glaube, er ist unglücklich“, sagte ich. „Er grämt sich wegen der Sache mit Mirko.“

„Daran ist er ganz allein selber schuld. Wenn er nicht so fixiert darauf wäre, berühmt zu werden … Und du unterstützt ihn noch bei diesem Quatsch.“ Robert trank sein Bier aus und stand auf. Lächelnd streckte er die Hand nach mir aus. „Jetzt, wo du satt und wieder friedlich bist, darf ich zurück zu dir ins Bett?“

„Wieder friedlich? Ich bin *immer* friedlich …“

Mein Mann verdrehte nur theatralisch die Augen.

Am nächsten Tag spielte ich Detektiv. Ich versuchte, Mirkos Telefonnummer herauszufinden, was nicht so einfach war, da ich seinen Nachnamen nicht kannte. Facebook konnte mir in diesem Fall nicht weiterhelfen, da Nils entweder nicht mehr mit ihm befreundet war oder Mirko eine Abneigung gegen soziale Medien hatte. Ich rief alle unsere gemeinsamen Freunde an, aber die hatten auch keine Ahnung.

Zum Glück waren Nils und ich ohnehin mit Tanja verabredet, um noch einige Details zu besprechen. Als die beiden beschäftigt waren, schnappte ich mir sein Handy, stellte jedoch schnell fest, dass es mit einer PIN gesichert war. Ich probierte mehrere Kombinationen von Nils’ Geburtsdatum, bis ich, einer Eingebung folgend, die Zahlen von eins bis vier eintippte. Bingo!

„Was machst du mit meinem Handy?", fragte Nils plötzlich, der wie aus dem Nichts aufgetaucht war.

„Ach, ist das deins?" Ich lächelte verlegen und gab ihm das Gerät zurück. „Muss ich wohl verwechselt haben."

Er starrte mich eine Sekunde lang misstrauisch an, sagte aber nichts.

Mit dem Nachnamen war es relativ einfach, den Friseursalon ausfindig zu machen, den Mirko in Augsburg betrieb. Ich rief an und hatte ihn schon nach wenigen Minuten an der Strippe. Umständlich erklärte ich ihm, dass wir uns einmal getroffen hatten und ich ihm Nils' Handynummer gegeben hatte.

„Klar erinnere ich mich", sagte Mirko freundlich. „Außerdem hat mir Nils viel von dir erzählt. Er hält ziemlich große Stücke auf dich."

Tat er das? Ich musste lächeln und hätte das Thema liebend gern vertieft, zwang mich aber, zur Sache zu kommen: „Wie viel liegt dir an Nils?"

„Hat er dich gebeten, anzurufen und mich das zu fragen?"

„Nein, er hat keine Ahnung …" Ich dachte kurz nach. „Okay, ich weiß, das Ganze geht mich nichts an, aber wenn noch eine kleine Chance für euch besteht … Nils ist ein Idiot, aber er ist auch ein guter Kerl, und du solltest ihn nicht so schnell aufgeben."

„Sorry … Ich habe vor ein paar Monaten eine echt komplizierte Beziehung beendet und keine Lust auf eine weitere."

„Ja, das kann ich verstehen."

„Nils hat mir klargemacht, dass seine Karriere an erster Stelle steht", fuhr Mirko fort, „und dass er so tun muss, als wäre er mit jemand anderem zusammen. Das sind genau die Spielchen, auf die ich keinen Bock mehr habe."

„Natürlich nicht."

„Außerdem hat er mit mir Schluss gemacht."

„Sagte ich schon, dass er ein Idiot ist?"

Mirko lachte. „Nils hat echt einen guten Freund in dir", sagte er, „und es ist ja nicht so, als würde ich ihn nicht mögen. Im Gegenteil, ich kann mir das gut vorstellen mit uns, aber … Er hat sich nun mal entschieden."

Ich hörte Bedauern in seiner Stimme und bat ihn, noch einmal in Ruhe darüber nachzudenken, bevor ich mich verabschiedete.

Nils war alt genug, seine eigenen Entscheidungen zu treffen, und wenn ihm eine zweifelhafte Karriere als Reality-Soap-Star wichtiger war als eine Beziehung, musste ich das akzeptieren. Dennoch schmerzte es mich zu sehen, wie sich mein bester Freund verändert hatte. Nils war bitterer geworden und auch ein Stück weit gemeiner. Natürlich hatte er mich auch früher schon damit aufgezogen, dass ich nicht so ein dünner Hering war wie er, aber in letzter Zeit waren seine Bemerkungen verletzender geworden. War diese neue Boshaftigkeit eine Nebenwirkung des Ruhms, auf den er spekulierte, oder eher der permanenten Diät, der er sich unterzog? Letztes konnte ich nach meinen Erfahrungen in den vergangenen Tagen nachvollziehen. Darüber, wie er sich erst verhalten würde, wenn er tatsächlich berühmt war, wollte ich lieber nicht nachdenken.

Die nackte Invasion

„Du wirst gar nicht merken, dass wir hier sind.“ Mir klangen Tanjas Worte immer noch in den Ohren, als zwei Tage vor den Dreharbeiten eine Horde von Set-Designern mein beschauliches Zuhause heimsuchte und alles auf den Kopf stellte.

Zuerst räumten sie das Wohnzimmer aus, verstauten den Inhalt der Regale und Schränke in Umzugskartons, die sie kurzerhand in Wallys Zimmer stapelten, und trugen die Möbel hinaus. Sie wurden irgendwo zwischengelagert, und ich hoffte, ich würde sie eines Tages wiedersehen. Innerhalb einer Stunde hingen neue Lampen an der Decke und eine Wand wurde mit einer Tapete verkleidet, die ein grafisches Muster aus goldenen und roten Dreiecken zierte. Mein Geschmack war sie nicht. Ein neues Sofa wurde ebenfalls angeliefert, das wunderschön anzusehen, aber fürchterlich unbequem war.

„Es ist ja nicht zum Sitzen gedacht“, sagte ein zickiger Schwuler mit Hipsterbart, der anscheinend die Oberaufsicht innehatte.

Ich traute mich nicht zu fragen, was man sonst mit einem Sofa anstellen sollte.

Der neue Teppich mit seinem ornamentalen Muster in Blaubeertönen auf weißem Grund sah dagegen gar nicht mal schlecht aus und harmonierte mit den Lampen aus dunkelblauem Glas. Als Nächstes wurde der Weihnachtsbaum aufgestellt, ein mehr als zwei Meter hohes, ausladendes Ungetüm, das wunderbar nach frischem Harz duftete. Die Frau, die ihn schmückte, kam am Nachmittag und blieb die nächsten anderthalb Tage bei uns. Ich hätte nie gedacht, dass Dekorieren eine Kunstform sein konnte, bis ich sie kennenlernte.

Ihr Name war Lola, sie war Mitte zwanzig, erschreckend mager und hatte silber-graues Haar, das sie zu einem Zopf geflochten hatte, der eher zu einem schwedischen Landmädchen gepasst hätte. Ihr Make-up erinnerte mich an japanische Manga-Figuren. Eine geschlagene Stunde lang saß sie einfach nur auf dem Fußboden vor dem Weihnachtsbaum und starrte ihn an.

„Ich meditiere und kommuniziere mit dem Baum“, sagte sie, als ich sie danach fragte. „Ich frage ihn, ob er ein gutes Leben hatte und einverstanden ist, von mir geschmückt zu werden.“

„Okay", sagte ich und dachte daran, dass es für den Baum mittlerweile zu spät sein dürfte, sein Einverständnis zu geben. „Willst du eine Tasse Tee?"

„Danke, ich trinke nur heißes Wasser. Gefiltert, wenn es geht, sonst bitte Mineralwasser. Aber aus einer Flasche. Hast du zufällig Gletscherwasser aus Island da?"

„Nein, rein zufällig heute nicht."

Der mürrische Schwule und sein Team hatten zwei Dutzend Kisten mit Weihnachtsdekoration angeliefert, und nachdem sie ausgiebig meditiert hatte, begann Lola mit dem Schmücken. Das Motto war, so viel erfuhr ich von ihr, „Rokoko-Weihnachten". Winzige LED-Lampen wurden sorgfältig an den Zweigen befestigt, so dass keinerlei Kabel zu sehen waren. Dann hängte Lola zahlreiche Kugeln in Gold, Dunkelrot und Mitternachtsblau auf sowie weitere Ornamente, die an Schneekristalle erinnerten und ebenfalls vergoldet waren.

„Lola ist eine Magierin", versicherte mir Tanja, als sie auf eine Stippvisite vorbeischaute. „Ohne sie wären wir verloren."

Nachdem sie den Baum komplett geschmückt hatte, nahm Lola, die Magierin, die Hälfte der Kugeln wieder ab und begann von vorne. Das Spielchen wiederholte sich noch zweimal, wobei der Baum für mich jedes Mal gleich aussah. Als er endlich fertig geschmückt war, nahm sich Lola den Rest des Zimmers vor: Sie platzierte Twigbälle, kunstvoll geflochtene Kugeln mit LED-Lichtern, in den Ecken, stellte dicke weiße Kerzen in Silberleuchtern auf und hängte zuletzt einen pinkfarbenen Neon-Flamingo an die frisch tapezierte Wand, vor der das Buffet aufgebaut werden sollte.

„Als ironischer Kontrapunkt", verriet sie mir.

Dazu zählten vermutlich auch die lebensgroßen Krippenfiguren aus aufblasbarem Plastik, die sie auf der Terrasse aufgestellt hatte. Sie sahen aus wie die Schwimmtiere, die man vom Sommerurlaub kennt, besaßen knallige Farben und Gesichter mit großen, mandelförmigen Augen, die mich an die Aliens in Roswell erinnerten. Maria hockte neben einer Krippe, in der ein schneeweißes, blondgelocktes Jesuskind seine pummeligen Arme nach ihr ausstreckte. Dahinter kauerte ein missmutiger Josef, flankiert von Ochs und Esel sowie einem Engel mit einer Posaune.

Nachdem Lola ihre Arbeit beendet hatte, sah unser Wohnzimmer aus wie das Schaufenster eines Kaufhauses auf der Fifth Avenue kurz vor Weihnachten. Überall glitzerte und glänzte es.

„Das sieht überhaupt nicht mehr nach unserer Wohnung aus", sagte ich zu Robert, als er spät abends von einem Auftrag nach Hause kam. Ich flüsterte, dabei war Lola schon längst nach Hause gegangen, und dem Baum war es vermutlich egal, was ich zu sagen hatte.

„Gut. Dann erkennt uns hoffentlich auch niemand", erwiderte Robert grimmig.

Am nächsten Morgen, dem Tag der Dreharbeiten, wurden wir um sieben Uhr aus dem Bett geklingelt. Der schlecht gelaunte Schwule, von dem ich inzwischen wusste, dass er Bernd hieß und der Produktionsleiter war, führte die Streitmacht an, die über uns hinwegfegen sollte. Drei Männer und eine Frau waren die nächsten Stunden damit beschäftigt, Scheinwerfer aufzustellen, sie mit farbigen Folien zu verkleiden und eine Menge Kabel zu verlegen. Robert wurde das alles schnell zu viel, und er fuhr in die Firma. Am liebsten hätte ich mich auch abgesetzt, aber ich wollte unsere Wohnung nicht einfach Wildfremden überlassen. Die meiste Zeit über stand ich aber nur Bernd und seinen Leuten im Weg.

Gegen Mittag kam der Caterer mit dem Buffet, das er auf dem Tisch aufbaute, dem einzigen unserer Möbelstücke, das im Zimmer verblieben war, allerdings unter einer bodenlangen Decke aus rotem Samt verschwand. Es gab eine Menge Fingerfood und dekorative Obstschalen, lauter Dinge, die sich auch ohne Kühlung eine Weile hielten, und an einem Ende des Tisches stand eine große Kristallschale mit alkoholfreiem Punsch. Ich hatte seit gestern Mittag nichts mehr gegessen, weil ich in Form sein wollte, und musste mich zusammenreißen, um nicht über die Häppchen herzufallen.

Das Team machte Mittagspause, und ich beschloss, mich für die Dreharbeiten umzuziehen. Um vor der Kamera wenigstens halbwegs eine gute Figur zu machen, hatte ich mir körperformende Unterwäsche gekauft: ein eng anliegendes, ziemlich straff sitzendes T-Shirt, das knapp bis über die Hüfte reichte und meinen Bauch in Form presste. Zusätzlich legte ich noch einen

Taillengürtel um, der mich entfernt an ein Korsett erinnerte. Nachdem ich mich hineingezwängt hatte, sah ich aus wie ein Preisboxer, dem man gerade kräftig in den Magen geschlagen hatte. Ich konnte nur mühsam atmen. Auch meine Bewegungsfreiheit war eingeschränkt, was mir etwas Roboterhaftes verlieh. Ich konnte mich nicht mehr bücken und mich nur mühsam unbequem hinsetzen, aber immerhin sah ich schlank aus.

Jeden Augenblick würde es losgehen, und ich genoss noch die Ruhe vor dem Sturm. Als es schließlich an der Tür klingelte, war ich davon überzeugt, dass es Nils oder Mathias oder das Kamerateam sein würde. Doch dann enterten vier aufgekratzte Männer meine Wohnung, die vermutlich zu den Gästen der Party gehörten und verdächtig angetrunken wirkten. Für Freunde von Mathias waren sie eigentlich zu jung, aber ebenso exaltiert. Vielleicht hatten sie schon ihre Rollen als Jungschwuppen verinnerlicht.

„Leck mich, Santa Claus", sagte ein kleiner Blonder, als er das Wohnzimmer betrat, „das ist mal ein Weihnachtsbaum."

„Ich dachte, es ist eine Beach-Party?" Sein Freund, der einen unvorteilhaften Oberlippenbart trug, schien verwirrt zu sein.

Ich war es auch. Noch verwirrter war ich allerdings, als sie begannen, sich auszuziehen.

„Äh, die Garderobe ist drüben im Büro. Ich zeig euch …"

Doch die vier hatten sich schneller die Kleider vom Leib gerissen als ein professioneller Stripper und standen nun in Speedos vor mir. Ihre Körper waren so glatt und gebräunt, dass sie mich an die Plastikfiguren auf der Terrasse erinnerten. Lachend rafften sie ihre Sachen zusammen und drückten sie mir in den Arm.

„Krieg ich einen Gin Tonic, bitte?", fragte der Blonde und rieb seine Arme. „Und kannst du die Heizung etwas höherdrehen?"

Ein Dunkelhäutiger in einem neongelben G-String, der kaum etwas der Fantasie überließ, probierte gerade ungeniert den Punsch.

„Hast du die Krippe gesehen, Alter?" Der Schnauzbart stand vor der Terrassentür und presste seine Hände gegen das Glas.

„Wo ist Momo?", fragte ein großer, extrem dünner Kerl. „Und kann ich mal ins Bad? Ich muss mich noch spülen."

Und da dämmerte es mir. Sie hatten sich in der Wohnung geirrt. Der G-String hantierte mit einigen Flaschen, und bevor ich etwas sagen konnte, hatte er bereits Wodka in den Punsch geschüttet. Mit einem Schritt war ich bei ihm und riss ihm die Flasche aus der Hand.

„Geht's noch?“ Er starrte mich finster an.

„Finger weg vom Buffet“, herrschte ich den Blonden an, der gerade die Folie von einer Platte mit Saté-Spießen abzog.

„Wie bist du denn drauf?“ Der Blonde grinste mich frech an. „Ist doch 'ne Party, also mach dich mal locker ...“

Er stellte sich vor mich und zog neckisch an meinem Hemd, woraufhin ich ihm auf die Finger klopfte. Das schien ihn jedoch noch zu beflügeln, denn als Nächstes versuchte er, meine Hose aufzuknöpfen. Ich wich zurück, stellte aber fest, dass plötzlich der Schnauzbart hinter mir stand und mich von hinten packte. Der andere nestelte am Reißverschluss meiner Hose und hatte sie mir schon halb ausgezogen, als es mir endlich gelang, mich aus der Umklammerung zu befreien.

„Was hast du denn da an?“ Der Blonde kicherte und beugte sich vor, um meine Unterwäsche näher zu begutachten. „Ist das Spanx?“

Ich stieß ihn zurück, gleichzeitig schlang der Schnauzbart erneut seine Arme um mich, und im nächsten Moment plumpsten wir alle drei zu Boden. Die anderen beiden machten sich mittlerweile am Punsch zu schaffen und sahen uns feixend an.

Natürlich kam in diesem Moment Robert nach Hause. Er starrte mich und die beiden fast nackten Männer an, mit denen ich mich auf dem Fußboden wälzte, und zog amüsiert die Augenbrauen hoch. „Schon wieder?“, meinte er grinsend.

Zu zweit gelang es uns schließlich, die Bande zur Räson zu bringen. Ich zog mir die Hose hoch, und mit ihren Klamotten auf dem Arm führte ich die Parade aus Strand-Schwuppen durchs Treppenhaus und zu Momos Wohnungstür. Ich klingelte, und als Wally mir öffnete, spazierte ich gleich durch ins Wohnzimmer. Dort herrschten bestimmt dreißig Grad, und es sah aus wie in einer Strandbar am Waikiki-Beach: Auf dem Boden lagen Strohmatten und dicke, bunte Kissen, es gab Kübel mit riesigen Palmen, Lichterketten und sogar einige Liegestühle, die die Sessel ersetzt hatten. In einer Ecke stand ein Tresen mit einem Barkeeper, der ein offenes Hawaiihemd trug, so dass man sein perfektes Sixpack bestaunen konnte. Wo fand er nur immer dieses Personal?

Bei seinem Anblick johlten die Jungschwuppen fröhlich auf und stürzten sich auf die Margaritas, die er gerade produzierte.

„Was ist denn hier los?“, fragte ich Wally, der mir ins Wohnzimmer gefolgt war. Auch er trug, wie ich jetzt sah, eine Badehose.

„Wir feiern eine Beach-Party“, sagte er, als wäre es das Selbstverständlichste auf der Welt.

„An einem Mittwochnachmittag?“ Ich spürte, wie mir der Schweiß über den Rücken rann, und drückte ihm den Haufen Kleider in die Hand. „Solltest du nicht in der Uni sein?“

Wally verdrehte die Augen. Ich hatte den Eindruck, als wäre er bereits betrunken.

„Andy!“, hörte ich eine Stimme in meinem Rücken und drehte mich um. Momo stand in der Tür, die Arme weit ausgebreitet, und strahlte mich an. Auch er trug nur Speedos. „Los, hol deine Badehose, die Party fängt gleich an!“

Er begrüßte seine Gäste, indem er ihnen neckisch auf den Hintern schlug und dem Blonden spielerisch in den Nacken biss. Dann stellte er sich hinter Wally und schlang seine Arme um ihn, legte den Kopf auf seine Schulter und grinste mich an. Etwas stimmte nicht mit ihm. Seine Pupillen waren unnatürlich geweitet, die Augen rot unterlaufen.

„Du siehst merkwürdig aus, irgendwie so steif“, sagte er, während er mich musterte. Dann prustete er los: „Nur nicht an der richtigen Stelle, was?“

„Hast du was genommen?“, fragte ich ihn leise.

„Scheiße ja“, schrie er und zog geräuschvoll die Nase hoch. „Willst du auch was? Wir haben exzellentes Koks.“

Der Blonde und sein Freund mit dem Schnauzbart ließen sich das nicht zweimal sagen, und Momo verschwand mit ihnen im hinteren Teil der Wohnung. Ich sah ratlos zu Wally, der immer noch die Kleider im Arm trug. Er war eindeutig betrunken.

„Kokst du jetzt auch?“

Er schüttelte den Kopf und hatte wenigstens den Anstand, beschämt zu wirken.

„Momo hat eine harte Zeit“, sagte er, „sein Vater hat seine Kreditkarten gesperrt.“

„Wollte er sich nicht einen Job suchen?“

„Tut er ja. Aber du musst das verstehen, Andy, er ist Diplomat, er kann nicht einfach als Autoverkäufer oder Immobilienmakler arbeiten."

„Verstehe, das wäre ja unter seiner Würde", sagte ich bissig. „Und um den Verlust seiner Kreditkarten zu verarbeiten, lenkt er sich mit einer Party ab."

Ich warf Wally einen letzten, vernichtenden Blick zu, dann ging ich zurück in unsere Wohnung. Wenn mein Cousin sein Leben ruinieren wollte, sollte er das ruhig tun, aber ich musste ihm ja nicht unbedingt dabei zuschauen.

Robert war im Schlafzimmer und zog sich für die Party um. Ich erzählte ihm von dem Treiben nebenan, und er war wie ich der Meinung, dass wir Wally nicht vor sich selbst retten konnten. Eines Tages würde er vielleicht einsehen, dass Momo ihm nicht guttat, und dann würden wir für ihn da sein. Ich nahm ein frisches Hemd aus dem Schrank, denn das alte war vollkommen durchgeschwitzt.

„Was ist das?", fragte Robert, als er mein T-Shirt und den Taillengürtel erblickte. „Spanx? Hast du das nötig?"

„Das ist nicht Spanx", erwiderte ich indigniert. War es auch nicht, schließlich gibt es noch andere Anbieter.

Robert strich über meinen – erstaunlich flachen – Bauch. „Sieht ja aus wie ein Panzer. Bist du sicher, dass das die richtige Größe ist? Kannst du da drin überhaupt atmen?"

Bevor ich etwas erwidern konnte, ertönte die Türglocke. Ich atmete einmal tief durch – so gut es eben in meinem „Panzer" ging – und schaute meinem Mann fest in die Augen: Jetzt wurde es ernst – die Schlacht konnte beginnen.

Nils, Bernd, Mathias und Tanja kamen nahezu zeitgleich an, gefolgt von den Maskenbildnern, Kamera- und Tonleuten sowie dem Regisseur mit seinen Helfern. Die Scheinwerfer tauchten das Wohnzimmer in grelles Licht und strahlten so viel Hitze ab, dass ich sämtliche Fenster öffnen musste. Auch mein zweites Hemd klebte mir bereits am Körper.

„Ist bei dir alles okay?", fragte Nils. „Du läufst wie eine Ente ohne Schuhe."

Es wurde immer voller in der Wohnung. Nach und nach trafen die Gäste der Verlobungsfeier ein, zehn Männer und Frauen in mittleren Jahren, die sich für den Anlass in Schale geworfen hatten. Bernd, der Produktionsleiter, erteilte uns Anweisungen und scheuchte uns für die ersten Aufnahmen auf den Balkon. Nach der stickigen Hitze in der Wohnung war die frische Novemberluft eine Wohltat. Mathias und Nils wurden noch geschminkt, der Rest von uns erhielt eine rasche Behandlung mit einem kühlen Schwämmchen, mit dem etwas Puder aufgetragen wurde, damit wir nicht glänzten wie Speckschwarten. Lola sorgte dafür, dass die Krippenfiguren der Kamera nicht im Weg standen, und half dabei, Punschgläser an die Gäste zu verteilen.

Die Kamerafrau postierte sich zwischen uns, ein junger Typ mit Basecap hielt sich hinter ihr und balancierte eine Tonangel mit Mikrofon über seinem Kopf. Mathias und Nils standen mit dem Rücken zum Terrassengeländer, so dass die Skyline von München mit im Bild war. Der Star-Designer hielt eine improvisiert wirkende Rede, in der er Robert und mir für diese Party dankte und uns mit der Neuigkeit seiner Verlobung mit Nils überraschte. Zwei Mal verhaspelte er sich dabei und musste erneut ansetzen. Dann war die Aufnahme im Kasten, und wir waren an der Reihe.

„Ihr müsst jetzt auch überrascht gucken", näselte Bernd.

Als die Kamera sich auf Robert und mich richtete, spürte ich, wie ich mich unwillkürlich verkrampfte. Ich lächelte tapfer und griff heimlich nach Roberts Hand, die er kurz drückte. Weder Bernd noch Mathias waren mit unseren überraschten Gesichtern zufrieden, weshalb wir die Aufnahme mehrmals wiederholen mussten. Inzwischen standen wir schon seit einer Dreiviertelstunde hier draußen und froren. Zuletzt stießen wir mit unseren Getränken auf Nils und Mathias an.

„Das ist ja widerlich", sagte Robert und spuckte den Punsch zurück in sein Glas. „Ich hol mir ein Bier. Willst du auch was?"

„Wer hat den Alkohol da reingekippt?", hörte ich Mathias donnern. „Wie oft muss ich es noch sagen: Kein Alkohol am Set, verdammt noch mal!"

Ich hätte ihm sagen können, wer dafür verantwortlich war, hielt aber besser meinen Mund. Nachdem ich am Punsch genippt hatte, der wie eine Mischung aus vergorenen Gummibärchen und Fensterreiniger schmeckte, ließ ich mein Glas diskret verschwinden. Den übrigen Gästen schien der Geschmack aber nichts auszumachen, denn die Kristallschale war schon fast leer.

Neben mir stand ein schwules Paar mit schwarzen Anzügen und den gleichen Einstecktüchern in einem knalligen Pink. Beide rauchten und checkten nebenbei die Nachrichten auf ihren Handys. Ich nickte ihnen zu.

„Seid ihr schon lange mit Mathias befreundet?“, fragte ich, um ein bisschen Smalltalk zu betreiben.

Sie sahen einander ratlos an. „Mit wem?“

„Mathias Stern? Das hier ist seine Verlobungsfeier ...“

„Ach, wir sind bloß Komparsen“, sagte einer von ihnen, dann schaute er zu seinem Partner: „Soll ich dir noch was von der Bowle mitbringen?“

Neugierig geworden, sprach ich noch mit ein, zwei weiteren Gästen, die ebenfalls keine Freunde von Mathias waren, sondern Laienschauspieler oder Komparsen einer Agentur. Wie es aussah, waren Robert und ich die Einzigen, die einen persönlichen Bezug zu den Protagonisten hatten. So viel also zur Authentizität in Doku-Soaps, und Heidi Klum, erfuhr ich bald darauf von Nils, würde wohl auch nicht mehr kommen ...

Die restlichen Aufnahmen sollten drinnen gemacht werden, also trieb uns Bernd wieder zurück in die Wohnung. Verglichen mit den frostigen Temperaturen draußen war es hier so heiß wie in einer Sauna. Im Wohnzimmer entdeckte ich endlich ein bekanntes Gesicht: Siggi trug ein langes, weites Kleid und kam anscheinend frisch vom Friseur. Sie war sogar sorgfältig geschminkt.

„Du siehst hinreißend aus“, begrüßte ich sie.

„Danke.“ Siggi errötete. „Bist du okay? Du wirkst so kurzatmig.“

„Ach, das muss die schlechte Luft hier drin sein“, sagte ich leichthin. Mein körperformendes T-Shirt schnürte mir tatsächlich langsam die Luft ab. Wahrscheinlich arrangierte es auch gerade die Lage meiner inneren Organe neu.

„Meinst du, Nils hat was dagegen, wenn ich mich unter die Gäste schmuggle? Ich war noch nie im Fernsehen ...“

„Und ob er was dagegen hat“, sagte plötzlich eine bekannte Stimme hinter uns. „Du kannst nicht einfach so durchs Bild spazieren! Das ist eine sorgfältig gecastete Menge, außerdem sorgst du für Anschlussfehler.“

Wir drehten uns um. Nils starrte uns streng an. Er drehte sein leeres Punschglas in der Hand; seine Wangen glühten vom Alkohol, doch der Rest seines Gesichts war eine bleiche, hagere Maske.

„Komm schon, Nils", sagte ich, „sie ist mehr eine Freundin von dir als irgendein anderer Typ hier auf der Party."

„Aber sie passt nicht hierher." Nils musterte Siggi von oben bis unten. Die beiden waren noch nie die besten Freunde gewesen, aber bislang hatte er sich mit seinen abfälligen Kommentaren, hauptsächlich zu Siggis gewaltigem Hinterteil, immer zurückgehalten. Zumindest so lange, bis sie außer Hörweite war. „Glaub mir, das willst du sowieso nicht, die Kamera packt bei jedem noch mal zehn Kilo drauf, also …"

„Und wenn sie sich irgendwo hinsetzt? Das fällt doch keinem auf, und wer weiß, ob sie am Ende nicht sowieso rausgeschnitten wird?" Ich lächelte Siggi komplizenhaft zu. „So wie wir alle vermutlich."

„Nein!" Nils verzog den Mund zu einem verächtlichen Grinsen. „Wenn wir eine Fettecke gewollt hätten, hätten wir Picasso angerufen."

Siggi schnappte erschrocken nach Luft, und auch ich traute meinen Ohren kaum. Was war nur mit ihm los? So gemein hatte er sich noch nie verhalten. Nils ging zum Buffet, um sich noch etwas Punsch nachzufüllen, doch es war nichts mehr da. Ich schaute zu Siggi, die über und über rot geworden war.

„Das hat er nicht so gemeint", stammelte ich, „Nils steht gerade total neben sich. Wahrscheinlich ernährt er sich seit Wochen nur von Diätpillen."

„Schon gut", murmelte Siggi. „Meinst du, ich darf wenigstens zusehen?"

Sie stellte sich in eine Ecke hinter einen der Scheinwerfer, als versuchte sie, mit dem Schatten dort zu verschmelzen. Siggi tat mir leid, und ich war wütend auf Nils. Der unterhielt sich gerade mit Mathias und warf dabei den Kopf in den Nacken, um ein völlig gekünsteltes Lachen von sich zu geben. Ich gesellte mich zu ihnen.

„Tolle Wohnung, Sandro", sagte Mathias abwesend zu mir, „wir sind so froh, dass wir hier drehen können."

Bevor ich etwas darauf erwidern konnte, hatte der Star-Designer Lola entdeckt, die den Adventskranz und die Kerzenständer auf dem Couchtisch zurechtrückte, die während der Vorbereitungen verschoben worden waren. Er rief ihren Namen und ging zu ihr.

„Hör endlich auf, dich wie ein Arschloch zu verhalten", sagte ich zu Nils.

„Was?"

„Du hast mich schon verstanden."

„Ist es wegen Siggi?" Nils pustete eine imaginäre Strähne aus der Stirn. „Mein Gott, das war ein *Scherz*. Siggi nimmt mir das nicht krumm."

„Du warst gemein zu ihr", erwiderte ich, „und nicht nur zu ihr. Seit du diese Rolle übernommen hast, bist du nur noch zum Kotzen."

„Ach ja?" Er betrachtete mich, wie Cruella De Vil einen Welpen angesehen hätte. „Du bist doch bloß neidisch wie alle anderen. Da tut man dir einen Gefallen und bringt dich ins Fernsehen, damit du ein bisschen Werbung für deine Klitsche machen kannst, und du … Das ist so typisch."

„Du tust mir einen Gefallen?" Ich musste mich beherrschen, um ihn nicht anzuschreien. „Glaubst du, ich hätte diesen Zirkus hier gewollt?"

„Na, dann hättest du eben Nein sagen sollen."

„Das habe ich! Du hast mich regelrecht angefleht, dass ich nicht abspringe."

„Blödsinn!" Nils schüttelte den Kopf. Er zerrte an seinem Hemdkragen. „Warum ist das so heiß hier drin? Mein ganzes Make-up verläuft noch …"

„Was tust du eigentlich hier, Nils? Sieh dich doch nur um, das alles hier ist doch … total bescheuert. Das kannst du unmöglich wollen."

„Was? Nein, das hier …" Mein bester Freund machte eine theatralische Geste, die er sich vermutlich bei Cher abgeguckt hatte. „Das hier ist haargenau das, was ich mir immer gewünscht habe. Hier kann ich glänzen, verstehst du? Wie ein Star. Wenn das im Fernsehen läuft, sehen die Leute, wie toll ich bin, dann kriege ich tonnenweise Fanpost von geilen jungen Typen und Einladungen zu all den angesagten Partys. Dann sehen mich die Leute wieder, verstehst du – sie *sehen* mich."

Plötzlich wurde mir einiges klar. Seit seiner Trennung vom Maestro hatte Nils seinem extravaganten Lebensstil nachgetrauert. Wie oft hatte er gejammert, dass er sich keine Designerklamotten mehr leisten konnte, keine Ferien in St. Barth, St. Moritz oder einem anderen St. Irgendwas. Es hatte ihn gewurmt, dass er nicht mehr auf Promipartys und Empfänge eingeladen wurde, dass sein Bild nicht mehr in der Zeitung zu sehen war. Er wollte all das zurück, den Glamour, die flüchtige Berühmtheit, den Schaum der Tage und den Schimmer der Nächte. Aber jetzt wurde mir schlagartig bewusst, dass er eigentlich etwas ganz anderes vermisste.

„Es wird nie wieder so werden wie früher", sagte ich matt.

„Doch! Du wirst schon sehen, wenn ich erst berühmt bin …"

„Nils, dir geht es doch gar nicht um die Partys, die Aufmerksamkeit von irgendwelchen geilen jungen Kerlen oder die kreischenden Fans. Dir fehlt das Gefühl, geliebt zu werden. Du willst, dass alles wieder so wird wie früher – bevor du verletzt und betrogen wurdest und den Glauben an die Liebe verloren hast."

„Quatsch mit Soja", sagte er abfällig, aber ich sah, wie es in ihm arbeitete. „Du klingst wie ein Kitschroman."

„Es ist noch nicht zu spät. Mirko ist immer noch …"

„Mirko kann mir nichts von dem hier bieten", unterbrach mich Nils scharf.

„Nein, aber etwas Besseres."

Er funkelte mich wütend an. „Ich will seinen Namen nicht mehr von dir hören, klar?" Damit drehte er sich um und verlangte lautstark nach einer Maskenbildnerin.

„Können wir endlich weitermachen?", nölte Bernd und klatschte in die Hände.

Das Stimmengemurmel, das die ganze Zeit über präsent gewesen war, wurde etwas leiser. Ich blickte mich suchend nach Robert um, der sich angeregt mit Tanja unterhielt, und warf Siggi ein aufmunterndes Lächeln zu. Bernd erklärte uns, dass sie zunächst einige Partyimpressionen einfangen wollten, weshalb wir uns alle „ganz natürlich" verhalten sollten.

Die Leute verteilten sich im Raum, plauderten miteinander, nippten an ihren Weingläsern und naschten Häppchen vom Buffet. Hin und wieder ertönte ein perlendes Lachen. Es war wie eine normale Party, nur schlängelte sich eine Kamera durch die Menge. Mathias und Nils gingen von Gruppe zu Gruppe und hielten sich dabei an den Händen wie Hänsel und Gretel.

Ich war so beschäftigt damit, sie zu beobachten, dass ich das Klopfen völlig überhörte.

Plötzlich begann eine Frau laut zu lachen. Immer mehr Köpfe drehten sich in die Richtung, in die sie zeigte. Was sich vor dem Fenster auf der Terrasse abspielte, war so grotesk, dass es mir für einen Moment die Sprache verschlug.

Wally stand vor der Tür und klopfte heftig gegen die Scheibe. Neben ihm standen zwei Kerle in Badehosen zwischen den Krippenfiguren wie die Heiligen Drei Könige, die unter die Straßenräuber gefallen waren. Weitere Gäste von Momos Party kletterten gerade über die Trennwand zwischen unseren Dachterrassen, manche von ihnen waren sogar nackt. Außerdem waren sie alle betrunken oder high. Der Blonde von vorhin packte Maria und wirbelte sie herum, ein anderer Spaßvogel bestieg gerade den Esel. Der Engel mit der Posaune platzte, als ihm ein Dritter etwas zu unsanft in den Hintern kniff.

„Aus!", schrie Mathias. „Was ist das denn jetzt für eine Scheiße?"

Ich öffnete die Terrassentür und ließ eiskalte Luft und acht bibbernde Schwule herein, die sich kichernd aneinanderdrängten. Dass sie alle mehr oder weniger nackt waren, schien keinen von ihnen zu stören, im Gegenteil: In Windeseile hatten sie sich unter die Leute gemischt, schäkerten mit einigen der schwulen Gäste, plünderten das Buffet oder posierten für Selfies unter dem Weihnachtsbaum. Unwillkürlich fragte ich mich, wo sie in ihrer knappen Badekleidung Platz für ihre Smartphones gehabt hatten.

„Was soll das?", fragte ich Wally, der von allen noch der Nüchternste zu sein schien.

„Momos Vater ist hier!" Wally blickte sich um, als erwartete er, jeden Moment einen älteren Scheich über die Trennwand klettern zu sehen. „Er stand auf einmal vor der Tür. Momo hat versucht ihn aufzuhalten, während wir geflitzt sind, was das Zeug hielt."

„Okay, jetzt beruhig dich", sagte ich und legte einen Arm um seine eiskalte Schulter. „Kannst du deinen Freunden sagen, dass sie von hier verschwinden müssen? Wir sind mitten in den Dreharbeiten …"

„Wo sollen wir denn hin? Unsere Klamotten sind alle drüben in der Wohnung, und im Treppenhaus lauert seine Palastgarde!"

„Palastgarde?"

„Was weiß ich!", erwiderte Wally fast hysterisch. „Dieser gruselige Sekretär seines Vaters war auch dabei."

Ich ging zur Wohnungstür, um durch den Spion einen Blick ins Treppenhaus zu werfen. Tatsächlich standen zwei Männer in dunklen Anzügen vor Momos Tür, die eindeutig arabisch aussahen. Ich fragte mich, wie Momo seinem Vater die Tiki-Bar in seinem Wohnzimmer erklärte.

„Ihr müsst hier verschwinden, Leute", sagte Bernd immer und immer wieder, als ich zur Party zurückkehrte. Er und ein paar seiner Leute versuchten, die Nackedeis einzufangen, doch das erwies sich als ausgesprochen schwierig, denn die betrunkenen Männer hielten das offensichtlich für ein neckisches Spiel. Nach einer Weile gelang es dem Filmteam wenigstens, die meisten von ihnen in unser Schlafzimmer zu sperren.

Nils saß auf einem Stuhl am Fenster und starrte finster auf das Treiben. Er hatte sich dieses Weihnachtsspecial als Start einer vielversprechenden Fernsehkarriere vorgestellt und musste nun mit ansehen, wie alles entglitt.

„Ihr habt die ganze Bowle getrunken", sagte ein langer Schlacks tadelnd zu mir, in dem ich einen der Typen wiedererkannte, die irrtümlich in meiner Wohnung gelandet waren.

„Ja, und?"

Er zuckte mit den Achseln. „Da war mein *Special K* drin."

Ich dachte noch darüber nach, was er mit *Special K* meinte, aber er drehte sich nur um und ließ mich stehen. Vage kam mir der Name bekannt vor, aber abgesehen davon, dass es eine Droge und keine neue Sorte Cornflakes war, hatte ich keine Ahnung. Der Einzige, der sich damit auskannte, war Robert, weshalb ich zu ihm ging und ihn danach fragte.

„Machst du Witze?"

Ich schüttelte den Kopf und zeigte auf den Schlacks. „Nein. Das hat der Typ da drüben zu mir gesagt. Was ist *Special K*?"

„Ketamin. Ein Schmerz- und Betäubungsmittel", murmelte Robert. „Das ist nicht gut. Das ist gar nicht gut."

Er schob sich durch die Menge, um den Typen eingehender zu der Droge zu befragen, vor allem wie viel er davon in den Punsch geschüttet hatte. Während Robert versuchte, ein paar halbwegs brauchbare Antworten von ihm zu erhalten, beobachtete ich die

Leute auf der Party. Vermutlich hatten nur die Gäste von dem Punsch getrunken, was einerseits gut war, weil die Gruppe der Betroffenen so relativ klein blieb. Andererseits hatten sie dadurch vermutlich eine höhere Dosis zu sich genommen.

Die meisten Gäste unterhielten sich angeregt miteinander. Ein paar saßen müde auf dem Sofa oder dem Boden, aber keiner schien weggetreten zu sein. Vielleicht war es ja nur eine geringe Menge Ketamin gewesen, die im Punsch gelandet war, tröstete ich mich. Immerhin hatte ich auch davon getrunken, wenngleich auch nur einen Schluck, und fühlte mich wie immer. Oder nicht? Mir war immer noch unerträglich heiß, und mein Herz schlug schneller als gewöhnlich. Waren das erste Auswirkungen der Droge oder nur die Aufregung?

Als ich sah, dass Robert bei Tanja und Bernd stand, gesellte ich mich zu ihnen. Alle drei machten ernste Gesichter.

„Wir sollten den Notarzt rufen", sagte mein Mann gerade zu der Produzentin.

„Es geht allen gut", widersprach Bernd vehement. „Ketamin ist ein zugelassenes Arzneimittel."

„Das in erhöhter Dosis tödlich sein kann." Robert sprach mit Nachdruck. „Wir sollten auf Nummer sicher gehen."

„Aber die Presse …" Tanjas Stimme war kaum mehr als ein Flüstern.

„Ich hab's auch schon benutzt und lebe noch", sagte Bernd trotzig, „das ist doch alles bloß Panikmache."

Ich war neugierig und hätte gerne mehr über seine Erfahrungen und die Nebenwirkungen der Droge gehört, dachte aber, dass es in diesem Augenblick unpassend gewesen wäre, danach zu fragen. Später erfuhr ich, dass Ketamin vor allem bei riskanten und schmerzhaften Sexpraktiken eingesetzt wurde, weil es das Schmerzempfinden dämpfte.

„Warten wir noch ein bisschen ab, okay?", sagte Tanja schließlich. „Es geht ja allen gut, und wenn wir jetzt den Notarzt rufen, beunruhigen wir die Leute nur. Wo ist eigentlich Mathias? Ich sollte das besser mit ihm besprechen."

Sie blickte sich suchend um, konnte ihren Mann aber nirgends entdecken.

„Wir machen weiter!" Bernd warf Robert einen triumphierenden Blick zu und klatschte in die Hände. „Alles auf Anfang!"

Die Kamerafrau winkte den Tonmann zu sich, die Gäste kamen auf die Beine. Ein paar von ihnen schwankten und mussten sich an ihren Nebenmännern festhalten. Zwei Frauen in eleganten Abendkleidern saßen auf dem Sofa und schienen eingeschlafen zu sein, andere lagen sogar auf dem Boden. Robert und ich wechselten einen besorgten Blick.

„*What have you done?*"

Die Stimme war so laut, dass wir uns unisono nach ihr umdrehten. Momos Vater, ein weißbärtiger älterer Herr mit einer scharf geschnittenen Adlernase und funkelnden schwarzen Augen, stand in der Tür und hatte seinen rechten Zeigefinger anklagend auf Robert und mich gerichtet. Links von ihm stand Said Al-Adnan, wie sein Boss in Kandora und Kufiya gekleidet, dem traditionellen arabischen Gewand mit der typischen Kopfbedeckung. Dass Momo, der sich rechts von ihm hielt, nur einen Bademantel trug, fiel auf den ersten Blick gar nicht auf.

Momos Vater hielt uns eine flammende Rede, meist auf Englisch, obwohl er in der Aufregung immer wieder ins Arabische abglitt, in der er mit uns und unserer Inkompetenz abrechnete und uns nebenbei für die Verderbtheit der westlichen Welt verantwortlich machte. Er wählte ausgesprochen blumige Worte dafür, um seine Verachtung und Empörung auszudrücken, verwünschte uns und unsere Familien und drohte uns mit seinen Anwälten. Ich hatte keine Ahnung, wovon er redete oder warum er ausgerechnet auf uns so wütend war.

„Mein Gott, wer hat denn die Turbanträger reingelassen", rief Bernd genervt. „Leute, wir müssen hier arbeiten."

Nach und nach reimten Robert und ich uns zusammen, welche Lügen Momo seinem Vater aufgetischt hatte: Als der Scheich unvermittelt vor der Tür gestanden und für eine Massenflucht seiner nackten Gäste gesorgt hatte, war Momo nichts Besseres eingefallen, als uns die Schuld an allem zu geben. Seinem Vater hatte er von unseren ausschweifenden Partys, den Orgien und Drogenexzessen erzählt, die er hilflos mit ansehen musste. Den Verführungen, denen er ständig ausgesetzt war. Angeblich war er heute Abend von einer Reise nach Hause gekommen und hatte feststellen müssen, dass wir seine Wohnung, zu der wir einen Schlüssel hatten, weil wir seine Blumen gießen sollten, in das Set eines Pornofilms verwandelt hatten.

„Wir drehen also hier eine Doku-Soap und nebenan einen Porno?“, fragte ich Robert, weil ich sichergehen wollte, dass ich alles verstanden hatte. „Mann, sind wir fleißig.“

Natürlich versuchte Robert, den Scheich zu beschwichtigen, aber der Mann war so aufgebracht, dass er ihm nicht einmal zuhörte. Dass Robert alles leugnete, wäre sicherlich glaubwürdiger gewesen, wenn in diesem Moment nicht erneut zwei nackte junge Männer kichernd durchs Wohnzimmer geflitzt wären.

„Die Katze, die Katze!“, schrie plötzlich ein Mann, einer der beiden schwulen Anzugträger, mit denen ich mich vorhin kurz unterhalten hatte. In Panik kletterte er auf den Tisch mit dem Buffet und fegte dabei Teller und Schüsseln zu Boden.

Überall begann die Gäste auf einmal zu stöhnen oder lautstark zu schreien, einige rissen sich die Kleider vom Leib, als stünden sie in Flammen, andere wankten wie in Trance durch den Raum. Alles wirkte sehr befremdlich, sogar ein bisschen unheimlich. Al-Adnan und Momos Vater blickten voller Verachtung auf das Treiben.

„Momo, bitte …“ Wally machte einen Schritt auf seinen Freund zu. „Das kannst du nicht machen. Warum erzählst du deinem Vater nicht einfach von uns? Du hast es mir doch versprochen, wir gegen den Rest der Welt …“

Wally legte seinen Arm um Momo, der ihn vehement zurückstieß, als hätte er Angst vor einer ansteckenden Krankheit. Leise sagte er etwas auf Arabisch zu seinem Vater. Der Scheich blickte Wally so angewidert an, dass es mir das Herz brach. Auch ohne zu verstehen, was er gesagt hatte, war uns allen klar, was Momo seinem Freund gerade angetan hatte. Wally hatte Tränen in den Augen. Momo konnte ihm nicht einmal ins Gesicht sehen, er drehte sich um und ging, und sein Vater sowie dessen Begleiter folgten ihnen.

„Die Katze, oh, mein Gott, nun tut doch was!“ Der Mann auf dem Tisch stach mit einem Saté-Spieß nach einem imaginären Raubtier.

Immer mehr Gäste schienen unter Halluzinationen zu leiden oder kauerten halb bewusstlos auf dem Boden. Robert hatte inzwischen den Notarzt gerufen, aber es dauerte noch eine Weile, bis der eintraf.

„Das ist alles eure Schuld", giftete Tanja uns an. Die freundliche Blondine war nicht mehr wiederzuerkennen; sie blickte wütend auf das Chaos um uns herum. „Das wird ein juristisches Nachspiel haben, so viel steht fest."

„Aber wir haben doch gar nichts getan", stammelte ich. Warum wurden immer wir zu den Sündenböcken erklärt? „Das Ganze ist eine Verkettung unglücklicher Umstände."

„Für die Drogen kann Andy nun wirklich nichts", meldete sich Nils zu Wort. Dann beugte er sich zu mir und flüsterte: „Warum hat sie denn so böse Brüste?"

„Wie bitte?"

Nils schluckte schwer und blickte leise wimmernd auf Tanjas Oberweite. „Sie machen mir Angst."

Ich wusste, dass mein bester Freund unter einer Phobie vor großen Brüsten litt, aber Tanja hatte keine so ausgeprägte Oberweite, dass sie sein seltsames Verhalten erklärt hätte, und dass er sie ungeniert anstarrte, schien ihren Ärger zu verstärken.

„Du hältst mal schön den Mund", giftete sie ihn an, „sonst schneiden wir dich ruckzuck aus der Sendung. Ich weiß sowieso nicht, was Mathias an dir findet, du bist viel zu alt für die Rolle. Wo steckt er überhaupt? Hier ist der Teufel los, und der feine Herr hat sich mal wieder verkrümelt, oder was? Mathias?"

„Er ist im Büro", sagte Nils tonlos. „Ich meine, in der Garderobe."

Tanja nickte wütend und verschwand.

„Ich glaube, ich habe gerade einen Fehler gemacht", murmelte Nils und packte so fest meinen Arm, dass ich vor Schmerz zusammenzuckte. „Andy, was ist mit dem Boden los? Warum spüre ich den Boden nicht mehr? Halt mich fest, bitte, halt mich, sonst fliege ich davon."

Nils klammerte sich an mich wie ein Ertrinkender an einen rettenden Balken, er schien Todesangst zu haben. Ich öffnete seinen Hemdkragen und führte ihn zu einem Stuhl. Siggi kam zu uns und brachte ihm ein Glas Wasser.

„Du widerliches Schwein!" Tanjas schrille Stimme schnitt durch das Wimmern und Stöhnen, das den Raum erfüllte wie die Tonspur eines Horrorfilms.

Mathias taumelte ins Wohnzimmer und versuchte gleichzeitig, seine Hose anzuziehen. Tanja war direkt hinter ihm und schlug mit offener Hand immer wieder auf ihn ein, gefolgt von der elfengleichen Lola, die gerade in ihren Pullover schlüpfte. Offenbar hatten die beiden sich zu einem kleinen Stelldichein in meinem Büro versteckt.

Und Nils hatte sie verraten. Oder wie er es später kommentierte: „Ich glaube, da habe ich ihm ganz schön die Suppe verhagelt."

Tanja war so aufgebracht, dass ihr die Worte fehlten. Stattdessen begann sie, mit dem Geschirr vom Buffet nach Mathias zu werfen. In diesem Moment war ich froh, dass sie nicht unser Porzellan benutzt hatten.

„Du schwule Sau!", ertönte plötzlich eine männliche Stimme.

In dem Chaos aus Tanjas hysterischem Kreischen, dem Klirren zerbrechenden Geschirrs sowie dem leisen Wimmern und Stöhnen der drogenumnebelten Gäste, das um uns herum herrschte, hatten wir ihn nicht bemerkt. Basti sah schlecht aus, seine Augen waren rotunterlaufen, sein Gesicht aufgedunsen, die Kleider schmuddelig. In seiner ausgestreckten Rechten hielt er ein Messer, mit dem er mich bedrohte.

„Du hast mir alles genommen!" Seine Stimme klang brüchig wie alte Spitze. „Deinetwegen hat mich Siggi verlassen, und dann hast du mich auch noch feuern lassen!"

Er sah so lächerlich aus, dass ich um ein Haar laut losgelacht hätte. Basti, der Spasti, schoss es mir durch den Kopf. Was hatte das alles zu bedeuten?

„Basti, jetzt beruhig dich doch und lass uns reden", sagte Siggi neben mir.

Er starrte uns beide hasserfüllt an. „War ja klar, dass du hier bist, du Schlampe!"

Ich lächelte Basti an, in der Hoffnung, ihn dadurch milder zu stimmen. Doch das machte ihn erst recht wütend. Im Glauben, ich würde ihn höhnisch angrinsen, machte Basti seinem Groll mit einem lauten Schrei Luft, während er sich gleichzeitig auf mich stürzte. Die Zeit wurde langsamer. Ich sah Basti auf mich losrennen wie einen wildgewordenen Wikinger, das Messer blitzte in seiner Hand. Fast erwartete ich, Schaum vor seinem Mund zu sehen. Aus dem Augenwinkel nahm ich wahr, wie Robert sich in Bewegung setzte.

Basti stieß mit dem Messer zu, schlitzte mein Hemd auf und hinterließ eine blutige Schnittwunde auf meinem Bauch. Dass ich ein T-Shirt und darüber einen Taillengürtel trug, milderte die Wucht seines Angriffs jedoch etwas ab. Meine Eitelkeit rettete mir das Leben. Robert riss Basti mit einem Hechtsprung zu Boden, drehte ihm die Arme auf den Rücken und hielt ihn fest. Basti wehrte sich, strampelte und schrie vor Schmerz, hörte aber irgendwann auf und ergab sich keuchend in sein Schicksal.

„Oh, das ist gar nicht gut“, sagte plötzlich Nils, der neben mir saß.

Ich dachte zuerst, er meinte den Blutfleck, der sich auf meinem einst blütenweißen Hemd ausbreitete, aber dann sah ich, dass Bastis Messer in seinem Oberschenkel steckte. Siggi, die es im selben Moment bemerkte, zog scharf die Luft ein und wurde kreidebleich.

„Es tut gar nicht weh“, sagte Nils und zauberte ein Lächeln zutage. Dann sah er mich aufmerksam an, runzelte die Stirn und kicherte. „Sag mal, Andy, was zum Teufel hast du da an – ein Korsett?“

Epilog

Ursprünglich hatten Robert und ich unsere Vermählung mit einem kleinen Fest feiern wollen. Aber nachdem die Dreharbeiten zu *Die Stern-Stunde* eskaliert waren und für einen nennenswerten medialen Fall-out gesorgt hatten, war uns nicht nach Feiern zumute gewesen. Außerdem dauerte es Wochen, bis wir unsere Wohnung aufgeräumt und all unsere Möbel zurückbekommen hatten. Danach stand plötzlich Weihnachten vor der Tür, und im Laufe des Winters geriet schließlich die Sache ganz in Vergessenheit. Die erste größere Feier, an die wir uns wieder heranwagten, war daher mein Geburtstag im Mai.

Viel war seither passiert. Meine Verletzung war nicht weiter schwer gewesen, ein sauberer Schnitt, der nur die oberste Hautschicht aufgeritzt hatte und geklebt werden konnte. Nicht einmal eine richtige Narbe war zurückgeblieben, sondern nur ein blasser Strich, mit dem anzugeben schwierig werden würde.

„Eine Schusswunde wäre sexyer gewesen", sagte ich einmal zu Robert.

„So einen Stuss kann nur jemand von sich geben, der noch nie angeschossen wurde", erhielt ich zur Antwort.

Basti bekam eine Anzeige und wurde zu einer Bewährungsstrafe wegen tätlichen Angriffs und Körperverletzung verurteilt. Seine Anwälte hatten vorgebracht, dass er zum Zeitpunkt des Vorfalls nicht zurechnungsfähig war, und das Gericht war ihrer Argumentation gefolgt. Momentan befand er sich in psychiatrischer Behandlung, um seinen Alkoholmissbrauch in den Griff zu bekommen und an seinen obsessiven Verhaltensweisen zu arbeiten.

„Der Kerl hat einfach einen an der Klatsche", war alles, was Siggi dazu sagte.

Insgeheim war sie natürlich geschmeichelt, dass Basti von ihr besessen war, auch wenn sie das niemals zugeben würde. Während der Gerichtsverhandlung, bei der wir beide als Zeugen aussagen mussten, kam heraus, dass er uns wochenlang beobachtet hatte. Von ihm stammten sowohl der Kratzer an meinem Auto als auch die Schmiererei an der Hauswand. Mir wurde klar, dass ich mit meinem Verhalten zumindest indirekt dazu beigetragen hatte, dass die Situation eskaliert war. Mit meinem Auftauchen in Bastis Büro hatte ich das berühmte Fass zum Überlaufen gebracht. Basti war bereits mehrfach von seinen Vorgesetzten wegen sexueller Belästigung verwarnt worden, weil er gegenüber Kolleginnen und Kundinnen zudringlich geworden war. Als ich ihn damals lautstark aufgefordert hatte, meine Freundin in Ruhe zu lassen, wurde das als weitere Verfehlung interpretiert. Dass er keine Kundin belästigt hatte, fiel nicht weiter ins Gewicht. Basti verlor seinen Job und hatte nicht nur einen weiteren Grund für seinen Groll auf uns, sondern auch jede Menge Zeit, uns zu verfolgen und über seine Rache nachzudenken.

Das einzige Gute an dieser unerfreulichen Angelegenheit war, dass sie die Ehe von Marvin und Siggi nicht erneut belastete.

Zu meinem Geburtstag brachten sie wieder einen leckeren veganen Kuchen aus ihrem Café mit, und die kleine Aurora überreichte mir einen selbstgepflückten Strauß Gänseblümchen.

„Danke schön“, sagte ich und strich ihr übers Haar. Sofort suchte sie Schutz hinter Siggis Beinen.

„Sie fremdelt neuerdings ein bisschen“, sagte sie, „das liegt daran, dass ihr Onkel Andy sie viel zu selten besucht.“

„Die S-Bahn fährt in beide Richtungen“, erwiderte ich.

Siggi seufzte nur und strich über ihren gewaltigen Schwangerschaftsbauch; sie sah aus, als könnte sie jeden Moment platzen. Es wurde ein Junge, und Marvin und sie stritten sich seit Wochen über den Namen. Die Favoriten waren momentan Aurelian und Corvin.

„Vielleicht kombinieren wir sie auch“, meinte Siggi. „Kleiner, goldener Rabe klingt doch irgendwie schön, oder?“

„Ich finde ja Kjell super“, sagte der werdende Vater.

Ich sagte besser nichts dazu, sondern fragte Marvin, ob er Lust auf einen Burger hätte. Es war der übliche Scherz, den er gutmütig über sich ergehen ließ. Seit der von Siggi so getauften „Burger-Krise“ vom letzten Sommer war Marvin erstaunlich gelassen geworden, wenn es um das Thema Ernährung ging. Für gewöhnlich dauerte es nun mindestens eine Stunde, bevor er zu predigen begann.

Wir gesellten uns zu den anderen auf die Terrasse. Das Frühlingswetter war bereits ungemein heiß und trocken, die erste Hitzewelle des Jahres hatte München im Griff. Robert war gerade dabei, den Grill anzuheizen. Wally schnappte sich sofort

Marvins Kuchen und lud sich ein großes Stück auf den Teller – der Junge hatte immer Hunger.

Momos Penthouse war Anfang des Jahres verkauft worden, den neuen Eigentümer hatten wir aber bislang noch nicht kennengelernt. Vielleicht war es ein weiterer Scheich, der nur wenige Wochen im Jahr nach München kam.

Momo hatte inzwischen geheiratet. Wally hatte es von einem gemeinsamen Freund erfahren und es uns sofort erzählt. Anscheinend war seine Auserwählte jene junge Frau, die seine Eltern für ihn ausgesucht hatten. Für ihn zahlte es sich offenbar aus: Er konnte den Verdacht der Homosexualität, der auf ihn gefallen war, entkräften, wurde wieder in Gnaden aufgenommen und erhielt seinen alten Job zurück. Und im Geheimen lebte er weiterhin seine Vorlieben aus.

„Soll er meinetwegen tun, was er will“, sagte Wally dazu. „Ich bin mit ihm fertig.“

Momos Verrat hatte ihn zwar getroffen, aber nicht erneut in diese abgrundtiefe Verzweiflung gestürzt, aus der heraus er damals Momo entführt hatte. Wally ging regelmäßig zur Uni, wohnte weiterhin in unserem Gästezimmer, sprach in letzter Zeit aber immer häufiger davon, in eine WG zu ziehen. Das lag vermutlich an einem gewissen Leon, den er ziemlich oft erwähnte, den wir bislang aber noch nicht kennengelernt hatten. Ohne Wally würde uns die Wohnung schrecklich leer vorkommen, andererseits konnte ich gut nachvollziehen, dass er auf eigenen Beinen stehen wollte.

Nils war der Letzte, der sich zu uns gesellte. Die Stichwunde in seinem Bein war inzwischen ganz verheilt, auch wenn er hin und wieder noch theatralisch zu hinken begann, wenn er sich vor einer Arbeit drücken wollte.

Die Presse hatte sich natürlich sofort auf den „Drogen-Dreh von Schwabing“ (*Münchener Abendzeitung*) gestürzt und jedes saftige Detail ausgebreitet. Mathias hatte noch versucht, die Berichterstattung zu seinen Gunsten zu manipulieren, aber Tanja, die betrogene und rachsüchtige geheime Ehefrau, nahm kein Blatt mehr vor den Mund. Es war *der* Skandal des letzten Herbstes, bis die Trennung von Florian Silbereisen und Helene Fischer ihn von den Titelseiten der Klatschmagazine verdrängte. Die Schwulenszene war natürlich empört, weil Mathias sich als einer der ihren ausgegeben hatte, und seine Doku-Soap wurde umgehend eingestellt. Sogar der Shoppingkanal, auf dem er seit Ewigkeiten seine Kollektionen präsentierte, ließ ihn fallen wie eine heiße Kartoffel. Die Scheidung gab dem einstigen Star-Designer schließlich den Rest, und kürzlich hatte er Insolvenz anmelden müssen.

„Tja, am Ende kriegen sie eben alle ihr Fett wieder", sagte Nils mit dem Mund voller Kuchen. Seit er nicht mehr darauf aus war, im Rampenlicht zu stehen, hatte er sämtliche Diäten aufgegeben und sogar ein Bäuchlein bekommen. Natürlich durfte man ihn nicht darauf ansprechen.

Ich fragte mich immer wieder, warum Nils bei den chaotischen Dreharbeiten Tanja in mein Büro geschickt hatte. Er war schon immer geschickt darin gewesen, Dinge in Erfahrung zu bringen, die nicht für seine Augen und Ohren bestimmt waren. Wenn er seine Karten richtig ausgespielt hätte, wäre sein Wissen um Mathias' Geheimnis der Garant für eine lange, erfolgreiche Karriere in dessen Show gewesen. Warum hatte er all das weggeworfen? Nils behauptete, dass es an den Drogen gelegen hatte und er nicht Herr seiner Sinne gewesen war, aber ich glaubte ihm kein Wort. Ich war mir sicher, er hatte Mathias mit voller Absicht auffliegen lassen. Der geschmeichelte Teil von mir glaubte, dass er es meinetwegen getan hatte, weil er Tanja für den Versuch bestrafen wollte, uns die Schuld an der Eskalation der Dreharbeiten in die Schuhe zu schieben. Der romantische Teil von mir dachte, dass er es getan hatte, um seiner Beziehung zu Mirko eine zweite Chance zu geben. Wahrscheinlich hatte er jedoch ganz spontan reagiert, nachdem Tanja ihn als alt beschimpft hatte.

„Ich habe mich übrigens entschlossen, der glamourösen Welt von Film und Fernsehen dauerhaft zu entsagen und wieder als Friseur zu arbeiten", sagte Nils und trank einen Schluck Rotwein. „Wie sagt man so schön: Metzger, bleib bei deinen Schweinen."

Die Sonne ging gerade über München unter, die blaue Stunde brach an. Roberts lärmende Familie sowie Siggi, Marvin und Aurora waren bereits vor ein paar Stunden aufgebrochen, und auch Wally hatte sich verabschiedet, um noch ein paar Freunde zu treffen. Ich saß neben Robert auf unserer Terrassen-Couch und hatte mich an ihn gekuschelt.

„Schuster, bleib bei deinen Leisten", verbesserte ich Nils.

„Hä? Was sind denn Leisten?"

„In welchem Salon wirst du denn arbeiten?", fragte ich. „Hier in Schwabing, bei diesem … Wie war noch mal sein Name?"

„Nein." Nils drehte sein Weinglas in den Händen. „Bei Mirko."

Ich schwieg einen Moment. „Bist du sicher, dass du Berufliches und Privates vermischen willst? Ich meine, als du und der Maestro …"

„Das war was anderes. Ich war damals … jung und dumm." Er grinste mich an. „Okay, jetzt hab ich's gesagt. Ich war ein junger, naiver Schwuler. Mit Mirko ist es anders. Irgendwie … erwachsener. Na ja, mit weniger Drama …"

„Das ist schön", sagte ich und beugte mich vor, um sein Knie zu drücken. „Hast du verdient."

„Ich weiß. Deshalb … werde ich auch nach Augsburg ziehen."

Jetzt setzte ich mich abrupt auf. Wein schwappte auf meine Hose. „Was? Du verlässt München?"

„Ich bin ja nicht aus der Welt. Mit dem Zug bist du in dreißig, vierzig Minuten da. Mit der S-Bahn zu Siggi brauchst du länger."

Plötzlich hatte ich Tränen in den Augen. „Wir werden uns kaum noch sehen …"

„Unsinn. Ich werde so oft in die Stadt kommen und bei euch übernachten, dass du dir wünschst, ich wäre nach Stockholm gezogen."

Es war das Ende einer Ära, das war uns beiden klar. Bei dem Gedanken, meinen besten Freund nicht mehr in der Nähe zu haben, wurde mir ganz schwer ums Herz. Auf der anderen Seite freute ich mich für ihn, dass er endlich glücklich war.

Kurz darauf brach Nils auf, und ich begleitete ihn zur Tür, wo ich ihn in eine feste Umarmung zog und gar nicht mehr loslassen wollte. Schließlich schob er mich lachend von sich.

„Geh zu deinem Mann", sagte er gutmütig.

Ich wünschte ihm eine gute Nacht und öffnete die Tür. Plötzlich hielt er inne und grinste mich frech an. „Weißt du, was dir fehlt?"

Ich verdrehte die Augen. „Soll ich raten? Sex?"

Er schüttelte den Kopf. „Absolut gar nichts!"

Danksagung

Die Figuren des Buches haben mich rund zehn Jahre lang begleitet. Man soll ja niemals nie sagen, aber ich denke, dass ich nun alles über Andy und seine Freunde erzählt habe und bereit bin für andere Abenteuer.

Es war eine lange Reise, und ich bin dankbar für viele treue und geduldige Gefährten. Allen voran möchte ich Jim Baker und Ilona Bubeck vom Querverlag dafür danken, dass sie mir ein literarisches Zuhause geboten haben. Dennis Lorenz gebührt Dank für sein kompetentes Lektorat und die Tatsache, mich entdeckt zu haben.

Obwohl ein Werk der Fiktion, enthalten alle drei Bücher erstaunlich viele wahre Begebenheiten, die – zum Glück! – nicht alle autobiografisch sind. Mein Dank gilt daher allen meinen Freunden und Verwandten, die kuriose und skurrile Anekdoten aus ihrem Leben beigesteuert haben. Auch wenn ich diese verwendet und überdies vielleicht den einen oder anderen ihrer Charakterzüge entliehen habe, möchte ich betonen, dass keine Figur in den Büchern einem von ihnen entspricht.

Großer Dank gebührt selbstverständlich noch meinem Mann Markus für seine Liebe, Unterstützung und endlose Geduld. Ohne ihn wäre keines der drei Bücher möglich gewesen. Und ohne sein Unvermögen, Sprichwörter korrekt zu zitieren, hätte es auch keinen Nils gegeben.

Strandlektüre?
Strandlektüre!

Andreas Bertram

Schmeckt wie Urlaub und macht nicht dick

Roman

€ 14,90

Andy will sich verlieben, schwierig, wenn man nur durchschnittlich gut aussieht, in letzter Zeit zu viel Schokolade gefuttert hat und als Buchhändler bescheiden verdient. Ein liebenswerter Antiheld!

„Neben originellen und fetzigen Dialogen überzeugt die vortreffliche Zeichnung der Charaktere. Bertram bedient zwar Klischees – bricht sie aber anschließend meisterhaft." (Angelo Algieri, Financial Times Deutschland)